요조숙녀
프로젝트

요조숙녀 프로젝트

초판 1쇄 찍은 날 § 2007년 8월 17일
초판 1쇄 펴낸 날 § 2007년 8월 27일

지은이 § 이진희
펴낸이 § 서경석

편집장 § 문혜영
편집책임 § 이종민
편집 § 한지윤

펴낸곳 § 도서출판 청어람
등록번호 § 제1081-1-89호
등록일자 § 1999. 5. 31
어람번호 § 제5-0156호

주소 § 경기도 부천시 원미구 심곡1동 350-1 남성B/D 3F (우) 420-011
전화 § 032-656-4452 팩스 § 032-656-4453
http://www.chungeoram.com
E-mail § eoram99@chollian.net

ⓒ 이진희, 2007

ISBN 978-89-251-0866-7 03810

요조숙녀

이진희 지음

프로젝트

도서
출판
청어
람

프롤로그 ‥‥‥‥‥‥‥‥‥‥‥‥‥‥ 7

제1장 칼 다루는 여자 ‥‥‥‥‥‥‥‥‥‥‥ 21

제2장 문제아로 찍힌 그녀 ‥‥‥‥‥‥‥‥ 64

제3장 우연을 필연으로 ‥‥‥‥‥‥‥‥‥ 119

제4장 천하무적 고비상 ‥‥‥‥‥‥‥‥‥ 152

제5장 비상, 발목을 잡히다! ‥‥‥‥‥‥ 189

제6장 채찍과 당근 ‥‥‥‥‥‥‥‥‥‥‥ 219

제7장 두 개의 직장과 두 명의 남자 ‥‥‥ 249

제8장 독은 독으로 다스려라 ‥‥‥‥‥‥ 287

제9장 재야X비상=크로스 ‥‥‥‥‥‥‥‥ 316

제10장 벌레 퇴치작전 ‥‥‥‥‥‥‥‥‥ 347

제11장 죽일 놈의 다도(茶道) ‥‥‥‥‥‥ 383

제12장 사랑은 미쳐야 한다? ‥‥‥‥‥‥ 409

에필로그 ‥‥‥‥‥‥‥‥‥‥‥‥‥‥ 440

작가후기 ‥‥‥‥‥‥‥‥‥‥‥‥‥‥ 453

프롤로그

짙은 회색 빛의 카펫에 연한 비둘기 색의 벽면으로 둘러싸인 소회의실은 긴 테이블 양쪽으로 의자가 놓여져 있었고, 한쪽엔 탁자가 있었다. 그 안에 자리 잡고 앉은 두 명의 사내는 무척이나 인상적인 대칭 관계를 이루고 있었다. 그들은 훤칠한 키와 입고 있는 양복에서 무시 못할 부와 권력의 냄새가 풍겨졌으나 자세히 설명하자면, 한쪽은 인상을 벅벅 긁으며 담배를 연신 피워대기 바빴고, 다른 한쪽은 눈가에 눈물까지 달고는 웃음을 참기 위해 끅 끅거리기 바빴다.

"하하하, 아, 미안. 그러니까 맞선 상대한테 내기 당구를 신청…… 했단 말인가?"

"아아, 말도 마라. 대체 무슨 정신머린지 아주 그 자리에서 머리

뚜껑을 열어 확인하고 싶은 걸 간신히 참았다고! 그 녀석 대체 정신이 있는 건지, 원!"

"하하하, 고 회장님은 그 말 듣고 뭐라고 하셨는데?"

"어떠셨겠냐? 말 그대로 넘어가 버리셨다. 평소 고혈압이 높은데다가 그 자리가 어떤 자리냐? 아버지가 결혼을 꼭 성사시켜야만 했던 자리였다구! 뭐, 결국은 그래서 자리 펴고 누우셨지."

"풋. 그래서 어쩌려고, 너는?"

"대체, 내 동생이지만 무슨 생각으로 사는 놈인지 정말 모르겠다. 어렸을 때부터 보통 여자애들과 행동부터 다르더니만, 변하지를 않아, 정말."

정말 답답하다는 듯 고개까지 흔들며 말하는 비원의 고운 이마에 살짝 주름이 잡혔다.

"이게 다 아버지의 자식 사랑 탓이지 뭐."

"고 회장님 탓이라고? 왜?"

"너도 알잖아. 어렸을 때 우리 아버지가 얼마나 비상이를 예뻐하셨는지 말이야. 회의조차 미루고 유치원 발표회니, 학교 소풍이니 쫓아 다니면서 얼마나 극성이었냐?"

"큭큭. 하긴 나중에 고 회장님 보고 나도 깜짝 놀라긴 했지. 불같은 성정이나 외모만 보고 그러실 줄은 정말 몰랐거든."

옛날이 떠올랐는지 재야가 낮은 목소리로 쿡쿡거리며 웃었다. 그 모습을 못마땅하게 쳐다보던 비원이 다시 한 번 한숨을 쉬며 제법 길게 내려온 앞 머리카락을 신경질적으로 넘기자 남자치곤 상당히 고운 얼굴이 드러났다.

"아버지 탓에 비상이는 무슨 일만 있으면 울면서 집으로 달려 오게 됐다구. 그걸 보고 심각하게 생각하시던 아버지가 어느 날 비상이를 검도관에 데려가신 거야. 그리고 강해지라면서 당신도 같이 검도를 배우셨잖아."

"그게 어때서? 난 그런 아버지 대환영이다."

"후, 그게 다가 아니거든. 아버지는 말 그대로 비상이가 연약한 딸이 아니길 바랐어. 남들한테 기대지 말고, 스스로 자립할 수 있는 사람이 되라고 항상 말씀하셨거든. 그 후로 뭐든지 얼마나 엄격하게 대하셨는데. 한동안 적응 못하던 녀석도 어느 순간부터는 성격이 바뀌더라."

"으흠, 호랑이가 자식을 키우는 방식대로 하셨나 보군."

"그래. 그렇게 세월이 흐르다 보니, 어느새 그 녀석은 모든 일을 자기 스스로 하게 되더라고. 그만큼 자존심도 높아지고, 지는 것에 대해 못 참더라고. 게다가 고집은 고래 쇠심줄보다 더해."

"흐음~ 어째 난 그런 것이 매력으로 느껴질까?"

"그건 네가 다른 의미에서 비상이 녀석하고 같은 부류이기 때문이야."

비원이 타박하듯 재야를 쳐다보자 재야는 재미있다는 표정으로 그를 쳐다봤다. 비원은 골똘히 생각하더니 다시 말을 이었다.

"처음엔 나도 좋게 봤는데 마냥 그렇지는 않더라고. 녀석이 갖고 싶어하던 노트북을 내가 생일 선물로 준 적이 있었거든. 근데 여름방학 꼬박 아르바이트를 하더니 그 돈을 내게 주는 거야. 마음만 받겠다나. 솔직히 그땐 무지 서운하더라. 근데 녀석이 나중에 그러더라구. 받는 게 습관이 되면 나중에 힘든 상황이 생길 때는 정말 힘들 거 아니냐고. 자신은 그런 나약한 사람보다는 힘이 되어줄 수 있는 사람이 되고 싶다는 거야. 예쁜 동생보다는 믿을 수 있는 동생으로 옆에 있고 싶다면서. 그 말 듣고 나도 많은 생각을 하게 되더라고. 나 역시 지금의 윤택함을 너무 믿고 있는 게 아닌가, 부모님의 것들을 당연시 내 것이라고 생각한 건 아닌가 싶어서 사실 많이 반성했었지."

재야의 친우인 고비원, 그는 고성건설 고영주 사장의 아들이자 중, 고등학교 동창이었다. 물론 재야가 중간에 유학을 가는 관계로 한동안 연락을 못하고 살았지만 전화로 종종 안부를 묻곤 했었다. 전체적으로 선이 가는 편의 비원의 모습은 고 회장님보다는 어머니 쪽을 많이 닮았다. 얼굴에 수심 가득한 비원을 바라보던 재야가 은근슬쩍 농담을 던졌다.

"야, 그때 이후로도 여전하냐? 아직도 폭행치사 혐의로 경찰서에서 연락 오고 그래?"

"자식, 분위기 좀 파악하고 질문을 해라, 인마! 폭행치사는 무슨. 그때 일을 아직도 기억하고 있는 거냐?"

"후후, 워낙 쇼킹했으니까 말이야. 근데 네 표정을 보니까 어째 여전한 것 같다?"

비원은 작게 한숨을 내쉬었다.

"그렇잖아도 그것 때문에 아주 골치가 아프다. 부모님도 슬슬 혼처를 물색 중이신 것 같은데 불안해서 어디 맞선이라도 보게 할 수 있겠냐고. 너도 알다시피 이 바닥이 워낙 좁아 소문이 금방 도니까 말이야.”

걱정스런 비원의 말투와는 달리 재야는 느긋하게 담배를 입에 물며 말을 이었다.

“뭐, 하기 싫은 결혼을 하라고 했으니, 감정이 상했나 보지. 아 직까지 철이 덜 들어서 그런 걸 어떻게 하냐?”

“결혼이 하기 싫다고? 아니야, 그 녀석은 평범한 게 싫은 게야. 아니면 여자로 태어난 걸 자각을 못하든지.”

“설마. 억지가 너무 심한 거 아니냐?”

재야가 그럴 리가 있냐는 식으로 되물었으나 비원은 고개를 흔 들었다. 정말 말 못할 사정이라도 있나 싶어 재야는 찬찬히 비원 의 얼굴을 살폈다. 비원을 닮았다면 분명 한인물 할 테고, 그렇다 면 남자들한테 인기가 없을 리 만무한데 굳이 맞선까지 보게 하는 데다가 걱정이 무에 필요하단 말인가.

“고비원, 네 여동생은 사귀는 남자가 없어? 설마 너랑 정반대인 거냐?”

“이 자식이! 내 동생이 얼마나 예쁜데!”

“키킥. 하여간 그놈의 시스터 콤플렉스는 여전하구나. 네가 그 러니 네 여동생이 이성에 더욱 관심을 못 갖는 거 아냐? 가끔은 풀 어줘야 청춘을 만끽하지.”

느물느물 말을 내뱉는 재야를 못마땅하게 쳐다보던 비원이 대 답했다.

“한 번이라도 좀 그래 봤음 좋겠다. 나도 그 녀석이 남자 친구만 소개시켜 준다면 웬만하면 눈 딱 감고 교제를 허락하고 싶을 정도라구. 근데 녀석은 도통 관심이 없어.”

“눈에 차는 남자를 못 만난 거겠지.”

별거 아니라는 투의 재야의 말에 비원이 이번에는 크게 한숨을 내쉬었다.

“내가 차마 이 말만은 하지 않았는데 녀석이 아무래도 이상해.”

얼굴을 굳히며 말을 하는 비원의 모습에 재야는 자세를 고치며 그 친우를 쳐다봤다.

“뭐가?”

“아아, 정말 내가 오빠인데다 이건 정말 말도 안 되는 억측일 수도 있는데 말이야, 그렇지만…….”

연거푸 망설이는 비원의 태도에 재야는 결국 인상을 썼다.

“무슨 일인데 그러는 거야? 무슨 사고라도 쳤냐?”

“사고? 글쎄, 그런 걸 사고라고 해야 되는 건가 모르겠다. 차라리 사고라도 쳐서 결혼이라도 시키면 좀 나아지려나.”

비원의 말이 이어질수록 재야의 머릿속에는 그의 여동생에 대한 안 좋은 감정들만 무럭무럭 자라기 시작했다. 겨우 여동생 하나 때문에 저리 걱정을 하고 사는 친구가 불쌍해서 말도 안 듣고 속만 썩인다는 비원의 여동생에 대해 있지도 않은 불만이 쌓일 정도였다.

“보통의 여자라면 도저히 할 수 없는 일들을 하니까 하는 말인데…… 에휴, 관두자. 말해서 이해할 만한 행동을 해야 말을 하든지 하지. 말하는 내가 되레 미친놈 취급을 받지, 원. 으아, 미치겠네, 정말!”

끝내 비원은 자신의 머리카락까지 쥐어뜯었다.

"대체, 왜 그러는 건데?"

"하아. 어제저녁 아버지께서 사진 몇 장을 건네주면서 그 인물들 중 한 명으로 올 봄까지 확정을 보라고 하셨거든."

"그래? 그럼 그중에 한 명을 골라서 네가 다리를 좀 잘 놔주면 될 거 아니야?"

"그건 네가 모르니까 하는 말이지."

답답하게 구는 비원에게 재야가 약간 짜증스럽게 말을 건넸다.

"그러니까 알아듣게 설명을 해라."

재야의 말에 비원은 결국 한숨을 푹 내쉬었다.

"바로 며칠 전에도 폭행으로 경찰서 갔다 왔다."

"뭐? 설마 맞은 거야?"

놀란 재야가 급히 말하자 비원의 얼굴이 붉어졌다.

"차라리 맞았다면 좋았겠다. 내기 당구를 치다가 시비가 붙었나 봐. 내 동생이 생긴 게 좀 곱상해도 한성깔 하거든. 제 딴에는 억울했던 모양이야. 아무리 그래도 그렇지, 경찰서 가보니까 세 명이나 아주 곤죽을 만들어놨더라."

"하?"

재야는 비원의 말을 듣고 기가 막혔다. 상류층 집안의 여식이 내기 당구를 친다는 것도 기함할 노릇인데 패싸움까지 했다는 말에 재야는 혀를 내둘렀다.

"합의는?"

"합의를 하기는 했지. 문제는 그게 아니라 녀석의 병적인 '내기'가 문제라는 거다, 난."

"내기라고?"

"그래. 내기에 관해서라면 자다가도 벌떡 일어날 놈이거든. 당구가 재밌어서 배운 줄 아냐? 그 녀석, 내기 당구를 하고 싶어서 당구를 배운 놈이라고. 승부욕을 불사른다냐? 참 나."

비원의 말에 재야는 어이없다는 듯이 웃고 말았다.

"그거 내기가 아니고 도박이라고 해야 하는 거 아니냐?"

"그 정도는 아니야. 단지, 지고는 못 사는 성미라고나 할까."

"흐음, 그래?"

"이 녀석은 너무 곧거든. 휠 줄도 알아야 하는데 그걸 못해. 자신이 생각해서 아니다 싶으면 섶을 지고 불로 뛰어들 놈이야."

"고지식하다는 거냐, 그 말뜻은?"

그 말에 비원은 고개를 끄덕였다.

"후후, 그렇지만 그만큼 순수하기도 해. 다만, 뭔가에 한 번 빠지면 정신을 못 차린다는 거 아니냐."

뭔가를 기억하는 듯 비원은 잠시 가만히 있더니 이내 작게 웃었다.

"그 녀석 때문에 나 참 많이 웃었던 것 같아. 너도 입장이 비슷하니 잘 알걸? 자라면서 맡은 일에 대해 책임감을 느낄 때마다 힘들었는데, 그 녀석을 보면 그 꽉 막혔던 감정이 일시에 뚫리곤 했지."

"자식, 그 와중에도 여동생 자랑은."

동생이 없던 재야로서는 비원의 말이 부러웠다.

"그 녀석 중학교 때 미술 숙제로 뭘 그렸는지 알아?"

"왜, 오빠 누드라도 그렸냐?"

재야의 농담조의 말에 비원은 기분 좋은 웃음을 터뜨렸다.

"차라리 그랬으면 다행이라고 말해주고 싶다. 너 카드 알지?"

"카드? 무슨 카드?"

"무슨 카드긴 무슨 카드! 포커할 때 사용하는 카드 말이야, 우리가 자주 갖고 노는 거."

"아아, 그건 왜 또?"

"그 녀석 방학 과제물로 그 카드를 그대로 그려서 냈다고. 그것도 5절 도화지에 온 정성 들여서 말이야. 아마, 아직도 갖고 있을걸?"

"뭐? 하하하하, 정말 괴짜네?"

"그것으로만 그치면 다행이게? 방학 내내 카드만 붙잡고 책이랑 비디오만 열심히 보기에 기특하다 싶었는데."

"그런데?"

"어느 날 나한테 오더니 척하니 카드를 내밀더라고. 그래서 왜 그러냐고 물으니 한다는 소리가 포커 한 판 뜨자는 거 있지? 나참, 기가 막혀서. 그래서 녀석한테 붙잡혀 포커를 했는데 졸도할뻔했다는 거 아니냐."

"왜?"

비원은 옛 기억을 더듬듯 눈을 가늘게 뜨고는 재야를 바라봤다. 그 모습에 재야는 그가 여동생을 얼마나 사랑하는지를 알 수 있었다. 그제야 그 여동생에 대한 안 좋았던 이미지가 옅어지는 것을 느끼는 재야였다.

"그 녀석, 한 번 몰입하면 식음을 전폐할 정도로 광적이 되거든. 식구들 모두 공부를 하는 줄 알았는데, 그게 아니더라고. 카드 치는 솜씨가 딜러 뺨치더라."

"풉!"

상상 외의 말에 재야는 나오는 웃음을 참지 못하고 말았다. 인상을 쓴 채로 재야를 쳐다보던 비원은 깊게 한숨을 내쉬었다.

"웃기냐? 하지만 웃을 일이 아니었다고, 난. 카드 치는 폼이 정말 장난이 아니었다니깐 그러네. 나중에 물어보니까 손가락에서 피가 나도록 카드 연습을 했단다."

"하하하, 왜 그렇게 연습했대?"

"뭐, 도신인가 뭔가 하는 영화를 봤대요. 그런데 그 손놀림이 너무 멋있었다나? 거기에 반해서 연습을 했단다."

"별종이군."

재야도 기가 막히다는 듯이 고개를 내저으며 중얼거렸다.

"보통 그 나이 또래면 남자 주인공을 보고 좋아해야 되는 거 아닌가?"

"내 말이 그 말 아니냐, 지금. 남자 주인공에는 관심도 없고 카드 기술만 기억난다더라. 그때 그 녀석 별종인 줄 알아챘어야 했는데!"

"하하하, 그럼 당구도 그런 식으로 배운 거야?"

"비슷해. 그 녀석 잡기에 아주 도가 텄다고. 포커부터 시작해서 화투, 마작, 당구까지 두루 독학으로 꿰찬 놈이라니깐. 내참, 그

녀석 당구 오백 놓고 치는 놈이야."

"헉."

"포켓볼 치러 갔다가 아주 쪽팔려서 죽는 줄 알았다니까. 프로 당구 선수인 줄 알고 당구장 주인이 돈 줄 테니까 손님들 상대로 게임 좀 해달라고 하더라. 하도 황당해서 말도 못하고 그냥 나와 버렸잖아."

"대체…… 그런 걸 왜 배웠대?"

재야는 나오는 웃음을 삼키면서 궁금하다는 듯이 물어보고는 여전히 인상을 쓰고 있는 비원을 쳐다봤다. 그러자 비원의 얼굴이 참혹하리만치 일그러지며 긴 한숨을 내쉬었다.

"그게…… 승부욕을 자극한단다. 그거 말고도 그 녀석 승부에 무서우리만치 집착하는 경향이 있어서 말이야. 아무래도 걱정된 다고."

"뭐가 걱정이야. 그 녀석의 승부욕을 눌러주면 되잖아. 더불어 '내기'가 얼마나 무서운 것인지 알려주면 되지."

재야의 말에 비원은 다시 한 번 고개를 끄덕였다.

"다행히도 자각은 있는 편인지 지금은 그런 것보다는 자신의 사업을 위해서 온 정신을 다 쏟고 있어서 걱정을 덜었긴 한데, 실은 그것보다 더 걱정이 되는 게 있어."

망설이다가 말하는 비원을 쳐다보며 재야는 길게 한숨을 내쉬 었다.

"또? 네 얘기 듣다 보니까 난 여동생 없는 것이 다행이라는 생 각이 든다, 인마. 그나저나 그것보다 더 큰 걱정이 뭔데?"

재야의 질문에 비원은 땅이 꺼져라 한숨을 쉬었다.

"로망."

"로망?"

"그래. 사랑과 결혼에 대한 로망이 너무 어이없어. 부드럽고 보호본능을 일으키는 왕자님을 기다리신단다. 자신이 기사도를 발휘해서 그 낭군을 지킬 꿈에 부풀어 있어."

"웃어도 되냐?"

하도 어이없는 말이라 재야 역시 웃지도 못하고 비원을 쳐다보며 혀를 찼다.

"장난할 기분 아니야, 인마. 그러다가 정말 이상한 녀석이라도 데리고 오면 어쩌냐? 난 어젯밤 잠까지 설쳤다고. 꿈속에서 웬 기생오라비 같은 녀석이 나한테 형님~ 형님~ 하면서 달려오는데 윽, 다시 생각해도 끔찍해! 정신이 하나도 없었다니깐 그러네."

비원은 웃겨도 웃을 수 없는 상황에 애써 푸들거리는 입술을 꽉 깨물 수밖에 없었다.

"크크, 정말 특이한 성격이다. 누굴 닮아 그런 거냐? 넌 지극히 정상인데 말이야."

재야의 말에 비원은 한동안의 생각에서 벗어나더니 이내 바람 빠진 웃음을 지었다.

"비원아, 네 동생의 문제를 말이야…… 나한테 맡기면 어때?"

"씨도 안 먹힌다는 말 있지? 꿈도 꾸지 마라."

비원이 딱 잘라 거절하자 재야는 느긋하게 앉아 등받이에 등을 기대며 팔짱을 꼈다.

"동생에 대해서 걱정했던 건 다 말뿐이란 건가? 동생의 중증을 고쳐야 할 거 아냐?"

재야의 말에 비원이 주스 잔을 들었다가 도로 내려놓고는 의미심장한 눈빛으로 재야를 쳐다보았다.

"무슨…… 방법이라도 있는 거냐?"

"네 동생을 천하가 다 인정하는 요조숙녀로 만들어주지. 뭐, 그 대가는 나중에 말해줄게."

왠지 믿기지가 않는 말이었지만 허투루 말을 하는 재야가 아니라는 것을 알기에 비원은 망설였다. 재야의 말대로만 된다면 얼마나 좋을까.

"정말 믿을 수 있는 거냐?"

비원의 말에 재야가 팔짱을 풀고 느긋하게 커피를 마셨다.

"내가 언제 허튼 소리한 적 있냐? 아무튼 맡겨 봐. 후회하지 않을 거다."

왠지 찜찜한 생각이 들기도 했지만 그보다는 지금 당장이 문제였기에 비원은 결국 재야의 제안을 받아들이기로 했다.

"좋아. 대신 나한테 한 가지 약속을 해야 한다, 너?"

"무슨 약속?"

정색을 하는 비원을 쳐다보며 재야가 되묻자 비원이 짧은 시간 동안 재야를 뚫어지게 쳐다봤다.

"……내 동생을 여자로 생각하지 마라. 난 너와 친구만으로 만족하니까."

비원의 말에 재야는 묘한 표정을 지었다.

"그건 걱정 마. 난 어린애와 놀 만큼 한가하지 않으니까. 근데 말이지, 만약에 네 동생이 나한테 마음을 빼앗긴다면? 나중에 가서 비상이가 나랑 결혼이라도 한다고 하면 어쩔 건데?"

"설마."

그럴 일은 없을 것이라고 단정 짓듯 말하는 비원을 보며 재야는 묘한 반발심이 생겨 버렸다. 자신이 여태까지 마음먹고 다가섰던 여자 중에 넘어오지 않은 상대가 있었던가?

"그 설마가 가끔 사람을 잡지."

도전적인 재야의 시선과 비원의 시선이 한데 엉키었다.

제1장 칼 다루는 여자

사거리에서 좌회전을 하면 제법 큰 오피스텔을 끼고 새로 지은 상가가 나온다. 그 상가 사층 전체를 세내어 입주한 '해동검도 성무관'은 비상의 외삼촌이 운영하는 곳이었다. 체육대학을 졸업한 비상은 자신의 특기를 살린 검도관을 갖는 것이 꿈이었기에 졸업 후 바로 성무관의 사범으로 들어가 하루의 대부분을 그곳에서 보냈다.

마지막 수업을 끝내고 차량 운행까지 마친 비상이 성무관을 나온 것은 약속 시간보다 대략 삼십여 분 정도 일렀다. 갑자기 전화를 걸어 저녁이나 같이 먹자고 한 오빠에게 알았다고 약속을 하고 보니 시간이 생각보다 여유있었다. 오빠랑은 종종 근처 포장마차에서 간단히 요기를 한 경우도 많았기에, 포장마차에서 남은 시간을 때우고 저녁까지 해결하고 들어가야겠다고 생각한 비상은 포장마차로 발걸음을 옮겼다.

비상은 제법 넓은 포장마차 내부 맨 구석의 한쪽에 자리를 잡고 있었다. 짜르르 목을 울리며 넘어가는 소주 맛에 절로 감탄하며 두 잔째 술을 따르는데 갑자기 포장마차 안이 소란스러워졌다. 비상은 젓가락을 놓고 소리 나는 곳을 쳐다보았다. 얼핏 봐도 상당히 많은 술병과 음식 접시들을 두고 일어나는 인간들은 하나같이 껄렁해 보였다.

"할매, 장사 잘하고 싶으면 다음부터는 잘 내라고! 엉?"

"무, 무슨 돈을 내놓으라는 게야? 없다, 이눔들아! 없어!"

"어허, 이 할매가 간이 배 밖으로 나왔나 보네. 여기서 장사 하려면 우리한테 자릿세 내야 되는 거 몰라? 응!"

와장창—!

옆에 있던 빈 술병과 플라스틱 접시들이 유리잔과 함께 바닥으로 곤두박질쳤다. 그 탓에 근처에 앉아 있던 비상의 옷으로까지 음식물 찌꺼기가 튀어버렸다. 흉물스럽게 넘어진 파란색 플라스틱 의자 위로 쏟아진 벌건 음식 찌꺼기가 더욱 눈살을 찌푸리게 만들었다. 가뜩이나 날카로운 비상의 눈이 한층 치켜떠졌다.

'아, 젠장. 저것들이 정말?

울컥 짜증이 올라오긴 했지만 이곳에서 시비가 붙는다면 좋지 않다는 것을 알기에 비상은 상황이 얼른 수습되기를 기다렸다.

"무슨 자릿세를 내라는 겨? 니들이 먹은 술값하고 음식 값만 해도 얼만디?"

"아, 씨팔. 이 노인네가 정말 말귀를 못 알아먹는구먼?"

걷어찬 의자가 옆 테이블까지 날아가는 바람에 꽤 혼잡한 상황이 벌어지자 구석에 있던 학생 두 명과 성인 남녀가 부리나케 그곳을 벗어났다. 그 모습이 비상의 시야에 잡혔다.

"아이고, 이놈들이 지금 뭣 하는 게야? 응?"

할머니의 목소리는 반쯤 울음에 잠겨 있었다. 하지만 이 소란을 보고 다들 피해가기만 할 뿐 정작 도와주는 이는 단 한 사람도 없었다. 비상이 여전히 자리에 앉아 있는 사이, 그중 한 명의 남자가 할머니의 뒷머리를 잡더니 손바닥으로 탁탁 소리가 날 정도로 머리를 때리기 시작했다. 커다란 솥뚜껑 같은 손바닥에 다 잡히고도 남은 하얗게 센 할머니의 머리통이 자꾸만 눈에 밟히는 비상이었다.

'아, 저것들이 정말 사람 속 뒤집히게 만드네.'

"할멈, 장사를 하고 싶으면 돈을 내라고, 응? 봐주는 것도 한계가 있는 거야, 알았어?"

손자뻘 되는 남자의 손에 머리를 잡힌 할머니의 허옇게 질린 얼굴이 침통하게 일그러졌다. 그에 맞춰 비상의 표정 역시 점점 더 찡그려졌다.

'젠장, 더 이상은 못 참겠다. 아무리 근신 명령이 떨어져 있어도 이건 충분히 이해하실 거야. 이건 경로사상에도 위배된다고! 우리나란 동방예의지국이거든.'

비상이 일어서자 앉았던 플라스틱 의자가 둔탁한 소리를 내며 바닥으로 밀려났다.

"이봐, 한참이나 나이 많으신 분한테 너무한 거 아냐? 그리고 니들이 이 땅을 산 것도 아니면서 무슨 자릿세 타령? 곱게 처먹었으면 조용히 갈 것이지 어디서 행패야, 지금? 니들이 먹은 음식 값에 기물파손 값까지 할머니께 드리지 않으면 그냥은 못 간다!"

날카로운 눈빛의 비상을 바라보는 남자들의 시선이 황당함을 넘어서 가소롭다는 표정으로 변하더니 끝내 비웃음으로 마무리 지어졌다.

"하이고~ 그러셔요?"

할머니 근처에서 공포 분위기를 조성하던 남자들이 비상을 보고는 시시덕거리며 어이없다는 듯 웃기 시작했다.

"별 미친년을 다 보겠네. 아가야~ 좋은 말 할 때 그냥 가라?"

"아니, 아니지! 이 오빠들이 뜨겁게 귀여워해 줄 테니까 이리 온?"

두서없이 지껄이는 남자들의 원색적인 말에도 비상은 눈 깜빡은커녕 씨익 웃더니 오른쪽 의자에 비스듬히 놓아두었던 길쭉한 것을 손에 들었다. 비상의 행동을 지켜보던 한 남자가 이내 비상의 손에 들린 것을 보고는 옆의 사내에게 매달렸다.

"아이고, 무서워라! 형님, 저것 좀 보세요~ 저 여자애가 우리를 저 막대기로 혼내주려고 해요! 너무 무서워서 오금이 다 저려요~ 근데 이상하죠? 웃음은 왜 나올까요?"

간드러지게 말한 남자가 정신없이 웃는 와중에 그 패거리들 중 한 명이 비상에게 천천히 다가오며 주먹을 풀기 시작했다. 제법 운동이나 했음직한 덩치에 짧은 스포츠 머리를 한 남자가 눈을 부라리는 모습에 비상은 속으로 코웃음을 쳤다.

"하여간, 나 조폭이요 하는 것들은 왜 하나같이 저 모양이냐고. 우리 검도장의 도복도 일 년에 두 번은 바뀌는데 말이야, 어떻게 허구한 날 옷차림하고 머리 모양이 똑같냐!"

가까이 다가오면서 자신의 투박한 손으로 짧은 머리를 훑는 남자의 행동에 비상은 피식 웃음이 나왔다.

'지들이 무슨 고등학생인 줄 아나. 두발 자유화된 게 언젠데 아직도 머리 잡힐 걸 걱정하는 건지, 쯧! 아, 혹시 고등학교에서 잘린 거 억울해서 그런 머리 하고 다니는 거 아냐?'

비상의 웃음을 비웃음으로 생각한 남자는 인상을 험악하게 구기고 손마디를 꺾으며 비상의 바로 앞까지 다가왔다.

"아주 뼈마디를 모조리 분질러 주마, 응?"

"병신. 사람 몸의 뼈마디가 모두 몇 갠 줄이나 알고 그러는 거냐?"

척 하니 검 집에서 목검을 꺼낸 비상이 그 검을 어깨에 걸치며 말하자 남자의 얼굴이 더욱 붉게 변해갔다.

"그건 네가 가르쳐 주면 되는 거지, 안 그래? 그럼 내가 친히 찐하게 네 몸의 뼈를 천천히 세어볼까?"

능글맞은 남자의 대답에 비상은 가볍게 코웃음을 쳤다.

"미친놈. 하여간 덩치 큰 것들은 상대적으로 머리 무게가 작은가 봐? 분위기 파악을 못하는 걸 보면 말이야."

탁탁 목검을 어깨에 걸치며 몸을 푸는 비상의 모습은 사뭇 여유로워 보였다.

"이 계집애가 정말!"

휙 하고 비상에게 달려들어 주먹을 날리던 그 남자는 비상이 들고 있던 목검에 정확히 이마 한 가운데를 맞고는 자지러지는 비명을 질렀다.

"악!"

"덩칫값 좀 해라, 응? 치사하게 준비도 안 된 상태에서, 그것도 여자한테 달려드는 게 부끄럽지도 않냐?"

비상의 목검에 남자가 뒤로 넘어지자 주변에 있던 세 명의 남자들의 눈이 휘둥그레졌다. 그리고는 이내 안 되겠다 싶었는지 일시에 달려들었다.

"저게? 야, 저년 잡아!"

포장마차 밖으로 뛰쳐나온 비상은 한 손에 든 목검을 들고 자세를 바로 잡았다. 자고로 말 안 듣는 것들에겐 매타작이 약이라는 말이 있다. 곧이어 비상을 쫓아 네 명이나 되는 덩치 커다란 남자들이 뛰어나왔다.

골목길을 지나던 재야는 갑자기 뛰쳐나오는 사람들로 인해 BMW series 7 760li의 급브레이크를 밟았다. 저속으로 가고 있던 터라 다행이지 하마터면 큰 사고로 이어질 뻔했다. 그는 자신의 운전 경력에 오점을 남길 뻔했기에 차에서 내리는 동작이 다소 거칠었다.

'젠장. 무슨 일이야?'

재야는 지금 비원을 만나러 가는 길이었다. 그러나 약속 장소가 외곽에 초행길이라 사람들에게 물어물어 가고 있었기에 안 그래도 신경이 예민해져 있는데 이런 일을 당한 것이다.

한데, 눈앞에서 벌어지고 있는 상황이 좀 심각해 보인다. 한 남자를 중심으로 날건달처럼 생긴 네 명이 팔을 걷어붙인 채 덤비려 하고 있었다.

'흠, 저것들 때문에 내가 사고를 낼 뻔했단 말이지? 저걸 그냥 둬, 아니면 한 명 혼쭐을 내줘?'

철없던 시절, 한때 패싸움을 무던히도 많이 한 적이 있던 재야였다. 물론 그 뒤로는 정신을 차렸지만 유학 당시 동양인이라는 이유 때문에 처음엔 같은 학교 학생들과 어울리기가 힘들었다. 개중에는 인종차별을 하는 친구들도 있었고, 그런 이들은 의례 힘과 지위를 이용해 재야를 누르려 했었다. 하지만 고교 시절 싸움판에서 갈고닦은 싸움 실력과 지기 싫어하는 근성을 바탕으로 체계적으로 몸을 단련했던 재야인지라 오히려 그런 이들을 쉽게 누르고 편한 유학 생활을 했었다. 지금이야 주먹을 쓴다거나 몸싸움을 하는 일은 거의 없지만 그래도 꾸준히 몸 단련을 하고 있었고, 그런 재야의 눈에 그들의 모습은 철없는 아이들같이 느껴졌다. 그래서인지는 몰라도 재야는 그 상황이 상당히 긴장감이 넘치고 위험함에도 불구하고 싸움을 말릴 생각은 하지도 않고 있었다. 스스로 알아서 하라는 그의 신조처럼 이유를 불문하고 사건을 일으켰으면 당연히 책임 역시 당사자가 지어야 된다고 생각한 그는 흥미로운 눈빛으로 그들을 지켜보기로 했다.

'뭐, 힘쓸 필요 있나. 다 정리되고 남은 한 놈만 족치면 되는 걸 가지고 말이야.'

사고가 날 뻔한 것과 어차피 약속 시간 내에 가기는 틀렸다고 생각한 재야는 이 모든 일을 저 무리들 중 한 놈에게 책임을 물어야겠다고 마음먹었다. 게다가 이런 싸움 구경은 쉽지도 않고 말이다.

차에 비스듬히 기대 담배 한 개비를 불량스럽게 입에 문 재야는 느긋하게 그들의 대치 상황을 지켜보았다. 은색의 대형 외제차에 기댄 장신의 남자는 한눈에 시선을 모을 법도 했지만 그보다 더 심각한 상황으로 사람들의 시선이 집중되었다. 덕분에 재야는 여유있게 그 광경을 지켜볼 수 있었다. 재야의 풍성한 속눈썹이 위로 스윽 하고 올라가며 흥미로운 것을 본 듯 눈동자가 반짝였다.

짧은 순간 다소 마른 체격의 남자의 몸이 붕 뜨더니 그의 두 배 정도 되어 보이는 검은색 양복을 입은 건달을 향해 깔끔하게 돌려차기를 하였다. 그와 동시에 손에 든 막대기로 다른 한 명의 어깨를 가격했다. 연이어 쓰러진 남자 둘을 밟고 다시 도약한 남자가 이번엔 다른 남자의 배를 힘차게 걷어찼다. 상당히 아팠을 것 같아 재야는 담배를 입에 문 채로 눈살을 찌푸렸다. 남은 한 사람이 주춤하자 남자가 손가락을 까딱거리며 그를 불렀다. 그리고는 전광석화와 같은 주먹질로 복날 개 패듯 패버렸다. 그 광경을 본 재야의 입이 떡 벌어졌다. 생각보다 너무 쉽게 끝난 상황에 어이가 없을 정도였다.

'흠, 간단히 끝나 버리니 기다리지 않아서 좋긴 하구나. 자, 그럼 이 모든 것을 책임질 녀석을 만나볼까.'

재야는 여러 명을 쓰러뜨리고 홀로 몸을 풀고 있는 남자를 찬찬히 살펴보기 시작했다. 좀 작은 키에 다소 마른 체구, 평범하게 청바지에 스포츠웨어 점퍼를 걸친 짧은 머리의 남자는 깡패들을 향해 무어라고 말을 하는 것 같았다. 호기심이었을까. 재야는 피우던 담배를 떨어뜨려 발로 비벼 끈 뒤, 그쪽으로 천천히 걸어갔다. 가까이 다가갈수록 남자의 목소리가 점점 크게 들려왔다. 남자치고는 다소 높고 가는 목소리가 날카롭게 울려왔다.

"내가, 혁혁. 좋은 말 할 때 그만두라고 했지? 엉? 젠장, 때리는 것도 힘들어 죽겠네."

재야는 그 말에 피식 웃고 말았다. 가까이서 본 남자의 모습은 무척이나 중성적이었다. 얼핏 보면 여자처럼 보이기도 하고, 곱상한 남자처럼 보이기도 하고. 요즘 유니섹스가 대세라고 하더니 그 부류인가 싶었다. 이미 모였던 사람들은 모두 자리를 피하고 그곳에는 쓰러진 남자들을 제외하고는 재야와 그 남자뿐이었다.

"그만 하지? 더 팼다간 살인나겠다."

한순간 정신이 나갔다 싶을 만큼 깡패들을 패던 비상은 갑자기 들리는 남자의 목소리에 고개를 획 들었다.

"뭐야?"

"그만 하라고. 어차피 더 이상 덤비지도 못할 것 같은데 말이야."

남자의 눈이 매섭게 떠지며 재야의 몸을 쭉 훑어내렸다. 몸을 곧게 세우고 재야를 노려보는 폼이 제법 매서웠다. 하지만 워낙 신장 차이가 나는지라 재야는 그의 행동이 그저 동생의 치기 어린 행동 정도로 보여 귀여울 뿐이었다.

"당신, 이쪽하고 한 패거리야?"

"뭐?"

당찬 남자의 말에 재야는 황당한 표정을 지었다. 그리고 나서야 검은 정장인 자신의 옷차림이 바닥에 넘어진 남자들의 옷차림과 같다는 것을 알고는 어이없다는 듯이 웃었다.

"미안하지만 나도 피해를 입은 사람이라서 말이야."

비상은 갑자기 나타나 황당한 말을 지껄이는 남자를 의심스럽게 쳐다봤다. 꿩장히 큰 키와 양복에 가려졌다지만 다부진 몸매가 어느 정도는 드러나 있었다. 게다가 보통의 사람들이라면 이런 모습을 보고 저리 태평하게 맞받아치는 경우는 드물다. 더불어 피해자 운운하는 그의 말에 더욱 신경이 날카로워진 비상이었다.

"피해자라니?"

"그쪽 때문에 인사사고가 날 뻔했다고. 게다가 구경하느라 중요한 약속 시간에도 늦었고 말이야. 이만저만한 손해가 아니잖아. 안 그래? 그러니 당연히 보상을 받아야지."

재야의 말에 비상은 어이없다는 표정으로 그를 쳐다봤다. 싱글싱글 웃고 있는 모습만 본다면 크리스마스 때나 볼법한 상냥한 미소의 적십자군은 저리 가라고, 유들유들거리는 말투로 본다면 변두리 하류 잡배 내지는 다단계 판매업자 비슷한 사기꾼 같기도 하고, 너무 멀쩡한 외모에 입고 있는 옷이나 허우대로 본다면 모델 뺨치고 돈 좀 있어 보이기는 하다만 풍기는 분위기가 무슨 동물성 기름에 이박삼일 튀겨낸 것마냥 툭 누르면 기름이 나올 것도 같고. 비상은 앞의 남자를 도무지 짐작할 수가 없었다. 글쎄, 솔직히 외모가 아깝다고나 할까. 단지, 그의 모든 것을 함부로 단정할 수 없는 이유는 그의 눈빛 때문이었다. 지금의 상황과 너무도 어울리지 않는 눈빛, 마치 사냥을 나가기 직전의 맹수 같은 느낌이랄까.

"그걸 왜 나한테 말하는 건데? 시비 거는 거야 네 자유지만 대상을 잘못 골랐어."

"그럼 지금 상태에서 누구에게 보상을 받지? 설마 여기 널브러진 것들한테? 쯧, 그런 책임 회피는 곤란하다고."

널브러진 남자를 구두 코로 툭툭 차는 재야의 모습은 비상의 눈에 상당히 거만하게 보였다. 재야는 슬쩍 앞의 작은 남자를 쳐다봤다. 재야의 말에 남자의 표정은 시시각각으로 변하고 있었다. 그 순간 다시 한 번 묘한 충동이 일었다. 가까이 두면 굉장히 재밌을 법한 흥미. 하지만 그것 외에도 묘하게 그를 자극하는 것은 확실했다. 뭔가 잡고 싶은 기분이랄까. 갖고 싶은 소유욕이랄까. 처음 본 사람에게 이런 감정을 느끼기는 처음이지만 확실히 자극적이었고, 그것은 거의 본능적으로 반응하고 있었다.

'놓치면 후회한다.'

재야는 불현듯 든 생각에 어이없으면서도 앞에 있는 남자를 살피기에 여념이 없었다. 남자는 가늘게 찢어진 눈을 치켜세우며 흘러내린 앞머리를 연신 신경질적으로 넘기고 있었다. 순간이지만 재야는 자신이 그의 땀에 젖은 앞머리를 넘겨주고픈 충동에 손을 뻗을 뻔했다.

그런 재야의 속사정을 모른 채 남자는 연신 까만 삼단 같은 짧은 머리칼을 넘기며 남자치곤 다소 작은 편에 속하는 이마를 구기면서 퉁명스런 말을 내뱉었다.

"말이 되는 소리를 해야지. 계속 그런 헛소리를 지껄일 거면 그만둬. 아니, 내가 자리를 뜨면 되겠군. 미친 사람은 피하는 게 상책이란 옛말도 있으니."

"킥. 말 안 듣는 아이에게는 매가 약이라는 말도 있어."

"웃기는 소리 하고 있네. 네 눈엔 내가 애로 보이나 보지?"

다분히 도전적인 시선, 시비조의 말투에 재야는 피식 웃었다.

"크큭, 맞아. 동네에서 패싸움이나 하지. 책임은 회피하려고 하지. 애가 아니면?"

남자의 말에 비상은 팍 감정이 상해 검의 한 부분을 바닥으로 탁탁 치며 재야를 위아래로 노려봤다. 그런 비상을 일부러 타이르는 재야였다.

"나쁜 짓 하고 책임 안 지면 벌 받아. 게다가 그냥 가버리기까지 하면 내가 섭섭하지. 안 그래?"

유들거리며 말을 하는 재야를 비상은 시선을 똑바로 들어 노려봤다. 재야는 그런 남자의 눈길에 묘한 호승심이 드는 것을 느꼈다. 다시 한 번 느끼는 묘한 설렘. 처음 보는 남자고, 어쩌면 남자가 아닐지도 모르지만. 뭐, 그냥 보내기엔 아까운 마음이 드는 것을 막을 수가 없었다. 하지만 남자가 아니라면? 재야는 그런 생각을 하는 스스로를 어이없어하면서도 한편으론 그러기를 바라는 마음이 들기도 했다. 우스운 일이지만 재야는 자신이 보고 있는 이 성별 애매한 사람이 실은 여자였으면 하고 바라는지도 몰랐다. 만약 여자라면? 그렇다면…… 얘기는 달라지. 재야는 일단 남자에 대해 좀 더 알아봐야겠다는 생각에 일부러 말꼬리를 계속 잡았다.

"대체 무슨 책임을 지라는 건데? 차 사고가 난 것도 아니고, 약속 시간을 어기면서 구경하라고 붙잡은 적도 없고. 고로 이 모든건 당신 책임이지, 내 탓이 아니야. 알아?"

"후후, 재미난 놀이를 시작했으면 끝을 봐야 하지 않을까?"

이유는 모르지만 그냥 보내기엔 굉장한 아쉬움이 들었다고나할까. 재야는 연락처라도 받을 요량으로 억지로 핑계를 대고 있었다. 그런 자신의 행동에 일일이 반응하는 남자에게 이상하게 가슴이 두근거렸다. 아무래도 아까의 충격이 여파가 남은 건가? 지금의 상황도, 자신의 행동도, 그리고 이상하게 흥분되는 감정 역시모두 이상한 것투성이라고 재야는 생각했다.

"난 아무하고나 안 놀아. 그러기엔 이 몸이 너무 바빠서 말이야. 상황 정리도 됐겠다, 귀찮은 일은 질색이라구."

날카로운 이미지와는 전혀 다른 다소 엉뚱한 말에 재야는 씨익웃으며 자신의 어깨 너머를 손으로 가리켰다.

"이미 늦은 것 같은데?"

아무래도 신고가 들어갔던 모양인지 경찰차가 이쪽으로 다가오고 있었다. 비상은 인상을 찡그리며 한숨을 쉬었다.

"젠장. 또 들어가면 골치 아픈데, 이거."

남자의 중얼거림을 듣고 재야는 이런 일이 앞에 있는 조그만 남자에게는 자주 일어나는 일인 것 같다고 짐작했다. 곱상한 외모에하얀 얼굴, 날카롭게 치켜떠진 눈 하며 가까이서 보니 뭐랄까, 참으로 애매모호한 얼굴이었다. 보는 자신도 헷갈릴 정도니까 말이다. 제법 눈썰미가 있다고 자부했던 재야였지만 앞의 자그마한 사람은 그 성별이 참으로 불분명했다. 물론, 재야가 그를 남자로 인식한 것은 순전히 그의 행동 때문이었다.

'뭐야, 이 자식. 남자야, 여자야?'

땀에 젖은 짧은 머리카락을 한 손으로 쥐어뜯으며 울상을 짓는 모습에 어이없게도 재야는 가슴이 다시 한 번 두근거렸다. 미친 건가? 사고는 나지도 않았는데 아무래도 심장이 충격을 받은 건지 재야는 절로 뛰기 시작하는 심장을 주체 못하고 눈살을 찌푸렸다. 자신을 이렇게 곤란하게 만들다니. 괜한 오기에 재야는 일부러 감정이 상할 만한 말을 골랐다. 여자로 오해받을 만한 남자에게 그런 소리를 한다면 열에 아홉은 화를 낼 것이니까 말이다.

"……너 남자 맞냐?"

"에? 뭐라구?"

그의 반문에 재야는 인상을 찌푸렸다. 아무리 봐도 자신보다는 한참 어려 보이는 녀석한테 듣는 반말이 반가울 리가 없는 그였다.

"너, 나이가 몇인데 초면인 사람한테 반말이야?"

"그러는 댁은 나 처음 보는 거 아닌가? 그리고 내가 댁 나이를 어떻게 알고 존댓말을 해?"

"하! 이 녀석 이거 정말 웃기네."

"녀석? 그러는 네 녀석은 얼마나 남자 같기에? 곱상한 걸로 따지면 그쪽도 한몫한다는 거 몰라? 거울 좀 보지 그래?"

남자의 뒤이은 말에 재야는 황당하다는 눈빛으로 그를 쳐다봤다.

"그 말, 내가 잘생겼다는 뜻이냐?"

재야는 웃음이 비실비실 새어나왔다. 이런 황당한 상황에서 이런 소리를 듣고도 기분이 안 나쁜 걸 보면 필시 자신 역시 뭔가 잘못되었다는 생각을 하면서도 말이다.

비상은 갑자기 나타나 엉뚱한 소리를 해대는 키가 멀대처럼 큰 남자의 잘난 면상이 썩 반갑지가 않았다. 우선 지금의 상황이 그랬고, 둘째는 그의 눈빛이 자신을 무척이나 한심하게 쳐다본다고 생각되었기 때문이다.

"하여간 요즘 것들은 예쁘다는 소리만 하면 다들 저렇게 미치는지 몰라."

"크큭, 크크크."

재야는 순간 터져 나온 웃음을 참지 못하고 배를 잡고 웃었다. 그때 저만치에 차를 세워둔 경찰 두 명이 이미 가까이 다가왔다.

"실례합니다. 신고가 들어와서요. 잠시 서까지 같이 가주셔야겠습니다."

경찰관의 말에 비상은 울상을 지었다. 날카롭게 치켜떠진 눈초리가 밑으로 쳐지며 울상을 짓는 비상의 모습에 재야는 자신도 모르게 손을 뻗어 젖은 머리카락을 마구 휘저어주었다.

"으엑~ 뭐 하는 거야, 당신?"

"후후. 형한테 못하는 소리가 없네. 자식."

한눈에 보기에도 경찰서에 같이 가면 걸릴 문제가 하나둘이 아니었기에 재야는 경찰관들을 저만치 끌고 가서 한참을 얘기했다. 비상이 얼핏 듣기에는 좋은 쪽으로 해결을 보자는 둥, 신고가 들어갔다면 저쪽이 잘못이 많았다는 것을 알 수 있지 않냐는 둥, 상당히 조리있는 말로 경찰들을 설득하고 있었다. 게다가 포장마차에서 나온 할머니가 지금의 상황을 잘 설명해 주었기에 경찰서까지 연행은 모면하게 됐다. 결국 합의를 보기로 하고 재야는 경찰관을 잘 설득해서 돌려보냈다. 그사이 정신을 차린 남자들 역시 경찰서까지 가는 것은 싫어하는 눈치였기에 기꺼이 그 경찰관이 있는 상태에서 합의라는 것도 했다. 하지만 재야가 경찰관 몰래 무서운 눈빛으로 남자들을 노려보는 것을 본 이는 아무도 없었다. 경찰 역시 상황을 인식하고는 간단히 훈계를 하고 되돌아갔다. 남겨진 네 명의 깡패는 금방이라도 비상에게 달려들듯 험악한 눈빛을 보냈지만 더 이상 몸싸움으로 이어지지는 않았다. 그건 비상도 비상이었지만 비상의 뒤에서 험한 눈초리로 연신 그들을 노려보는 재야 때문이었다.

"운 좋은 줄 알아라, 엉?"

"지랄. 지지리도 처맞은 주제에 입만 살았네? 왜, 더 맞고 싶냐?"

남자의 도발에 맞응수하는 비상을 보며 재야는 고개를 절레절레 흔들었다. 도무지 무서움이라는 것을 모르는 비상의 행동은 딱 지기 싫어하는 아이처럼 보였다.

"씨팔. 어쩔 수 없이 합의는 했지만 정말…… 아우!"

제 성질을 못 이기는 듯 옆의 물건을 발로 팍 걷어차는 깡패의 모습에 재야는 눈살을 찌푸렸다. 그 모습에 움찔한 깡패는 재야의 시선을 피해 어색한 행동을 취했다.

"조용히 해라? 여기가 너희 집 안방이라도 되는 줄 아냐? 합의 같은 소리하고 자빠졌네. 법만 없었으면 니들은 내 손에 다 죽었어! 꼭 능력도 안 되는 것들이 몰려다니면서 분위기 조성해요! 무슨 싸움을 머릿수와 인상으로 하냐?"

다시 붙을 기세로 눈싸움이 번지자 재야는 비상의 어깨를 한 손으로 잡았다. 남자치고는 상당히 가는 어깨였다.

"이봐, 여기서 일이 더 커지면 정말 곤란해지지 않겠어? 이쯤에서 그만두지 그래?"

"젠장. 정말 운 좋은 건 니들이라고, 엉?"

"아유~ 씨팔. 저게 정말!"

"입 닥치고 조용히 찌그러져 있어라? 어디 할 짓이 없어서 칠순이 넘은 할머니의 돈을 떼어먹으려고 해? 니들이 그러고도 사람이냐? 사람이야? 인간구실 못할 거면 아예 태어나질 말든지. 주제도 모르는 것들이 툭하면 성차별하지! 내가 이렇게 생겨먹은 거에 보태준 거 있냐? 있어?"

"야이, 씨팔…… 헉!"

눈 깜짝할 순간이었다. 어느 사이에 한 손에 검고 투박한 목검을 쥔 비상이 일어선 남자의 목젖을 정확히 노렸다. 날카롭게 치켜뜬 눈이 보통이 아닌 것처럼 날랜 동작도 군더더기없이 깔끔했다. 재야는 그들의 대화를 들으면서 저 남자들도 이 곱상하기만 한 남자를 여자로 알고 시비를 건 거구나 하고 단순하게 생각했다.

"입 닥치라고 했지? 정말 개 값 물게 할래? 니들이 먹은 술 값만 내고 갔어도 이런 일은 없었을 거 아냐?"

"네, 네가 뭔데……?"

버벅거리면서 말하는 남자를 위아래로 내려다보는 비상의 얼굴에 비웃음이 감돌았다.

"사람 가려서 대해라, 응? 너보다 약한 사람도 많지만 너보다 강한 사람들도 많거든? 어째 그리 사내 구실을 못하냐고. 이참에 아예 사내 소리도 못 듣게 해줄까? 어?"

비상의 행동에 재야는 웃음이 나오는 것을 간신히 참았다. 저 외모에 불같은 저 성격이라니. 정말 여자로 태어나지 않은 게 다행이라고 생각하는 재야였다.

"이봐, 형씨들 그만 하고 가지 그래? 여기서 더 있어봤자 좋을 거 하나도 없을 것 같은데 말이야. 당신들도 경찰서 가서 좋을 건 없잖아, 안 그래?"

재야의 말에 남자들은 잠시 눈빛을 마주하며 수군대더니 그 자리를 벗어나면서도 한마디를 던졌다.

"흥. 조심해라, 엉?"

가면서 끝까지 눈을 부라리던 깡패들이 사라지자 재야는 남자의 머리를 툭 쳤다.

"아, 왜 또 쳐요?"

"호오~ 지금은 웬 존댓말?"

"거, 거야 뭐……."

얼굴을 붉히며 자신의 머리를 벅벅 긁으며 말을 얼버무리는 비상의 모습에 재야는 짓궂은 웃음을 지었다.

"나한테 무척이나 고맙지?"

아닌 게 아니라 비상의 입장에서는 정말 구원의 손길이라고밖에 할 수 없는 상황이었다. 하지만 저렇게 대놓고 고맙지 않냐고 물으니 그렇다고 대답하기가 싫은 비상이었다.

"그쪽 혼자서 알아서 다 해놓고 무슨 말이에요? 내가 언제 도와달라고 했어요?"

"그럼 다시 경찰서 갈래?"

바로 튀어나오는 남자의 말에 비상의 인상이 확 일그러지고 말았다.

"젠장. 생색은. 여하간 고맙다고요, 그럼."

마지못해 인사를 건네는 비상을 보며 재야는 다시 한 손을 뻗어 남자의 머리를 만졌다.

"하하, 자식. 정말 귀엽게 노네."

재야가 다시 비상의 머리를 슥슥 문지르자 비상이 눈을 치켜떴다.

"고마운 건 고마운 거고 손 좀 치워주시죠?"

"아아~ 그래. 하지만…… 이런, 잠시만."

휴대폰이 울려서 전화를 받는 재야의 입가엔 느슨한 미소가 걸려 있었다.

"어. 어. 그래? 응. 근데 미안해서 어쩌지? 일이 생겨서 못 갈 것 같다. 어. 그래, 다음에 하지 뭐. 그래."

돌아서서 비원의 전화를 받으며 이미 약속 시간에 상당히 늦은 것에 대한 아쉬움이 하나도 들지 않는 이유는 아마도 그 이상한 남자 때문이라고 재야는 생각했다. 재야가 전화를 끊고 뒤를 돌아보니, 막 울리는 휴대폰을 받는 남자의 모습이 보였다.

"아, 오빠! 미안, 미안. 일이 생겨서 좀 늦을 것 같네. 어? 이쪽? 아니아니, 이쪽으로 오지 마. 오늘 포장마차 문 안 열었더라. 어디야? 이 근처? 내가 그리 갈게. 정말이야! 사고 친 거 아니라니깐 그러네! 알았어!"

남자의 통화 내용을 듣는 재야는 순간 패닉 상태에 빠지고 말았다. 오로지 귓가에 들리는 소리라고는 '오빠'라는 단어뿐이었다.

'여자…… 였어? 그랬단 말이지, 훗.'

통화를 끝낸 비상이 의아하다는 눈빛으로 재야를 쳐다봤다.

"왜 그렇게 봐요?"

"너…… 여자였냐?"

재야의 말에 비상의 인상은 다시 한 번 확 구겨졌다. 자주 남자로 오해를 받곤 했지만 이렇게 대놓고 물어보는 사람은 거의 없었다.

"왜요? 여자라면 뭐가 달라져요?"

"어. 달라져. 그것도 아주 많이 말이지."

재야는 남자라고 생각했던 사람이 여자라는 사실에 헛웃음이 나오고 말았다. 이렇게 감쪽같이 속아 넘어가기는 처음이었다. 어이없는 마음에 재야가 다시 질문을 했다.

"근데 왜 차림새가 그 모양이냐? 사람 헷갈리게."

재야의 질문에 남자라고 착각했던 여자가 인상을 썼다.

"그럼 긴 머리 휘날리며 빨간 립스틱 바르고 하늘거리는 치마를 입어야만 여자예요?"

비상의 말에 갑자기 그런 모습이 상상이 되어버린 재야는 입술을 부들거리며 결국 참지 못하고 큰 소리로 말했다.

"하하하, 아니아니. 그게 더 이상할 것 같다. 차라리 지금 네 모습이 나아, 크큭."

비상은 갑자기 나타나 일처리를 다 해주고 미친 듯이 웃는 남자가 제정신으로 보이지 않았다. 겉만 멀쩡하면 뭐 하는가? 머리가 정상이 아닌 것을.

"쯧. 그쪽도 보아하니 평범한 것과는 거리가 먼 것 같으니까 얼른 집에 가서 약이나 드시죠."

말을 마친 비상이 몸을 홱 돌려 걷자 재야는 서둘러 그 여자를 잡으려 했지만 웃음 때문에 쉽지가 않았다.

"으하하하, 크크큭. 약이라고?"

그렇게 미친 듯이 웃는 남자를 바라보는 비상은 안됐다는 듯이 혀를 차며 서둘러 오빠의 회사로 가기 위해 걸음을 옮겼다. 오빠의 귀에 오늘 일이 들어가는 날엔 그나마 검도관마저도 그만둬야 할지도 모를 일이었기 때문이다.

"이봐, 이봐! 잠깐만!"

"왜요?"

짜증스레 대꾸하는 여자를 쳐다보며 재야가 자신의 뒤를 가리켰다.

"태워주지. 타라."

"미안하지만 난 택시는 안 타요!"

"뭐?"

황당한 여자의 말에 재야는 순간 할 말을 잃었다. 택시, 지금 택시라고 한 건가?

재야가 잠시 서 있는 사이 비상의 모습은 이미 저만치 사라지고 없었다.

'이거 무슨 도깨비한테 홀린 것도 아니고.'

달리기는 얼마나 빠른지 이미 횡단보도를 건너 저만큼 달려간 여자를 보며 재야는 아쉬워했다.

'연락처라도 받아둘 걸……. 아, 포장마차!'

재야는 퍼뜩 정신을 차리고는 포장마차 안으로 들어갔다. 아까 하던 얘기로 봐서는 자주 이곳에 들르는 모양이니, 그 여자에 대해 어느 정도 알 수 있지 않을까 하는 기대를 가지면서 말이다.

한편, 비상은 서둘러 비원의 회사에 도착했다. 지하 레스토랑으로 들어서는 비상은 이미 자리를 차지하고 있는 비원을 보고는 환한 웃음을 지으며 다가갔다.

"많이 기다렸어, 오빠?"

"넌…… 대체 그 차림새가 뭐야?"

비원이 인상을 쓰며 안경을 고쳐 잡고 묻자 비상은 어설프게 웃으며 서둘러 자리에 앉았다.

구겨진 점퍼며 헝클어진 머리, 물 빠진 청바지에 검은색과 노란색이 섞인 스니커즈까지. 못마땅한 눈빛을 읽은 모양인지 비원을 바라보는 비상이 애교스럽게 웃고 있었다. 비원은 그 모습을 보면서 한숨을 쉬었다. 저렇게 눈을 반짝이며 보조개를 보이고 말을 꺼낼 때는 세상에서 둘도 없이 예쁜 여자처럼 보였다. 제발, 저런 이상한 옷만 입지 않는다면 말이다.

'생일이니, 화이트데이니 사준 옷도 많고 받은 보석도 많건만 어찌 저런 거적때기를 걸치고 다니는 건지.'

비상은 옷을 입는 것에도 독특한 취향을 가지고 있는 편이었다. 자신에게 어울린다거나 예쁘다는 것에 중점을 두고 옷을 고르는 대부분의 여자들과는 달리 움직임이 편한가, 활동하기에 문제가 없나, 잘 뜯겨지지 않나, 등등의 이유로 옷을 고르는 녀석 때문에 비상이 치마를 입는 것은 어렸을 때 빼고는 본 기억이 없는 비원이었다. 그나마 고등학생 때 교복 치마를 입은 비상의 각선미가 얼마나 예쁜지, 마른 듯한 다리에 알맞게 자리한 근육이 얼마나 섹시한지에 대해서 아무리 칭찬해 줘도 관심없어하던 동생을 기억하고는 한숨을 쉬었다.

'왜 치마를 입지 않느냐고 물었을 때 비상의 대답이 뭐였었지?'

비원은 얼마 전 비상에게 들은 대답에 어이없어했다.

"치마? 그거 불편해서 못 입어. 다리차기 할 때도 속옷 보일까 봐 걱정해야 되고, 방어할 때도 최소한 맨살로 막는 것보다는 옷 입고 방어하는 게 낫거든. 상처 나면 씻을 때 얼마나 아픈데!"

싸울 때 각목에 맞는 것보다 찍혀서 가시 박히는 것이 더욱 골치 아프다는 비상의 말에 비원은 경악했다.

'대체, 스물네 살 먹은 처녀가 치마를 안 입는 이유로 내세운 것이 싸울 때 불편하기 때문이라는 게 말이 돼?'

나름대로의 생각에 헤어나오지 못하는데 계속해서 말하는 비상의 목소리에 비원은 퍼뜩 정신을 차렸다.

"아직 준비단계야. 돈이 좀 모자라거든. 다른 친구들도 마찬가지고."

"얼마나 모자라는데? 건물 정도는 오빠가 얻어줄 수 있어. 오빠가 돈을 좀 대줄까?"

비원의 말에 비상은 웃으면서 고개를 저었다.

"아니, 내 사업이니 하나부터 열까지 내가 할 거야. 그래서 중학교 때부터 돈을 모은 거고."

"아아, 그 내기 돈?"

"내기 돈 이라고 우습게 보지 말라고! 내가 대학 사 년 내내 아르바이트 한 거랑 용돈 받은 거랑 틈틈이 내기해서 번 돈이 얼만데 그래? 조금만 더 모으면 돼! 거기다 다른 녀석들도 어느 만큼은 모은 것 같으니까 올 한 해만 노력하면 내년에는 어엿한 이사님들이라고."

비상의 말이 이어질수록 비원의 얼굴은 흐뭇해져만 갔다. 어렸을 때부터 자립심이 강한 동생이었고, 꿈 또한 확실하게 정해서 차례차례 한 계단씩 밟아 오는 비상이었다. 이런 얘길 들을 때면 비상의 말대로 성차별일지도 모르지만 녀석이 아들로 태어나지 않은 것이 정말 안타까울 정도였다. 자신의 미래의 꿈을 이루기 위해 오로지 앞만 보고 열심히 사는 비상은 비원에겐 자랑스러운

동생이었다.

간단히 저녁을 해결하고 비원의 차를 타고 집으로 도착한 비상은 집에 아무도 없자 비원에게 물었다.

"참, 엄마는?"

"일찍도 물어본다! 오늘 모임 있어서 나가셨어."

"윽. 그럼 또 오자마자 결혼 타령하면서 날 들볶겠네?"

"하하. 그러게 말이다."

"엄마는 왜 날 결혼 못 시켜서 안달이신지 몰라."

"그거야 연세가 있으신 데다가 네가 하도 사고를 치고 다니니까 그러는 거지. 게다가 넌 이성엔 관심도 없으니까 더 걱정이 되어서 그러시는 걸 거다."

비원은 조용히 한숨을 내쉬었다. 오늘 저녁 어머님의 모임은 특별한 이유가 있는 것이었다. 아마도 분명 비상의 혼처 문제를 들고 나올 것이 분명했다. 슬슬 배우자를 물색하는 어머님의 행동이 당연하다고 느껴지면서도 왠지 누가 되든지 간에 자신의 눈에 안 찰 것이 분명하다는 생각이 들었다. 이 사고만 쳐대는 동생 녀석을 데리고 살아야 하는 남자가 한편으론 불쌍하기도 하고.

이런저런 생각에 뒤숭숭해진 비원은 자신을 향해 울상을 짓는 비상을 보고는 다가가 살짝 안아주었다. 기다렸다는 듯이 비원의 품에 안겨 웃는 비상을 막 자신의 품에서 떼어놓는데 벨이 울렸다.

"아, 어머님 오셨나 보다!"

잠시 후, 현관문이 열리면서 어머니인 곽 여사가 들어왔다.

"둘 다 집에 있었던 거니?"

"네. 다녀오셨어요?"

"잘 다녀오셨어요?"

"그래. 그것보다 비상이하고 비원이 여기 좀 앉아봐라."

들어오자마자 옷을 갈아입기도 전에 곽 여사는 비상과 비원을 향해 말하면서 서둘러 거실 쪽으로 몸을 옮겼다. 비상이 그런 곽 여사를 쳐다보다가 다시 비원을 쳐다보자 비원 역시 모르겠다는 표정으로 어깨를 으쓱할 뿐이었다.

'어어, 좀 위험한데? 엄마가 저러는 건 꼭 이상한 문제를 들먹일 때뿐이거든.'

곽 여사의 맞은편에 앉으면서 비상은 내심 떨떠름한 마음을 떨치려고 애썼다.

"넌…… 그 옷차림이 뭐니? 엄마가 그런 이상한 옷 좀 입지 말라고 했지?"

"이게 어때서요? 편하기만 하구만."

"옷을 편한 이유로만 입니? 제발 여자다운 구석을 좀 보여봐!"

자리에 앉자마자 시작되는 곽 여사의 잔소리에 비상은 인상을 찡그렸다. 꼭 무슨 모임만 갔다 오면 자신에게 신경을 곤두세우는 엄마 때문에 정작 짜증이 나는 것은 비상이었다.

"아, 왜 또 그러는 건데요? 엄마는 이상하게 모임만 갔다 오면 날 못살게 굴어!"

비상의 투덜거림에 곽 여사의 얼굴이 한층 더 새침해졌다.

"그래. 듣는 너도 짜증나겠지만 매번 비교당하는 나는 어떻겠니? 응? 이번에 정 이사네 둘째 딸이 날을 잡았다잖아! 사위가 무슨 박사학위 받고 대학 강단에 선다더라. 아유~ 어찌나 자랑을 하던지!"

'또 그놈의 결혼 타령.'

비상은 얼굴을 찡그리면서 속으로 중얼거렸다. 그 모습에 곽 여사가 더욱 눈을 확 치켜뜨자 비원이 웃으며 나섰다.

"어머니, 또 사위 자랑만 잔뜩 듣고 오셨어요? 그래도 아직 철부지인 녀석한테 말씀하시면 뭘 해요? 아직 결혼은 둘째 치고 남자한테 관심도 없는 녀석인데."

"내 말이 그 말 아니니? 남들 연애도 하고 사고도 칠 때 대체 저 뭉치는 뭘 하고 있었는지, 쯧. 그러기에 애초에 막대기 갖고 장난하는 걸 막았어야 하는데."

"엄마! 막대기가 뭐야, 막대기가!"

"그게 그거지, 다를 게 뭐 있어? 그런 거 배워갖고 쌈박질밖에 더 해? 싸울 때 나무 막대기보다 다른 것들이 훨씬 위험하다는 거 모르니? 그깟 걸로 또 어정쩡하게 사람들 패기만 했단 봐라. 한 번만 더 경찰서에서 연락 오면 아주 호적에서 파버린다고 했지?"

눈을 부라리며 말하는 곽 여사의 모습에 비원은 피식 웃고 말았다. 자신의 어머니인 곽 여사의 저런 모습을 아는 사람은 딱 두명, 바로 자신과 비상이뿐이다. 같이 살고 있는 자신의 아버지마저 완벽하게 속일 정도의 내숭 9단의 어머님도 스트레스를 받는 경우가 있는데 요새 가장 스트레스를 받는 것은 바로 주변사람들의 사위 자랑이었다.

"넌 뭐가 좋아서 웃고 있어? 너라도 장가를 빨리 가야지 손자를 볼 거 아니니? 나도 며느리 자랑, 사위 자랑 좀 하자, 응?"

"아아, 그게 말처럼 쉽나요? 자자, 그만 하시고 옷부터 갈아 입으셔야죠. 조금 있으면 아버님한테 전화올 시간인데요?"

"핑계대지 말고. 넌 대체 사귀는 여자가 있는 거니, 없는 거니? 내가 누누이 말했지만……."

기다렸다는 듯이 울려대는 전화벨 소리에 비원이 정색을 하며 어머니를 쳐다보았다.

"어라? 전화 왔는데요?"

얼른 어머니의 말을 끊은 비원이 수화기를 들었다.

"아, 아버님이세요? 네. 가신 일은 잘되셨구요? 어머니요? 네, 잠시만요."

수화기를 넘겨주자 어머니의 표정이 순간적으로 바뀌는 것을 볼 수 있었다.

"여보세요? 어머, 여보~ 그럼요, 오호호호. 여기는 걱정하지 마시고요, 당신 건강이나 신경 쓰세요. 제가 챙겨 드린 약은 잘 드셨어요? 네, 그럼요~"

한동안 길어질 것 같은 대화를 들으며 비상은 슬쩍 눈치를 주고 소파에서 일어나 얼른 이층으로 향했다. 비상의 뒤를 따르던 비원 역시 어머니의 모습에 나오는 웃음을 참으며 이층으로 올라갔다.

포장마차에서의 그 일이 있은 며칠 뒤, 포장마차 앞을 지나던 비상은 할머니에게서 그날 자신을 도와줬던 남자가 자신에 대해 묻고 갔다는 말을 들었다. 할머니는 그 남자가 무척이나 잘생겼고, 돈도 많아 보이고, 싹싹했다면서 자신도 이곳을 단골로 삼을 거라는 말을 했다고 했다. 비상에 대해서 이것저것 묻길래 그저 모른다고 대답을 했고, 종종 찾아오는 단골이라는 것은 알려줬으니 아마도 조만간 찾아올 거라고 할머니는 전해주었다. 비상은 그런 할머니의 행동에 고마워하며 인사를 했다. 그날 이후 종종 그 남자에 대해서 생각을 하는 비상이었지만 이상하게도 그 남자를 떠올릴 때마다 남자의 얼굴보다 낮게 웃던 목소리가 먼저 기억나 가슴이 두근거렸다.

다음날, 아침 일찍 일어난 비상이 어김없이 수련을 하는 중이었다. 상의가 땀에 흠뻑 젖어 비상의 몸에 착 달라붙어 있었다. 한 시간가량 가검을 휘두르자 가검을 쥐었던 오른팔이 뻐근해져 왔다. 수련을 마치고 잠시 명상에 잠겨 있던 비상은 오른팔을 문지르며 대문으로 향했다. 대문 근처에 떨어져 있는 신문과 우유를 들고 개운한 몸으로 현관으로 향하는 비상은 한 손으로 요령있게 우유를 마시고 있었다.

"오빠, 신문."

"아, 그래. 고마워."

비원은 비상이 건네는 신문을 익숙하게 받아 들고는 거실 소파로 다시 가 앉았다. 아침 식사를 하기에는 다소 이른 시간이었고 식사를 하기 전까지는 봐둬야 할 신문이 꽤 있었다. 비원에게 신문을 건네고 비상이 막 몸을 돌리는데 안방 문이 열리면서 곽 여사가 나오다가 비상과 눈이 딱 마주쳤다.

"고비상! 너 옷차림이 그게 뭐니? 엉?"

"아, 네에, 네."

비상은 엄마의 잔소리가 시작되기 전에 부리나케 이층으로 뛰어갔다. 그 모습을 보는 곽 여사는 연신 혀를 차며 이층을 향해 언성을 높였다.

"아이고, 저런 옷들만 입으니까 연애를 못하지!"

"후후, 옷 때문이 아니라 비상이 성격 탓이죠. 왜요? 전 보기에 좋은데요?"

비원은 딱 붙는 상의가 가슴 아래까지만 내려와 있어 처음 봤을 때 좀 당황스럽기도 했다. 물론 그 뒤로는 비슷한 옷차림을 많이 봐왔기에 무뎌졌지만 처음에 비상의 아침 운동 후의 모습을 봤을 땐 동생임에도 불구하고 얼굴이 붉어졌었다.

'도대체 이성에 대한 자각이 있긴 한 걸까?'

내심 걱정스러운 비원이었다.

잠시 후 편한 트레이닝복을 걸치고 내려온 비상은 식사를 하는 내내 계속되는 어머니의 잔소리에도 정신없이 먹기만 했다.

"천천히 먹어, 체하겠다."

"아, 빨리 나가봐야 돼."

비원이 건넨 물컵을 받아 물을 마신 비상이 자리에서 일어나며 급하게 말을 이었다.

"아빠, 죄송해요. 급하게 나가봐야 할 일이 있어서요."

곽 여사가 내심 못마땅한 표정으로 비상을 쳐다보았지만 고영주 회장이 고개를 끄덕였기에 달리 말을 못하고 있었다.

"일찍 들어와. 통금시간 몇 신지 알지?"

"아아, 네. 열 시요."

일어선 비상이 인사를 하고 부리나케 자리를 뜨자 곽 여사가 비원을 쳐다보며 말을 이었다.

"비원아, 친구들이나 후배 중에 괜찮은 남자있으면 동생한테 소개시켜 줘."

"아아, 어머니 또 그 얘기예요? 이미 사귀는 사람들이 다 있다니까 그래요."

비원은 슬쩍 눈을 내리깔았다. 주변에 솔로인 녀석들도 더러 있었지만 도무지 소개해 주고 싶은 마음이 들지 않았기 때문이다.

"저런 문제아 녀석을 누가 데리고 살까!"

"아니, 그럼 평생 당신이 끼고 살 작정이에요?"

곽 여사가 답답하다는 듯이 말하자 고 회장이 낮게 기침을 해댔다.

"흠흠, 꼭 결혼하라는 법이 어디 있어? 지가 싫으면 그만인 게지. 녀석이 좋다면야 얼마든지 같이 살아도 되지, 안 될 건 또 뭐 있어?"

고 회장의 말에 비원은 속으로 웃음을 삼켰다. 자신도 그렇지만 아버님 역시 비상을 끔찍이 생각한다는 것을 다시 한 번 느꼈기 때문이다. 고 회장의 대답에 곽 여사의 표정이 미묘하게 변해갔다.

"어떻게 된 게 우리 집안 남자들은 하나같이 욕심만 많아요! 그게 딸 가진 아비가 할 소리예요?"

새침하게 말은 했지만 곽 여사 역시 말과는 달리 얼굴 표정은 환했다.

아침 일찍 사무실 문을 열고 들어선 비상은 서둘러 편한 옷으로 갈아입고는 도장을 청소하기 시작했다. 사범들이 돌아가면서 일주일씩 청소를 하는데 이번 주는 비상이 하는 날이었기 때문이다. 이런 말을 한다면 당장 그만두라고 말할 식구들이 분명하기에 비상은 친구들을 핑계로 일찍 나왔던 것이다. 바닥을 쓸고 닦은 다음 벽에 걸린 목검들을 일일이 손보고, 거울을 닦고 관장실을 정리하다 보니 거의 점심시간이 다 되어가고 있었다. 급하게 먹었던 아침이 기어코 탈이 난 모양인지 비상은 아까부터 콕콕 쑤셔오는 통증에 인상을 썼다. 정신없이 청소를 하느라 몰랐던 건데 지금은 참기 힘들 정도로 아프기도 하고, 속이 답답하고 메스꺼운 비상이었다.

비상은 사범 옷으로 갈아입은 뒤에도 여전히 속이 안 좋은 상태라 안색이 별로 좋지 않았다. 도장으로 들어서던 곽 관장은 안색이 파리한 비상을 보더니 그녀의 곁으로 다가왔다.

"고 사범, 얼굴빛이 안 좋은데, 몸이 불편한 건가?"

"아, 관장님! 속이 좀 안 좋아서요."

"속이?"

사석에서야 삼촌이고 조카였지만 도장에서는 꼭꼭 직책에 맞춰 행동하는 그들이었다. 비상의 대답에 곽 관장의 뒤로 막 들어서던 두 명의 사범의 시선이 그녀에게로 향해졌다.

"왜, 왜 그렇게 쳐다보시는 겁니까?"

"혹시……?"

"혹시?"

비상이 의아한 듯 묻자 제일 위의 선배인 우 사범이 음흉한 눈빛으로 그녀를 쳐다보았다.

"음, 혹시 임신한 거 아냐?"

"맞아! 여자들 임신하면 속이 안 좋다고 하잖아? 입덧이라고 하지, 아마?"

"설마, 고 사범이? 우우~ 그럴 리가 없어요! 저 남자 같은 녀석을 대체 누가?"

결국 참다못한 비상이 우 사범과 조 사범을 노려보며 소리쳤다.

"그 입 좀 닥치시죠?"

얼굴이 붉으락푸르락해진 비상이 우 사범을 노려보며 이를 갈았다.

"내가 뭐, 자가 수정이라도 하는 줄 압니까? 임신이라뇨?"

"자, 자가 수정?"

황당해하며 되묻는 우 사범을 노려보는 비상의 인상이 확 일그러지고 말았다.

"아니면, 남자하고 키스 한 번 못해본 내가 어떻게 임신을 한다는 말입니까?"

"정말 키스 한 번 못해봤단 말인가?"

놀란 우 사범이 믿을 수 없다는 듯이 되묻자 옆에 서서 비상을 놀렸던 조 사범이 빙글거리며 사이에 끼어들었다.

"에이~ 설마, 그래도 고 사범 우리 검도관에서는 꽃미남 사범으로 통하는데, 그럴 리가요?"

조 사범의 말에 비상이 울컥해서 그를 노려봤다.

"내 말이! 왜 내가 여자임에도 불구하고 꽃미남으로 불리냐고? 꽃미녀도 아니고!"

비상의 말에 나머지 세 명의 남자들이 호탕하게 웃기 시작했다.

"그건 맞는 말이긴 한데, 이상하게 왜 이성으로 안 느껴지지? 꼭 남자 친구를 대하듯 편해서 그런가?"

조 사범의 말에 비상이 그를 노려봤다. 비상과 조 사범은 동갑내기였기에 나이를 알고 부터는 서로에게 말을 튼 상태였다.

"네가 이상한 거지! 왜 내가 이상하냐?"

비상의 말에 조 사범은 연신 웃음을 삼키며 고개를 끄덕였다.

"그래그래, 내가 이상한 놈이다, 내가!"

비상과 조 사범의 모습을 지켜보던 우 사범이 이해한다는 식으로 고개를 끄덕였다. 세 명의 사범들을 바라보며 곽 관장은 흐뭇한 미소를 지었다. 특히 이 검도관의 꽃이라고 할 수 있는 고비상 사범은 자신의 조카이기도 하지만 이 도장에서 가장 인기있는 사범으로 손꼽혔다. 수많은 학생들이 그녀를 따랐고 2부 수업을 듣는 녀석들 중 대다수가 고 사범이 남자라고 착각하고 있었다. 그래서 아이들이 하루가 멀다 하고 비상에게 도전장을 내밀었다. 물론, 그래 봤자 겨우 초등학교 1, 2학년이 주를 이루지만 그 초등학생들이 열의를 불태우며 고 사범에게 도전장을 내밀었다. 지금도 전날 수업을 마치고 고 사범에게 전해달라고 준 도전장만 세 장을 가지고 있는 곽 관장이었다. 유희왕 카드게임 도전장이 두 장, 그리고 원카드 게임까지. 어쩔 땐 저 길 건너편에 있는 태권도장에서 원정경기까지 온다고 하니, 실로 그 인기를 실감하는 곽 관장이었다.

"아아, 누가 우리 고 사범을 남자라고 생각한다는 거야? 이렇게 예쁘게 생긴 남자 봤어?"

"관장님! 그거 지금 저 놀리는 거죠?"

"와하하하!"

아직 오전이라 한가한 검도관이 왁자지껄 웃음소리로 가득했다. 한참 웃던 곽 관장은 갑자기 생각났다는 듯이 우 사범에게 질문을 했다.

"참, 내일이 우 사범 생일 아닌가?"

곽 관장의 말에 우 사범은 놀랍다는 듯이 곽 관장을 쳐다봤다.

"어? 어떻게 아셨습니까, 관장님?"

"하하하, 우리 식구 생일도 몰라서야 쓰나? 오늘 시간이 괜찮으면 다같이 저녁이나 먹자고."

곽 관장의 말에 모두들 좋다고 대답을 했다.

"우와~ 좋아요! 오늘 거하게 먹고 놉시다!"

"맞아! 맞아!"

사범들의 소리에 뒤이어 들어오던 이시형 사범이 어리둥절한 표정으로 그들을 바라봤다.

"무슨 일인데 이렇게 시끄럽습니까?"

날카로운 외모에 낮은 목소리를 가진 이시형 사범이 물어오자 조 사범이 얼른 대답했다.

"내일이 우 사범님 생일이라네요. 그래서 관장님께서 오늘 저녁 회식을 하자고 하셔서 모두 좋아한 거죠."

"아, 그래요? 우 사범님 생일 축하드립니다."

"어어, 이봐, 내 생일은 내일이라고."

우 사범이 손사래를 치며 말하자 비상이 그의 옆구리를 푹 찔렀다.

"미리 땡겨 받으면 그만이죠 뭘. 이 사범님, 맨입으로는 안 되는 거 아시죠?"

비상의 말에 시형의 눈빛이 더욱 가늘어졌다.

"선물은 우 사범님이 받는 건데 왜 고 사범이 좋아하지?"

비상은 이시형 사범이 왜 유독 자신에게 까다롭게 구는지 이해할 수가 없었지만 특유의 재치로 넘겼다.

"어머, 몰랐어요? 우 사범님이 생일 선물의 반은 저한테 주시겠다고 좀 전에 그랬거든요."

"뭐? 내가 언제?"

우 사범이 기겁을 하며 대답하자 비상이 천연덕스럽게 대답했다.

"사람이 그렇게 혼자만 독식하면 안 된다구요. 까짓 선물 한두 개 주면 어때서."

비상의 말에 우 사범이 기어코 이마를 치며 웃자 조 사범이 비상의 이마를 툭 쳤다.

"야, 넌 그래서 여자 소리 못 듣는 거야."

조 사범의 말에 비상이 혀를 날름 내밀었다.

"아이구, 여자로 봐달라고 하지도 않네요! 신경 끄셔!"

"자자, 이제 들어가서 준비합시다. 조금 있으면 1부 시작하니까."

곽 관장의 말에 네 명의 사범이 서둘러 도장 안으로 들어섰다.

하지만 아까부터 조 사범의 비상한 행동을 불만스럽게 쳐다보는 이시형 사범의 모습을 눈치 챈 이는 아무도 없었다. 잠시 뒤, 비상의 곁으로 다가온 곽 관장이 걱정스럽다는 듯이 말을 건네었다.

"비상아, 오늘 시간은 괜찮지?"

"저, 그게……."

"왜?"

"엄마가 일찍 들어오래요."

풀이 죽은 비상의 말에 곽 관장의 얼굴이 의아하게 변해갔다.

"너…… 또 무슨 사고 쳤냐?"

"삼촌! 삼촌은 제가 만날 사고만 치는 줄 알아요?"

억울하다는 듯이 소리치는 비상을 바라보며 곽 관장은 고개를 갸웃거렸다. 그러더니, 이내 한숨을 내쉬며 안됐다는 듯이 비상을 쳐다봤다.

"또 그놈의 사위 타령이냐?"

"네. 아주 지겨워 죽겠습니다! 왜 나한테만 그러는지 몰라요, 정말! 오빠도 장가를 안 갔는데 만날 나만 잡아요, 잡아!"

투덜거리는 비상을 바라보는 곽 관장의 얼굴이 다시 한 번 웃음이 번졌다.

"그거야 비원이는 워낙 제 할 일은 알아서 잘하니까 그런 거고. 어? 억울하다는 표정은 짓지 마라. 네가 한 짓이 있으니 네 엄마가 그렇게 생각해도 할 말이 없는 거고."

"우씨. 삼촌 너무하신 거 아니에요?"

"하하하, 여하간 내가 누님한테 얘기 잘해놓을 테니까 그건 걱정하지 마라."

곽 관장의 말에 비상이 뛸 듯이 기뻐하며 손뼉을 쳤다.

"와아~ 고맙습니다, 삼촌! 앗싸, 간만에 거하게 한잔한다!"

기뻐하는 비상을 바라보던 곽 관장이 비상의 이마를 툭 쳤다.

"인마, 이런 걸로 좋아할 때 아니지 않냐?"

"삼촌도 나처럼 통금시간 정해놓고 초 재기 해봐요! 어떻게 된 게 통금 시간이 풀릴 줄을 몰라요, 체! 그래 놓고는 만날 남자 하나 물어오라고나 하고."

비상이 투덜거리자 슬쩍 웃던 곽 관장이 찬찬히 비상의 얼굴을 살폈다.

"너, 낯빛이 많이 안 좋아. 2부 수업은 차량만 돌고 쉬어라. 그리고 이거."

걱정스런 곽 관장의 말에 비상이 배시시 웃었다.

"그래 주면 전 고맙죠 뭐."

대답하던 비상은 삼촌이 건네는 종이를 멀뚱히 쳐다봤다.

"이게 뭐예요?"

"도전장. 누군 좋겠다, 도전하는 사람들이 많아서. 하하하."

서둘러 종이를 건네주고 돌아가는 삼촌을 의심스럽게 쳐다보던 비상이 자신의 손에 들린 종이를 펴보고는 이내 인상을 팍 찡그렸다.

"이것들이! 누굴 호구로 알고? 내 나이가 몇인데 니들이랑 이런 게임 내기를 해야 하는 거냐구!"

확 종이를 구긴 비상의 얼굴이 다시 한 번 붉어졌다. 하지만 이 모든 도전을 다 받아들일 거라는 것을 익히 알고 있는 비상 아니던가.

"으흐흐. 두고 봐라. 다시는 게임하잔 소리를 못하게 만들고 말 테니!"

눈에 힘을 주며 말하는 비상을 쳐다보는 나머지 사범들은 고개를 설레설레 젓기 시작했다.

그 뒤로 차량 운전하랴, 수업하랴 정신이 없는 비상이었다. 6부까지의 수업을 모두 끝내자 시간은 어느덧 아홉 시를 가리키고 있었다. 옷을 갈아입고 나온 다섯 명의 사범들과 곽 관장은 이미 돌아가면서 저녁 식사를 하고 난 후라 간단히 술이나 한잔하자는 쪽으로 얘기를 모으고 있었다.

"그래도 우 사범님 생일인데 그냥 술 마시기는 뭣하잖습니까? 오랜만에 나이트 갑시다!"

아직은 나이가 어린 조성욱 사범의 말에 비상이 고개를 설레설레 저었다.

"생일 맞은 사람은 우 사범님이신데 왜 네가 더 좋아하냐?"

"원래 생일 맞은 사람보다 주위의 사람들이 더 흥분하고 좋아해야 기쁜 생일이 되는 거라고. 그렇죠, 우 사범님?"

"하하하, 그렇다고 해야지 안 그러면 큰일나겠네."

우 사범의 말에 모두들 웃었으나 이시형 사범만큼은 무언가 곤란하다는 눈빛을 하고 있었다.

"저는 일이 있어서…… 못 갈 것 같습니다. 죄송합니다, 우 사범님, 곽 관장님."

시형의 말에 성욱이 불만스럽다는 듯이 말을 이었다.

"아, 뭡니까? 시형이 형은 뭐가 그렇게 만날 바빠요? 일주일에 두 번 나오는 건데도 그러면 정말 섭섭한 거 아시죠?"

성욱의 말에 비상이 시형을 쳐다보자, 시형의 차가운 얼굴에 설핏 웃음이 걸렸다.

"미안하다, 정말. 대신 제가 나중에 식사 대접하겠습니다."

시형의 예의바른 말에 비상은 인상을 슬쩍 썼다. 자주 부딪치지는 않지만 왠지 꺼려지는 남자라고 비상은 생각했다. 간혹 자신을 알 수 없는 눈빛으로 보는 것도 그렇고.

"뭐, 그렇다면야 할 수 없지. 그나저나 내 나이에 나이트 가기는 좀 그렇잖아? 나도 빠질 테니 그럼 나머지 사범들끼리 가면 되겠군."

"아아, 안 되죠! 오늘의 물주 아닙니까? 다같이 가야 회식이죠, 안 그래요?"

자리를 비켜주려던 곽 관장은 어쩔 수 없다는 표정으로 비상을 쳐다보고는 이내 한숨을 쉬었다.

이시형 사범이 빠진 나머지 사범들 세 명과 곽 관장까지 네 명은 택시를 타고 성욱이 말한 한 나이트클럽으로 향했다. 택시에서 내린 성욱이 뒤따라 내리는 사람들의 옷차림을 보고는 눈살을 찌푸렸다.

"이거, 아무래도 오해하지 않겠어요? 다들 옷도 검은색인데다가 남자 네 명이서 우르르 들어가는 거 보기에도 좀 그렇네."

성욱의 말에 비상이 발끈했다.

"조성욱, 왜 내가 남자냐? 난 어엿한 여자라고!"

"아이고, 그러셨어요? 아무리 봐도 여자는 안 보이는데 이걸 어쩌죠?"

성욱의 너스레에 곽 관장이 웃으며 화를 내는 비상을 말렸다.

"네가 그러니까 조 사범이 더 그러는 거야, 그만 하고 어서 들어가자."

곽 관장의 말에 나머지 일행들이 클럽 안으로 들어갔다. 따라 들어가던 비상이 자신의 가슴을 내려다보며 중얼거렸다.

"내가 어디를 보고 남자 같다는 거야? 정말 가슴에 뽕이라도 넣고 다녀야 하는 건가? 망할, 다들 남자 같대, 짜증나게!"

"풉!"

갑자기 뒤에서 들리는 바람 빠진 웃음소리에 비상이 고개를 홱 돌리자 오지 못한다고 했던 시형이 캐주얼한 복장으로 나타나 비상을 놀라게 했다.

"어라? 이 사범님 못 오신다면서요?"

"그렇게 됐어. 약속이 취소되는 바람에 급하게 왔어."

급하게 왔다고 말하는 시형을 바라보는 비상의 눈빛이 어이없다는 듯이 변했다.

"그 옷차림은?"

"아아, 이거? 가방에 항상 갖고 다녀."

시형의 말에 비상이 혀를 찼다.

"이시형 사부님 그렇게 안 봤는데 날라리였어요?"

"뭐?"

시형이 어이없다는 듯이 쳐다보자 비상이 그를 위아래로 훑어보며 설명하기 시작했다.

"왜 그런 애들이 허구한 날 가방에 미용실 물건이나 옷가지들 가지고 다니잖아요."

비상의 설명에 시형은 다시 한 번 웃고 말았다.

"정말 어이없는 상상이다. 그리고 밖에서는 그냥 이름을 불러줬으면 좋겠는데? 여기서도 사범이라고 불리니까 좀 이상하다."

시형의 어색함에 비상은 눈을 가늘게 뜨더니, 의미심장한 웃음으로 시형을 위아래로 천천히 쳐다봤다.

"반말 터도 된다는 겁니까? 이름을 불러달라는 건, 그 뜻인데?"

시형이 황당하다는 듯이 계단을 내려가는 비상을 보며 천천히 말을 이었다,

"내가 너보다 세 살 위인데 그러면 좀 곤란하지 않겠어?"

시형의 대답에 비상은 인상을 썼다.

"그럼 뭐라고 부르라고요?"

"하여간 못 당하겠네. 뭐, 네 맘대로 해라, 그럼."

시형의 말에 비상은 고개를 설레설레 저었다.

"나중에 생각해 보구요."

비상은 시형과의 대화에서 한동안 잊고 있던, 그 이름도 모르는 남자의 모습을 떠올렸다. 포장마차를 자주 찾아오겠다는 남자의 말에 자신도 모르게 평소보다 자주 그곳을 찾았지만 단 한 번도 그 남자를 다시 만나지는 못했었다. 물론, 지금은 얼굴마저 가물거려 봐도 알아볼 수 없겠지만, 유독 자신을 향해 웃던 웃음소리

는 기억이 났다.

그런 비상의 모습을 보고 시형은 슬그머니 웃음을 지었다. 그가 일주일에 두 번 검도관에 나오기 위해서 얼마나 열심히 일을 하는지, 그 이유가 비상 때문이라는 것을 그녀는 모를 것이라고 시형은 생각했다. 비상에게 한 발 더 다가가기 위해 자신이 얼마나 노력하는지를 안다면 비상은 자신을 어떻게 대할까? 웃음을 그친 시형의 비상을 바라보는 눈빛이 뜨겁게 빛났다.

'너, 그거 아니? 내 눈엔 말이야. 처음부터 네가 여자로 보였어. 아주 사랑스러운 여자로 말이야.'

남자치고 얼굴이 무척이나 희고 약간 길게 내려온 머리카락 때문에 비상과 같이 서 있으면 정말 남잔지 여잔지 구분이 안 가는 사람이 바로 이시형 사범이었다. 하지만 생김새와는 달리 말이 적고 차가운 편이라 쉬이 말을 붙이는 사람들은 없었다.

"그나저나 정말 오해받을라나? 오늘따라 왜 다들 검은색 옷에 흰 셔츠로 통일을 한 거래?"

자신의 옷차림을 쳐다보는 비상은 속으로 혀를 찼다. 안 그래도 남자 일색인 동료들과 같이 들어가니 정말 남자로 오해를 받겠구나 생각하는 비상이었다. 그나마 이시형 사범이 평범한 복장이라는 것이 다행이라고 생각했던 비상도 시형의 모습을 다시 한 번 살펴보고는 너무도 튀는 외모에 불편한 마음만 커져 갔다.

제2장 문제아로 찍힌 그녀

클럽 안으로 들어가자 무척이나 요란한 소리가 비상의 귓가에 울렸다.

"아, 젠장. 시끄러워 죽겠네!"

"이봐, 즐기라고. 혹시 알아? 오늘 같은 날 멋진 남성이 너한테 대시를 할지 말이야."

비상이 늦게 오자 입구에서 기다렸던 성욱이 놀리듯이 말을 했다.

"이 모습을 보고?"

성욱의 대답에 비상이 자신의 옷차림을 가리키자 성욱이 혀를 차며 말을 이었다.

"그렇게 평소에 옷에 신경 좀 쓰지. 저기 춤추는 여자들을 봐라,

응? 저 정도는 돼야 시선을 끌 거 아냐?"

성욱의 시선에 중앙 무대에서 춤을 추는 여자들의 현란한 몸동작과 옷차림을 보던 비상의 눈이 못마땅하게 가늘어졌다.

"언제부터 춤출 때 옷을 벗어야 한다는 규칙이 생긴 거냐? 저것 좀 봐라, 저거! 대체 무슨 무도회도 아니고 가면까지 쓰고 뭐 하는 거래? 저 여자는 잘하면 엉덩이도 보이겠다!"

비상의 눈에 거의 벗은 듯한 옷차림에 깃털로 장식된 번쩍이는 숄을 두르고 있는 여자들의 모습이 들어왔다. 말 그대로 별천지를 연상케 했다. 그런 비상의 옆에서 의미심장한 웃음을 짓는 시형이었다.

"원래 이쪽 물이 이렇게 놀아야 되는 거냐?"

"혹시 이 클럽 무슨 날이야?"

비상의 질문에 시형 역시 되물었다. 아무리 즐기기 위한 자리라고는 하지만 다소 도가 지나치다 싶었기 때문이다. 게다가 시형은 이런 곳을 썩 즐기는 타입이 아니었다. 이곳에 온 이유는 오로지 하나, 비상의 주위로 몰려들지 모르는 남자들을 쳐내기 위해서였다. 비상은 모르겠지만 시형이 달갑지 않은 자리에 이유를 불문하고 나오는 것은 그 때문이었다. 비상의 뒤에서 혹시라도 다가오는 남자들을 제지하는 것이 목표였다. 처음부터 비상에게 반한 시형이었지만 비상은 시형을 같은 검도관 사범 그 이상으로는 절대 생각하지 않고 있었다. 비상의 성격상 만약 시형이 이성으로 다가선다면 뒤도 돌아보지 않고 달아날 것이 분명하기에 다소 힘들고 복잡하더라도 돌아가는 길을 택한 것이었다. 하지만 이것도 슬슬 한

계치에 도달하고 있는 상태였다. 조만간 비상에게 자신의 마음을 전하리라. 그전에 비상에게 혹시라도 달라붙을지 모를 남자들을 쳐내는 것이 무엇보다도 급한 시형이었다.

"아, 오늘이 바로 그 유명한 '클럽데이' 거든요."

"클럽데이?"

비상이 되묻자 성욱은 어깨를 으쓱거리며 리듬을 타는 말을 이었다.

"죽여주는 날이라는 뜻! 오늘 제대로 한번 놀아보자고."

성욱의 말에 비상이 음흉한 표정을 짓더니 성욱에게 바짝 다가가 속삭였다.

"정말 죽여줘?"

비상의 말에 성욱은 유난히 눈을 크게 뜨며 비상을 향해 기겁을 하고는 손을 흔들어댔다.

"아니, 아니다! 네 손에 잡히면 정말 죽을 거 같거든? 사양하마. 오지 마, 오지 말라고! 난 쭉쭉빵빵 언니들이 좋지, 넌 정말 싫단 말이야!"

"아주 쇼를 해라, 쇼를."

정신없이 손을 흔들고 고개를 젓는 성욱의 행동을 기막히다는 듯이 쳐다보던 비상이 퉁명스레 말을 던졌다. 옆에서 그 둘의 모습을 보고 모두 웃었지만 시형은 그럴 수가 없었다. 물론 비상이나 성욱, 둘 다 상대방을 이성으로 생각하지 않는다는 것은 알지만 저렇게 친근감 있는 행동을 보일 땐 솔직히 질투심이 이는 시형이었다. 더군다나 좀 전 비상이 한 그 말의 의미는 생각에 따라서 얼마든지 달리 해석될 수 있는 것이었기에 시형의 얼굴이 확 붉어졌다. 실내 안쪽의 테이블에 자리한 나머지 사람들이 어리둥절해 있는 사이 익숙하게 주문을 하고 앉아서 몸을 작게 흔드는 조성욱의 얼굴이 장난스럽게 빛이 나기 시작했다.

"왜 그렇게 웃어?"

이시형 사범이 묻자 성욱이 흥분해서 말하기 시작했다.

"이 클럽데이에 최고의 댄서가 받는 선물이 뭔지 알아요?"

"선물? 그것 때문에 여기 오자고 한 거였냐?"

"하여간 뭔 꼼수가 있으니까 이렇게 우긴 거구만!"

비상이 어이없다는 듯이 성욱을 노려보자 그가 크게 고개를 끄덕이며 말했다.

"그래, 내가 알기로는 지난해 최고의 댄서가 받은 선물이 자동차였지. 월별로 최고의 댄서를 선발해 연말에 그 열두 명의 댄서로 선발된 사람들이 다시 겨뤄서 그해 최고의 클럽 댄서를 뽑는 거지. 그 사람한테는 일 년 회원권이 지급돼. 물론~ 공짜로 말이지."

자랑스럽게 말하는 조성욱의 얘기를 듣는 비상의 눈이 반짝이기 시작했다.

"자동차? 상품이 정말 자동차란 말이야?"

놀란 비상이 서둘러 되묻자 나머지 사람들의 시선이 성욱에게 쏠렸다.

"조 사범, 그럼 남자, 여자 상관없어? 팀도 상관없고?"

놀란 우 사범의 말에 성욱이 신이 난다는 듯이 설명하기 시작했다.

"네, 맞아요. 하지만 대부분은 댄스 퀸이나 댄스 킹, 혹은 팀을 뽑는 반면에 이 클럽은 팀이나 성에 관계없이 무조건 1위 하나만 뽑아. 그만큼 사은품도 하나로 모이니 고가인 셈이지."

"우와~ 정말 치열하겠다!"

"그럼, 당연하지."

"아하, 그래서 입구부터 이렇게 사람이 많았구나? 그러고 보니, 우리는 줄도 안 섰는데 어떻게 들어온 거지?"

"그거야…… 내가 작년 이 클럽의 최고의 댄서였거든."

"헉, 저, 정말?"

자랑스럽게 대답하는 성욱의 말에 놀랍다는 듯이 그를 쳐다보는 동료들의 눈빛이 변했다. 조성욱은 우쭐해하며 다시 말을 이었다.

"내가 타고 다니는 자동차가 바로 작년 상품이거든. 그전에 타던 오토바이는 집에 잘 모셔뒀지."

자랑스럽게 말하는 성욱을 바라보는 비상의 두 눈이 활활 타올랐다. 옆에서 성욱의 자랑에 어이없어하던 시형은 비상이 모습을 지켜보며 속으로 난감해했다.

'이런, 설마 이 어이없는 대회에 참여하려는 건 아니겠지?'

시형의 걱정스런 눈빛에도 아랑곳하지 않고 비상은 재차 성욱에게 질문했다.

"흐음. 그럼 이번에도 도전해 보려고?"

"아아, 다시 도전해도 상관은 없어. 다만 다시 최고로 뽑힐지가 의문이지만."

성욱의 말이 이어질수록 비상은 머릿속이 부지런히 돌아가기 시작했다. 갑자기 적극적이 된 비상이 재빨리 질문을 했다.

"그럼 언제부터 그 댄스파티가 시작인 건데?"

"밤 열한 시부터 진행돼. 그때는 저 앞에 아주 환한 불빛이 들어오고 모든 불이 꺼져. 그럼 시작을 알리는 거지."

"순서에 상관없이 아무나?"

"그래. 하지만 춤을 잘 추면 주위의 호응이 높아가니까 당연히 그쪽으로 사람들이 모일 수밖에 없어. 저절로 시선을 많이 끄는 사람한테 점수가 높아지는 거니까."

"아항, 그래서 저렇게 눈길을 끌려는 옷차림들이 많았구나!"

이제야 알았다는 듯이 고개를 끄덕이는 비상을 쳐다보며 성욱이 재미난다는 듯이 웃었다.

"왜, 흥미있나 보지?"

"당연하지, 자동차라면서? 그것만 팔아도 한밑천 생기는 건데!"

공짜라는 말에 솔깃한 비상이 말하자 우 사범이 조심스럽게 비상에게 질문을 했다.

"한번 해보게? 조 사범이야 그렇다 쳐도 고 사범이 춤을 잘 추는 줄은 몰랐는데?"

"아니요, 그건 아니고……."

우 사범의 말에 정신을 차린 듯 비상이 풀죽은 표정으로 바닥을 쳐다보다 갑자기 뭔가 생각이 난 듯 성욱을 바라보는 표정이 심상치가 않았다.

"조성욱, 이번엔 나랑 같이 나가볼래?"

"뭐?"

놀랍다는 듯이 비상을 쳐다봤던 성욱이 의심스럽다는 듯이 비상을 향해 질문을 던졌다.

"고비상, 너 춤 잘 추냐?"

"아니."

"그럼 특이한 개인기 같은 건?"

"칼 다루는 거 말고는 별론데."

비상의 대답에 성욱이 이마를 탁 소리나게 치며 어이없다는 듯이 말을 이었다.

"그럼 대체, 무슨 배짱으로 나가자고 나한테 그러는 거냐?"

"상품이 너무 욕심나거든. 뭐, 뽑히지 못해도 돈 잃는 건 아니니까."

뻔뻔한 비상의 대답에 성욱의 인상이 확 일그러지고 말았다.

"근데, 왜 나하고 같이 나가자는 건데?"

"네 덕 좀 보려고 그런다. 어떻게 좀 안 되겠냐?"

비상이 생글생글 웃으며 말하자 성욱의 얼굴이 붉어졌다.

"하여간 참 정말 별나다니까!"

성욱의 말에 옆에서 듣고 있던 우 사범이 얼른 말을 이었다.

"저렇게 부탁하는데 같이 나가지 그래? 춤이라는 게 뭐 별거 있나? 그저 흥겹게 추면 되는 거 아냐?"

우 사범의 말에 가만히 있던 시형이 차분하게 말을 이었다.

"이왕 하려면 상을 탈 수 있는 쪽으로 해야 하지 않을까요? 조 사범 정도야 가능하지만 고 사범하고 같이 나가서 오히려 승률이 떨어지면 어떻게 합니까?"

비상이 눈을 확 치켜뜨며 시형을 노려봤다.

"이시형 사범님, 너무하신 거 아닙니까? 친한 사이에 서로 도우면 어때서 그래요?"

"그거야 춤 못 추는 고 사범 생각이고. 객관적으로는 상품 탈 수 있는 쪽으로 생각을 해야 하는 거 아닐까?"

시형의 말이 이어질수록 비상의 표정은 점점 더 일그러졌다. 어찌 저리 얄미운 말만 탁탁 해대는 것인지 오늘따라 칼처럼 반듯한 시형의 모습이 더할 나위 없이 미운 비상이었다. 물론 시형의 말이 구구절절 맞는 말이었지만 차마 긍정하기가 싫었던 비상이 억지스럽게 말을 이었다.

"이시형 사범님처럼 그렇게 이익만 따지면 어디 세상 살맛나겠어요?"

비상이 비꼬며 말하자 보고만 있던 곽 관장이 이윽고 입을 열었다.

"자자, 그만 하고. 내 생각에도 고 사범은 나가지 않는 게 좋을 것 같다. 식구들이 알아서 좋을 것도 없고."

"그냥 관장님만 비밀로 해주시면 되는 거잖아요! 안 될까요?"

비상이 애처롭게 쳐다보자 성욱이 결국 거들고 나섰다.

"도전이라고 생각하면 되잖아요. 안 그래요? 흥미로울 것 같긴 한데…… 저는 비상이랑 같이 나가는 거 좋아요."

성욱의 말에 시형을 뺀 나머지 사람들의 얼굴에 웃음이 돌았다.

"이왕 하는 거 일등 하는 게 좋은 거 아닌가요?"

"그걸 누가 모르냐? 어떻게 하면 일등 할 수 있냐가 중요한 거지. 저기 춤추는 사람들을 좀 봐봐라. 똑같은 뼈마디로 이뤄진 사람들이 분명할 텐데, 내가 보기엔 뼈 없는 인간들도 아주 많아 보이거든? 벼락 맞은 것처럼 온몸을 꺾어대는 사람들도 부지기수고. 보기만 해도 정말 신기하다, 진짜!"

고민스럽다는 듯이 말하는 비상을 쳐다보는 성욱이 비상의 어깨를 툭 치며 말을 건넸다.

"야, 이런 걸로 고민할 필요가 뭐가 있어? 우리가 잘하는 걸 하면 되는 거지. 자고로 창조적인 사람이 되어야지, 굳이 저 사람들을 따라할 필요는 없지."

"우리가 잘하는 거?"

"그래, 검무 같은 거. 해동검무를 음악에 맞춰서 빠르게 해보자고!"

잠시 침묵이 흐르더니 비상이 성욱의 손을 꽉 잡았다.

"좋았어! 한번 해보자고. 조성욱, 넌 정말 복 받을 거다!"

비상의 눈빛은 투지로 불타올랐다.

그 뒤로 성욱과 뭔가를 열심히 상의하던 비상은 결연한 표정으로 일어나서 화장실로 향했다. 화장실로 들어간 비상은 나름 심각했다. 춤도 춤이지만 의상이 너무 평범하다는 생각에 걱정이 태산이었다.

'외모도 튀지 않는데 옷차림마저 이 모양이니, 시선을 끌기에는 역부족이겠지?'

거울을 보던 비상은 바지 속으로 집어넣었던 흰 셔츠를 꺼내고는 밑에서부터 가슴 바로 아래까지 단추를 푼 다음 그 두 자락을 바로 가슴 중앙 아랫부분에서 단단히 매듭지었다. 그러자 비상의 탄탄한 배가 드러났다. 하얗고 탄력 있는 배는 오랜 운동으로 인해 꽤 다부져 보였다. 배에 왕(王) 자를 새기기 위해 날마다 노력하는 그녀였지만 안타깝게도 매끈하고 날씬한 배로 타고난지라 아무리 노력을 해도 쉽지 않았다. 그러나 무척이나 단단하고 탄력 있어 보여 건강미가 넘쳤다.

이번에는 바지를 쳐다보다가 벨트를 풀었다. 검은색과 흰색으로 이루어진 가죽벨트의 질감이 손에 착착 감기는 게 느껴졌다. 약간 헐렁했던 바지가 밑으로 더 내려가 엉덩이 골반에 아슬아슬하게 걸쳐져 있었다. 바닥을 끌듯 내려간 바짓단이 보이자 비상은 서둘러 세면대에 올려둔 자신의 재킷 안쪽을 뒤져 작은 칼을 꺼내들었다. 얼마 전, 생일 선물로 받은 단도였다. 처음 이 선물을 사달라고 했을 때 기겁을 하던 비원 오빠가 떠올라 순간 웃음이 지어졌다. 오빠는 그 단도에 몇 개의 보석을 박아 넣고 비상의 이니셜을 새기곤 칼집까지 만들어 선물을 했다. 그 이후로 항상 지니고 다녔다. 칼을 꺼낸 비상은 과감하게 바짓단을 잘랐다. 딱 바닥에 닿을 만큼 잘라내고는 다시금 고민을 했다.

'평범해, 평범하다고. 너무 밋밋하잖아?'

좀 전까지 화장실을 들락거리던 여자들의 옷차림을 신경 써서 봤던 비상으로서는 자신의 옷차림이 지금도 너무 밋밋하다고 생각되었다. 고민을 하던 비상은 결국 칼로 허벅지 부근을 과감하게 잘라 다른 여자들이 입었던 것과 같이 아찔한 길이의 핫팬츠 바지를 만들었다. 쫙 뻗은 각선미 역시 날씬하기만 한 것이 아니라 잘 단련되어 건강미가 넘치고 있었다. 내심 어색하게 자신의 바지를 살펴보다가 이내 다시 옆쪽을 슬쩍 절개하자 크림색의 허벅지 라인이 드러났다.

'뭐, 아깝지만 자동차가 걸려 있다는데 바지 정도는 감수해야겠지.'

비상은 아래를 보던 시선을 올려 거울 속에 비친 자신의 얼굴을 찬찬히 살펴보기 시작했다. 평범한 얼굴은 아니지만 그렇다고 예쁜 얼굴은 더더욱 아니었다. 머리 모양을 뚫어지게 쳐다보던 비상은 세면대 옆에 놓은 액체 비누를 여러 번 손바닥에 눌러 짧게 컬된 머리를 이리저리 흐트러뜨려 모양을 만들었다. 반질반질 윤이 나며 그녀의 손길에 따라 이리저리 엉키는 머리카락과 한동안 씨름을 한 비상은 자신의 모습에 나름 만족하며 손을 씻었다.

옆에 놔두었던 벨트를 흰색과 검은색으로 구분해 칼로 찢은 후 그것을 다시 가늘게 몇 개의 끈으로 만들었다. 그리고 검은 가죽 끈은 목에 가볍게 여러 번 돌려 묶었다. 마지막으로 흰색과 검은색의 끈은 이리저리 꼬아서 팔목에 찼다.

"음, 나름대로 괜찮군. 평범한 것보다 낫지, 암!"

만족스런 모습으로 화장실을 나온 비상은 그녀 특유의 걸음걸이로 자신의 테이블로 향했다. 비상이 다가갈수록 놀란 동료들의 모습에 비상은 나름대로 만족했다.

'예쁘지는 않지만 뭐, 일단 시선을 끄는 것은 성공한 셈인가?'

비상이 테이블로 걸어가자 그녀의 모습에 경악한 동료들이 입을 딱 벌리고는 손가락으로 비상을 가리키며 할 말을 찾으려는 듯 당황하는 모습이 보였다. 그중 유일하게 말없이 비상을 노려보는 이는 딱 한 명, 이시형 사범이었다. 조성욱은 비상의 모습을 쳐다보며 엄지손가락을 위로 치켜올리고 길게 휘파람을 불었다.

"너, 너, 네가 정말 고비상이냐?"

우성철 사범은 당황한 나머지 기어코 마시던 맥주를 뿜어내고 말았다. 하지만 유독 시형의 얼굴만은 굳어져 있었다. 놀란 곽 관장은 뚫어지게 비상의 모습을 살펴보기 시작했다. 반짝이는 머리 모양은 희한했지만 날카로운 비상의 얼굴선을 부드럽게 만들어주고 있었다. 이리저리 흔들리는 불빛에 화장을 하지 않은 비상의 얼굴이 하얗게 보이며 더욱 신비롭게 만들어주었다. 그 아래로 가슴 바로 밑 부분부터 드러난 그녀의 배에서 시선을 못 떼던 곽 관장은 걸을 때마다 약간씩 드러나는 비상의 각선미에 결국 신음을 흘렸다. 시선을 어디다 둬야 하는지 무척이나 난감했다. 얼핏 둘러보니, 비상의 모습을 흘끔거리는 시선들이 한둘이 아니어서 곽 관장은 불안했다. 자신이 보기에도 비상의 모습은 상당히 선정적인 모습이었다. 아니, 그 선을 넘어서 뇌쇄적이라고 해야 하나.

'사내자식 같던 분위기가 저렇게 순식간에 바뀌다니! 위험해, 위험하다고. 네가 이런 모습을 하고 다니는 것을 누님이 아신다면 안다면 아마 나부터 큰일나고 말 거다!'

마음을 결정한 곽 관장이 결연한 표정으로 비상을 쳐다보며 말을 이었다.

"원상복귀! 다시 화장실로 튀어 들어가서 전 모습으로 원상복귀하고 와라, 얼른!"

"삼촌!"

"시끄러! 여기서 좀 놀다 가자고 했지, 무슨 가면무도회라도 하고 싶은 거야? 얼른 가서 옷이랑 머리 안 바꾸고 와?"

곽 관장이 버럭 소리를 지르자 보다 못한 성욱이 옆에서 거들고 나섰다. 시형 역시 비상을 보는 눈초리가 심상치가 않았다. 시형이 보기에도 비상의 모습은 위험수위를 지극히 넘은 상태였다. 저런 식으로라면 자신이 계속 옆에 있어도 불안한 상태였다. 아직까지 비상의 맘을 확인도 못했는데 이런 식으로 시선을 끄는 것이 반가울 리가 없는 시형이었다.

"에이, 관장님! 오늘 같은 날 정말 너무하시네. 딴 뜻이 있는 게 아니잖아요. 안 그래요? 그냥 상품을 타고 싶은 거라고요. 그치, 비상아?"

성욱이 찡긋거리며 비상을 쳐다보자 비상은 서둘러 고개를 끄덕였다.

"그럼, 난 다른 생각은 하지도 않았다구요. 그냥 자동차를 타고 싶을 뿐이라고."

"말도 안 되는 소리는 하지도 마라, 이놈아! 무슨 수로 상을 탄단 말이야? 얼른 가서 원상복귀 안 하고 올 거야?"

"관장님 말씀을 듣는 게 나을 것 같습니다. 그런…… 모습은 곤란하다구요."

평상시 별말이 없던 시형마저 거들자 비상은 약간 당황스러웠다.

'하지만 자동차인데…….'

여전히 미련이 남아 미적거리는 비상을 향해 삼촌이 다시 버럭 소리를 지르자 비상은 마지못해 도로 자리에서 일어섰다. 일어서면서 흘깃 옆을 바라보니 심각하게 굳어 있는 이시형 사범의 얼굴이 보였다.

'쳇, 그렇게 못 봐줄 정도인가? 아주 못 볼꼴을 봤다는 표정이네, 이시형 사범은.'

시형이 속으로 무슨 걱정을 하고 있는 줄 모르는 비상으로서는 너무도 어이없는 오해를 하고 있었다. 마지못해 일어나서 등을 돌려 화장실로 향하는 비상의 모습에 급하게 숨을 삼키는 소리가 들리자 비상이 고개만 돌려 삼촌을 바라보고는 인상을 썼다. 하지만 삼촌의 시선보다 잡아먹을 듯이 눈을 부릅뜨고 있는 이시형 사범의 눈길에 비상은 주눅이 들고 말았다. 대체, 언제부터 그런 식으로 노려보고 있었던 거냐, 정말. 비상은 욱하는 마음에 저도 모르게 짜증스럽게 말을 하고 말았다.

"아아, 간다고요, 가! 가면 될 거 아니에요?"

투덜거리며 자리를 벗어나는 동안 비상은 몸서리를 쳤다. 간혹 보이는 이시형 사범의 눈길에 저도 모르게 당황하는 경우가 한두 번이 아닌 비상이었다.

시형은 비상이 사라지자 겨우 한숨을 내뱉었다. 저리 자각이 없어서야 어떻게 하면 좋은 건지 막막한 시형이었다. 비상이 워낙 이성에게 무신경하다는 것을 알고는 있었다. 답답하기는 하지만 한편으론 그걸 다행으로 여기는 시형이었으니까 말이다. 하지만 전혀 자각이 없는 상태에서 이런 갑작스런 외모 변화는 더욱 큰 불안을 야기하고 말 것이 분명했다. 남자들이 어떤 시선으로 자신을 바라본다는 것을 전혀 생각하지 않는 비상을 보면서 걱정스럽고 초조해지는 그였다. 너무도 유혹적이고 섹시한 모습에 벌써부터 비상에게로 향하는 시선들을 그조차도 민감하게 느낄 수가 있었는데 비상은 전혀 그런 것을 눈치 채지 못한 것 같았다. 하긴 그런 쪽으로는 거의 담백하다 못해 둔할 정도니까. 그러니 자신이 벌써 육 개월째 끊임없이 감정을 담아 바라보고 행동했지만 여전히 동료애로밖에 생각을 못하는 거겠지.

'조만간, 그래, 조만간 진심을 말하는 수밖에.'

시형은 속으로 다짐하며 안타까운 한숨을 내뱉었다. 가슴께로 떨어지는 자신의 한숨이 열기로 가득 찬 듯 후끈거렸다. 만약 비상이 그런 모습으로 조금만 더 자신의 옆에 있었다면 시형은 끝내 참지 못하고 비상에게 키스하고 말았을 것이다. 그래서 비상이 일어서자마자 숨을 삼킨 것이었다.

'위험하다고. 고비상, 정말 여자로서의 자각이 없는 거냐. 아니면 네 눈에는 내가 남자로 보이지 않는 거냐.'

시형은 비상의 뒷모습을 쳐다보다 주먹을 꾹 쥐고는 갈등했다. 그때 울리는 휴대폰을 마지못해 받는 시형의 얼굴이 다소 굳어졌다.

"네. 아닙니다. 좀 힘들 것 같습니다."

다시 휴대폰을 한참이나 귀에 대고 있던 시형은 마지못해 자리에서 일어났다.

"죄송하지만, 잠시 다녀올 곳이 있어서요."

"아아, 그래. 바쁘면 그냥 가지, 뭣 하러 왔어. 괜찮으니까 그만 가봐."

"아닙니다. 이따 다시 올 겁니다."

비상의 상태를 확인한 시형이었기에 절대 저대로 둘 수 없다는 생각이 들었다. 시형은 무리를 해서라도 다시 이곳으로 올 것이라는 말을 남기고 그곳을 벗어났다.

'젠장. 아버지, 전 오늘 비번이라구요.'

인상을 찌푸리며 마지못해 걸음을 옮기는 시형이었다.

비상은 화장실로 미적미적 걸어가면서 성욱에게 수신호를 보냈다. 성욱은 고개를 끄덕이며 이따가 자신이 데리러 간다는 말을 입모양으로 만들어 보였다. 화장실로 들어가면서도 비상의 머리는 상품인 자동차에 대한 계산을 하기 바빴다.

'상품이니 최고급 차를 줄 리는 없지만 그래도 자동차 한 대 값을 기본 천오백만 원으로 잡고, 세금 22% 제하면 삼백삼십만 원이니까, 음~ 천백칠십만 원 정도라고. 성욱이랑 나눠도 대략 육백만 원이라는 얘긴데.'

그 계산을 하느라 비상은 주위의 시선이 자신에게 쏠려 있다는 것도 몰랐다. 몰려 있는 사람들 사이를 요령있게 피해가며 걷는 비상이었다. 자동차를 상품으로 주는 댄스 경연대회를 삼촌의 불호령에 그만두어야 할 판국이니 어차피 가능성도 희박한 상품이었지만, 마치 손앞에서 놓치고 만 것 같아 내내 안타까웠다. 비상이 화장실에 다다랐을 때 돌연 누군가가 그녀의 팔을 확 잡았다.

"아, 혼자 온 거야? 우리랑 같이 놀래?"

자신의 손을 잡고 다짜고짜 반말을 하는 남자는 화려하고 잘생긴 얼굴이면서 어딘가 낯이 익었다. 조금만 깊게 생각을 했다면 이 남자가 TV에 숱하게 나왔던 모델이자 영화배우라는 걸 알았을 테지만 아쉽게도 비상은 지금 상품에 눈이 먼 상태였다. 결국 귀찮다는 듯이 잡힌 손을 탁 치며 시큰둥하게 말하는 비상이었다.

"미안하지만 놀 기분이 아니라서 말이야."

다시 걸어가려고 하는데 이번에는 그가 허리를 감아오는 통에 비상은 다시 걸음을 멈춰야만 했다.

"나 몰라? 아니면 알면서 일부러 이러는 거야?"

남자의 말에 비상은 황당하다는 표정으로 자신의 허리에 감긴 그의 팔을 잡았다.

"나 정말 당신 모르거든? 그러니까 이 손 좀 놓지 그래?"

하지만 비상의 대답에도 불구하고 남자의 손길이 제법 음흉스럽게 비상의 옆구리를 배회했다. 맨살에 닿은 남자의 손길에 절로 부르르 치가 떨리는 비상이었다. 비상이 고개를 돌려 슬쩍 남자를 쳐다보니 그럴 줄 알았다는 듯이 음흉하게 웃는 모습이 보였다.

'아, 젠장! 기분도 별로고…… 게다가 여기서 사고 치면 큰일이니까 손 좀 떼라, 자식아!'

비상은 순간적으로 남자의 복부를 치려고 팔꿈치를 올렸다가 멈췄다. 만약 여기서도 싸움이 일어난다면 자신에게 유예기간은 없는 셈이었다. 며칠 전 비원 오빠의 경고를 기억하자 비상은 끄응 소리를 내며 참으려고 노력했다.

"아아, 좋으면서 왜 그래? 파트너가 없는 거 보니까 원나잇을 목표로 온 것 같은데 말이야. 나 정도면 오히려 횡재수 아닌가?"

비상의 행동을 오해했던 모양인지 이번에는 남자가 본격적으로 몸을 부딪쳐 오는 통에 비상은 주춤할 수밖에 없었다. 옆구리를 배회하던 손이 이번에는 비상의 배 쪽으로 다가가자 비상은 한 손으로 그의 손을 꽉 움켜잡고는 남자를 쫙 째려봤다. 비상의 성격상 이만큼 참은 것도 실로 대단한 것이었다. 평소라면 머리보다는 주먹이 먼저 반응해서 그를 진작 바닥에 내동댕이치고 남았을 상황이었다.

"이야, 너 굉장한데? 나 여기 자주 오는데 어떻게 널 한 번도 못 봤지?"

그 남자는 비상의 배 쪽에 시선을 두고 감탄하기에 바빠 비상의 눈이 점점 더 가늘어지는 것을 보지 못했다. 가뜩이나 심기가 불편한 상황에서 비상은 가까스로 나오는 욕지기를 꾹 참고는 천천히 심호흡을 하면서 그 남자의 얼굴 가까이 자신의 입을 가져다 대었다.

"손 빼지 않으면 너 죽어."

속삭이는 비상의 입술을 황홀한 표정으로 쳐다보던 남자의 얼굴이 일순 일그러졌다. 그러는 사이 다시금 비상이 작게 입술을 열었다.

"씨발. 정신 안 차려?"

비상의 말에 시시각각 표정이 변하던 남자가 어이없다는 듯이 피식 웃고는 다시 비상의 어깨에 손을 올리려 했다. 그 순간 비상이 남자의 손을 반대쪽으로 확 꺾었다.

"윽! 아, 아프다고, 젠장! 너 뭐야?"

당황한 남자가 꺾인 팔 쪽으로 몸을 움츠리며 인상을 썼지만 비상은 손의 힘을 풀지 않고 씨익 웃었다. 그 모습을 황당하게 쳐다보던 남자의 입에서 거친 욕이 튀어나왔다.

"이, 이, 미, 미친 계집애가? 아야, 아야야!"

'꽤 아플 거다, 이 자식아. 어딜 함부로 만져?'

아파 죽겠다는 남자를 생글생글 웃으면서 쳐다보는 비상의 모습을 근처의 많은 사람들이 쳐다보고 있었다. 그중 유독 눈을 빛내며 비상의 모습을 쳐다보는 남자가 있었다.

'재밌는 여자군.'

재야는 좁은 통로를 걸어가는 여자의 모습을 흥미롭게 지켜보고 있었다. 여자치곤 큰 키에 홀쭉한 몸매였지만 그렇다고 해서 여성미를 못 느낄 정도는 아니었다. 오히려 노골적으로 노출이 심한 모습보다는 저렇게 살짝 가려진 실루엣이 더욱 눈길을 끌어서 재야는 그녀가 모델이 아닌가 싶었다. 언뜻 보기에 옆에 있는 남자와 이야기를 주고받는 것을 보니 일행인가 싶어 아쉽지만 시선을 돌렸다.

재야는 자신과 같이 온 수희의 시선을 느끼고는 가볍게 술잔을 흔들어 보였다. 주변의 시선을 한 몸에 받으며 추던 춤을 멈추고는 느릿느릿 재야에게 다가왔다.

"오빠, 우리 같이 출래요?"

당돌한 수희의 말에 재야는 피식 웃으며 술잔을 들어 올렸다.

"아니, 추고 와. 난 한잔하고 있을 테니까."

"에이, 나 혼자요? 그러다가 다른 멋진 남자가 저한테 다가오면 어쩌려고요?"

"그럼 그쪽으로 가든지."

"오빠는 정말 자신감이 넘치시네요, 첫."

수희는 입을 삐죽거리며 연신 몸을 들썩거리더니 이내 테이블을 벗어났다. 재야는 천천히 술잔을 빙글빙글 돌리다가 불현듯 떠오른 생각에 인상을 찡그렸다. 어렸을 때부터 집안끼리 친했기에 익숙해진 수희는 말 그대로 동생, 그 이상도 이하도 아니었다. 그저 귀엽기만 한 여동생 같은 존재였다. 그런 수희가 어느 순간부터 재야에게 자신의 몸매를 드러내며 유혹적인 행동을 보이곤 했다. 분명, 그 뒤엔 성원백화점 사장의 입김이 작용했을 것이다. 성원백화점 김성주 사장은 재야의 모친인 송 여사와 대학 동창임과 더불어 둘도 없는 친구였다. 몇 년 전 남편이 죽고 백화점을 경영해야 했던 김성주 사장을 격려하며 여러모로 도움을 줬던 것을 계기로 거의 친자매처럼 지내는 두 분인지라, 재야 역시 얼떨결에 수희와 가깝게 지내게 되었다. 그런데 얼마 전부터 재야의 혼처를 알아본다던 어머니의 말이 쑥 들어가고 유독 수희가 재야의 주변에 자주 나타났다. 아무래도 김 사장과 송 여사 간의 모종의 계략이 있는 것이 틀림없다고 재야는 생각했다. 알면서 속아 넘어가는 것도 한두 번, 이제 수희에게 어느 정도 제재를 가해야 하나를 놓고 재야는 고민하는 중이었다. 게다가 오늘처럼 갑자기 들이닥쳐

막무가내로 자신을 끌어내는 수희의 행동에는 슬슬 짜증이 이는 재야였다. 결혼 따위는 애초에 관심 밖의 일인 재야로서는 한 여자에게 구속되고 싶은 마음이 조금도 없었다. 재야의 주변에는 재야를 두 팔 들고 환영할 여자들이 많은데 굳이 한 여자에게만 묶여 있을 필요는 없었다. 적당히 즐길 수 있는 자유로운 지금이 좋다고 재야는 생각했다. 그러다 보니, 결혼이니 사랑 따위 같은 이상적인 것보다는 더 현실적인 것에 눈을 돌리는 것이 당연했다. 세상에 아름답고 매력적인 여자들은 많았다. 그의 주변만 봐도 그러했으니까 말이다. 이렇게 좋은 조건에서 굳이 결혼이라는 미끼를 던지면서까지 여자에게 매달릴 이유가 그에게는 없었다. 뭐, 그 모든 것을 버릴 정도로 맘에 드는 이상형이 나타나면 모를까. 하지만 숱한 여자들을 만나본 바, 그런 여자는 없다고 생각하는 재야였다. 사귀어보면 다 거기서 거기인 것이 여자가 아니던가.

재야의 시선에 다시 수희의 모습이 잡혔다. 화려하고 충분한 열기의 그녀 모습은 재야에게 생기를 불러일으키기에 충분했다. 하지만 그뿐이었다. 단지 보기에 좋다는 것 정도. 삼십여 년을 살면서 놀아볼 만큼 놀아보고 이것저것 안 해본 것 없는 재야의 경험으로 볼 때 수희는 그저 어린애에 불과했다. 아무것도 모르는 철부지에게 발목을 잡히고 싶은 마음은 추호도 없기에, 재야는 오늘부로 이 보모 노릇도 끝내야겠다는 생각을 했다. 뭐, 부모님의 애가 좀 닳겠지만 그렇다고 오직 부모님 뜻대로만 결혼을 할 정도로 착한 아들은 못 되니까 말이다.

재야는 불현듯 며칠 전 갑자기 나타났다가 금방 사라져 버린 여자를 생각하며 다시 한 번 입맛을 다셨다. 요 며칠 내내 가슴 한 곳에 남아 있는 그녀. 거친 말투만큼이나 요상한 외모를 해서는 거침없이 그에게 반말로 욕을 지껄였던 여자를 잊지 못하는 자신이 웃겼다. 바보같이 십대에도 하지 않던 짓을 요 며칠 하지 않았던가. 사라진 여자를 찾기 위해 이곳저곳을 헤매고 다닌 것을 생각하자 절로 인상이 찌푸려지는 재야였다. 만나면 어떻게 할까. 그 여자를 다시 만나면 자신의 이런 감정을 좀 더 정확히 알 수 있지 않을까 하는 마음 반, 자신을 이리 흔들리게 만든 대가를 받아내고야 말겠다는 다짐 반. 하지만 그 모든 것은 그 여자를 다시 만나야 한다는 전제가 있어야 가능한 것이었다. 재야는 술잔을 기울이며 내심 초조감이 드는 것을 자제해야만 했다. 그 여자에 대해 아는 거라고는 아무것도 없었다. 오빠가 있다는 것하고 싸움을 굉장히 잘한다는 것 정도. 그리고 거침없는 반말과 욕설이 다였다. 그러고 보니 어느 하나 자신이 예전에 만나왔던 여자들과는 비슷한 것이 없었다. 그런데도 이렇게 잊지 못하는 이유는 뭘까. 찰랑하고 흔든 잔 속의 얼음이 유리잔에 부딪혀 청명한 소리를 냈다. 찾고 싶은 마음에 그 포장마차를 두 번 더 가봤지만 그 뒤로 그녀의 모습을 볼 수는 없었다. 재야는 이곳에서 이렇게 하릴없이 시간을 보내느니 바보 같은 행동이지만 그 포장마차에서 그 남자 같던 여자를 기다렸던 며칠이 더욱 좋았다는 생각을 했다. 그러고 나니 다시 한 번 수희에게 짜증이 이는 재야였다.

수희는 자신의 어머님이 운영하는 성원 백화점의 의류 모델이었기에 대중에게 얼굴이 알려져 있었다. 최근 들어서는 CF로도 활동을 하는 통에 꽤 얼굴이 알려졌다. 그래서 요란한 조명 아래 유혹적인 몸놀림으로 춤을 추는 수희는 충분히 눈길을 끌었다. 수희의 모습을 잠시 노려보던 재야는 불만스러운 표정으로 시선을 돌렸다. 수희가 춤을 추고 있는 무대 반대편으로 눈길을 돌리자 사람들이 모여 있는 것이 보였다. 제법 웅성거리는 것이 싸움이라도 인 것 같았다. 평소의 재야라면 신경조차 쓰지 않았겠지만 그 대상이 좀 전 자신이 눈여겨보았던 여자인지라 천천히 그곳으로 걸음을 옮겼다. 남의 일에 잘 관여하지 않던 그였지만 지금의 상황에선 뭔가 기분 전환을 할 만한 것이 필요했다. 잡히지 않는 여자를 생각하며 처져 있는 것보다는 좀 전 자신의 관심을 끌었던 여자를 만나 보는 것이 훨씬 건설적인 일이라고 애써 다독이면서 말이다. 가까이 다가갈수록 여자의 몸매가 상당히 매력적이라는 것에 재야는 다시 한 번 아쉬운 생각이 들었다. 여러 여자를 만났지만 적어도 임자 있는 여자는 절대 건드리지 않는 재야였기 때문이다.

근처까지 와서야 재야는 그것이 일행이 아닌 두 남녀의 실랑이라는 것을 알고 인상을 찌푸렸다. 그때 재야의 곁을 지나쳐 빠르게 소란이 이는 곳으로 달려가는 웨이터의 모습이 보였고, 재야는 자신도 모르게 그곳으로 빠르게 따라갔다. 재야보다 먼저 도착한 웨이터는 여자와 남자 사이에서 난감하다는 듯이 두 사람을 말리고 있었다.

"손님, 이러시면 안 됩니다! 이곳에서 이렇게 싸우시면 어떡합니까?"

"싸우는 거 아니에요! 이 남자가 나한테 치근댔단 말이에요!"

"말이 되는 소리를 해야지, 당신 같은 여자가 어디가 좋아서 승우가 그런단 말이에요?"

앙칼진 여자의 목소리에 비상이 승우라고 불린 남자의 옆을 보니 일행으로 보이는 무리들이 비상을 노려보고 있었다. 아무래도 자신에게 팔을 잡힌 남자의 애인이라도 되는 모양이라고 생각한 비상은 생각보다 많이 모인 시선에 은근히 비틀었던 남자의 팔을 놓았다. 그제야 하얗게 질려 있던 얼굴에 피가 확 몰리며 남자가 소리쳤다.

"아악, 제기랄! 무슨 계집애가 힘이 이렇게 센 거야?"

연신 욕을 중얼거리며 팔을 흔드는 모습을 쳐다보는 비상의 입술이 살짝 올라가는 것을 재야는 놓치지 않고 볼 수 있었다.

'오호. 의외로 날카롭다 이건가?

순간의 두근거림에 재야는 묘한 흥분을 느꼈다. 조금 전 자신의 생각을 헤집었던 이름도 모르는 그 여자라면 이 상황에서 어땠을까. 그녀 역시 지금의 여자와 같은 반응이었을까? 여전히 머릿속을 떠나지 않는 남자 같은 여자와 눈앞의 여자를 비교하며 재야는 끌리듯 그곳으로 시선을 두었다. 흥미로운 시선으로 비상을 지켜보던 재야는 실랑이를 벌이던 남자가 화를 참지 못하고 그녀에게 달려들려는 것을 보고는 무의식적으로 몸을 움직여 보란 듯이 여자의 몸을 확 끌어안았다.

"헉, 뭐, 뭐야?"

뒤에서 안긴 탓에 제대로 힘 한 번 못 쓰고 끌려간 비상의 등 뒤로 단단한 남자의 가슴이 느껴졌다. 순간, 자신의 귓가에 누군가가 조용히 속삭였다.

"쉿, 조용히 해. 일이 더 커지기 전에 가만히 있으라고."

작게 속삭인 남자에게 뭐라 말을 하려 하는데 그보다 한 발 앞서 승우라고 불린 남자가 날카롭게 그들을 노려봤다.

"야, 너 뭐야?"

승우의 말에 재야는 아무렇지 않다는 듯이 한 번 더 비상을 끌어당겼다.

"나? 당신이 치근덕대던 여자의 애인인데."

"뭐?"

"보면 몰라? 애인이라고."

"거, 거짓말!"

낮은 목소리로 대답하는 재야를 바라보는 승우의 표정은 험악하게 구겨졌다. 그 여자가 좋으면서도 거절하는 거라고 생각했던 승우였다. 그래야 자신의 주가를 좀 더 높일 수 있다고 믿는 여자들이 있으니까 말이다. 그래서 싫다는 여자의 말에도 상관없이 더욱 달라붙던 그였는데 아무래도 자신이 오해를 한 것 같았다. 게다가 여자를 끌어안고 있는 남자의 모습은 그 누가 보더라도 인정할 만큼 잘생긴 외모에 남성미를 물씬 풍기며 여유로운 표정을 짓고 있었다. 여유있는 동작으로 여자를 끌어안은 남자는 웃으면서 말을 했지만 눈빛만큼은 무척 사납게 보였다. 마치 '내 여자에게 감히 손을 대고도 무사할 줄 알아?' 라는 눈빛이었다.

비상 역시 놀랄 만큼 입이 딱 벌어져 자신을 뒤에서 안고 있는 사람의 얼굴을 보려고 고개를 돌렸다. 순간, 남자의 입술이 순식간에 비상의 입술에 내려앉아 살짝 빨기듯 당기듯 키스를 하고는 바로 떨어졌다. 그건 정말 너무도 순간적이라 비상은 그저 속수무책이었다. 키스라고 부르기도 민망할 정도의 입맞춤이랄까.

"그러게 이런 차림으로 다니지 말라고 했잖아, 허니."

아직 그 충격에서 벗어나지도 않은 상황에서 귓가에 울리는 남자의 낮게 속삭이는 목소리에 비상은 다시 한 번 커다란 충격을 받고 말았다. 귓속을 짜르르 울리는 남자의 목소리에 전율마저 이는 비상이었다. 그런 비상의 모습을 지척에서 몸으로 느끼는 재야는 결국 쿡쿡 소리를 내며 웃어버렸다. 급하게 숨을 삼키는 여자의 모습이 생각 이상으로 신선했기 때문이다.

반면, 비상은 자신에게 일어난 일이 어떤 것인지 제대로 상황판단이 되지 않고 있었다. 자신의 머리를 울리는 남자의 낮은 웃음소리도, 좀 전 자신의 입술에 닿았던 남자의 입술도, 그리고 꽉 안긴 자세의 오묘한 감촉까지.

'나…… 지금 키스당한 거 맞나? 그것도 첫키스를!'

상황이 인식되자마자 몸이 먼저 거부 반응을 했지만 남자의 팔이 마치 올가미처럼 비상을 죄었기 때문에 비상은 꼼짝도 할 수가 없었다. 그보다도 뒤에서 느껴지는 남자의 몸 때문에 더욱 곤란한 그녀였다.

'아씨. 뒤, 뒤에서 아, 젠장!'

온몸을 달리는 그 감각에서 깨어난 비상은 자신의 몸을 완력으로 꽉 끌어안아 한 팔로 가둔 채 움직이지 못하게 하고 있는 남자의 행동에 경악을 했다. 맘 같아서는 그냥 내동댕이치고 싶지만 좀 전 자신에게 치근덕댔던 남자와 그 일행이 눈앞에 있고, 주변엔 여러 사람들의 시선이 있었다. 게다가 쿡쿡거리며 웃는 남자의 뜨거운 입김과 목소리에 귀 쪽으로부터 시작한 그 찌르르한 감각에 발가락이 다 오그라들었다. 순간, 모골이 송연해지는 비상이었다. 이런 식의 신체 접촉은 해본 적도 없고, 이렇게 기이한 감각 또한 처음이기에 품을 벗어나려 바르작거렸지만 평소보다 힘이 들어가지 않는 상황이었다. 하지만 비상의 이런 행동에 남자의 반응은 무척이나 재빨랐다. 더욱 힘을 주어 안는 바람에 비상의 등과 남자의 가슴은 말 그대로 딱 붙어버린 상황에 처했다. 결국 비상이 움직일수록 재야의 몸에 부딪치는 행동이 더욱 많아질 뿐이었고, 그때마다 남자의 숨결은 비상의 머리와 귓가에 뜨겁게 쏟아져서 힘이 빠진 비상은 그저 움찔거리며 몸을 굳히기만 했다. 보는 사람들이야 둘이 연인이라 생각할 테니 상관이 없겠지만, 재야는 몸의 반응에 얼굴이 화끈거렸다.

"이런, 이렇게 앙탈 부리면 곤란하잖아."

훅 하고 느껴지는 남자의 체취와 귓가에 다시 한 번 울리는 남자의 목소리에 비상은 절로 몸이 떨려왔다. 처음으로 느껴지는 남성이라는 것이 이토록 자극적일 줄이야. 비상은 얼굴이 붉어지다 못해 뜨겁게 달궈지는 것을 느꼈다. 그것과 맞춰 미친 듯이 울려대는 심장 소리가 들리는 음악 소리보다 더욱 크게 쾅쾅 울려댔다. 가슴 바로 아래에 팔을 두른 남자의 팔뚝을 뚫고 금방이라도 튀어나올 것처럼 요란하게 뛰는 심장 때문에 비상은 호흡곤란이 일 정도였다. 그 정신적 공황에 미처 대비를 못해 비상이 당혹해 하는 사이 재야는 다시 승우를 쳐다보며 좀 전보다 차갑게 말을 이었다.

"남의 여자한테 치근덕거리면 쓰나. 좋은 말로 할 때 가는 게 좋 을걸?"

재야의 낮지만 힘있게 울리는 목소리는 다분히 위협적이었다. 그 분위기에 움찔한 승우라고 불렸던 남자는 한눈에 보기에도 망 설이고 있었다. 아무래도 자신이 상대하기에는 벅찬 상대라는 것 을 은연중에 느꼈던 모양인지 자신의 옆에 있던 여자가 그의 팔을 잡아끌자 마지못해 따라간다는 식으로 서둘러 멀어지며 한마디를 던졌다.

"운이 좋은 줄 알라고. 쳇, 재수가 없으려니까!"

그 커플이 사라지자 모여 있던 시선들 역시 사라졌다. 흘끔흘끔 그 둘의 모습을 쳐다보던 사람들이 모두 시선을 돌려 각자의 유흥 에 빠질 동안에도 비상과 재야는 여전히 뒤에서 끌어안은 상태 그 대로였다. 그제야 정신을 차린 비상은 여전히 자신을 한 팔로 꼭 끌어안고 있는 남자의 팔목을 손가락으로 톡톡 쳤다.

"그만 좀 풀어주지 그래요?"

"아아, 별로 그러고 싶은 맘이 없어서 말이야. 쿡."

신선한 반응이었다. 화를 내거나 고맙다고 말을 하거나, 아니면 은근한 시선으로 자신을 바라볼 줄 알았던 재야는 아무렇지 않게 말을 하는 비상의 행동에 결국 웃고 말았다.

재야의 낮은 웃음소리가 머리에 확 하고 쏟아지는 것 같아 몸을 움직이던 비상은 말 그대로 딱 굳어버리고 말았다.

"······!"

자신이 움직일수록 뒤에서 느껴지는 남자의 몸은 비상의 경각심을 충분히 일깨울 정도로 위험천만이었다. 더군다나 솔직하게 반응하는 신체의 어느 한 부분이 느껴지자 비상은 온몸의 피가 얼굴로 확 몰려 터질지도 모르겠다는 해괴망측한 생각마저 들었다.

"좋은 말로 할 때 비키라고. 좀 전처럼 흉한 꼴 당하기 전에 말이야."

"아아, 난 저따위 어린애가 아니라서 말이야. 웬만한 힘 가지고는 내 손목을 못 꺾을걸? 뭐, 시험해 봐도 좋고."

한 팔을 풀지 않은 채로 다른 팔을 내미는 남자의 손을 쳐다보며 비상은 인상을 구겼다. 양복 소매 밖으로 드러난 남자의 손은 강인하게 보였다. 크고, 길고, 무척이나 단단해 보였다. 잠시 동안 그 손가락을 쳐다보던 비상은 퍼뜩 정신을 차리고는 얼른 팔을 풀었다. 생각과 달리 남자의 팔은 쉽게 떨어졌다.

재빨리 남자의 품을 벗어난 비상이 한 발 떨어진 곳에서 남자를 올려다보고는 눈을 크게 떴다. 거의 고개를 올리고 봐야 될 정도이니까 적어도 185㎝ 이상은 되어 보이는 남자였다. 비상이 170㎝이니까 못해도 그 정도 이상일 거라는 생각이 들었다. 문제는 이 남자의 얼굴이 무척⋯⋯ 무척 잘생겼다는 것이다. 여태껏 봐온 남자들 중에서 가장 잘생겼다고 할 수 있을 만큼 변태라고 짐작된 남자는 잘난 인물이었다.

"뭘 그렇게 쳐다보지?"

"다, 당신……?"

"당신?"

자못 궁금하단 표정으로 비상의 말을 따라한 남자의 굵은 눈썹이 꿈틀하고 움직였다. 비상은 웃고 있는 앞의 남자의 모습이 얼마 전 마주쳤던 이상한 남자와 비슷하다는 것을 느끼고는 당황하고 말았다. 며칠째 자신을 찾아다닌다는 의문의 남자. 자신을 향해 웃고 있는 남자의 모습을 찬찬히 살펴볼수록 얼마 전 자신을 도와줬던 그 남자와 닮았다는 생각이 드는 비상이었다.

"왜, 왜 갑자기 뒤에서 끌어안고 그래…… 요? 사람 기분 나쁘게!"

얼결에 존댓말을 하고 난 비상이 좀 전 상황을 생각하면서 인상을 확 찌푸리자 기대감에 비상을 쳐다보던 재야의 눈빛에 묘한 감정이 스쳐 지나갔다. 그건 정말 짧은 찰나였다.

"당신이 아니고 백재야, 내 이름이야. 뒤에서 끌어안은 것은 그 상황이 커지는 것을 막기 위해서 도와준 거라고. 인도적인 차원에서 말이야. 끝으로…… 기분 나쁜 것 같지 않던데? 적어도 그 몸은 정직하게 반응했다고."

느릿하게 몸을 밀어붙이며 해볼 테면 해보라는 식의 재야의 행동에 비상은 온몸이 확 하고 불타는 것 같은 느낌을 받았다.

'오, 세상에! 내, 내가 느낀다는 것을 이 남자도 알았단 말이야? 아씨, 쪽팔려.'

비상은 남자의 적나라한 표현에 아니라고 말을 할 수 없어 얼굴이 확 붉어지고 말았다.

"그건 그렇다 치고, 왜 나한테 키스를 하냐고…… 요!"

처음 보는 남자고, 처음으로 느껴 버린 남자지만 묘하게 대하기가 어려운 남자이기도 해서 비상은 당황스럽기만 했다.

"아하, 그게 무슨 키스야?"

"뭐라고요?"

따지려고 했던 기분이 쭉 빠져 버리게 되묻는 남자의 말에 비상은 어의가 없다는 듯이 그를 쳐다보며 바보같이 중얼거렸다.

"그게…… 키스가 아니면 대체 뭐가 키스라는 거야? 내 첫키스였는데! 이런, 망할."

"……입이 거칠군."

비상이 중얼거리는 소리를 다 들은 재야는 슬쩍 웃으면서 비상을 다시 자극했다.

"우리 혹시 어디서 만나지 않았어요?"

"그거 지금 나한테 작업 거는 거야?"

재야의 말에 비상은 인상을 확 일그러뜨렸다. 하지만 너무 똑같았다. 웃는 목소리며, 말하는 투가 말이다. 더군다나 그 키며 얼굴 모습이 상당히 비슷했다. 이상하다 싶어 고개를 갸웃거리는 비상을 바라보는 재야의 눈빛이 한순간 반짝였다. 처음 봤을 때 혹시나 싶었지만 분명 그 깡패를 패던 여자가 분명했다. 이런 곳에서 만날 수 있을 거라고는 생각조차 못했는데 의외의 만남이 재야에게 기회로 다가온 것이었다. 저번의 모습과 지금의 모습은 판이하게 달랐지만 그 눈매며 말하는 폼이 딱 그녀라고 재야는 확신했다. 그건 거의 본능에 가까운 감각이었다. 순식간에 사라져 자신의 감정을 뒤흔든 그녀, 결국 그녀를 다시 만나기 위해 그 근처를 며칠째 배회했던 재야가 아니던가. 지금보니 자신이 그녀를 남자로 오해했다는 것을 이해할 수가 없을 정도로 그녀는 완벽하고도 성숙한 여자의 모습이었다.

그런 생각을 하던 차에 재야는 비상이 중얼거리며 첫키스라고 했던 말이 생각나자 묘하게 벌어지는 입술을 다물 수가 없었다. 자신과는 달리 그를 기억 못하는 여자가 아쉽기는 했지만 그건 차차 그녀에게 자신을 인식시키면 된다고 낙담한 마음을 추스르며 재야는 한 발 더 비상에게 다가섰다. 이건 정말 천운이라고밖에 할 수가 없는 상황이지 않는가. 기회를 잃는 것은 한 번으로 족했다. 하지만 어떻게 다가간다? 잠깐의 사이 재야는 고민을 하다 일단은 그녀가 알아차릴 때까지 모른 척해봐야겠다는 것이었다.

화장실로 다시 걸음을 옮기려는 비상을 급하게 한 손으로 붙잡은 재야의 표정은 환하기만 했다. 꿈에서까지 나타난 그녀 때문에 밤잠을 설친 후로 그 여자를 만났던 곳을 몇 번이나 찾아간 자신이었다. 그녀가 자신을 기억하지 못하는 것은 서운하지만 이 우연한 만남이 재야에겐 행운이요, 기회인 것만은 확실했다.

"뭐, 뭐예요?"

"그냥 가면 곤란하잖아. 난, 그래도 온몸을 던져서 그 상황에서 그쪽을 구해주었는데 말이지."

느릿하게 말하는 재야의 모습에 황당하다는 듯이 입을 딱 벌리는 비상이었다. 그 모습이 재밌게 느껴진 재야는 다시금 속으로 웃음을 삼켰다.

"구해달라고 안 했거든요? 그리고 그 정돈 나 혼자서도 충분히 처리할 수 있다고요."

똑소리 나게 말하는 비상을 보며 재야는 여전히 재밌다는 듯이 그녀를 쳐다봤다.

"내가 아니었으면 좀 더 소란스러웠을 거라고. 그러면 같이 온 사람들도 분명 눈치 챘을 거고. 큰 싸움이 될 수도 있었어. 안 그래?"

그러고 보니, 남자의 말이 일리는 있다는 것에 생각이 미치자 비상은 잠시나마 잊었던 자신의 집행유예 기간을 기억하고는 인상을 찌푸렸다.

"뭐, 그렇다면야, 고맙게 됐네요."

"겨우?"

"그럼 뭘 더 바라요? 나, 돈 없어요! 시간은 더 없어요!"

피식. 비상의 말에 재야는 다시 웃고 말았다.

'아아, 이 여자 정말 재밌다.'

재야는 처음 보는 여자가 자꾸만 자신을 자극하는 것도 그렇고, 한 마디 한 마디가 너무도 즐거워 그녀를 보내기가 싫어졌다.

"난 돈도 많고, 시간은 더 많고…… 힘은 더더욱 남아돌아."

은근히 조롱조로 대꾸하는데 아무래도 뒷말을 못 알아듣는 모양인지 별로 화도 안 내는 그녀였다.

'이러면 재미없는데. 내 말뜻을 못 알아들은 건가? 그럼 정말 첫키스가 맞는 모양이네.'

재야는 입맛을 다시며 여전히 앞의 여자의 신선한 반응을 기대

했다. 역시나 그의 기대에 어긋나지 않게 퉁명스럽게 말을 내뱉는 그녀를 보자 더욱 흥미가 당기는 재야였다.

"그런데요?"

재야는 만약 그녀가 아무것도 모르는 풋내기라면 이 정도에서 그만 관심을 접어야 될 것 같았지만 마음과 달리 말은 다른 방향으로 나갔다.

"술이나 한잔하면서 통성명이나 하는 게 어때?"

재야의 말에 비상은 순간 망설였다. 지금 당장 화장실을 들어가도 할 일은 없었다. 그렇다고 다시 테이블로 돌아가자니 서슬 퍼런 외삼촌이 당장 들고일어날 기세였고. 더군다나 공짜로 술까지 사준다는데 거리낄 게 뭐 있을까. 좀 능글맞은 것 같아 걱정스럽기는 한데 당장 무슨 일이 일어날 것도 아니고. 여기까지 생각이 미치자 비상은 흔쾌히 대답했다.

"좋아요. 뭐, 그쪽이 그렇게 원한다는데 도움을 받은 입장으로 그거 하나 못 들어주겠어요?"

비상의 대답에 재야는 결국 바람 빠진 웃음소리를 내고 말았다. 마치 자신이 넓은 마음으로 가준다는 듯이 말하는 비상을 보며 재야는 이곳에 온 것이 썩 나쁘지만은 않다고 생각했다.

자리에 앉아서 자세히 보니 여자치고는 꽤 날카롭게 생긴 외모였다. 예쁘다기보다는 날카롭고 이지적으로 보인달까. 재야의 눈빛을 느낀 비상이 가볍게 말을 건넸다.

"고비상이라고 해요. 그럼 잠시만 상대해 드리죠."

말하는 것 하나하나가 무척이나 도전적이라고 재야는 생각했

다. 테이블 위에 놓인 양주병을 본 비상의 입에서 휘파람 소리가
나오는 바람에 재야는 얼떨떨한 표정으로 비상을 쳐다봤다.

"이야~ 간만에 양주로 목에 낀 때 좀 빼야겠다! 아, 탁월한 선
택이여~ 이게 얼마 만의 호사냐고요."

비상의 말에 재야는 입이 딱 벌어지고 말았다. 자신이 많은 여
자들과 술자리를 가져 봤지만 이런 식으로 말했던 여자는 결단코
없었다. 대부분의 여자들이 상대 남자를 배려하고 눈치를 보는 반
면 이 여자는 자신의 눈치를 보는 것도 아니고, 남자한테 의지하
려는 기색도 없었다. 재야는 비상의 태도가 나름 보기 좋았다. 물
론 가슴 아래로 드러난 그녀의 배 부분은 그 무엇보다도 보기 좋
지만 말이다. 그냥 날씬한 몸매와 차원이 달라 보였다. 많은 시간
동안 단련한 듯한 몸매였다. 분명, 보이지 않는 부분 역시 저 배처
럼 작고 단단한 근육들로 완벽하게 조화를 이루고 있을 것이다.
마치 잘 길러낸 명마처럼 말이다.

재야는 은근한 시선으로 비상의 몸을 천천히 훑어 내렸다. 양주
를 마시느라 정신이 없던 비상이 별안간 인상을 썼다.

"왜 그러지?"

"당신, 혼자 온 거 아니죠? 아무래도 나, 저 여자한테 찍힌 것
같은데."

턱으로 가리키는 곳을 보니 인상을 쓴 수희가 빠르게 다가오는
것이 보였다. 테이블까지 급하게 다가온 수희는 재야와 비상을 쳐
다보며 인상을 찌푸렸다.

"누구예요?"

"내 손님."

수희의 건방진 말에 살짝 인상을 찡그린 재야가 간단히 대답하자 이번에는 비상을 노려보며 수희가 말을 이었다.

"당신, 여기 혼자 왔어?"

비상은 여자의 말에 황당했다. 술을 마시면서 주위를 살피는데 자신을 노려보는 시선을 느껴 쳐다보니, 이 여자였다. 좀 전까지도 이상한 옷차림의 남자와 거의 붙듯이 춤을 춘 주제에 아무래도 남자 친구가 다른 여자와 같이 있는 것이 못마땅했는지 잔뜩 화가 난 것 같았다. 상당히 듣기 거북한 말투의 여자를 바라보는 비상의 시선 또한 곱지가 않았다.

"아니. 연락 받고 왔는데."

"누구한테?"

'저게 어디서 저렇게 반말이야, 반말이?'

자기보다 한참 어려 보이는 여자에게 비상은 한마디 해주려다가 여전히 재밌다는 듯이 그 둘을 바라보는 재야의 모습에 크게 숨을 들이키며 말했다.

"이 사람한테."

턱으로 재야를 가리키자 기쁘다는 듯이 손까지 흔드는 남자의 모습에 비상은 어이없다는 듯이 그를 노려봤다.

'저 남자, 아무래도 약을 먹은 거 아닐까? 그 외모가 아깝다!'

비상은 속으로 혀를 찼다. 가까이서 본 백재야라는 남자의 얼굴은 감탄사가 나올 정도로 완벽한 조각상 같았다. 시원한 이마 아래로 드러난 눈썹은 짙고 숱이 많아 마치 그린 것 같았다. 그 아래로 드러난 재야의 눈은 다소 큰 편이긴 하지만 약간 길게 찢어진 탓에 오히려 성깔 있어 보였는데 수시로 반짝거리는 까만 눈동자 때문에 간혹 악동 같은 이미지를 보여주곤 했다. 하지만 날렵하게 솟은 날카로운 콧등이나 그 아래로 다소 짙은 색의 육감적인 입술 모양은 그를 악동이 아닌 성숙하고도 완벽한 남자로 느끼게 만들었다. 마치 '지킬박사와 하이드'처럼 재야의 모습은 악동 같은 이미지와 성숙한 남자의 모습을 동시에 풍기고 있었다. 하지만 저렇게 우성인자로만 구성된 외모로 바보 같은 행동을 하는 재야의 모습에 한숨만 푹푹 나오는 비상이었다.

비상의 생각을 알 리가 없는데도 백재야라고 자신을 소개했던 남자는 여전히 능글맞은 웃음을 짓고 있어 비상은 속으로 뜨끔하며 시선을 돌렸다. 마치 자신의 생각을 꿰뚫어 보는 것 같아 더없이 불편했다.

그런 둘의 모습을 바라보는 수희는 상황이 이상하게 돌아가고 있다고 생각을 하며 재야를 쳐다봤다. 그리고는 자신을 봐달라는 듯이 목소리마저 바꾸며 귀여운 표정으로 재야에게 투정을 부리기 시작했다. 옆에서 그 변화무쌍한 변화를 지켜보던 비상이 토할 것 같은 행동을 취하자 그 모습을 보고 결국 테이블에 머리를 숙이고 큰 소리로 웃는 재야였다.

"정말이에요, 오빠? 나랑 둘이 놀러온 거 아니었어요?"

"하하하. 아, 그래, 내가 불렀어."

재야는 정말 재밌다는 듯이 크게 소리 내 웃고 말았다. 여자와 어울리면서 이렇게 호탕하게 웃어보기는 재야로서도 처음 있는

일이었다. 재야의 대답이 맘에 안 든다는 듯이 수희가 다시 입을
비쭉이며 재야의 팔을 잡고 흔들었다.

"그런 말 없었잖아요!"

"왜 그래야 하는 거지? 친구를 부르는데 네 의견을 물을 필요는
없다고 생각했는데?"

제 딴에는 귀엽게 보이려고 한 행동이었지만 재야가 정색하며
되묻자 수희의 표정이 확 붉어졌다.

'쯧쯧, 아무래도 이 여자 혼자서 헛물켜고 있었나 보네.'

둘의 대화를 듣던 비상이 안됐다는 듯이 고개마저 흔들자 그 모
습을 쳐다본 재야가 눈을 반짝였다.

"나 상관하지 말고 충분히 즐기라고 분명히 말했던 것 같은데.
싫다면 그냥 가든지."

"아, 아니에요! 내가 모르는 오빠 친구라고 하니까 좀 의외라서
요. 오빠 친구 분이시라구요? 그렇게 보기엔 나이가 어려 보이는
데요?"

"나이는 어릴지 모르지만 그 오.빠.하고 정신연령은 비슷할걸
요?"

비상의 말에 수희는 놀란 표정을 짓고, 재야는 다시금 나오는
웃음을 참지 못해 슬그머니 얼굴을 돌렸다. 그때 마침 화장실로
그녀를 찾으러 오던 성욱이 비상을 발견하고는 빠르게 다가왔다.

"아니, 화장실에 간 사람이 여기에 왜 앉아 있는 거야? 관장님
지금 엄청 열받았다고!"

성욱의 말에 비상이 일어나면서 테이블에 놓인 술병을 쳐다보

며 아쉽다는 듯이 입맛을 다셨다. 묘하게 미련이 남은 눈빛에 재야는 다시금 속으로 웃음을 삼켰다. 자신보다 테이블 위에 놓인 양주에 더욱 애착을 갖는 여자를 바라보는 심정은 참으로 오묘했다.

"잘 마시고 갑니다~"

아쉬운 표정으로 일어나서 가볍게 고개를 숙인 비상이 성욱과 사라지도록 재야는 그녀의 뒷모습을 뚫어지게 쳐다보고 있었다. 재야의 눈에 저만치 떨어진 테이블에 여러 명의 남자들에게 둘러싸인 비상의 모습이 보이자 그 오묘한 감정은 순식간에 불쾌감으로 바뀌었다. 눈살을 찡그리며 계속해서 비상을 쳐다보는데 비상이 휴대폰으로 누구와 통화를 하는 모습이 보였다.

비상은 부재중 전화가 찍힌 것을 보고는 서둘러 비원에게 전화를 걸었다.

"오빠? 무슨 일이야?"

[너, 어디야? 어딘데 왜 이렇게 전화를 안 받아?]

비원의 목소리가 다급하게 울리자 비상은 흘긋 삼촌을 쳐다보며 말을 했다.

"엄마가 얘기 안 해? 오늘 검도관 회식 있다고 삼촌이 엄마한테 말씀드렸다던데?"

[그래? 여하간 너 빨리 집으로 와라. 아버지 출장일자가 당겨지셨어. 오늘 밤 열 시 도착이니까 늦어도 열 시 반까지는 들어와.]

"뭐? 아씨, 그걸 지금 말하면 어떡해!"

비상은 자신의 시계를 쳐다보며 화를 냈다. 지금 시각이 열 시십오 분을 넘어서고 있었다. 택시를 잡는 시간하고, 타고 가는 시간까지는 대충 계산해도 최소한 사십여 분. 운이 좋아 바로 택시를 잡는다고 해도 비원이 말한 시간에 들어가기는 힘든 시간이었다.

[인마, 네가 전화를 안 받았잖아! 나도 좀 전에 어머니 말씀 듣고 알았다고. 얼른 들어와! 전처럼 험한 꼴 당하기 전에.]

"몰라! 김 기사님하고는 통화했어?"

[어. 아직 수속 밟느라고 만나지는 못하신 것 같아. 하지만 통화는 했다고 하더라.]

"오빠! 김 기사님한테 연락해서 최대한 천천히 오라고 그래, 천천히. 알았지?"

[알았으니까 바로 와. 나도 다시 한 번 김 기사님 하고 연락해 볼 테니까.]

"꼭 그래, 알았지? 나도 눈썹 휘날리며 달려간다고."

다급하게 전화를 끊은 비상은 자신을 쳐다보는 네 명의 남자를 향해 눈살을 찌푸렸다.

"제가 뭔 말 할 줄 아시죠? 내일 멀쩡한 모습으로 나오려면 지금 가봐야 할 것 같아요."

"내가 데려다 줄까?"

이시형의 말에 비상은 고개를 가로저었다.

"이 사범님은 저희 집 모르잖아요. 그냥 여기서 택시 타는 게 훨씬 빨라요."

비상의 말에 곽 관장이 서둘러 고개를 끄덕이며 비상을 재촉했다.

"얼른 가봐라, 늦기 전에. 매형 성격에 너 이런 데 온 거 알면 가만 계시지 않을 거라고."

"알았어요, 삼촌. 그럼 재미있게 놀다 가세요."

급한 마음에 서둘러 대답한 비상은 이미 몸을 돌려 입구로 향하고 있었다. 이시형은 속으로 애가 탔다. 실상 그녀의 집은 진작부터 알고 있었지만 차마 내색할 수 없는 상황이었고 급하게 나가는 비상을 바라보기만 해야 하는 자신의 입장이 한심하기만 했다.

멀리서 비상을 바라보고 있던 재야는 갑자기 입구 쪽으로 뛰어가는 비상을 보고는 자리에서 벌떡 일어나 황급하게 그녀의 뒤를 쫓기 시작했다.

'이런! 그냥 가면 안 되는데!'

재야는 서둘러 웨이터에서 수표를 내밀고는 비상의 뒤를 밟았다. 뒤에서 자신을 잡던 수희의 얼굴은 이미 잊혀진 지 오래였다. 재야가 급하게 자신을 쫓아 나오는 줄도 모르고 다급한 걸음으로 클럽의 입구를 빠져나오는 비상은 속으로 연신 공항도로의 차가 막히기를 기도했다. 예전 대학 1학년 때 종강파티를 빙자한 술자리에서 늦게까지 남아 있던 비상은 다가오는 연말을 생각하며 친구들과 한껏 들떠 있던 상황인지라 통금시간을 어기고 술까지 마신 뒤 집으로 귀가했었다. 그러나 이미 전화로 아버지의 부재를 확인한 터라 여유있게 집으로 들어선 비상은 거실 한편에 죽도를 들고 앉아 있는 고 회장을 보고 기겁을 했었다. 시간은 이미 열두 시를 넘기고 있는 상황이었다. 결국 비상은 거실에서 무릎 끓은 상태에서 아빠인 고 회장의 설교를 들으며 꼬박 밤을 새야만 했었다. 얼큰하게 술이 취한 상태에서 무릎을 꿇은 정자세로 잠에 취해 있던 비상은 깜빡 졸 때마다 있는 힘껏 내려치는 고 회장의 죽도에 머리며 어깨에 불이 이는 듯한 통증에 잠에서 깨어나야만 했다.

그 뒤 일주일은 현관 밖으로 나가지도 못했었다. 친구는 물론, 전화도, 간식도, TV도 모두 금지인 상태에서 생활하는 그 기간은 정말 무료했다. 그렇다고 잠을 잔 것도 아니었다. 정확히 한 시간마다 전화를 하는 고 회장 때문에 말 그대로 미치기 일보 직전까지 경험한 비상이었다. 손때가 묻은 죽도에 맞아본 사람만이 그 아픔을 아는 법, 그 뒤 한동안은 손을 어깨 위로 올리기도 힘들었던 비상이었다. 아픈 것은 어떻게 보면 아무것도 아니었다. 일주일 동안 아무것도 못하고, 시간만 보내는 것과 수시로 울리는 전화를 받는 것은 그야말로 고역이었다.

그날 이후로 비상은 통금시간만큼은 칼같이 지켰다. 그 뒤 두어 번 정도 시간을 못 지킨 경우가 있었는데 그때마다 일주일에서 이 주일로 늘어난 기간 동안 한 시간 간격이던 전화가 삼십 분마다 울리는 통에 말 그대로 미치고 팔짝 뛸 만한 비상이었다.

'젠장. 이번에 사 주라고, 사 주! 게다가 전화는…… 으아악~ 칠 분 삼십 초마다 받아야 된단 말이닷!'

계산을 해본 비상의 얼굴이 핼쑥해지고 말았다. 거의 뛰다시피 계단을 올라 클럽을 나온 비상은 온갖 욕을 중얼거리며 택시를 잡기 위해 필사적이었다. 비상은 초조하게 입술을 물며 거칠게 머리를 쥐어뜯고는 악을 썼다.

"아, 미쳐, 진짜! 꼭, 이렇게 꼬여요, 정말!"

비상은 자신의 운이 오늘로 다한 것이 아닐까 싶은 생각에 택시마저 보이지가 않자 한숨을 쉬면서 발을 동동 굴렀다.

"어딜 그렇게 바삐 가는 거지?"

갑자기 들린 남자의 목소리에 비상이 신경질적으로 고개를 홱돌리자 아까 클럽에서 봤던 재야가 다소 숨을 거칠게 쉬며 그녀의 옆으로 다가왔다.

"어? 왜 벌써 나와요? 그 여자는요?"

"갔어. 그보다 어디를 가는 거냐고?"

재차 묻는 말에 비상은 퍼뜩 정신을 차리며 다시 길가로 시선을 두었다. 비상의 짜증이 묻어나는 얼굴과 초조한 손짓에도 재야는 끈질기게 대답 듣기를 기다렸다. 결국 한숨을 쉰 비상이 자신의 머리카락을 쥐어뜯으며 울화통이 터진다는 듯이 말을 내뱉었다. 손에 감긴 머리카락은 축축하고 끈적거려 비상의 기분을 더욱 나쁘게 만들었다. 망할 놈의 액체비누 같으니.

"집에 간다고요, 집에! 얼른 안 들어가면 나 분명 미치고 말 거예요!"

"뭐? 그게 무슨 소리야?"

비상의 대답에 놀란 재야가 반문하자 비상은 눈살을 찌푸리며 되도록 간결하게 설명하기 위해 애를 썼다.

"이 몸의 통금시간이 밤 열 시거든요? 보시다시피 그 시간을 진작에 어겼잖아요? 게다가 그 통금을 정해놓은 우리 아버지께서 삼십 분 정도 후면 집에 도착할 거라구요. 그 전까지 집에 못 들어간다면 한 달 감금에 미쳐 버릴지도 몰라요, 나. 그전에 무슨 일이 있어도 집에 도착해야만 한다고요!"

재야는 비상의 말을 듣고는 어이없다는 표정으로 그녀를 쳐다봤다. 외모는 상당히 자유방임주의인데 통금시간이라. 아이러니하다는 생각을 하면서 재야는 순간 비상이 자신을 상대하기 싫어서 거짓말을 하는 것이 아닌가 하는 생각이 들었다. 머리로만 생각하기 보다는 일단 부딪치고 보는 성격의 재야인지라 충동적으로 비상의 말이 사실인지 확인하고 싶어졌다. 그건 정말 순식간에 바뀐 기분 탓이었다.

"내가 태워주지. 여기서 기다려, 차를 갖고 올 테니까."

빠르게 말을 한 뒤 재야는 급한 걸음으로 자신의 차가 주차되어 있는 곳으로 다가갔다. 슬쩍 손목에 찬 시계를 보니 이미 열한 시가 넘어간 시각이었다.

'훗. 통금시간이라. 언제적 얘기를 하는 건지, 참나.'

차를 몰아 비상의 곁으로 가자 비상은 냉큼 보조석으로 올라탔다. 비상에게 집의 위치를 대략 전해 들은 재야는 그곳으로 차를 몰면서 틈틈이 비상을 쳐다보기 시작했다.

"두 번째로 나한테 빚을 지는 거라고. 음주운전하다 걸리면 어떻게 되는 줄 알아? 벌금도 벌금이지만 면허 정지당한다고. 난 그 모든 걸 감수하고 널 태워준다는 거야."

장황한 재야의 설명에 비상은 뭔가 의문스럽다는 듯이 재야를 쳐다봤다.

"그러게 누가 그렇게 해달래요? 나 참, 혼자 나서서 행동하고는 정말 웃기네."

비상은 말을 하는 와중에도 연신 시계를 쳐다보다가 초조한 듯 한숨을 쉬고는 재야를 쳐다보고 말했다.

"이왕 사고 치는 거 좀 더 제대로 칠 순 없어요? 이렇게 좋은 차를 가지고 시속 팔십이 뭡니까? 차 엔진이 우는 소리도 안 들려요?"

"뭐?"

하도 어이없는 상황이라 재야는 순간 운전 중이라는 것도 잊고 비상을 쳐다봤다.

"죽고 싶어요, 운전하다 한눈팔게? 난 오래오래 살고 싶다고요, 내 사업도 시작해 보기 전에 골로 가고 싶진 않단 말이에요!"

비상의 외침에 재야는 입을 푸들거리며 말을 했다. 웃음을 참느라 눈물이 다 나올 정도로 재야는 정신이 없었다.

"너…… 보통 이런 경우는 결혼도 못해보고 처녀귀신 되기 싫다구요~ 이렇게 말해야 되는 거 아닌가? 게다가 음주운전에 대해서 얘길 하고 있었는데 속력을 더 내라고?"

"이왕지사 버린 몸 한꺼번에 끝내야죠."

"하?"

새삼스레 옆의 여자의 머리구조가 궁금해지는 재야였다.

"아버지가 무서운 건가, 아니면 그럴 만한 행동을 많이 한 건가. 어느 쪽이야?"

이 남자, 넘겨짚는 폼이 무슨 점쟁이 뺨친다고 생각한 비상은 서둘러 시선을 밖으로 돌렸다. 물론 둘 다지만 후자 쪽에 비중이 많았던 관계로 비상은 말을 더듬을 수밖에 없었다.

"하하, 흠흠, 거야 뭐, 둘 다라고 할 수 있죠."

너털웃음으로 얼버무리던 비상은 재야의 눈빛에 얼른 헛기침을 하며 재빨리 대답했다. 자신의 성격상 거짓말을 못한다는 것이 왜 이렇게 원망스러운지 비상은 속으로 자신을 원망할 수밖에 없었다.

"둘 다라. 생긴 것만 곱상한 사내 녀석 같은 게 아니었단 말이군."

"어어, 그거 너무나 성차별적인 발언 아니에요? 그리고 내가 왜 곱상한 사내예요? 이왕이면 섹시한 여자라고 해야지."

"섹시? 하? 섹시의 뜻이 내가 아는 것 말고도 다른 뜻이 있을 줄은 몰랐는데? 제대로 알긴 하는 건가? 요즘은 남자도 그 정도는 아닌 것 같은데 말이지……."

재야가 운전을 하는 와중에도 슬쩍 비상을 쳐다보며 의미심장한 눈빛을 던졌다. 고의적으로 말끝을 흐리는 행동에는 기분 나쁜 여운이 잔뜩 들어간 것처럼 느껴져 비상은 기분이 확 상하고 말았다.

"뭐가 그 정도는 아니라는 거예요? 그럼 내가 남자보다도 가슴이 작단 얘기예요, 지금?"

흥분한 비상이 울컥하며 화를 내자 재야는 놀랍다는 표정으로 비상을 쳐다봤다.

"이런, 난 굳이 그쪽을 꼬집어서 말한 건 아닌데 이상하게 발끈하네? 혹시 말이야, 그런 말은 들어봤나? '도둑이 제 발 저리다' 는 말. 난 그저 요샌 남자들도 가슴의 모양을 중요시한다고 한 것뿐이라고."

'저걸 그냥. 운전하고 있는 것만 아니었음 냅다 머리로 들이받아 버리는 건데, 정말!'

"흥! 근육만 잔뜩 있는 남자는 별로라서요."

팩 토라져서 말하는 비상을 보고 쿡쿡 소리 죽여 웃던 재야는 크게 고개를 끄덕였다.

"큭큭. 비교 대상을 잘못 짚은 건 아니야? 남자 근육이 많은 게 싫다고 여자인 자신마저 그렇게 생각하면 곤란하지. 넌 여잔데 남자 가슴 근육만큼도 못 되면…… 좀 그렇지 않을까?"

"뭐예요?"

재야의 시선이 비상의 가슴께에 머물자 비상은 고개를 팩 돌렸다.

"어딜 쳐다봐요? 음흉하게시리!"

"어디 볼 데나 있나 보지? 설마 다 자란 건 아닐 테고, 지금 봐서는 한참을 더 자라야 될 것 같지만 말이야. 그것도 아니면 정말 근육 제거술이라도 한 거야? 큭큭."

"뭐, 뭐라고요! 말이면 다인 줄 알아요, 지금?"

재야의 말에 얼굴을 새빨갛게 물들이며 비상이 그를 노려보자 재야는 아무렇지 않은 표정으로 앞으로 시선을 주었다. 하지만 그의 입술이 가늘게 떨리는 것으로 보아 간신히 웃음을 참고 있다는 걸 비상도 알 수 있었다.

'이러다 중독되겠어. 얼굴이 예쁘지도, 행동이 다정하지도 않아. 안아봤자 부드럽지도 않을 게 분명하다고. 하지만 이상하게 자꾸 신경이 쓰여. 백재야, 너 설마 이 고슴도치 같은 녀석이 좋은 건 아니지? 저 가슴도 평평한 녀석을?'

재야는 순간 든 생각에 가슴이 철렁했다. 자신의 나이 서른둘, 한때 논 걸로 따지면 정말 제대로 할 짓 못할 짓 다 해보고 싫증날 만큼 논 자신이었다. 설마 이런 풋내 나는 녀석에게 흥미가 일 거라고는 전혀 생각지도 못한 재야였다.

"흥! 가슴 크다고 다 좋은 거 아니죠. 누구 말처럼 남자 거기가 크다고 해서 힘세다는 것도 믿을 수 없는 것처럼 말이죠."

"뭐?!"

비상의 눈길이 자신의 하복부 아래를 내려다보는 것 같아 재야는 황당함에 자신의 아래를 쳐다봤다.

'세상에, 내가 지금 무슨 말을 들은 거지?'

자신이 들은 말을 믿을 수가 없다는 표정으로 비상을 쳐다보는데 다시 이어지는 비상의 말에 재야의 신경은 툭 끊어지고 말았다.

"그렇게 놀랄 거 없어요. 들은 얘기니까. 게다가 그다지…… 클 것 같진 않네요. 보니까."

고개까지 끄덕이는 비상의 모습에 재야는 자신도 모르게 오른 발에 힘을 주고는 핸들을 보도블록 가까이로 급하게 꺾었다. 끼이익 하는 요란한 마찰음을 내며 차를 갓길에 주차시킨 재야는 무서운 눈으로 비상을 노려봤다. 하얗게 질린 비상이 그런 재야를 쳐다보고는 독기 어린 눈으로 그를 노려봤다.

"운전 조심해욧! 차 한번 잘못 얻어 탔다가 정말 골로 갈 뻔했잖아요!"

"너……."

음산한 표정으로 낮게 쫙 깔린 목소리로 말을 하자 재야에게 대들던 비상의 두 눈이 동그래졌다. 그런 비상의 모습에 스멀스멀 묘한 호승심이 생기는 재야였다.

"보지도 않고 그렇게 속단하면 안 되지! 게다가 성능이 좋은지는 사용해 보지 않고서는 모르는 거라구."

갑자기 낮게 가라앉은 목소리와 쫙 깔리는 묘한 분위기에 비상은 움찔했다. 조금 전 장난스럽게 웃던 모습과는 딴판으로 눈을 빛내며 말하는 재야의 모습에 비상은 슬쩍 겁을 먹었지만 지기 싫은 마음에 고집스럽게 말대꾸를 했다.

"흥. 그런 말도 있다는 거지요, 왜 그렇게 발끈하실까 몰라."

재야의 말투를 흉내 내며 맞받아치는 비상의 모습에 재야는 묘한 웃음을 지었다.

"뭐, 크게 인심 한번 쓸 요량은 있는데 어때?"

"뭐가요?"

"네가 한 말 말이야. 그 말이 정말인지 확인하고 싶지 않아?"

은밀하게 속삭이는 재야의 말에 비상은 화들짝 놀라고 말았다.

"미쳤어요?"

"어른은 자신의 말에 책임을 져야 하는 법이라고. 난 그저 궁금증에 대해 알려주고 싶었을 뿐인데 갈등하는 걸 보니 아직 애로

군. 하긴 이런 애를 데리고 무슨 확인을 하겠다고. 쯧."

스스로를 탓하듯 혀를 차는 재야의 모습에 비상은 어이를 상실했다. 순식간에 철없는 애로 전락하고 말다니!

"별로 안 어리거든요? 옛날이라면 스물네 살이면 시집을 가서 애를 낳아도 벌써 낳았을 나이라고요."

"호오? 스물네 살 먹었으면 그런 말의 뜻을 정확히 알고 남자에게 했을 텐데 말이지, 그런 말을 남자한테 함부로 하면 안 된다는 것도 모르는 건 아니지?"

느릿하게 조롱하는 듯한 목소리로 말하는 재야를 보면서 비상은 자신도 모르게 침을 꿀꺽 삼켰다. 장난처럼 웃고 있지만 비상이 느끼기에도 그의 분위기는 상당히 변해 있었다.

순식간에 든 오만 가지 상상에 퍼뜩 정신을 차린 비상은 어색하게 웃으며 상황을 모면하려 했다.

"아하하, 그러게요. 그냥 별 뜻 없이~ 그냥 한 말이에요. 하하, 왜 이렇게 까칠하게 반응하실까 몰라! 아니면 그만이잖아요, 안 그래요?"

"그래? 그럼 내가 생각한 것처럼 그런 생각을 했다는 거군."

"그, 그런가요? 하하, 그런가 보죠. 아니, 맞아요. 같은 생각일 거예요, 아마!"

당황한 비상이 두서없이 말을 둘러댈수록 재야의 눈빛이 점점 음험하게 반짝이는 것 같아 비상은 덜컥 겁이 나고 말았다. 속으로 울상을 지으면서도 연신 웃는 얼굴을 짓자니 양 볼에 경련이 일 것만 같았다. 왜 갑자기 검도관의 우 사범이 얘기한 이상한 비디오가 상상이 되는지는 알고 싶지도 않았다.

　재야는 수시로 변하는 비상의 모습에 웃음을 참느라고 얼굴 인상을 굳힐 수밖에 없었다. 그런 자신의 모습이 얼마나 차갑게 보이는지를 잘 알고 있던 터라 비상이 놀란 모습으로 비유를 맞추기 위해 애쓰는 것을 모른 척했다.

　비상의 집 근처까지 오자 비상은 얼굴에 화색이 돌며 그를 향해 손을 들었다.

　"아, 여기서부터는 제가 걸어갈게요. 태워주셔서 고맙습니다."

　"아, 이봐! 집까지 데려다 줄게. 그냥 있어."

　"아니오. 그럴 필요 없거든요? 바로 근처니까……."

　"타. 그냥 있으라고."

　"……네."

　순간이지만 비상은 재야의 날카로운 눈빛에 기가 팍 꺾였다. 순간순간 변하는 그의 분위기가 범상치가 않다는 생각이 들어 비상은 경계심이 커져만 갔다.

　'에이, 아빠는 귀국을 해도 꼭 이런 시간에 귀국을 해요, 정말!'

　아빠의 귀국만 아니었어도 댄스경연대회에서 자동차도 타고, 이런 차갑고 무지막지한 눈빛을 가진 남자의 차를 얻어 타는 일도 없었을 거라고 속으로 투덜거리며 얌전하게 대답했다.

　"저기, 저 검은색 대문이에요."

　생각보다 큰 저택에 재야는 눈썹을 살짝 올렸다. 옷차림으로 보건대, 지극히 단순한 셔츠와 바지가 다였다. 눈에 띄는 액세서리도 없고, 핸드백도 들지 않은 모습이었다. 보통 이런 집에서 살 만한 여자들의 차림새와 전혀 딴판인 모습이어서 솔직히 이 골목으로 들어서는 순간부터 이상하다고 생각했던 재야였다. 물론 차림새만으로 사람을 평가해서는 안 되지만 주위의 여자들의 외모를 보며 추측컨대 비상은 그런 부류와는 너무도 동떨어진 모습이었다. 그리고 보니, 클럽에서의 옷차림과는 대조적으로 무척이나 얌전해진 상의 모양에 재야는 피식 웃고 말았다. 정말, 아버지가 무섭긴 무서운가 보군.

"여기예요. 고맙습니다."

"잠깐."

서둘러 내리려는 비상의 한 팔을 잡은 재야가 그녀가 내리는 것을 저지했다. 재야의 행동에 절로 표정이 확 일그러지는 비상이었다.

"왜요, 또?"

짜증스런 비상의 대답에 재야는 전화번호나 알자고 했던 생각이 순식간에 날아가 버렸다. 자신이 일부러 시간을 내서 이렇게 데려다 주기까지 했건만 도무지 고마워할 줄 모르는 그녀의 모습에 쓸데없는 오기가 생겨 버린 것이다. 재야를 아는 누군가에게 그 말을 했다면 분명 믿지 못했을 일이었지만 이리 친절한 배려 또한 극히 드문 일이었다.

"차비는 주고 가야지?"

"차…… 비요?"

입을 딱 벌리고 어리둥절한 표정으로 자신을 바라보는 비상의 모습이 상황에 맞지 않게 귀엽게 느껴지는 재야였다. 순간 재야는 비상과 이렇게 한 번의 만남으로 헤어지기가 싫어졌다.

"그래. 설마하니, 그냥 갈 생각은 아니었지? 이래 봬도 꽤 비싼 임금을 받는 사람이라고."

'잘났다, 정말. 하여간 얼굴 잘생긴 것들이 잘난 척하는 건 정말 잘나 보여서 인정하기가 싫다고.'

비상은 입을 삐죽이고는 인상을 찡그리며 시계를 살펴봤다. 얼른 들어가야 할 시간이었다. 아슬아슬한 시각, 오빠가 전화를 안 한 것을 보면 아직 아빠가 들어오시지는 않은 것 같아서 다행이라고 생각하는 비상이었다.

"얼마면 되는데요?"

'칫, 하여간 있는 것들이 더해요, 더해! 차비 아끼려고 있는 자동차도 안 타고 다니는데. 검도관 봉고차 타는 이유가 뭔데!'

돈에 관해 구두쇠 기질이 철저한 비상인지라 표정이 좋을 수가 없었다. 재야는 차비를 달라는 그의 말에 얼굴을 퉁퉁 부풀리며 연신 칫칫거리는 비상을 놀리는 재미가 쏠쏠했다. 차비라는 말을 꺼내자마자 얼굴이 복어처럼 퉁퉁 부은 비상의 모습은 역시나 재미있었다. 솔직히 손가락으로 그 볼을 톡톡 건드려 보고 싶은 마음은 굴뚝같지만 저 성격에 필시 그 손가락을 꺾고도 남을 것이라 생각되어 행동으로 옮기지 않는 재야였다. 하지만 자꾸 그 볼에 눈길이 가는 것은 어쩌지를 못했다. 보는 것처럼 부드러울까? 자신의 차가 큰 편이긴 하지만 비상을 상대로 몸싸움을 하고 싶은 맘은 없었다. 뭐, 다른 의미로의 몸싸움이라면 물론 대환영이지만. 재야는 어떻게 하면 비상과 좀 더 가까워질 수 있을지, 무슨 말을 꺼내야 다음 만남을 준비할 수 있을지 고민스러웠다.

"내 차를 택시하고 비교하면 안 되지! 자, 이거 받아."

"에엑?"

재야는 자신의 휴대폰을 비상의 손에 떡하니 올려놓았다.

"이거 가지고 뭘 하라고요?"

어리둥절한 모습으로 자신을 쳐다보는 비상을 보며 재야는 음흉한 웃음을 지었다.

"나도 시간이 없어서 그래. 있다가 전화할 테니까 받아. 다음에 나올 때 잊어버리지 말고 갖고 나오라고, 알았어? 그거 비싼 거다?"

"이, 이봐요! 이걸 대체 내가 왜……."

"이런, 저기 차 불빛이 보이네?"

"헉! 알았어요. 다음에 봐요, 그럼."

냅다 튀어서 내린 비상은 재야의 모습을 쳐다보지도 않고 바람처럼 달려 대문을 두드렸다. 대문은 미리 열려 있던 모양인지 바로 들어가 버리는 비상의 모습에 재야는 아쉽다는 듯이 입맛을 다셨다.

"아아, 간만에 재밌었는데. 킥, 하지만 다음을 기약했으니까 뭐, 아쉬워도 좀 참아야지."

자신이 거짓말한 것도 알지 못한 채로 허둥지둥 달려가는 비상의 모습을 생각할수록 재야는 기분 좋은 웃음을 지었다. 일단 미끼는 던진 상태니까 조만간 입질만 기다리면 된다는 생각에 재야는 기분이 좋았다.

재야의 차에서 내려 서둘러 현관을 지나쳐 자신의 방으로 들어간 비상은 정신없이 옷을 벗어 던지고는 서둘러 편하게 집에서 입는 옷을 걸쳤다. 그래 봐야 트레이닝복이지만. 비상은 머리를 한 손으로 슥슥 빗으며 문을 열고 오빠의 방으로 향했다.

"오빠, 들어가도 돼?"

"그래."

문을 열고 들어서자 한 손에 서류를 들고 있는 비원의 모습이 보였다.

"생각보다 빨리 왔네? 좀 더 늦을 줄 알았는데."

읽던 서류를 내려놓으며 비상이 안경을 고쳐 썼다. 비상은 그런 오빠에게 장난스런 웃음을 지었다.

"헤헤, 정신없이 달려왔지. 이번에 찍히면 아주 큰일인데."

비상의 대답에 비원은 동생의 이마를 한 손으로 툭 치면서 재미있다는 듯이 말을 이었다.

"무슨 큰일이 있을라고. 그래 봤자 시집밖에 더 가겠어?"

"에엑? 난, 시집가기 싫다고!"

울상을 지으며 말을 하는 비상을 보면서 비원은 속으로 한숨을 쉬었다. 맞선 상대를 고르는 게 중요한 게 아니라 비상을 그 장소까지 데리고 나가는 것부터가 문제였다. 차마 비상을 속이면서까지 맞선을 보게 하고 싶진 않았기 때문이다.

'후유~ 정말 재야한테 다시 연락을 해야 하나? 자식, 그때 약속을 지키기만 했어도 이런 고민을 안 하잖아.'

이래저래 속만 타는 비원이었다.

며칠이 흐르도록 고비상이라는 여자 생각에 일이 손에 안 잡혀 결국 재야는 그녀를 처음 만난 포장마차 근처에 다시 오고 말았다. 물론, 집을 알긴 하지만 갑자기 나타나면 괜한 경계심만 부추길 것 같아 기다리다 지친 그가 차선책으로 택한 것이 바로 이곳이었다. 혹시라도 운 좋게 만난다면 휴대폰을 빌미로 약속을 잡을 수 있을 테니까 말이다. 마음만 있다면야 자기 번호 정도는 확인할 수 있겠지만 아무래도 그 정도까지는 마음에 안 찬 모양인가 싶어 괜한 오기마저 생기는 재야였다. 이날 이때까지 단 한 번도 거절을 모르고 지내온 자신이었다. 한데, 도통 이상하게도 그 선머슴아 같은 여자는 관심을 주지 않는 것이었다. 이름도 특이하게 '고비상'이라고 했던 여자는 그 특이한 성격만큼이나 그를 여러모로 힘들게 만들고 있었다.

다시금 담배 한 개비를 물고 골목에 비스듬히 기대 서 있는데 급히 슈퍼에서 나오던 포장마차 할머니가 재야를 발견하고는 얼굴 가득 주름진 웃음을 지어 보이며 아는 체를 한다.

"아이구~ 멋진 총각, 오늘도 왔네?"

"아, 네."

물고 있던 담배를 얼른 한 손으로 빼내고 인사를 건네는 재야를 향해 할머니가 빠르게 다가왔다.

"그때 그 아가씨 아직도 못 만난 겨?"

"뭐, 그렇게 됐습니다. 하하하."

뭐라 대꾸하기가 민망했던 재야로서는 그저 얼버무릴 수밖에 없었다. 할머니는 누런 이를 드러내며 활짝 웃더니 다시 고민하듯 인상을 찡그리며 말을 이었다.

"그 아가씨가 무슨 선생이라고 하던데. 전에 아이들이 인사하는 걸 봤거든."

"선생이요?"

뜻밖의 직업인지라 재야가 묻자 할머니를 고개를 끄덕였다. 그녀의 성격상 도저히 어울릴 수 없는 단어라고 생각했기 때문이다. 순간 상상된 재야는 다시 바람 빠진 웃음소리를 내고 말았다. 그런 재야를 쳐다보며 할머니는 기억을 해내려는 듯 연신 고개를 갸웃거렸다.

"맞아. 아이들이 졸졸 잘도 따라다녔어. 이 근방 학교 다니는 애들이라서 아마 학원 선생인가? 아, 저기 그때 그 여자를 따르던 애야."

할머니의 말에 재야가 저만치서 가방을 메고 바쁘게 뛰어가는 아이를 쳐다보고는 급히 인사를 했다.

"할머니, 고맙습니다."

"어여 가봐, 어여~"

할머니를 뒤로하고 빠르게 아이에게 다가간 재야는 그 아이를 불렀다.

"이봐, 꼬마야, 잠깐만."

"누구세요?"

걸음을 멈춘 아이는 초등학교 2, 3학년 정도로밖에 안 보이는 작은 남자 아이였다.

"음, 네가 아는 선생님 중에 혹시 목검을 잘 휘두르고 싸움 잘하는 여자 선생님 계시니?"

"여자 선생님이요?"

눈을 동그랗게 뜨고 되묻는 남자 아이에게 재야는 손을 이용해서 설명을 하기 시작했다.

"키는 한 이만 하고, 머리 모양은 되게 짧아. 얼굴은 하얀 편인데, 눈이 제법 날카롭고, 말투는 좀…… 거친 편인데. 혹시 알아?"

기대를 하고 어린아이에게 말을 하는 재야는 속으로 자신의 행동이 한탄스러울 정도였다. 대체 이게 무슨 꼴이란 말인가. 오늘까지 알 수가 없다면 자신이 전화를 하고야 말 거라고 다짐을 하는 재야였다.

"음, 선생님은 아니구요, 고 사범님 얘기를 하는 것 같은데."

"고 사범님?"

"네. 목검을 휘둘렀다면 검도사범님 아니에요? 저쪽으로 가면 해동검도 성무관이라고 있거든요? 거기 여자 사범님이신데 아저씨 말처럼 생겼어요. 게다가 싸움은 끝장나게 잘해요. 전에도 한 번 깡패를 두들겨 팬 적이 있거든요! 그때 정말 멋있었는데!"

남자의 말에 재야는 자신이 찾는 고비상이라는 여자와 같은 인물이라는 생각이 들었다. 역시 너무 익숙하다 싶었는데 그런 경우가 한두 번이 아니었던가 보다.

"그럼 아저씨한테 그 검도관 위치 좀 가르쳐 줄래?"

"등록하시게요?"

"아아, 응."

"조쪽 길로 쭉 가시면 길이 여러 갈래 나오는데요, 거기서 왼쪽으로 돌면 큰 건물이 보이거든요? 그 상가건물 사층이에요."

"그래, 고맙다."

재야가 대답을 했음에도 불구하고 아이는 가지 않고 재야를 쳐다보며 히죽히죽 웃기 시작했다.

"왜?"

"으히히, 아저씨 지금 등록하면 흰 띠잖아요. 난 검은 띤데. 나랑 아저씨랑 대련하면 내가 이길걸요?"

아이다운 질문에 재야는 피식 웃고 말았다.

"음, 그건 고민 좀 해봐야겠다. 이 나이에 너같이 조그마한 녀석한테 질 수는 없으니까."

"고 사범님한테 특훈 시켜달라고 해봐요~ 진짜 잘하시거든요?"

"오냐~ 생각해 보마. 어서 가봐."

"네. 그럼 안녕히 가세요."

인사를 한 아이가 종종걸음으로 골목 안으로 사라지자 재야는 곰곰이 생각을 하며 발걸음을 옮기기 시작했다.

'흐음. 처음 이곳에 온 이유가 비원이 자식이 약속 장소를 이 근처로 잡았기 때문이었는데, 이유가 동생이 다니는 검도관이 이 근방이라고 했었지, 아마? 그리고 클럽에서 만난 고비상이라는 여자도 이 근처 검도관을 다닌다는 말이지. 그럼…… 이런, 고비원, 고비상, 설마 남매? 내가 왜 이 생각을 못한 거지?'

자신의 추리에 놀란 재야가 들고 있던 담배를 툭 하고 떨어뜨렸다. 바보 같은 감탄사가 절로 나오는 바람에 입마저 딱 벌어진 재야였다. 왜 이제야 비원의 얼굴과 그 고비상이라는 여자의 얼굴이 닮았다는 것을 알았을까. 사고 치는 여동생 때문에 전전긍긍하던 비원이 말이 떠오를수록 여태까지 자신이 만나려 했던 비상의 모습과 퍼즐처럼 딱 맞아떨어진다. 하지만 아니라면? 부인을 하면서도 쿵쿵 울리는 심장 소리가 마치 팡파르처럼 느껴졌다. 혼돈스럽고 입 안이 순간 바짝 마르긴 했지만 재야는 진정하려 애를 썼다. 우선은 생각을 좀 더 해봐야만 했으니까 말이다.

"설마, 비원의 여동생이 내가 찾고 있는 그 고비상일까? 하긴 폭력을 휘두른다는 것도 비슷하고 말이야. 내가 왜 비원이 자식 동생 이름을 안 물어봤을까?"

부지런히 걸은 탓에 재야는 어느덧 사거리로 들어섰다. 아이의 말대로 좌측으로 도니, 지은 지 얼마 되지 않은 새 상가 건물이 보였다. 그리고 사층에 큼직하게 쓰여 있는 '해동검도 성무관'이란 간판을 보며 재야는 걸음을 멈췄다. 어떻게 할까 고민을 하는데 마침 아이들이 건물 밖으로 우르르 쏟아져 나오기 시작했다. 검은색 통이 넓은 도복을 입고 나오는 아이들을 쳐다보던 재야의 시선에 익숙한 인영이 모습을 드러냈다.

'어라? 저 여자는!'

분명 차신이 찾던 그 여자였다. 고비상, 깡패를 두들겨 패고, 클럽에서 자신을 뒤흔들던 그녀. 억지로 건넨 휴대폰으로 연락조차 하지 않던 그 여자가 맞았다. 재야가 눈으로 비상을 쫓으며 쳐다보는 것도 모르고 그 여자는 건물을 향해 큰 소리로 누군가에게 말을 건네고 있었다.

"우 사범님, 제가 운전하죠. 키나 던져 주세요!"

비상의 말에 건물 입구에 서 있던 남자가 차키를 비상에게 던지는 모습이 보였다. 재야는 서둘러 비원에게 전화를 걸었다.

"비원아. 나다. 네 동생 이름이 혹시 뭐냐?"

[어? 내가 이름 안 가르쳐 줬냐? 고비상이다, 고비상. 근데 왜?]

"……아니, 갑자기 궁금해서. 한번 만나는 봐야 할 거 아냐? 예전 약속도 있고 말이야. 검도관에서 사범 한다고 하지 않았냐? 혹시 검도관 이름은 알 수 있어?"

[해동검도 성무관이야. 전에 약속했던 곳에서 가까워. 왜, 한번 찾아가 보려고?]

"아니, 당장은 아니고……. 아무튼 나중에 만나면 술이나 한잔하자. 그럼 바빠서 끊는다."

서둘러 전화를 끊은 재야는 이 묘한 우연에 어이가 없었다. 자신이 한눈에 반한 그녀가 바로 절친한 친우의 골칫덩어리 여동생이라니. 허탈감을 느끼며 재야는 눈으로 비상을 쫓았다.

"고 사범! 그럼 부탁해! 대신 내일은 내가 검도관 청소를 도맡아 해 줄게!"

"오케이! 그 약속 잊지 마요!"

'우연이 세 번 겹친다면 그건 인연이라고 했지, 아마?'

재야는 멀지 않은 곳에 자신의 차가 주차되어 있다는 것을 기억하고는 서둘러 차 있는 곳으로 갔다. 얼른 차를 탄 재야는 기어를 넣고 천천히 아이들을 태우고 있는 노란색의 봉고차를 향해 차를 움직였다. 재야가 차를 주차해 놓은 곳은 비상이 아이들을 태우기 위해 봉고차를 세운 곳보다 대략 10m 정도 떨어진 거리였다. 다시 말하면 상가건물을 빙 돌아서 뒤쪽에 세웠다는 말이었다. 그 거리를 다시 돌아오자 재야의 차 앞으로 차가 한 대 주차되어 있고 봉고차와 그 주차된 차 사이는 차 한 대를 주차하기에는 다소 비좁은 공간이 보였다. 하지만 재야는 비상등을 켠 채로 노란색 바탕에 호랑이와 칼을 들고 있는 아이의 모습이 그려진 봉고차 가까이 차를 몰아 마치 주차를 하려는 것처럼 행동했다. 차를 넣고 빼기를 두서차례 반복한 재야는 일부러 봉고차의 후면을 살짝 들이받았다.

"어어? 어어~ 스톱!"

째지는 소리가 들리며 봉고차 문가에 있던 비상이 재야의 차가 있는 쪽으로 씩씩거리며 걸어오는 것이 보였다. 잠시 뒤 보조석

문을 두드리는 소리에 재야가 보조석 쪽의 창문을 열었다.

"이봐요? 주차를 하려면 공간을 좀 보고 하란 말입니다! 저거 안 보여요? 저거? 지금 당신 차가 우리 아이들이 탄 봉고차를 들이받았다구요!"

신경질적으로 말을 하는 비상의 목소리에 짐짓 웃음을 삼키고 운전석에서 내린 재야는 비상을 보고는 의외라는 듯이 말을 했다.

"어어~ 이런 데서 다시 보게 되다니, 정말 인연인가 봐?"

말을 하는 재야를 쳐다보던 비상은 쫙 찢어져 치켜 올라간 눈을 크게 뜨고는 이내 재야를 손가락질하기 시작했다.

"다, 당신! 그때, 그 휴대폰 남자?"

"이런, 내 이름을 그새 까먹은 거야?"

유들거리는 재야의 말에 비상의 얼굴이 순간 벌겋게 달아올랐다.

"아씨, 이봐요! 대체 나랑 원수 진 거 있어요? 정말 왕짜증 이빠이네! 보험으로 처리한다고 해도 당신 차는 외제차잖아!"

버럭 소리를 지르는 비상을 쳐다보며 재야는 알게 모르게 웃음을 지었다.

"음, 그러고 보니 수리비가 만만찮게 나오겠군 그래. 하지만 내가 잘못한 건데 뭘."

"이씨, 당신 차 앞 범퍼 기스난 것만 고쳐도 우리 봉고차 한 대 값도 더 한다구요! 대체 여긴 무슨 일로 온 거예요? 설마 휴대폰 받으러 온 건 아니겠죠?"

말을 하면서도 연신 재야의 차와 봉고차를 흘끔거리는 비상을 보면서 재야는 더없이 유쾌했다.

"설마. 난 당신이 이곳에 있을 거라고는 생각조차 못했다구."

시치미를 뚝 떼며 말을 하는 재야를 바라보며 비상은 떫은 표정으로 자신의 머리를 신경질적으로 벅벅 긁었다.

"하긴 알 리가 없지. 참나, 하필이면 이런 곳에서 이렇게 마주하다니. 당신과 나는 정말 악연인가 봐요?"

퉁명스레 말을 건네는 비상의 행동에 기분이 상할 만도 했지만 재야는 그녀를 다시 만났다는 반가움에 여전히 입가에 웃음을 달고 있었다.

"글쎄. 악연인지 인연인지는 더 두고 봐야지. 참, 이렇게 만난 김에 휴대폰이나 받을까?"

재야의 말에 퍼뜩 정신을 차린 비상이 곤란하다는 표정으로 재야를 쳐다봤다.

"이런, 미안하지만 휴대폰을 안 갖고 왔다구요. 이렇게 만날 줄 알았나 뭐."

"그래? 그럼 할 수 없지. 집까지 따라가는 수밖에."

"뭐라구요? 당신……."

비상이 뭐라고 말을 이으려고 할 때 차 안에 타고 있던 아이들이 어서 가자고 재촉하는 바람에 비상은 봉고차의 운전석으로 향했다.

"나중에 연락 줘요. 그럼 갖다 줄 테니까."

"아아, 오늘 꼭 그게 필요해서 말이야."

재야의 고집스런 말에 비상은 인상을 쓰며 망설였다.

"참나. 그럼 기다려요. 금방 돌고 올 테니까."

비상의 말에 가볍게 고개를 끄덕인 재야는 혹시나 싶은 마음에 검도관으로 향했다. 검도관으로 들어서자 뒷정리를 하고 있던 모양인지 한 남자가 재야를 향해 다가왔다.

"죄송하지만 오늘 수업은 모두 마쳤습니다."

"아, 그게 아니라 누굴 좀 기다리는 중이에요."

"학생들은 이미 다 갔는데요?"

남자의 말에 재야는 오만하게 고개를 끄덕였다.

"상관없어요. 내가 기다리는 사람은 학생이 아니니까."

재야의 말에 대답을 하던 남자의 인상이 굳자 재야는 실내를 살펴보던 시선을 거두고 앞의 남자를 쳐다봤다. 검은색 도복과 대조되는 하얀 얼굴과 도복만큼 까만 머리. 흰백의 조화라고 해야 하나. 도복에 그려진 용맹스러운 맹호의 얼굴이 남자의 모습과 무척이나 잘 어울린다는 것을 재야는 억지로 인정해야만 했다. 자신보다 약간 키가 작고 덩치도 좀 왜소하지만 전혀 작아 보이지 않는 남자. 흔들리지 않는 시선으로 곧바로 재야를 바라보는 남자의 눈빛에서 재야는 은연중에 그가 남을 다루는 입장에 익숙하다는 것을 느낄 수가 있었다.

그런 재야의 시선을 느꼈던 건지, 남자는 잠시 생각을 하더니 재야에게 말을 건넸다.

"실례지만 어느 분을 기다리는 건지 물어봐도 될까요?"

단조롭지만 딱딱 끊듯이 말을 하는 남자의 말에 재야는 슬쩍 인상이 찡그려졌다. 무의식적인 힘 겨루기랄까. 왠지 그의 질문에 대답을 하기가 싫어진 재야였다.

"내가 대답해야 할 의무가 있소?"

낮지만 단호한 재야의 어조에 남자의 인상이 순간 날카롭게 변했다. 마침, 관장실 문을 열고 나오던 남자가 그 둘의 모습을 보고 다가왔다.

"이 사범, 아는 분이야?"

"아닙니다."

묘하게 불쾌감이 서린 목소리였지만 재야는 무시하고 관장실에서 나온 남자에게로 시선을 맞췄다. 비원의 말대로라면 이 검도관의 관장은 비원의 외삼촌이라는 말이 된다.

"아, 등록을 하러 오신 건가요?"

"아니요, 만날 사람이 있어서요. 관장님이십니까?"

"아니요, 관장님을 만나러 오신 거면 어쩌죠? 일이 있으셔서 먼저 퇴근하셨거든요."

"아닙니다. 관장님을 뵈러 온 것이 아니라 고비상 씨를 기다리는 중입니다."

"고 사범을요? 이런, 길이 엇갈려나 보군요. 고 사범은 지금 차량 운행 중이거든요. 이럴 줄 알았으면 내가 도는 건데 그랬네. 약속은 하고 오신 건가요?"

미안하다는 표정을 짓는 우 사범을 보며 재야는 괜찮다는 식으로 살짝 웃어줬다. 하지만 아까부터 자신을 불만스럽게 쳐다보는 이시형 사범이 꽤나 신경 쓰이는 재야였다. 이건, 직감적인 본능이었다. 수컷들의 가장 원초적인 감각, 재야는 이시형이라는 사범이 자신이 만나려고 하는 고비상과 무슨 인연이 있을지도 모른다는 생각을 했다.

"아, 네. 이곳에서 기다리고 있으라고 하더군요."

"아아, 그러십니까? 그럼 차라도 한 잔 드릴까요?"

"아니요. 됐습니다."

말을 마치자 우 사범은 알았다는 듯이 인사를 건네고 탈의실로 들어가고 혼자 남겨진 이시형 사범은 노골적으로 불쾌하다는 표정을 지우지 않은 채로 재야를 쳐다봤다.

"무슨 일 때문인지 물어봐도 되겠습니까?"

"개인적인 일입니다. 꼭 얘기할 필요는 없을 것 같은데요."

재야의 말에 이시형 사범의 얼굴이 심상치 않게 변해가는 것을 구경하며 재야는 이 은근한 신경전이 맘에 들었다.

'척 봐도 비상에게 무슨 감정을 갖고 있는지 알겠어. 이런 이런, 조심해야지 안 되겠는걸?'

겉으로는 여전히 여유로운 표정으로 시형의 눈빛을 마주 보며 재야는 시형을 경계했다. 시형은 재야가 자신의 질문에 더 이상 대답할 마음이 없다는 것을 알고는 묵묵히 검도관 정리를 시작했다.

대략 이십여 분 정도 흘렀을까. 자동 유리문을 열고 들어서는 비상의 모습에 재야와 시형은 동시에 다가갔다.

"어라? 이 사범님, 아직 안 가셨어요? 뒷정리는 제가 해도 되는데."

"아니, 이제 막 갈 참이었어. 같이 나가자."

시형의 말에 비상은 어리둥절한 표정으로 그를 쳐다봤다.

"저랑요? 아, 이거 미안해서 어쩌죠? 보시다시피 기다리는 사람이 있어서요."

"무슨 일인데 그러는 거지?"

시형의 말에 비상은 대답을 하려다가 입을 꾹 다물고는 시형을 쳐다봤다. 매일 보는 것은 아니지만 유독 자신에게 까다롭게 굴던 시형이었다. 가끔 알 수 없는 시선으로 자신을 보기도 하고, 어떤 면에서는 유달리 친근하게 행동하는 시형의 태도가 솔직히 부담스럽게 느껴졌던 비상으로서는 시형의 이런 태도가 좋게 보일 리가 없었다.

"저기, 죄송하지만 이 사범님. 이건 제 개인적인 일이거든요? 다른 볼일이 없으시다면 먼저 가보겠습니다."

꾸벅 인사를 건네고 탈의실 쪽으로 들어서는 비상의 뒤를 재야가 따라가자 시형이 뒤에서 재야의 팔을 잡았다.

"왜 그러는 거죠?"

자신의 팔을 잡은 시형의 손을 쳐다보며 재야가 낮게 되묻자, 시형이 굳은 얼굴로 재야를 노려봤다.

"설마, 탈의실 안까지 따라갈 건 아니시겠죠?"

시형의 질책 어린 말에 재야는 능청스런 표정을 지우고는 시형을 잠시 쳐다봤다.

"따라가도 문제가 되지 않는 사이라면 괜찮습니까?"

재야의 말에 이시형의 표정이 급속도로 굳어가자 재야는 묘한 승리감이 들고 말았다. 재야의 팔을 놓고 그를 뚫어지게 쳐다보던 시형이 차갑게 말을 이었다.

"그 말 무슨 뜻이죠?"

"말 그대로입니다만."

재야가 대답하자 시형이 뭔가를 생각하는 것 같더니 이내 작게 고개를 저었다.

"미안하지만 그 말은 믿을 수가 없는데요? 내가 아는 고 사범은 남자를 사귀지도 않고, 그럴 만한 관심도 없거든요."

"그건 당신 생각이지. 시간이 없다고 해서 마음이 없는 것은 아니니까. 그리고 앞으로는 내가 그 시간을 만들면 되는 거고."

재야의 여유있는 대답에 시형은 피식 웃고 말았다.

"그 시간이라는 것을 당신과 나 둘 중에 누가 더 빨리 만들 수 있을 것 같아? 난 그 시간이라는 것을 만들기 위해서 일부러 이 검도관에 나오고 있다고."

재야의 반말을 흉내 내며 말하는 시형의 모습에 재야는 자신감 있는 표정으로 시형을 쳐다봤다. 비상에게 얼마나 관심을 표현했는지는 몰라도 재야가 볼 때 비상은 시형을 이성으로 생각하는 것 같지가 않았다. 그리고 분명 첫키스라고 하지 않았던가? 육 개월 동안 투자한 이시형보다는 자신이 훨씬 앞서 비상에게 다가가는 것만큼은 분명했다. 첫키스를 가져간 만큼 비상의 모든 것의 첫 번째는 자신이 되고 말 것이라고 재야는 결심했다. 그리고 자기 것이라고 생각한 것을 절대 남에게 내어줄 정도로 재야 자신은 호락호락한 성격이 아니었다. 하물며, 그 대상이 바로 자신이 현재 안달하는 여자라면 이미 얘기는 끝난 것이었다.

수단과 방법을 가리지 않고 비상의 주변을 정리해야 한다고 생각한 재야는 천천히 시형을 바라보며 예의 그 비릿한 웃음을 지어 보였다.

　"연애와 거리가 꼭 비례할 거라는 생각은 버리시지. 감정이라는 건 순식간에 생기는 거니까. 게다가 난 비상의 첫키스 상대라고."

　느낌으로 알 수 있었다. 이시형이라는 사범이 비상에게 갖는 관심과 자신이 품은 관심은 같은 것이라는 것을 말이다.

　"······!"

　재야의 말에 시형이 확 굳어버리자 재야는 보란 듯이 몸을 돌렸다. 시형이 재야를 잡고 다시 그것에 대해 따지려는 차에 탈의실 문을 열고 나오는 비상에 의해 둘의 대치상황은 끝나고 말았다.

　"차는 괜찮아요?"

　"차?"

　갑작스런 질문에 재야가 어리둥절해하자 비상이 인상을 썼다.

　"참나. 아까 와서 박을 땐 언제고 기억도 못해요? 분명히 얘기하지만 100% 다 그쪽 책임이라구요."

　시형에게 들릴까 봐 일부러 재야의 곁으로 다가와 속삭이듯 말하는 비상의 모습을 쳐다보다 시형과 눈이 마주친 재야는 승리감이 가득한 웃음을 짓고는 슬쩍 비상의 어깨에 팔을 두르듯 하고는 몸을 돌렸다. 눈에 띄게 경직된 시형의 모습에 내심 만족해하면서 보란 듯이 친밀감을 나타내는 재야였다.

　"아, 이 사범님. 저 먼저 퇴근하겠습니다."

어색한 상태에서 인사를 마친 비상이 재야와 사라지자 시형의 표정은 무참히 구겨지고 말았다.

한편 얼결에 재야와 건물 밖으로 나온 비상이 재야의 차로 아무렇지 않게 이동했다. 그러자 오히려 당황한 것은 재야였다.

"어이, 그렇게 아무렇지도 않게 아무 남자의 차에 타는 게 익숙한 건가?"

"뭐라는 거예요, 지금? 어떻게 아무 남자예요? 휴대폰 달라면서요?"

너무나 당차게 말을 하는 비상인지라 막힘없던 재야마저 일순 말문이 막히고 말았다.

'순진한 건지, 겁이 없는 건지 갈피를 못 잡겠네.'

차에 오르자 비상은 입을 비죽였다.

"아깝다. 전화 끝까지 안 오면 차비도 떼어먹고 휴대폰도 팔아버릴 생각이었는데."

"뭐?"

비상의 말에 기가 막힌 재야가 짧게 되묻자 비상이 멋쩍게 웃기 시작했다.

"그렇잖아요. 요새 흔하디흔한 게 휴대폰인데요 뭘. 그리고 그쪽은 척 보기에도 돈 좀 있어 보이잖아요. 이 비싼 외제차 끌고 다니면서 휴대폰 하나에 목숨 거는 거, 그거 되게 웃긴다는 거 알아요?"

재야는 비상의 말이 칭찬인지 욕인지 영 갈피를 못 잡고는 어이없다는 듯이 고개를 저었다.

"전에도 느낀 거지만 정말 독특한 사고를 갖고 있는 것 같단 말이야. 그거보다 오늘도 내 차를 타고 가니까 차비는 생각해 줘."

"에엑? 그런 게 어딨어요? 여기까지 찾아와서 휴대폰 달라고 한 게 누군데?"

"휴대폰을 달라고 했지, 내가 차로 태워준다는 말은 안 한 것 같은데?"

재야의 말에 비상은 가뜩이나 날카롭게 치켜 올라간 두 눈을 더욱 치켜뜨며 재야를 노려봤다.

"그럼 내려줘요. 난 버스 타고 갈 테니까 우리 집 알죠? 거기서 기다려요."

정말 내릴 생각이었던지 보조석의 문을 금방이라도 열 기세여서 재야는 서둘러 비상을 말렸다.

"아아, 그렇다고 그렇게 냉큼 내려 버리면 어쩌라는 거야?"

"그럼 차비 달라는 얘긴 하지 마요."

비상의 말에 재야는 피식 웃고 말았다. 지금 생각해 보니 유독 돈에 집착을 한다는 투로 말을 한 것을 기억해 낸 재야였다.

"알았어, 알았다구. 얼른 제대로 앉아서 안전벨트 못 매?"

서둘러 안전벨트를 매는 비상을 보고는 다시 차를 출발시키며 재야가 말을 건네었다.

"근데, 아까 검도장에서 그치랑은 무슨 관계야?"

"그치라뇨?"

비상이 되묻자 재야는 인상을 썼다. 다시 생각해도 기분이 별로 안 좋은 재야였다.

"탈의실 가기 전에 말이야."

"아아, 이시형 사범님이요? 왜요?"

"그 치, 아무래도 그쪽한테 관심있는 것 같던데?"

재야가 묻는 말에 뭔가를 생각하는 것 같더니 비상이 불쑥 질문을 던졌다.

"저기, 내 이름 모르죠?"

"그러는 그쪽은 내 이름 알아?"

재야는 시치미를 뚝 떼며 말을 했다.

"우리 그때 클럽에서 통성명하지 않았어요?"

"잊어버렸어."

단조로운 재야의 말에 비상은 어이없다는 듯이 그를 쳐다봤다.

"화를 내야 할 것 같은데 나도 그쪽 이름을 모르니까 그냥 넘어가죠 뭐. 그쪽 저쪽 말하는 것도 우습잖아요. 내 이름은 비상이에요, 고비상. 그쪽은요?"

"재야. 백재야."

"거참 이름 한번 독특하네요."

"아무렴 그쪽만 할까."

"언제 봤다고 반말이에요?"

"아무리 봐도 내가 그쪽보다는 나이가 더 많은 것 같아서."

"자랑은 아니라는 거 알죠? 아저씨 소리 듣는 게 뭐가 좋다고."

"너 말고 아무도 나를 그렇게 부르지 않아."

단호하게 말을 자르는 재야의 말에 비상은 피식 웃음이 나오고 말았다. 재야는 비상이 비원의 동생이라는 것을 알고 난 순간부터 스스럼없이 반말이 나오기 시작했다. 굳이 나이를 따져도 여덟 살 차이인데, 그게 어딘데 라는 식의 생각. 그런 재야를 바라보는 비상의 시선도 썩 좋은 것만은 아니었다. 묘하게 무뚝뚝하다가도 눈살을 찌푸릴 만큼 가볍게 행동하는 남자. 비상이 재야에게 처음으로 느낀 것이었다.

재야는 길가로 차를 세웠다. 이대로는 안 될 것 같았다. 비상의 성격상 휴대폰을 건네는 순간 다음 만남을 기약하긴 힘들고, 억지스런 만남을 하기보다는 좀 더 치밀한 계획이 필요할 것 같았다. 더군다나 강력한 경쟁자가 생긴 지금 무턱대고 밀어붙이는 식의 만남은 상대방에게 불쾌감을 줄 수도 있을 것이다. 아까의 그 이시형 사범 역시 그런 비상의 성격을 알기에 옆에서 지켜보고 기회를 기다리는 것일 테니까 말이다. 생각을 정리한 재야는 비상을 쳐다봤다.

"어, 왜요?"

"생각해 보니까 약속이 있는데 깜빡했네. 너, 그냥 내려서 집에 가라."

"뭐라구요? 그럼 휴대폰은요?"

"다음에 줘. 있다가 전화할 테니까 받아."

다급하게 비상을 내려준 재야는 급히 차를 출발시켰다. 이 황당한 상황에서 비상은 재야의 차를 향해 가볍게 가운뎃손가락을 날려주는 센스를 발휘했다. 물론, 룸미러로 비상의 그 모습을 보고 미칠 듯이 웃는 재야는 생각지도 못했을 테지만 말이다.

'후후. 당장 휴대폰을 받으면 안 되지. 그럼 다음 만남을 만들기

가 힘들거든.'

아쉽지만 오늘은 여기까지만 하자고 생각하고 재야는 자신의 아파트로 향했다.

다음날 아침, 주말이라 도장을 쉬는 비상은 오랜만에 여유로운 시간을 보내고 있었다. 느릿하니 한 손으로는 자신의 머리를 벅벅 긁고, 다른 손으로는 셔츠 속으로 자신의 맨살을 긁으면서 일층으로 내려오던 비상은 엄마와 딱 마주치고 말았다. 슬슬 뒤쪽으로 눈치를 주는 비상을 보며 곽 여사는 부드러운 웃음을 지으며 비상을 불렀다.

"비상아, 이리 좀 내려오련?"

"아, 엄마! 그러고 보니, 오늘 약속이 있는 것을 깜빡했네? 내 정신 좀 봐!"

서둘러 이층으로 다시 올라가려 하는데 곽 여사가 소리를 빽 질렀다.

"Stop! 얼른 내려오지 못해?"

"아, 왜 또요? 엄마는 왜 만날 나만 보면 못 잡아먹어서 그러는 거야?"

"차라리 잡아먹을 수나 있었으면 좋겠다! 이참에 딸자식 하나 없는 걸로 치면 되니까."

엄마의 말에 하는 수 없이 가까이 다가간 비상은 투덜거리며 일층으로 내려가 거실 소파에 퍽 소리가 나도록 앉았다.

"자세가 그게 뭐니? 좀 조심스럽게 앉지 못해?"

"이게 편하단 말이에요. 할 말이 뭔데요?"

"아휴~ 내가…… 아니, 관두자. 오늘 저녁시간 있지?"

"오늘 바빠요. 아주 바빠요!"

비상은 소리치며 고개를 크게 좌우로 흔들었다. 비상의 모습을 지켜보던 곽 여사는 아무렇지 않게 자신의 손톱을 호호 불면서 말을 이었다.

"바빠도 시간 내."

"아씨, 그럴 거 뭣 하러 시간 있냐고 물어요?"

"호호호, 그래도 예의가 있지. 아무리 자식이라지만 그렇게 강제성을 띄면 안 되잖니."

'그럼 지금은 강제가 아니란 말씀입니까?'

나오려는 말을 생존본능에 힘입어 꾹 눌러 참는 비상이었다. 만약 여기서 말대꾸라도 하게 된다면 그 무시무시한 잔소리를 장장 서너 시간은 또 들어야 할 것이다. 차라리 몇 대 맞고 말지, 그건 정말 고역이라고 생각하는 비상인지라 얌전히 다음 말을 기다렸다. 비상의 반응이 마음에 들었는지 곽 여사는 눈을 가늘게 접으며 말을 하기 시작했다.

"오늘 저녁에 모임이 있단다. 물론, 가족들이 같이 가야 되는 거야. 네 아버지와 오빠는 일 때문에 바쁘니 네가 당연히 가주겠지?"

'저거 분명 함정이다, 함정!'

굳이 자신을 고집하는 엄마의 행동에 아무런 반항 한번 할 수 없는 비상은 그 모임의 목적이 무엇인지를 어렴풋이 짐작할 수 있을 것 같았다. 지금 상황을 봐서는 오직 비원이 오빠만이 자신을 구해줄 수 있을 거란 생각에 비상은 서둘러 말을 이었다.

"내가 전화해 볼게요. 오빠도 웬만하면 저녁시간 내줄 텐데. 같이 가면 안 돼요?"

"물론 당연히 안 돼!"

"가족 모임이라면서요?"

"어머, 그건 여자들끼리의 비밀이라서 말이야."

'얼어죽을 비밀은 무슨!'

비상은 뭣 씹은 표정을 지으며 불만스런 눈빛으로 자신의 엄마를 쳐다볼 수밖에 없었다.

"오후에 서 원장하고 예약 잡아놨어. 간 김에 오랜만에 마사지하고 머리도 좀 하고. 여자애가 피부가 그게 뭐니, 그게?"

"내 피부가 어때서? 이래 봬도 피부 하나는 좋다고!"

의기양양하게 말하는 비상을 쳐다보는 곽 여사의 얼굴이 어이없다는 듯이 변해갔다.

"어머? 거울이나 좀 보고 말을 하지 그러니? 아무리 피부미인이라도 너처럼 그런 몰골을 하고 있으면 남자들이 쳐다나 보겠니?"

곽 여사의 말에 비상은 퉁명스럽게 대꾸했다.

"그러게 남자들이 쳐다보지 않아도 된다니깐 그러네."

"너 자꾸 말대답할래? 이참에 아주 확 경북에 사시는 외할머니한테 보내 버린다?"

"……."

곽 여사의 말에 비상은 입을 얼른 닫았다. 어렸을 적 외할머니

댁에서 할머니를 보고 놀란 기억이 있던 비상이었다. 무척이나 엄격하고 대쪽 같은 외할머니의 성정도 그렇지만 걸핏하면 자신에게 화를 내던 외할머니의 모습밖에 기억에 남는 것이 없었다. 더군다나 그곳에서도 싸움을 한 덕에 광에 반나절을 갇혀 있었던 무서운 경험도 있었던 비상으로서는 외할머니와의 만남은 되도록 피하고 싶었다. 한번 보는 것도 그러할진대, 할머니가 사시는 곳에서 생활한다는 것은 정말 생각만으로도 끔찍했다. 사사건건 눈을 치켜뜨고 잔소리를 해대는 할머니와 맞설 수는 없는 입장이기에 되도록 부딪치지 않는 것이 상책이라고 생각하는 비상은 결국 울상을 지었다. 그런 비상을 쳐다보던 곽 여사가 차분하게 말을 이었다.

"알았으면 어디 갈 생각 하지 말고 제발 좀 씻고 나와! 어떻게 된 여자애가 그렇게 씻는 것을 싫어하니?"

"······알았어요."

비척거리며 일어선 비상이 인상을 찡그리며 이층으로 올라갔다. 투덜거리며 자신의 방으로 돌아온 비상은 다시 울리는 휴대폰을 물끄러미 쳐다보며 전화를 받아야 할지 말아야 할지를 고민하다가 휴대폰을 들었다.

"여보세요?"

[왜 이렇게 전화를 늦게 받아?]

"저어, 누구세요?"

[그 휴대폰 주인이다. 목소리를 벌써 잊었나?]

당연하게 알 거라고 생각하고 말하는 재야의 오만함에 비상은 왠지 그를 놀리고 싶었다.

"아, 택시 운전수?"

[택시? 하하하, 뭐, 그렇게 생각할 수도 있으려나?]

재야의 호탕함에 비상도 기분이 좋아졌다. 좀 전 엄마 때문에 침울했던 마음이 순식간에 사라지는 것을 느끼며 비상은 재야에 대한 호감이 생기기 시작했다.

[저녁 일곱 시까지 그랜드 백화점 팔층 커피숍으로 나와.]

"아, 오늘은 좀 곤란한데요. 엄마랑 어디를 가야 돼서요."

[어딜 가는 거지?]

유쾌하게 울리던 재야의 목소리가 조금 날카롭게 들려왔지만 비상은 개의치 않고 대답했다.

"어딘지는 몰라요. 엄마가 같이 갈 데가 있다고 하니까 가는 거죠."

[엄마 말을 잘 듣는걸 보니 확실히 어린애군. 그러면 점심에 잠깐 볼까?]

"아, 그것도 안 될 것 같은데……."

망설이는 비상의 대답에 잠시 동안 침묵이 흘렀다. 곧이어 수화기를 타고 흘러나오는 재야의 목소리는 유독 낮게 들렸다.

[……왜?]

비상은 그 한 마디에 움찔하며 생각지도 않게 사실을 말하고 말았다.

"그게, 엄마가 서 원장하고 예약을 했다고 해서요. 머리랑 마사지…… 앗!"

비상은 자신도 모르게 사실을 말하다 말고는 기겁을 했다.

'대체 자신이 왜 이런 말까지 이 남자에게 하고 있는 거지?'

비상은 자신의 머리를 쥐어뜯으며 인상을 찌푸렸다. 잠시 뒤, 재야의 목소리가 다시 들려왔다.

[그래? 어딜 간다고 말씀은 안 하시고?]

끈질기게도 묻는 재야의 질문에 비상은 한숨을 쉬면서 애꿎은 자신의 머리를 벅벅 긁었다.

"무슨 모임인지는 잘 몰라요."

[어딘지도 모르고 무작정 간다고? 정말 어이가 없군. 그런 행동은 애들도 하지 않는단 말이지. 하긴 애니까 당연한 건가?]

말만으로 사람의 속을 뒤집는 재주가 이 남자보다 탁월한 이는 없을 거라고 생각하며 비상은 확 끼치는 분함에 부들거렸다.

"이봐요! 당신이 잘 몰라서 그러는 거라고요. 나라고 뭐 이렇게 하는 게 좋아서 그런 줄 알아요?"

[난 약속 안 지키는 사람을 제일 싫어해. 오늘 약속은 네가 지키지 못한 거니까 다음에 그 몫까지 한꺼번에 받도록 하지.]

"그, 그런 게 어딨어요? 그러지 말고 계좌번호 불러봐요, 택시비는 부쳐 줄 테니까."

비상의 다급한 말에 한동안 침묵이 흘렀다. 잠시 뒤 억눌린 듯한 목소리로 재야가 대답을 한다.

[……나중에 보도록 하지.]

끊겨진 전화를 웃으면서 쳐다보던 비상은 아래층에서 자신을 재촉하는 소리에 서둘러 겉옷을 훌렁 벗고 욕실로 뛰어들어 갔다.

한편 전화를 끊은 재야는 한동안 의자에 앉아 양손을 붙인 채로 생각에 잠겼다. 생소한 느낌이었다. 비상이 자신에게 한 말은 그가 여자에게 자주 쓰는 말이기도 했다. 재야는 생전 처음 여자에게서 그런 질문을 받은 것이었다. 이걸 기뻐해야 하는 건지, 아닌지.

"후후. 돈을 줄 테니 계좌번호를 불러라. 묘한 어감이군, 정말. 그보다 어디 맞선 장소에 끌려가는 것 같던데."

손바닥으로 책상을 서너 번 툭툭 친 재야는 잠시 생각을 하더니 비원에게 전화를 걸었다.

'아직 난 시작도 못했다고. 벌써 다른 곳으로 빼돌리면 쓰나.'

재야는 여유있는 목소리로 비원에게 말을 건넸다.

"고비원, 오늘 저녁 네 동생을 좀 만났으면 하는데?"

[그래? 흠, 하긴 만나기는 해야지. 그럼 좀 기다려 봐, 집에 전화 좀 걸어보고.]

전화를 끊고 오 분 정도 지났을까, 벨소리가 채 한 번 울리기도 전에 재야는 수화기를 들었다.

"비원이냐?"

[자식, 무슨 전화를 이렇게 빨리 받아? 그나저나 미안해서 어쩌지? 오늘은 선약이 있어서 안 될 것 같은데 다음으로 미루면 안 되겠냐?]

"선약? 무슨 일이길래 그러는 건데? 그 약속을 나중으로 미루면 안 돼?"

[하하, 그게 좀 그러네. 어머니랑 같이 서 원장님네서 열리는 사교모임에 가는 것 같아. 모처럼 신경 쓴 건데 미안해서 어쩌냐?]

"그래? 할 수 없지 뭐. 그럼 다음에 날 잡아서 한번 보자."

전화를 끊은 재야는 책상을 손가락으로 두드리며 골똘히 생각을 했다.

'후후. 서 원장의 집에서 열리는 만찬회라. 별로 가고 싶진 않지만 그래도 그렇게 꾸몄다고 하니깐 얼굴 정도는 봐줘야 하지 않겠어?'

재야는 즐겁다는 듯이 웃으며 자신이 처리해야 할 산더미처럼 많은 일들을 무서운 속도로 처리하기 시작했다. 한동안 일을 하던 비상은 갑작스레 울리는 인터폰에 인상을 썼다.

삐—

[이사님, 윤수희 씨란 분께서 오셨는데요.]

"들어오라고 해."

재야는 낮게 한숨을 쉬고는 부지런히 놀리던 볼펜을 탁 소리 나게 내려놓았다. 그것과 동시에 문이 열리면서 한 여자가 들어왔다.

"어서 와."

"오빠, 제가 방해가 되는 거 아니죠?"

"방해돼."

재야가 단순명료하게 대꾸하자 수희는 입을 부루퉁하게 하고는 재야를 쳐다보며 눈을 흘겼다.

"뭐 좋은 일이 있나 봐요? 오빠 얼굴이 무척 밝아 보여요."

"그래? 그나저나 무슨 일로 온 거야?"

재야의 말에 수희는 애써 밝은 목소리로 말을 이었다.

"오빠는 뭐, 꼭 이유가 있어야만 만나나. 엄마랑 같이 점심이나 먹게."

수희의 말에 재야는 슬쩍 인상을 썼다. 그때 그렇게 클럽에서 수희를 혼자 두고 나와서 미안한 마음에 두어 번 정도 수희를 만났던 재야였다. 그때 역시 물론 양쪽 어머님을 모시고 식사를 대접한 것이었지만 매번 이런 식이면 곤란하다고 느낀 재야였다.

"선약이 있어."

"오빠!"

안타까운 표정으로 바라보는 수희의 모습에 재야는 표정을 차갑게 굳히고는 싸늘한 표정만큼 단호한 말투로 말을 이었다.

"윤수희, 잘 들어. 자꾸 집에다 결혼 문제를 말하는 것 같은데 난 너를 이성으로 생각하지 않아. 그저 아는 동생 정도로밖에 생각 안 한다고. 물론 두 어머님이 무슨 생각을 하는지 잘 알고 있어. 하지만 결혼하는 사람은 두 어머님이 아니라 너와 나라는 게 문제지. 안 그래? 다시 한 번 말하지만 집에 제대로 말씀드려라. 알았어?"

수희는 뽀로통하게 입을 내밀고는 툴툴 거렸다.

"오빠는 아직도 내가 애인 줄 알아요? 나도 스물두 살이라구요! 어엿한 숙녀란 말이에요. 그리고 그 결혼 문제가 성가시다면 오빠가 직접 얘기해요!"

발딱 일어선 수희가 눈을 흘기더니 문가로 향했다.

"가서 분명히 말씀드려라?"

"싫어요! 난 오빠랑 꼭 결혼하고 싶단 말이에욧!"

쾅 소리가 나도록 문을 닫고 나온 수희는 크게 숨을 들이켰다.

'난 커서 오빠의 신부가 되는 날만을 손꼽아 기다리며 살았다구! 여자로 안 보인다고? 이성으로 안 느껴진다면 느껴지게 만들겠어!'

수희는 어렸을 때부터 재야와 자신을 따로 생각해 본 적이 없었다. 철없던 시절에는 멋지고 상냥한 오빠로, 이성에 눈을 뜨면서부터는 첫사랑이었고, 장차 재야의 옆에 신부로 서기 위해 여태까지 무던히도 노력한 그녀가 아니던가. 단 한 번도 재야의 옆에 자신이 아닌 다른 여자를 생각해 본 적도 없는 수희였다. 아니, 재야와 자신을 따로 떨어뜨린 인생은 생각조차 할 수가 없었다. 수희는 모든 것을 동원해서라도 꼭 재야의 옆에 여자로서 서겠다는 의지를 다지면서 집으로 향했다.

한편 재야와의 전화통화를 끝내고 방에서 어떻게 하면 오늘 모임에서 빠져나갈 수 있을지를 고민하던 비상은 문을 열고 들어선 곽 여사 손에 들린 옷을 보고는 인상을 찌푸렸다.

"갈아입어!"

"싫어."

"당장 갈아입지 못해? 고비상!"

"싫다고요! 여태까지 엄마 말대로 얌전히 있어줬잖아. 왜 꼭 그런 옷을 입어야 되는 건데? 그냥 모임이라며? 치마 안 입으면 안 된다고 누가 그래? 엄마도 알잖아! 저런 치마 입고 하이힐 신었다간 금방 넘어지고 추해 보일 거라고! 그러느니 차라리 얌전한 옷 입겠다고 왜 그러냐고!"

얼굴을 잔뜩 붉히고 독이 오를 대로 오른 눈빛으로 곽 여사와 대치 중인 비상을 보며 좀 전 퇴근해서 비상의 방으로 올라온 비원은 속으로 혀를 찼다. 오늘 모임만 아니었다면 비상을 데리고 재야와 저녁을 먹을 생각이었던 비원이었다. 재야의 전화를 받고 집으로 전화를 해서 어머니와 통화를 해서야 오늘 비상이 어떤 취지로 그 모임에 가는지를 알게 된 비원은 솔직히 난감했다. 어머니의 편을 들어줄 수도, 그렇다고 비상의 편을 들어줄 수도 없는 상황이라 모든 일을 접어두고 급하게 퇴근한 비원이었다. 현관에 들어서자마자 들리는 커다란 목소리에 서둘러서 이층으로 올라와 보니, 애절한 눈빛으로 자신을 바라보는 비상의 모습이 보였다. 비원은 속으로 한숨을 쉬면서 지금의 상황을 어찌 넘겨야 할지를 고민 중이었다. 좀 전 비원에게 자초지정을 들었던 재야가 의외로 수긍을 해서 한시름 놨던 비원이었다.

'어머니도 참, 저렇게 싫다고 하는데 왜 그렇게 시집을 못 보내 안달이신지, 원.'

비원이 보기에도 비상은 나이만 먹었지, 아직 애처럼 보이는지라 누군가의 배필로 주고 싶은 마음은 조금도 없는 비원이었다. 언젠가는 시집을 가긴 하겠지만 지금 같아서는 자신으로서도 무척이나 서운할 것 같아 비원은 은근히 비상의 편을 들었다.

"그래요, 어머니. 비상이가 고른 옷도 그렇게 나쁜 옷은 아니잖아요. 똑같은 드레스를 입느니 저런 복장이 오히려 신선해서 눈길을 끌 수 있다고요."

"아무리 그래도 그렇지! 저런 복장으로 어느 남자가 비상을 여자로 봐주겠냐고."

곽 여사가 못마땅한 눈빛으로 비상의 모습을 다시 한 번 훑어보기 시작했다. 은색의 펄이 들어간 원 버튼 스타일의 재킷은 검도로 단련된 비상의 날씬한 상체에 딱 맞았다. 그 아래로 잘록한 허리를 기준으로 허벅지까지 날씬하게 내려간 바지는 아래로 향할수록 그 폭이 넓어지는 형식으로 얼핏 보면 치마처럼 보이기도 했다. 재킷 안에 받쳐 입은 다소 긴 셔츠 깃 아래로 떨어지도록 멋들어지게 묶은 천연실크의 스카프가 세련됨을 더해주고 있었다. 평소의 곽 여사라면 비상의 지금의 옷차림에 칭찬을 해주고도 남을 상황이었다. 문제는 그 멋진 옷차림이 지금 가려는 모임과는 다소 맞지 않는다는 것이었다. 전형적인 커리어우먼의 복장이지, 사교모임에는 절대 어울리는 복장이 아니었다. 여자치고 키도 큰 데다가 얼굴 또한 날카로운 편인 비상의 모습을 보고 곽 여사는 한숨을 쉬었다. 자고로 여자는 보호본능을 팍팍 일으키는 분위기를 풍겨야 남자들이 한 번이라도 더 쳐다본다고 믿는 곽 여사였다. 청초하거나 순수한 게 안 된다면 섹시 콘셉트에 맞추기라도 해야 할텐데, 저건 무슨 서류 가방을 들고 바이어 상대로 계약을 따내려하는 분위기였다. 저렇게 딱딱한 분위기라면 남자들이 접근하기가 쉽지 않을 거라는 것이 곽 여사의 생각이었다. 옷이 마음에 들어도 모임에 따라 달리 입어야 한다는 것을 왜 모를까. 곽 여사는 자신이 들고 있는 가슴과 등이 제법 노출이 된 얇은 공단으로 된 아이보리 색 드레스를 보며 입맛을 다셨다. 일부러 이 모임에 맞춰 제작한 이 드레스는 비상의 날씬하고도 긴 신장에 잘 맞아 우아함을 뽐낼 수 있는 것이었다.

여전히 미련을 못 버린 곽 여사의 손에 들린 드레스와 비상을 쳐다보던 비원은 작게 헛기침을 하고는 다시 설득하기 시작했다.

"흠흠, 어머니가 뭔가 잘못 생각하시는 것 같아요. 요샌 외모보다는 성격 좋은 이성을 찾는 사람들이 많아요. 저부터도 같이 있을 때 편한 사람을 먼저 찾게 되거든요."

"비상이 성격이 얼마나 특이한지 몰라서 하는 소리니? 저건 물건이다, 물건. 말만 안 하면 딱 참한 스타일인데 어떻게 말만 꺼내면 망나니가 되는 건지, 쯧."

"윽. 엄마, 딸한테 말이 너무 심한 거 아니야?"

비상이 욱 하며 소리치자 곽 여사의 두 눈이 가늘게 변하면서 위험스러운 분위기를 풍겼다. 그 모습을 지켜보던 비상은 여기서 더 대들었다간 분명 한 대 맞고도 남을 상황이라 생각하고는 이내 반항적인 눈빛을 슬쩍 내렸다.

"그래, 딸! 네가 좀 오죽해야 엄마 입에서 망나니란 소리가 나오니? 내가 너 경찰서 들어가서 합의 안 해줬다면 호적에 붉은 줄 여러 번 그어졌을 거야. 아, 아니구나! 네 아버지 성격에 진작 호적에서 파셨겠지."

'꼭 말을 해도 저렇게 해요, 진짜!'

입을 꽉 다물고 인상을 쓰는 비상과 그녀를 타이르느라 진땀을 빼고 있는 어머니의 모습을 보면서 비원은 나오는 웃음을 참지 못하고 작게 웃었다.

"오빠 뭐가 그렇게 재밌어서 웃고 난리야, 엉? 하나밖에 없는 눈에 넣어도 안 아픈 동생이 불쌍하지도 않냐? 칫."

"하하, 그래, 그래. 미안하다. 어머니도 그만 하시고 이제 가셔야 할 것 같은데요?"

"어머, 내 정신 좀 봐! 할 수 없지 뭐. 다시 옷 갈아입고 그랬다간 시간도 늦고 그나마 다듬은 머리 모양도 망가지겠다. 어서 가자. 아들, 운전 좀 부탁해."

"네, 어머니. 비상이 너도 가자."

그렇게 해서 비원이 어머니와 비상을 태우고 서 원장의 집으로 향했다.

비상은 차를 타고 가는 내내 휴대폰을 만지작거리면서 어떻게 해야 이곳을 무사히 빠져나갈지 곰곰이 궁리하기 시작했다. 이윽고 차가 도착해서 내리자 비상은 곽 여사를 먼저 앞으로 슬쩍 밀면서 비원에게 눈짓을 했다.

"오빠, 있다가 나한테 휴대폰 해, 알았지, 꼭?"

비상의 말에 비원은 작게 고개를 끄덕이면서 슬쩍 웃음을 머금었다. 비원을 뒤로하고 서 원장의 집으로 들어서는 비상의 눈이 분주히 움직이기 시작했다.

제4장 천하무적 고비상

넓은 정원에 양쪽으로 길게 세팅된 탁자는 하얀색 천으로
뒤덮여 있고 색깔과 모양이 여러 가지인 음식들이 가득했다. 이미
와 있던 사람들 역시 대부분 아는 얼굴들인지라 서로 오가면서 웃
고 말하는 폼이 제법 화기애애한 모양새를 이루고 있었다. 비상은
한숨을 쉬며 정원수의 한 그늘에 슬쩍 다가가 몸을 숨기듯 기대섰
다. 한 손에는 좀 전에도 마셨던 칵테일이 들려 있었다. 비상은 얼
마나 웃으며 돌아다녔던지 얼굴 근육이 굳어진 것 같아 나무를 보
고 '아에이오우'를 연거푸 해봤다. 양쪽 볼이 얼얼한 것이 조금만
더 억지로 웃었다간 얼굴 근육이 경련을 일으킬 것만 같아 슬쩍
눈치를 보고 엄마의 곁을 떠나 이곳에 숨어든 비상이었다. 그때
바스락거리는 소리가 들리면서 한껏 멋을 낸 남자가 비상의 곁으

로 다가왔다.

"아, 여기 계셨군요."

"아, 네에."

'저치는 왜 또 왔어!'

비상은 입가의 경련이 이는 것을 간신히 참으며 억지로 웃음을 지었다. 안 그래도 답답해 죽겠는데 아까부터 엄마와 자신의 옆에 딱 붙어서 눈치없이 연신 말을 주고받던 남자였다.

건성으로 흘려들었던 탓에 이름은 기억이 나지 않았지만 그가 모 항공회사 회장의 둘째 아들이라는 것과 파일럿이라는 것, 그리고 제 딴에는 웃기는 농담이랍시고 자신과 결혼하는 여자는 평생 퍼스트 클래스를 타고 여행할 수 있다고 자랑스럽게 말했던 것이 기억나는 비상이었다. 그러면서 은근히 자신이 직접 조종을 할 테니, 둘이서만 여행을 가자는 식의 말을 건넸던 것이 떠오르자 비상은 그가 점점 더 가까이 다가올수록 인상이 절로 찌푸려지고 말았던 것이다. 세상에, 달랑 둘이 여행 가자고 그 큰비행기를 띄운 다면 대체 얼마만큼의 연료가 낭비될까? 지극히 비상다운 생각이었고, 그 농담 한마디로 이미 그 남자는 비상에게 생각이 모자란 놈으로 찍혔던 것이다.

"이런 모임을 좋아하지 않으시나 봐요? 하긴 별로 좋은 모임은 아니죠."

느끼하게 웃으면서 한 발 더 다가온 남자의 모습에 비상은 온몸의 소름이 오소소 돋고 말았다. 바로 근처까지 온 남자는 짙게 쌍꺼풀진 눈으로 비상의 모습을 위아래로 찬찬히 훑어보기 시작했다. 솜털이 바짝 선 느낌에 비상은 한 걸음 뒤로 물러났다.

"저어, 안 들어가 보셔도 되나요?"

"아아, 괜찮습니다. 제가 보고 싶은 사람이 여기 있는데 뭐 하러 답답한 곳에 다시 들어갑니까?"

비상은 남자의 말에 속에서 토기가 올라오려 했지만 간신히 참고는 억지로 웃었다.

"네? 아, 하하, 네."

비상이 연신 웃으며 말을 건네자 남자도 한층 짙은 미소를 지으며 좀 더 가까이 몸을 기대왔다. 슬쩍 한 발 물러서자 다시 한 발 다가서는 남자의 행동에 인상을 찌푸리며 다시 한 발 이동하자 옆의 커다란 정원수에 몸이 딱 붙고 말았다. 자꾸만 다가오는 남자의 몸을 피하려다가 점점 더 불빛이 어둡게 가라앉은 정원 안쪽으로 가게 된 비상은 얼른 말을 이었다.

"저…… 그만 들어가 봐야 할 것 같네요. 너무 오래 자리를 비운 것 같아서요."

"하하, 설마요. 일부러 이런 자리까지 마련했는데 그냥 가면 섭섭하지 않겠어요?"

"뭐라고요?"

비상이 황당하다는 표정으로 그를 쳐다보는데 그 남자의 한 손이 쑥 뻗어 나오더니 비상의 날카롭게 각이 진 턱 선을 천천히 쓰다듬기 시작했다.

"우리 피차 솔직해지는 게 어때요? 여기 온 이유야 결혼 상대자를 고르기 위해서일 테고, 조건은 어느 정도 맞는 것 같은데 굳이 내숭 떨 필요가 뭐 있겠어요? 난 아까부터 비상 씨가 맘에 든다고 분명히 표현을 했고, 그런 나를 쳐다보며 이곳까지 온 것은 그런 나를 허락한다는 뜻으로 생각되는데,말이죠."

남자의 말에 비상은 어이없다는 듯이 그를 쳐다봤다.

"미안하지만 난 당신이 말하는 그런 이유로 이곳에 온 것도 아니고요, 그쪽한테 관심도 없거든요?"

"관심은 표현하기 나름이니까. 쉬운 것부터 시작해 보자구요. 마음 가고 몸이 가는 게 순서라지만 어떻게 항상 정석대로 합니까? 맞춰가기 쉬운 것부터 해보자는 거예요. 비상 씨가 매력적이라는 건 알겠는데 너무 튕기는 여자, 별로 재미없어요, 난."

"이것 봐요, 그쪽한테 매력있게 보이고 싶지도 않고, 당신과 어찌해볼 생각 없다니깐요!"

비상이 제법 날카롭게 응수했지만 남자는 여전히 묘한 웃음을 짓고 있었다.

"그건 느껴보면 알 수 있잖아요. 안 그래요?"

남자의 대답에 비상은 기가 막혀 그를 쳐다봤다. 비상은 천천히 어깨에서 쇄골 쪽으로 내려오는 남자의 손을 탁 잡았다.

"이 손 치우시죠?"

스멀스멀 자신의 얼굴을 기어다니는 남자의 시선에 꼭 송충이가 기어가는 것 같은 상상을 하게 되어 비상은 노골적으로 싫은 표정을 지었다.

"나 정도면 괜찮은 거 아닌가? 얼마나 대단한 남자를 찾기에 이러는 거야?"

갑작스럽게 반말을 하며 유들거리는 남자의 손을 비상은 탁 소리나게 쳐냈다.

"나중에 후회하기 전에 그만두시죠?"

"후후, 후회를 하더라도 진도 좀 뽑았으면 하는데, 난?"

이곳에서 소문이 안 좋게 난다면 정말 소위 사교계에 얼굴을 들고 다닐 수가 없는 상황까지 갈 수도 있었다. 더군다나 지금의 상황은 썩 좋은 편이 아니었다. 남자의 말대로 얼마든지 오해할 수 있는 상황이라 비상은 고민을 하며 긴장을 늦추지 않았다. 조금 전 느끼한 표정을 싹 지운 남자는 지금은 비열하고도 가벼운 웃음을 지으며 비상에게 바싹 다가왔다. 비상은 순간적으로 자신의 손목을 힘껏 잡고 몸을 밀어붙이는 남자의 행동에 반사적으로 팔을 안으로 꺾어 빼내더니, 왼발에 힘을 실어 몸을 반쯤 돌려 그의 몸의 중심을 흐트러뜨린 후 그의 몸을 말 그대로 바닥으로 내동댕이쳤다. 쾅 하고 요란한 소리가 들리며 육중한 체구가 땅바닥에 내동댕이쳐졌다.

"으악!"

"그러게 손 조심하라고 내가 말했지? 진도 좀 뽑자고? 참 나, 너 여태까지 그런 식으로 여자들한테 접근했냐? 아직 안 죽은 게 다행이다, 응? 자고로 말귀 못 알아듣는 놈에겐 매가 약이라는 말이 딱이라고. 네 머리통은 그냥 모조품이냐, 새끼야? 웃어주기만 해도 유혹했다고 말을 해요, 꼭. 하여튼 다리 하나 더 달린 것들치고 제대로 생각하는 것들이 별로 없더라. 젠장, 기분 더럽네."

바닥에 주저앉은 상태로 얼굴이 시커멓게 변한 남자는 갑자기 돌변한 비상의 모습에 당황해 할 말을 잃은 채 입만 딱 벌리고 있었다. 그 모습에 비상은 비웃음을 날리며 그걸로 끝이라는 듯이 두 손을 탁탁 털었다.

"아무 여자나 보고 껄떡대다가는 한순간에 고자 되는 수가 있으니까 조심해라?"

미련 없이 등을 돌린 비상이 정원을 가로질러 사라지고 나서야 바닥에 있던 남자가 욕을 지껄이며 옷을 털고는 그 장소를 벗어났다. 정원 한쪽 구석에서 비상의 모습을 지켜보던 재야는 터져 나오는 웃음을 막기 위해 얼른 손으로 입을 막았지만 결국 웃음은 터져 나왔다.

"하하하, 아하하하! 하여간 정말 보통인 구석은 단 한 군데도 없는 녀석이라고."

한동안 배가 아플 정도로 웃던 재야는 얼른 눈가의 눈물을 닦았다. 하도 웃었더니 뱃가죽도 당기고 눈물이 핑 돌고 말았다.

한참이나 웃던 재야는 비상이 사라진 뒤에야 천천히 구석진 곳을 지나 정원으로 향했다. 정원에 삼삼오오 모인 이들 중에 아는 몇몇의 얼굴이 보이자 귀찮기만 할 뿐 별로 마주하고 싶지 않은 이들도 더러는 있기에 재야는 얼른 현관으로 발걸음을 바삐 옮겼다. 현관으로 들어서자 상당히 넓은 편인 거실 역시 많은 이들로 붐비고 있었다. 재야가 거실을 한번 쭉 훑어보는데 누군가가 그를 향해 빠르게 다가오는 소리가 들렸다. 얼른 그 방향으로 고개를 돌리자 하늘거리는 원피스를 입은 노년의 여자가 무섭도록 빠르게 그를 향해 다가오고 있었다.

"어머, 이게 누구예요? 백 이사님 아니세요?"

간드러지는 목소리와는 너무도 어울리지 않게 커다란 덩치로 빠르게 다가온 서 원장에게 살짝 눈인사를 건넨 재야는 속으로 혀를 찼다. 하필이면 제일 마주치고 싶지 않은 사람을 가장 먼저 마주치고 말다니. 슬쩍 서 원장의 어깨 너머를 열심히 살펴보았지만 거실 안의 사람들 중 그가 찾고 있는 이의 모습은 보이지 않았다.

"어쩐 일로 이 모임에 다 나왔어요? 초대장은 보냈지만 설마 올 줄은 몰랐네, 호호호."

부산스럽게 재야를 붙잡고 말을 하는 서 원장 때문에 거실 안의 모든 이의 시선이 재야에게 집중되고 말았다. 시선이 집중되자 어색한 웃음을 지으며 그곳을 떠나려던 재야는 자신의 팔을 잡는 서 원장의 두툼한 손 때문에 그곳을 벗어날 수가 없었다. 재야는 곤혹스러운 표정을 지우고는 이내 매력적인 웃음을 지으며 서 원장에게 인사를 건넸다.

"오랜만에 뵙습니다, 서 원장님. 그간 잘 지내셨습니까?"

"어머, 그럼요~ 근데 백 이사님 혼자 오셨나요? 어머님께서는 같이 오시지 않았나 봐요?"

"네. 어머님은 지금 여행 중이시거든요."

"어머, 그럼 혼자 이곳까지 온 거예요?"

"하하, 실은 만나려고 했던 사람이 이곳에 들른다고 해서 급히 나왔습니다."

속마음과는 달리 느긋한 웃음을 지으며 서 원장을 상대하는 재야의 모습은 여유롭기 그지없어 보였다. 주변의 여자들의 시선이 부담스러울 정도로 집중되자 기다렸다는 듯이 서 원장이 재차 질문을 건넸다.

"어머, 세상에! 백 이사님이 찾는 분이 누군데요? 어느 집 아가씬가요? 네?"

'이래서 난 이런 모임이 싫다고.'

재야는 일부러 시선을 끌기 위해 큰 목소리로 말하며 소문을 이끌려는 서 원장의 행동에 화가 났지만 여전히 표정은 여유있는 웃음을 지을 뿐이었다. 자신을 쳐다보는 시선들이 많아지자 재야는 슬쩍 인상을 썼다. 이렇게 집중되는 시선은 별로 좋아하질 않는 그였다. 더군다나 오늘의 소식은 분명 내일 자신의 부모님 귀에도 들어가고 말 것이라는 생각을 하자 머리까지 아파왔다. 분명, 서 원장은 이것을 노리고 자신을 붙잡고 있으리라.

"여자가 아닙니다만. 그럼 좀 실례하겠습니다."

절도 있는 동작으로 서 원장의 팔을 떼어낸 재야는 미련없이 발걸음을 이층으로 돌렸다. 재야의 눈에 이층 거실의 한쪽으로 난 베란다가 열린 것이 보였다. 이층으로 올라온 사람이 없는 모양인지, 일층에 비해서 이층은 상당히 조용한 편이었다.

천천히 베란다 문을 열고 밖으로 나간 재야는 양복 상의 안에서 담배를 꺼내 입에 물고는 불을 붙였다. 하얀 연기가 재야의 얼굴 주위로 흩어지듯 올라가기 시작했다. 조용한 것으로 보아, 아직 이층까지는 손님들이 올라오지 않은 듯싶었다.

'흐음~ 일층 방부터 살펴볼 걸 그랬나?'

아쉬운 마음에 다시 한 번 깊게 담배 한 모금을 빨고 나서 내쉬는 그때였다. 이층 베란다 바로 아래 불빛이 잘 들어오지 않는 사각지대의 한구석에서 들린 목소리는 분명 자신이 찾고 있는 이의 목소리가 분명했다. 재야는 허리를 숙여 귀를 가까이 대고는 소리에 집중했다.

"그래서? 그래서 그 치를 가만뒀단 말이야?"

"그럼…… 어떡하니, 흑!"

잠시 흐느끼는 울음소리와 우는 여자를 달래는 듯한 목소리가 작게 소곤거리며 들려왔다.

"그 자식이! 책임도 못 질 일을 했단 말이지? 가만 안 둬! 그놈이 지금 여기에 있다는 말이지?"

"비상아, 하지 마. 흐흑, 그래도 나…… 그 사람이 좋은 걸 어떡하니, 흑!"

"으윽! 이 맹추야, 그런 바람둥이 놈이 어디가 좋아서? 너 가지고 논 거라며? 직접 그렇게 말했다며? 그 말 듣고도 그런 마음이 남아 있니? 엉? 미치겠네, 정말!"

"그러게…… 흑흑."

그러고 다시 들리는 작은 목소리에 재야는 혀를 쯧 하고 찼다. 분명 비상이라면 가만있지는 않을 터, 은근히 비상의 행동이 기대되는 재야였다. 잠시 뒤 현관문이 열리면서 두 명의 여자가 밖으로 나오는 것이 재야의 시선에 들어왔다. 아무래도 일층 방 안의 베란다에서 얘기를 나눈 듯했다. 재야는 시선을 가늘게 접으며 비상의 품에 안긴 여자의 모습에 이유 모를 불쾌감을 느꼈다.

'묘한 기분이군.'

둘의 모습을 지켜보는데 한 남자가 그녀들의 곁으로 걸어오는 것이 보였다. 위에서 봐서는 누군지는 모르겠고 소리도 안 들렸지만 두 여자 중 비상으로 보이는 여자가 재빨리 그곳을 벗어나는 것이 보였다. 가까이 다가온 남자는 남은 여자와 몇 마디를 주고받는 것 같았는데 격한 외침이 서너 번 오가는 것으로 보아 좋은 분위기는 아닌 것이 분명했다. 남자의 목소리가 작아서 잘 들리지는 않았지만 그 말을 들은 직후의 여자가 얼굴을 가리고 대문을 향해 달려가는 것을 보고 속으로 혀를 차는 재야였다. 남의 연애사에 관심을 갖는 편은 아니었지만 헤어지더라도 좋은 관계를 유지하는 것이 최소한의 매너라고 생각했던 재야로서는 그 남자의 행태를 좋게 봐줄 수가 없었다. 여자가 사라지자 다시 건물 안쪽으로 들어가려던 남자를 지켜보던 재야가 이채로운 표정으로 무언가를 주시했다. 남자의 앞에 갑자기 나타난 것은 분명 비상이었다. 하지만 빛을 등지고 서 있었기 때문에 비상과 마주 선 남자로서는 비상의 얼굴을 분별하기가 힘든 상황이었다.

순간, 비상의 몸이 쏜살같이 앞으로 달려나왔다. 엇, 하고 놀랄 사이도 없이 둔탁한 소리에 재야의 두 눈이 커졌다. 베란다 난간으로 몸을 반쯤 숙이고 담배를 피우던 재야의 눈에 정원수 한쪽으로 길고 하얀 것이 날아가는 것이 보였다. 꽃밭을 무참하게 짓누르며 검은 물체가 다시 한 번 땅으로 곤두박질치며 크게 요동쳤다. 하지만 밑에 풀과 나무들이 깔려 있어서 그런지 그 요란한 모습과는 달리 소리는 그렇게 크게 나지 않았다. 재야는 담배를 입에 문 채 생각했다.

'집주인이 꽤나 아낀다고 하던데. 속깨나 썩겠군.'

재야는 담배를 피우며 그곳을 찬찬히 쳐다보기 시작했다. 꽃밭에 떨어진 덩치는 남자인 것 같았다. 정신을 잃은 듯 미동조차 하지 않는 남자 옆에 내려앉은 것은…… 당연히 비상이었다. 멋들어진 돌려차기를 하고 공중에서 사뿐히 내려앉은 비상의 모습은 가히 예술이라고 할 정도로 완벽했다. 길고 날씬한 다리와 웅크린 모습이 마치 한 마리의 맹수를 보는 것 같았다. 재야도 잠시지만 그 모습에 멍하니 넋을 잃어 담배를 입에 문 채 그곳을 뚫어지게 쳐다보았다. 밤이라고는 하지만 재야가 있는 이층에서는 시야를 구분 못할 만큼 어두운 정원이 아니었고 빛을 등지고 선 비상의 뒷모습은 너무도 뚜렷이 잘 볼 수 있었다.

'킥. 나이스 플라이!'

그 모습을 처음부터 지켜본 재야는 재밌어 죽겠다는 듯이 혼자 킥킥거리며 은연중에 박수마저 치고 말았다. 도무지 하나부터 열까지 보통의 범주에 속한 부분이 없는 여자라고 생각은 했지만 이렇게 쉽게 마음을 빼앗길 줄은 몰랐다. 재야는 이미 필터만 남겨 놓고 다 타 들어간 담배꽁초를 두어 번 털고는 베란다 밖으로 반 이상 나가 있던 몸을 일으켰다. 재야의 짐작이 맞는다면 조만간 큰 소란이 일고 말 것이다. 비상은 쓰러진 남자를 한번 쳐다보고는 급히 그 자리를 벗어나 건물 안쪽으로 사라졌다. 그 모습을 쭉 지켜본 재야는 담배를 비벼 끄고는 씨익 웃었다.

'자아, 슬슬 저 망아지 같은 녀석을 어떻게 잡을지 궁리해 볼까.'

잠시 뒤, 자리를 털고 일어난 남자는 거친 욕설을 지껄이며 현관 안으로 들어갔다. 그러자 흐르던 음악이 멈추고 저택 안은 다소 소란스러워졌다.

비상은 얼른 계단을 이용해 저택 안쪽으로 숨어들었다. 연신 주변을 살피면서 비상은 신경질적으로 입술을 잘근잘근 씹었다.

'아우, 단 한 방에 나동그라지다니! 정신뿐만이 아니라 신체마저도 부실한 놈이었어! 그나저나 어쩌지?'

비상은 생각지도 못한 상황에 인상을 찌푸렸다. 이미 일은 터지고 말았다. 당장은 지금의 상황에서 빠져나가야 하는 것이 문제였다. 분명 그 남자는 자신을 찾으려 혈안이 될 것이 분명했다. 이미, 사방에 불이 켜진 상태에서 사람들이 한곳으로 몰리고 있으니지금 당장 이곳을 벗어난다는 것은 무리였다.

'젠장, 들키면 안 되는데.'

난감함에 머리카락을 쓸어 넘기던 비상은 사방을 둘러보며 슬쩍 사람들 틈에 섞였다가 서둘러 이층으로 올라갔다. 한동안 숨어있어야 할 장소를 찾아야만 했다. 그리고 새벽이 돼서 사람들이빠져나갈 무렵 슬쩍 묻혀서 이곳을 벗어나면 되리라.

일층이 시끄러운 것으로 보아 정원을 나섰던 사람들이 다시 저택으로 들어온 모양이었다. 비상은 한숨을 쉬었다. 처음부터 이럴생각은 아니었다. 친구인 미정이 그 남자를 알아보고 멈칫하지만않았어도, 하필이면 그때 그 얄미운 남자가 미정을 보며 비웃지만않았어도 이런 일은 없었을 것이다.

일층에서 들리던 소리가 점점 크게 들리는 것으로 보아 아무래도 사람들이 이층으로 올라오는 모양이었다. 발소리가 점점 더 크게 들렸다. 비상은 당황해서 주변을 살피다가 우선 가까이에 있는 문으로 급히 들어서자마자 문을 닫고 문 뒤로 바짝 붙었다. 심장이 쿵쿵 뛰는 소리가 꼭 문을 두드리는 소리처럼 들렸다.

'정말 되는 일 하나도 없네. 졸지에 두 명이나 때려눕혔으니 이를 어떡한다?'

처음의 그 파일럿은 자신이 한 행동도 있으니 차마 소란스럽게 떠들어대지 못할 것이라는 것이 비상의 생각이었다. 처음의 계획된 생각과는 달리, 두 번째는 정말 욱하는 심정에서 저지른 일이었다. 그나마 다행인 것은 그 와중에도 자신을 알아보지 못하게 일부러 후미진 곳에 숨어 있다가 빛을 등진 상태에서 일격을 가한 거였다. 자신이라면 창피해서라도 이렇게 소란스럽게 하지 않을 텐데, 황당하게도 그 남자는 다른 손님들에게 주의까지 주면서 거짓말을 하는 것이었다. 손님을 가장한 사람이 자신을 폭행했다고 말이다. 저택 안의 사람들은 그의 말을 듣고 얼굴도 모르는 비상을 찾기 위해 웅성거리기 시작했다.

'젠장. 그냥 대문 밖으로 튈 걸 그랬나?'

그리하여 이층으로 숨어들게 된 것이다. 그의 말대로 순간이었다고는 하지만 혹시라도 그녀를 보고 알 수도 있을 터, 게다가 전적이 화려한 만큼 엄마의 귀에라도 들어간다면 큰일이었다. 서둘러 이층으로 올라왔으나 비상은 어디로 숨어야 할지 막막하기만 했다. 당황하는 사이, 웅성거리는 소리들은 점점 더 가깝게 들려왔다. 문 가까이 발소리가 들리자 급히 사방을 살피던 비상은 욕실 있는 곳으로 달려갔다. 문을 열고 들어가면서 몸을 돌린 비상은 완전히 문을 닫지 않고 문틈으로 방 안의 풍경을 살피기에 정신이 없었다. 잘못하면 들켜서 정말 난처한 상황에 놓일지도 모른다는 생각에 비상은 바짝 긴장을 했다. 살짝 열린 문 사이로 정원에서 비상에게 맞았던 남자가 씩씩거리며 방 안을 살피는 것이 눈에 들어왔다. 한쪽 볼이 벌겋게 부어 있는 걸로 보아 제대로 맞은 것 같았다. 분명, 내일이면 시퍼렇게 변하고 말리라. 상황이 안 좋음에도 불구하고 그 모습을 보는 비상의 두 눈이 활처럼 휘어졌다. 작게 몸을 움츠리고 웃는 그녀를 바라보는 사람이 있으리라고는 전혀 생각하지 못한 채 비상은 정말 즐겁다는 듯이 소리 죽여 웃었다.

"웃으면 들킬 텐데."

"아, 맞다. 그렇겠…… 헉!"

혼잣말을 중얼거리던 비상은 자신의 위에서 들려오는 굵직한 남자 목소리에 기겁을 했다. 놀라서 고개를 들자 한 남자가 자신을 뒤에서 바라보고 있었다. 그것도 아주 궁금하다는 표정으로 말이다.

"다, 당신? 뭐, 그러니까 왜?"

너무도 놀란 나머지 혀가 꼬였는지 자신이 듣기에도 너무하다 싶을 정도로 말을 버벅거렸다. 손가락으로 재야를 가리키자 재야는 입가에 자신의 검지를 갖다 대며 짓궂은 표정을 지었다.

"이런, 조용히 좀 해봐. 그렇게 크게 말하면 들킨다니까?"

"합!"

비상은 얼결에 소리가 나오는 자신의 입을 두 손으로 꽉 막고는 급하게 고개를 끄덕였다.

그녀의 행동이 만족스러웠던지 재야는 고개를 끄덕이더니 한 손으로 비상에게 비키라는 듯 흔들었다. 그의 행동에 따라서 비상이 문에서 한 발짝 떨어지자 재야는 고개를 숙이고는 방금 전 비상이 했던 자세 그대로 문 밖을 보기 시작했다.

'그러고 보니, 이 남자 대체 화장실에서 뭘 하고 있었던 거야?'

비상이 의구심을 갖고 그의 넓은 등을 노려보는데 재야가 혀를 차는 소리가 들렸다.

"다시 들어왔는데? 아무래도 욕실 안의 소리를 들은 것 같아."

"헉! 그럼 어떡해요?"

당황한 비상이 작은 목소리로 급히 말하자 재야는 순간 등을 훑고 지나가는 묘한 느낌에 온몸이 경직되고 말았다. 자신의 바로 등 뒤로 비상의 몸이 느껴졌다. 게다가 상당히 오묘한 자세였다. 자신의 몸을 덮치듯이 누른 비상의 입김이 그의 굵은 목 뒤로 느껴졌다. 온몸의 털이 몽땅 일어설 것 같은 느낌, 재야는 순간적으로 감전된 듯한 전율이 빠르게 몸을 훑고 사라지는 것을 느꼈다.

재야의 몸이 경직된 것을 모르는 비상은 커다란 덩치 때문에 앞이 보이지 않자 거의 재야를 눌러 타며 문가로 얼굴을 디밀기 시작했다.

'이 여자가 정말? 도무지 무서운 걸 모르는군.'

자신의 뒤에서 자신을 올라타듯 한 것도 모자라 몸을 아등바등하는 비상 때문에 상황에 맞지 않게 몸이 반응하기 시작했다. 여러 여자들과 각기 다른 포즈를 다양하게 취해봤지만 이런 황당한 포즈는 또 처음이었다.

'흠, 나름대로 괜찮은 자세이기는 한데. 솔직히 좀 억울하긴 하군. 등 뒤가 아니라 난 앞으로 느끼고 싶은데 말이지.'

재야는 등 뒤로 느껴지는 비상의 몸이 생각보다 무척 부드럽다는 느낌을 받았다.

"좀 비켜봐요. 안 보이잖아요? 큰일이네, 정말!"

"이봐, 좀 내려오지?"

"별로 안 무거워요, 나. 치사하게 그러지 좀 마요!"

"지금 안 내려오면 당장 후회할 거야."

재야가 낮은 목소리로 중얼거리는데 비상의 눈에 방을 훑어보던 남자의 시선이 욕실 문에 딱 고정되는 게 보였다.

"헉! 이, 이쪽으로 올 건가 봐요? 어떡해! 어떡하지?"

그 순간 몸을 일으킨 재야가 급히 비상의 상의를 벗겨냈다. 갑자기 일어선 재야 때문에 놀란 비상은 온 정신이 욕실 문밖의 남자한테 쏠린 상태에서 비상은 작은 저항 한 번 못하고 말았다. 순간적으로 벗겨낸 상의를 던져 버린 커다란 손이 급하게 비상의 셔츠 단추를 풀어 내렸다.

"뭐, 뭣 하는……?"

"들키고 싶지 않으면 조용히 해."

경악하는 비상을 다그치는 사이 벌컥 하고 문이 열린 것과 동시에 비상은 재야의 품에 꽉 안긴 채 급히 다가온 재야의 입술을 맞이해야만 했다. 놀란 비상은 순간적으로 크게 떠진 눈을 급히 감았다. 눈을 감기 전 자신을 바라보던 재야의 눈빛에 가슴이 덜컥

한 비상이었다.

'아악~ 대체, 뭐냐구! 왜 또 이런 상황인데!'

온 정신이 문을 연 남자에게 집중되어 있던 탓에 비상은 재야가 자신의 입술을 거칠게 탐하는 것을 아무 반항도 못한 채 그저 방관하고 말았다.

"아, 죄, 죄송합니다."

급히 고개를 숙인 남자가 다시 문을 얼른 닫았다. 비상은 그 남자가 인사하는 것을 어렴풋이 듣고는 다행이라는 듯 한숨을 내쉬고는 이제 됐다는 뜻으로 재야의 넓은 등을 툭툭 쳤다. 하지만 자신을 온몸으로 꽉 안은 남자의 몸은 쉽게 떨어지려 하지 않았다. 더군다나 아랫입술을 연신 지분거리던 남자의 입술이 점점 더 대담하게 그녀의 입술 안으로 혀를 밀어 넣었다. 비상은 숨을 쉬기 위해 입을 벌린 순간 확 하고 밀려드는 재야의 두툼하고 뜨거운 혀에 밀려 말을 꺼내지도 못하고 말았다. 입 안 가득 들어온 재야의 혀는 능수능란하게 비상의 입 안을 돌아다니기 시작했다.

'으아아악! 더러워, 더러워!'

재야의 혀가 웅크린 비상의 혀를 깊게 빨아 당기자 누구의 타액인지도 모를 것들이 입 안을 가득 채웠다. 급히 숨을 참으며 두 손으로 다급하게 재야의 등을 두드렸지만 이 남자는 어떻게 된 게 숨도 안 쉬는지 도무지 요지부동이었다.

재야가 입술을 부비며 몸으로 비상을 밀자 어느덧 비상의 몸은 차가운 욕실 벽에 착 붙고 말았다. 등 뒤로 느껴지는 서늘한 감촉에 퍼뜩 눈을 뜬 비상은 여전히 자신의 입술을 잡아먹을 듯이 달라붙은 재야의 모습에 기겁을 했다. 온 힘으로 그를 밀어내려 했지만 밀어낼수록 단단하게 부딪쳐 오는 재야의 몸에 비상은 점점 무서움을 느꼈다. 하지만 비상과는 달리 재야는 도무지 멈출 수가 없었다. 키스를 수없이 해봤지만, 그 어느 여자와 했을 때보다도 훨씬 부드럽고 달콤했으며 자극적이었다. 재야 역시 키스만으로도 이리 달아오를 줄은 몰랐다. 단지, 욕망을 풀기 위한 사전단계 정도로만 생각했던 그 행위가 이렇게 좋게 느껴지다니!

재야는 정신없이 비상의 입술을 탐하면서 비상이 거부의 손짓을 할 때마다 더욱더 단단한 힘으로 비상의 몸을 옭아맸다. 마주한 심장이 무섭게 울려대고 있었는데 그 소리마저도 미치게 좋은 재야였다. 재야는 한 손으로 비상의 가슴을 감싸듯 쥐었다. 작고 탄탄한 가슴이 그의 커다란 손 안에 들어왔다. 손바닥으로 느껴지는 비상의 심장이 마치 튀어나올 것만 같았다. 작았지만 그것이 주는 감촉은 미칠 만큼 황홀했다. 자신의 손바닥에 딱 달라붙어 있는 부드러운 느낌에 정신을 차릴 수가 없을 것 같았다.

'아아, 더 이상 놀렸다가는 심장마비로 죽을 것 같군.'

손 안에서 뛰는 비상의 심장은 재야가 느끼기에도 너무나 빨라서 금방이라도 툭 튀어나올 것만 같아 아쉽지만 이쯤에서 그만둬야겠다고 재야는 생각했다. 하지만 그 생각이 정말 비상을 위한 건지, 자신을 위한 건지 구분하기는 힘들었다.

아쉽다는 마음으로 입술을 떼자마자 바로 헉헉 하고 숨을 쉬는 비상의 얼굴이 눈에 들어왔다. 곱게 한 화장 때문인지 어제의 그녀보다는 조금 더 성숙된 모습이었다. 험한 욕을 지껄이던 입술도 계속된 키스 탓으로 붉게 부풀어 올라 있었다. 재야는 자신 때문에 붉어진 입술을 엄지로 살살 어루만졌다. 손가락에 거의 묻어나오지 않는 립스틱을 보며 만족스럽다는 듯이 픽 웃고 말았다.

'키스한 뒤에 묻는 립스틱 별로 유쾌하지 않았는데.'

"다, 당신 변태야? 변태냐고! 왜 툭하면 입속으로……."

"혀를 넣었냐고?"

할 말을 찾지 못해 당황하는 그녀의 모습에 얄미우리만치 냉큼 대답하는 재야였다.

"그래요! 더럽게 무슨 짓이에요, 이게?"

"이것 봐. 우리는 벌써 두 번째 키스한 거라고. 설마 잊은 것은 아니겠지?"

재야는 지금 무척 유쾌하기만 했다. 슬쩍 시선을 내려보니 세 개나 풀어진 단추 사이로 비상의 속옷이 보였다.

"나한테 고마워해야 할걸? 내가 온몸으로 희생을 하지 않았다면 방금 문을 열고 들어온 남자한테 들켰을 텐데?"

"에…… 다, 당신!"

비상은 불현듯 자신이 왜 그 남자에게 쫓겼는지를 다 아는 듯한 재야의 말에 기가 막혔다.

"여기까지 와서 사고를 치다니, 쯧. 어머니가 아시면 곤란하지 않겠어?"

"……!"

재야의 말에 대답을 못하고 자신의 머리카락만 쥐어뜯는 비상의 모습을 보면서 재야는 아쉽다는 생각을 했다.

'아아, 저 머리카락을 손에 넣고 힘을 주면 어떨까.'

재야의 느긋한 시선과는 달리 비상의 표정은 시시각각으로 변화무쌍했다.

'젠장! 처음부터 다 보고 있었나 봐!'

복잡한 심정으로 여전히 같은 행동을 반복하는 비상을 묘한 눈초리로 바라보던 재야가 턱으로 변기를 가리키자 비상은 눈을 부릅뜬다.

"뭐요? 나는 지금 아무것도 안 나와요!"

"픕!"

재야는 비상의 엉뚱한 대답에 웃음부터 튀어나왔다.

'아무래도 나부터 정신이 이상해진 모양이야. 이런 모습이 좋아 보이다니'

재야는 솔직히 자신의 이런 반응을 스스로도 이해하기가 힘들었다. 이런 식으로 휘둘릴 자신도 아니었고 비상보다도 아름답고 멋진 여자들을 셀 수도 없이 사귀고 안아왔던 자신이었다. 이렇게 망아지 같은 성격에 여자다움이라고는 조금도 없는 녀석에게 손을 못 대서 안달하는 자신의 모습이 한심할 정도라고 재야는 생각했다. 여전히 자신을 노려보는 비상에게 재야는 살살 달래듯 말을 이었다.

"볼일을 보라는 게 아니라 거기 좀 앉으라는 말이야."

"어디요?"

다시 재야가 턱으로 변기를 가리키자 가뜩이나 날카로운 눈을 치켜뜨며 되레 따지고 드는 비상의 모습에 재야는 나오는 웃음을 간신히 참았다. 뭐가 불만인지 온몸에 가시를 세운 것마냥 날이 서 있는 비상의 모습이 꼭 고슴도치처럼 보인다고 재야는 생각했다.

"변기 커버 닫고 그 위에 앉으라고. 둘이 같이 서 있기는 다소 좁은 공간 아닌가? 뭣하면 좀 전에 했던 행위를 다시 해도 좋고."

"미친!"

뭐라고 욕을 하려던 비상은 남자의 인상이 차갑게 굳자 얼른 입을 닫았다. 아무리 화가 난다고는 하지만 좀 전의 재야를 생각해 보니 정말 그럴 수도 있겠구나 싶었다. 더군다나 지금 자신은 오도 가도 못할 상황이었기에 결국엔 그가 시키는 대로 변기 커버를 닫고 그 위에 엉덩이를 걸쳤다. 차갑고 얇은 플라스틱의 느낌에 인상이 절로 써지는 비상이었다.

"흠. 왜 이곳으로 온 거지?"

이미 알고 있는 사실이었지만 비상의 대답이 듣고 싶어 일부러 물어본 재야였다. 재야의 질문에 비상은 그를 올려다봤다. 남자답게 각이 진 턱선을 살짝 가리듯 파릇하게 돋아난 수염이 더욱 그를 남성적으로 보여주고 있었다. 높게 솟은 콧대 아래 좀 전 자신의 입술을 잡아먹을 듯이 물어대던 입술은 무척이나 단정한 느낌이었다. 그러고 보니, 백재야라는 남자가 무척이나 잘생겼다는 것을 새삼 느낀 비상이었다. 비상은 자신의 생각이 들킬까 봐 시큰둥하게 대답했다. 얼핏 돌린 얼굴 사이로 약간 붉게 변한 비상의 귓불이 눈에 띄게 보여 재야는 실소했다. 아직은 아이라는 생각, 순진한 그녀의 모습에 재야는 묘한 설렘을 느꼈다.

"당신이 이곳에 온 이유하고 똑같아요 뭐."

얼른 둘러대자 재야의 표정이 묘하게 변하기 시작했다.

'뭐야? 내가 무슨 말을 잘못한 건가?'

비상이 자신이 한 말을 곱씹으며 생각하자 남자의 모양 좋은 입술이 다시 열린다.

"아무것도 안 나온다며?"

남자의 시선이 그녀의 아래쪽으로 향하자 비상은 절로 얼굴이 확 붉어졌다. 그러다 불현듯 든 생각에 비상은 재야를 쳐다보며 의심스럽다는 듯이 질문을 했다.

"그나저나 당신, 내가 그 남자한테 쫓긴다는 거 어떻게 알았어요? 설마, 정원에서부터 쭉 지켜보고 있었던 건 아니죠?"

설마하는 심정으로 묻는 비상의 눈에 재야의 눈이 가늘게 접히는 것이 보였다.

"맞는데? 잘 치더라고. 한두 번 해본 솜씨가 아니야. 감탄해서 박수도 쳤다고. 이렇게 말이지. 짝짝 나이스~"

재야의 말에 비상의 인상은 더할 나위 없이 구겨지고 말았다.

'미치겠다, 정말. 나는 왜 이렇게 이 남자하고 꼬이는 게 많을까.'

죽을상을 지으며 인상을 쓰는 비상을 바라보는 재야의 얼굴엔 장난스런 웃음이 가득했다. 재야는 씨익 웃으며 그녀에게 한 발 더 다가갔다.

"스, 스톱!"

변기에 앉다 보니 무릎 사이가 당연히 벌어졌고 한 발자국만 더 내딛는다면 자신의 무릎 사이에 남자의 다리가 들어설 것만 같아 비상은 당황스럽게 외쳤다. 비상의 행동에 재야는 나오는 웃음을 다시 한 번 참아야만 했다. 얼굴이 파래졌다 하얘졌다 다시 붉어지기도 하고, 얼굴 표정뿐만이 아니라 색 자체도 자주 바뀌는 사람은 처음 본다고 재야는 생각했다.

"그, 그러니까, 아하하, 제가 설명을 할게요! 그러니까 더 이상 움직이지 말라고요."

어서 해명을 하라는 듯한 눈빛이어서 비상은 할 수 없이 한숨을 쉬며 할 말을 찾기 시작했다. 이왕 이렇게 된 거 차라리 사실대로 말하고 빨리 이 자리를 벗어나는 것이 낫겠다 싶은 마음에 비상은 망설이다 말을 하기 시작했다.

"그게, 사실은……."

몇 번을 망설이던 끝에 비상이 털어놓은 내용을 다 들은 재야가 한심하다는 눈빛으로 비상을 쳐다보며 차근차근 말을 되짚기 시작했다.

"그러니까 남자한테 버림받은 친구를 달래서 나가려고 하는데 친구를 버린 남자가 때맞춰 다가왔다. 거기다 친구를 비웃었기에 욱하는 마음에 그를 때려눕혔다? 정신을 차린 남자가 너를 찾겠다고 돌아다니는 바람에 숨을 곳을 찾다가 여기까지 오게 됐다, 맞나?"

"네, 정확하게 이해하셨어요."

비상이 고개를 크게 끄덕이자 재야는 심각한 표정을 지었다.

"그럼 지금쯤이면 네 어머님도 없어진 널 찾느라 걱정을 하겠군. 혹시 또 모르지. 네가 사라진 걸 보고 이 사건의 원인이 너라고 생각할지도 모르잖아. 안 그래?"

"그, 그럴 수도 있겠네요. 그리고 보니, 엄마가 걱정이네. 어떡하지?"

재야의 말에 비상은 울상을 지으며 한숨을 푹푹 쉬어댔다. 그런 비상을 바라보는 재야의 표정이 음흉하게 변해갔지만 비상은 자신만의 생각에 빠져 재야의 표정을 읽지 못했다.

"아, 정말 미치겠네!"

"숙녀의 입에서 나올 말은 아니군."

"이봐요, 뭔가 착각하나 본데, 나는 숙녀라고 말 안 했거든요?"

'이것 봐라. 대놓고 숙녀가 아니라고 당당하게 말하는 걸 보니 속이 없는 녀석이군.'

당당하게 고개를 치켜들고 말하는 비상의 모습을 보면서 재야는 비상을 정말 요조숙녀로 만들기가 쉽지 않을 거라는 생각이 들었다.

"그게 자랑이냐?"

"그게 허물이 될 수는 없다는 말이에요! 그나저나 여기 언제까지 있을 건데요? 우리 좀 나가서 얘기하죠? 이런 상황을 들켜봐야 좋을 거 하나도 없다고요."

그러고 보니 다리를 벌리고 앉은 비상의 다리 사이로 자신의 다리가 거의 다다를 정도로 가깝게 붙어 있었다. 밀폐된 욕실 안에서의 두 명의 남녀라는 사실을 인식하자마자 공기의 흐름이 묘하게 변하는 것을 느끼는 둘이었다. 결국 비상이 변기 의자에서 벌떡 일어서고 말았다. 급히 몸을 피했기에 망정이지 하마터면 비상의 머리에 자신의 턱을 받았을 뻔한 재야가 책망조로 말을 했다.

"갑자기 일어나면 어떡해? 턱 깨질 뻔했잖아?"

"이 정도로는 안 깨져요. 사람 뼈가 얼마나 단단한데. 어, 혹시 그 나이에 골다공증 있는 건 아니죠?"

"허 참. 내가 보기에 넌 온몸이 무기 같던데?"

재야의 비아냥거리는 말에 비상은 얼굴을 다시 한 번 붉혔다. 자신의 과격한 행동을 옆에서 지켜본 재야이기 때문에 달리 반박할 말이 떠오르지 않는 비상이었다.

"그보다 이 저택을 무사히 빠져나갈 방법을 생각해 봐야겠어요. 계속해서 이곳에 있을 수는 없잖아요? 여차하면 도로 치고 빠지는 수밖에 없다구요."

결연한 표정으로 말을 하는 비상을 바라보는 재야의 표정이 어이없다는 듯이 변했다. 단순하다, 단순하다 하지만 정말 저토록 깔끔하게 단순한 생각이라니. 재야는 피식피식 웃으며 말을 이었다.

"왜? 보는 사람마다 모조리 걷어차서 기절시킨 뒤에 걸어나가려고?"

"아, 정말! 무슨 남자가 그렇게 말을 얄밉게 해요? 하도 답답해서 한 소리지, 내가 미쳤어요? 보는 사람마다 그러게?"

분통터진다는 표정으로 재야를 노려보는 비상의 눈은 무척이나 날카롭게 찢어져 보였다.

'오호~ 한성깔 하는데?'

속으로 깜짝 놀란 재야는 더 이상 놀리면 안 될 것 같다는 생각을 하면서 차분한 말투로 비상을 진정시켰다.

"난, 당연히 문제가 될 만한 것을 지적해 줬을 뿐이라고. 무식하게 힘으로만 해결하려고 하지 말고 생각이라는 걸 해보라고, 생각!"

마음먹은 것과는 달리 비상을 놀리는 것에 제대로 재미를 붙인 재야가 비상의 머리를 손가락으로 툭툭 치면서 조롱하자 시뻘겋게 얼굴이 달아오른 비상이 주먹을 꾹 쥐고 자신을 노려보는 것이 보였다.

"경고하는데 아무한테나 주먹을 휘두르는 게 아니라고. 정말 혼쭐나는 수가 있으니까."

느릿한 어조로 말을 하는 재야의 목소리는 차분하기는 했지만 상당한 위압감을 풍겨서 비상은 애써 손에 힘을 풀었다. 가볍고 단순한 남자라고 생각했던 모습과는 상당히 다른 모습이라 얼결에 주먹을 뒤로 감추는 비상이었다. 그 모습에 재야가 더욱 목소리를 낮추며 작게 속삭였다.

"이런, 그 말에 벌써부터 꼬리를 내리면 어떡해? 아쉽군 그래. 그 주먹에 한번 맞아보는 것도 괜찮을 것 같다는 생각이 막 들었거든. 그 뒤의 내 행동이 기대되지 않아?"

귓가에 속삭이는 재야의 목소리에 온몸의 솜털이 쭈뼛 선 비상이 몸을 뒤로 뺐다.

"나, 나가기나 하자고요, 좀."

당황해서 하는 말에 재야가 한숨을 길게 내쉬었다. 재야의 손가락에 걸린 비상의 짧은 머리카락이 그의 손가락에 뱅글 돌아갔다. 재야는 비상의 머리카락이 상당히 맘에 들었다. 부드럽게 사르락거리며 기분 좋은 냄새가 났기 때문이다. 한층 더 가까이 얼굴을 내려 은근히 말을 하는 재야였다.

"나가서? 이곳을 나서면 침실인데? 하긴 이런 장소에서 괜한 오해를 받기는 싫군. 이왕이면 제대로 된 장소가 나도 좋거든."

재야는 느릿하게 말을 하며 자신의 손가락에 돌돌 말린 머리카락을 풀면서 싱긋 웃었다. 비상은 재야의 시선이 자신의 가슴께에 머문다는 것을 알고는 기겁을 하고 한 손으로 그 셔츠 깃을 움켜쥐고 서둘러 손을 이용해서 셔츠의 단추를 잠갔다.

'읔! 뭐야, 정말! 느끼 변태남 같으니라구. 으아~ 귓속이 이상해졌어!'

신경질적으로 귀를 벅벅 긁는 비상의 모습에 이런 일이 익숙하지 않다는 것을 짐작한 재야는 내심 만족해했다. 셔츠의 단추를 다 잠근 후 비상은 자신의 상의가 욕실 바닥에 아무렇게나 던져져 있는 것을 보고는 혀를 찼다. 겉옷의 한 부분이 생각보다 많이 젖어 있자 비상은 퉁명스럽게 말을 이었다.

"아, 정말! 다 젖었잖아!"

재야는 느긋하게 팔짱을 끼고는 비상이 자신의 겉옷을 보며 인상을 찌푸리면서도 한 팔에 꿰는 것을 보고 있었다. 재야의 표정이 다시 장난스럽게 변했다.

"그걸 그냥 입으려고?"

"이것밖에 없는데 어떡해요? 그럼 벗고 있어요?"

여전히 툴툴거리는 비상의 모습에 다시 웃음이 나왔지만 재야는 더 이상 비상을 자극하지는 않았다. 참 볼수록 묘한 여자였다.

"그거…… 젖은 걸 굳이 입겠다면 말릴 생각은 없는데 말이야."

뭔가 복선을 깐 듯, 미적거리는 폼이 또 수상하다 싶어 짜증스
레 묻는 비상이었다.

"왜요, 또?"

의심스럽다는 듯이 자신을 쳐다보는 비상을 보면서 재야는 자
신이 제발 웃지 않고 말할 수 있기를 속으로 빌었다. 아아, 이러면
정말 곤란한데, 킥.

"욕실 바닥에 묻은 물기가 왜 물이라고만 생각하는 거지?"

"……!"

그제야 재야의 말을 이해한 비상의 얼굴이 각양각색으로 변하
기 시작했다. 급하게 다시 겉옷에서 손을 빼낸 비상은 서둘러 세
면대에 물을 틀고는 재킷 상의에 꼈던 팔을 다른 손으로 박박 문
질러 닦았다.

"아주, 내가 미친다, 미쳐! 별짓을 다 하네, 정말! 에잇!"

재야는 그런 비상을 보면서 나오는 웃음을 참기 위해 얼른 한
손으로 입을 막고는 서둘러 그 욕실을 나왔다. 잠시 뒤 표정이 안
좋은 비상이 나오더니 재야에게 대뜸 부탁을 했다. 거의 명령조처
럼 들렸지만 말이다.

"옷 좀 빌려줘요."

"입고 있는 옷밖에 없는데?"

"그거라도 벗어줘요, 그럼."

"이걸 벗어달라고? 그럼 나는 뭘 입고 있으라고?"

여전히 장난스런 미소를 짓고 있는 재야를 바라보며 이를 가는
비상이었다.

"당신은 남자니까 굳이 가릴 필요가 없잖아요! 하지만 난 안 그렇다고요!"

"글쎄. 내가 보기엔 별 차이가 없어 보이기도 하는데 말이지."

그러면서 자신의 가슴과 비상의 가슴을 번갈아 보는 통에 비상은 얼굴이 벌겋게 달아오르며 애써 화를 눌렀다. 잠시지만 이 백재야란 남자와 같이 있다 보니 생전 아픈 적이 없던 뒷목마저 뻐근한 것이 아무래도 없던 병도 생기고 말 거라고 비상은 생각했다.

'일일이 상대하다간 최소한 화병에 고혈압은 옵션으로 얻고 말겠네. 차라리 무시하자, 무시. 그냥 아쉬운 놈이 뭐 한다고 비위나 좀 맞춰주지, 뭐.'

"내 옷이 마를 때까지만 빌려줘요, 그럼."

"왜 그래야 하는 건데?"

실실 웃으면서 꼬박꼬박 되묻는 재야의 행동에 비상은 이를 악물었다. 겉옷에 묻은 것이 물이 아니라면 욕실에서 묻을 만한 것이 뭐가 있겠는가? 찝찝하고 불결해서 물을 틀어 빨다 보니 오히려 입고 있는 셔츠에 물이 많이 튀고 말았다. 얇은 셔츠가 물에 젖어서 탁 달라붙는 바람에 차가운 한기와 불편함을 더해주고 있었다. 더군다나 젖은 부분은 속살을 여지없이 드러내 참으로 민망한 모습이었다. 다 알면서도 모르겠다는 표정으로 자신을 바라보는 재야의 얼굴이 그렇게 미울 수가 없는 비상이었다. 할 수 없이 다시 부탁하려는 비상은 좀 전보다 더욱 어색하게 웃는 모습으로 재야를 쳐다봤다.

"그게…… 셔츠가 젖어서……."

"그럼 벗으면 되지, 뭐가 문젠데? 게다가 너 지금 표정 되게 웃겨."

'아, 저 사람이 정말?'

가뜩이나 소문나고 들킬까 봐 조심하는 상황에서 옷까지 벗고 있으면 어쩌라는 건지 목구멍 밖으로 나오려는 욕을 꾹 눌러 참으면서 고개를 돌리는 비상이었다. 계속 쳐다봤다가는 자신도 모르게 주먹이 먼저 나갈 것 같아 두 주먹을 뒤로 해서 꼭 잡고 말이다. 하지만 그 모습을 모두 지켜보던 재야가 일부러 약 올린다는 것을 비상은 몰랐다.

"그 젖은 옷은 벗어버리고 차라리 침대에 들어가서 잠시 눈을 붙인 다음에 나랑 같이 나가지 그래?"

"미쳤어요? 여기서 왜 잠을 자요?"

"그럼 다른 방법이 있나 보지? 사람들이 갈 때까지 기다려야 될 거 아냐? 적어도 너한테 맞은 남자가 갈 때까지는 자중을 해야겠지. 그리고 내가 그 남자라면 시간이 조금 흐른 뒤 다시 한 번 이 저택을 샅샅이 뒤질 것 같은데? 상식적으로 이 집을 나간 게 아니라면 어딘가에 있을 거라는 생각은 열 살 먹은 아이도 알 만한 일이라고."

얄밉지만 재야의 말이 맞는 말이었다. 자신이라도 그런 창피를 당했는데 가만히 있을 수 없을 테니까 말이다.

"하지만 엄마가 기다리실 거라고요."

망설이듯 말하는 비상의 모습을 보며 재야는 자신의 휴대폰을 들어 살짝 흔들어 보였다.

"그거라면 내가 도와줄 수 있는데."

뜻밖이 제안에 비상이 고개를 홱 쳐들었다.

"어떻게요?"

"그냥 도와준다는 말은 안 했는데? 난 철저한 사업가라서 말이야. 수익을 낼 수 없는 일은 절대 하지 않거든."

맘 같아서는 여전히 웃는 저 얼굴에 주먹이라도 날리고픈 비상이었다. 하지만 방법이 없었다. 비상에게 맞았던 남자가 혈안이 되어 언제 다시 찾으려고 헤맬지도 모르고, 그사이 엄마를 설득할 만한 변명거리를 찾아야만 했다. 안 그랬다가는 경북에 계신 외할머니 댁에 두 다리가 부러진 채 택배로 부쳐질지도 모르는 일이라고 비상은 생각했다. 자신의 엄마라면 충분히 그럴 수 있으리라는 걸 누구보다도 잘 알고 있는 비상이었다.

비상은 예전 기억을 되살리고는 몸을 부르르 떨었다. 고3 체육 특기생으로 대학에 합격했던 비상에게 겨울방학은 여러모로 도움이 되는 기간이었다. 자주 가는 당구장 주인 아저씨가 간혹 비상에게 손님을 상대로 내기 당구를 부탁하고 수고비를 준 데다가, 그 내기로 인해서 짭짤한 수익을 올릴 수 있었으니까 말이다. 그날도 그렇게 손님을 상대로 내기 시합이 끝날 무렵 한 무더기로 몰려든 남학생들하고 어찌하다 보니 시비가 붙고 말았다. 술까지 취한 상태에서 비상이 여자란 것을 안 남학생들은 더욱 거칠게 시비를 걸어왔다. 참다못한 비상이 당구대로 그 남학생들을 착실하게 손본 것이 문제였다. 결국 경찰서까지 가게 된 비상은 연락을 받고 달려온 비원에게 합의를 맡길 수밖에 없었고, 그 와중에 연락을 받고 온 남학생들의 보호자 중에 비원을 알아본 피해자의 부모가 곽 여사에게 전화를 함으로써 일은 걷잡을 수 없게 커지게 됐다. 다행히 안면이 있던 분들이었고, 곽 여사의 부탁으로 사태는 무마됐지만 그 뒤가 문제였다. 여럿을 상대로 싸우다 보니 비상 역시 오른쪽 발목에 무리가 갔는지 시큰거리는 것이 걷기가 힘들었지만 곽 여사는 그런 비상에게 의사를 불러주는 대신, 어디론가 전화를 했다. 그리고 도착한 이는 정갈한 옷을 입은 택배회사 아저씨였다. 황당하게도 곽 여사는 경북에 사시는 외할머니 주소를 적어주고 비상을 가리키고 택배를 부탁한 것이었다. 어쩔 줄 모르는 택배회사 직원을 보며 싱긋 웃던 곽 여사는 그때 이렇게 말했었다.

"아, 물건이 너무 커서 고민이시라면 걱정 마세요. 다리 정도야 얼마든지 접어서 포개면 그만이니까요. 호호~"

물론 있을 수 없는 상황이고, 그럴 리도 없다고 생각했지만 비상은 처음으로 두려움을 느꼈었다. 중간에 비원 오빠가 나서서 무마되긴 했지만 그 뒤 한동안 택배회사 직원이나 차량을 보기만 해도 절로 몸이 굳어지는 비상이었다. 그때 곽 여사의 표정으로는 충분히 그 택배용 종이박스에 비상을 구겨 넣고도 남았을 눈빛이었으니까 말이다. 택배회사 직원이 가고 난 뒤, 바로 도착한 김 박사님께 다리 치료를 받은 비상을 지켜보던 곽 여사는 부드러운 목소리로 말했었다. 다시 한 번 이런 일이 생긴다면 친히 네모 반듯하게 비상을 접어 포장해서 보내 버릴 거라고 말이다.

그때의 그 악몽 같은 기억이 되살아나자, 비상은 무조건 재야를 잡아야 된다고 생각했다. 이곳을 빠져나가는 것도 문제지만, 이 일이 절대로 곽 여사의 귀에 전해져서는 안 된다고 생각한 비상은 필사적으로 재야를 향해 말했다.

"좀…… 도와줘요! 이 상황을 무사히 넘긴다면 당신이 말하는 사례를 할게요."

비상의 말에 재야는 우습다는 표정을 지었다.

"이래 봬도 난 비싼 몸이라고."

벌써 두 번째로 듣는 그 비싼 몸이라는 소리에 비상은 절로 욕이 나올 뻔했지만 가까스로 참았다. 만약 여기서 욕을 한다면 저 남자는 분명 비상이 여기에 숨어 있다고 일층에 소리치고도 남을 남자였기 때문이다.

"넉넉하게 보상해 드리죠. 예전 그 차비까지 곱으로 쳐서 말이죠. 그리고 이왕이면 지금 나가준다면 그 배로 보상할게요."

"흐음~ 꽤 괜찮은 제안이긴 한데 말이지."

말을 끊고 고개를 돌린 재야를 애타게 쳐다보는 비상은 얼른 그의 대답을 듣기를 원했다.

"피곤해서 말이야. 한숨 자야겠어. 그 다음에 생각해 보지."

'아악! 누가 저 인간 좀 어떻게 해줘!'

결연한 표정의 비상의 얼굴이 한순간 확 일그러지는 모습이 보여 재야는 급히 고개를 돌리면서 나오는 웃음을 간신히 참았다. 수시로 변하는 저 표정은 아무리 봐도 유쾌했고 재미있었다. 이런 식으로 간다면 아마 평생 비상을 옆에 두고 놀리는 재미로 살아도 심심하지 않을 것 같았다. 거친 숨을 내뱉으며 화를 참는 비상을 흘깃 쳐다본 뒤 일부러 보란 듯이 천천히 바지 쪽으로 손을 내리는 재야였다. 달칵 잠금 쇠가 열리며 허리 벨트를 푸는 재야의 행동에 기겁하는 비상이었다.

"으악~ 뭐, 뭐 하는 거예요, 지금?"

"옷 입고 잘 순 없잖아. 옷이 다 구겨지니까. 이따 새벽에 가더라도 옷은 벗고 자야지. 그리고 나는 원래 잘 때 아무것도 안 입는다고."

"……!"

천연덕스럽게 설명을 마친 재야가 양복바지를 벗을 것처럼 말을 하자 할 말을 잃은 비상이 패닉상태에 빠지고 말았다. 그런 비상을 태평하게 바라보며 재야가 친절히 설명을 덧붙였다.

"그래도 최소한의 예의를 생각해서 좀 불편하더라도 참는 거라고. 너만 상관없다면 난 자유롭게 자고 싶으니까."

재야의 긴 손가락이 자신이 입고 있는 브리프를 가리켰다. 파란색과 하늘색의 세로줄이 쳐진 시원한 모양의 그것이 눈에 들어오자 비상은 얼른 고개를 돌렸다. 비상의 놀란 모습에 재야는 아무렇지 않다는 표정으로 침대에 몸을 뉘이고는 다른 한 팔로 자신의 반대쪽을 팡팡 쳤다.

"안 잘 건가?"

"내가 왜 당신이랑 같이 잠을 자요!"

고개를 돌린 채로 악을 바락 쓰자 재야가 낮게 쿡쿡 웃더니 아무렇지 않게 말을 이었다.

"그럼 새벽까지 그러고 있으라고. 그럼 난 이만."

침대의 스탠드 불빛만을 켜놓고는 형광등마저 끈 재야의 몰상식한 행동에 비상은 이를 갈았다.

'아무리 내가 여자로 보이지 않는다고 해도 그렇지,. 이거 정말 날 너무 무시하는 거 아냐? 좀 불편하다는 내색이라도 좀 하면 안 되냐고.'

괜히 화가 나는 게 어째 내가 꼭…… 변태가 된 것 같은 생각이 든다고 비상은 생각했다.

한동안 어정쩡하게 긴장한 상태로 서 있자 다리가 슬슬 아파왔다. 슬쩍 침대로 눈길을 주자 벗은 남자의 상체가 눈에 들어왔다. 이미 잠든 듯한 남자를 흘끔거리던 비상은 곤혹스러운 듯 인상을 찌푸렸다. 백재야라는 남자가 자신을 이성으로 보지 않고 편안히 대하는데 유독 자신이 이렇게 유난 떤다는 것도 좀 웃기게 생각되는 비상이었다.

'아, 젠장. 그냥 자? 침대도 넓은데 끝에 가서 눈 좀 붙인다고 뭐가 달라지겠어?'

비상은 점점 경계심을 풀며 침대 한쪽으로 향해 몸을 눕혔다. 젖은 셔츠가 자꾸만 맨살에 달라붙어 불쾌감을 더해주자 결국 뒤척이던 몸을 일으킨 비상은 잠시 고민을 하더니 셔츠를 벗기 시작했다. 침대 맞은편에 위치한 화장대의 의자에 얌전히 걸쳐 놓고는 다시 침대로 조심스럽게 오르며 비상은 속으로 중얼거렸다.

'설마, 저렇게 자는 남자가 옷 좀 벗었다고 늑대가 되기야 하겠어? 여자 취급도 하지 않던데 뭘. 편히 자자, 편히.'

그리고 몇 번 뒤척이니 이내 숨을 고르며 금방 눈이 감겼다. 그렇게 비상은 여러모로 힘들었던지 금방 잠이 들었다.

잠시 뒤, 비상의 고른 숨소리에 재야는 슬며시 눈을 떠 저만치 몸을 모로 만 상태에서 잠이 든 비상의 모습을 살폈다. 비상이 깊이 잠이 든 것을 알고는 조심스럽게 몸을 반쯤 일으킨 재야는 한 팔로 지탱한 상태로 새근거리며 잠이 든 비상을 쳐다보고는 어이없다는 듯 피식 웃었다.

"도무지 긴장감이라고 없는 녀석이네, 정말. 내가 남자로 안 보이나? 이거 괜히 억울하다는 생각이 들잖아."

재야는 침대에서 조심히 일어나 앉아서 비상을 쳐다보며 쓴웃음을 지었다. 단순한 디자인의 흰색 면 속옷을 입고 딱 잡아먹기 좋은 상대로 잠까지 쿨쿨 자는 비상을 보며 실로 오만 가지 생각이 다 드는 재야였다. 딱히 이런 상황을 이용할 생각은 없었지만 그렇다고 매너 좋고 인간성 좋은 남자로 보이고 싶은 생각도 없었다. 그저 오는 여자 막지 않고 가는 여자 붙잡지 않는 정도로 편하게 살아온 자신이었건만 왜 자신을 남자로 보지 않는 여자에게 이런 기분이 드는지 모르겠다며 아쉽다는 듯이 한숨을 내쉬었다. 희미한 스탠드 불빛 아래 벗은 재야의 근육이 숨을 멎게 할 만큼 완벽한 구도를 자랑하고 있었지만 옆에 앉은 여자는 아예…… 코까지 골며 잠을 자고 있었다.

'어쭈? 코까지 골아? 후후, 정말 묘한 물건을 하나 주운 것 같은데?

큰 손으로 자신의 이마를 감싸고 숨죽여 웃는 재야는 자신도 모르게 기분이 좋아졌다. 천천히 침대로 몸을 눕히면서 재야는 슬쩍슬쩍 몸을 움직여 비상의 곁으로 바싹 다가갔다. 한 팔로 그녀의 가는 허리를 잡아 당겨 자신의 가슴으로 끌어안은 재야는 이 겁 없는 아가씨가 나중에 일어났을 때 어떤 표정을 지을지 정말 궁금해하며 눈을 감았다. 생각만으로도 입이 절로 벌어져 웃음이 나왔다.

'그러고 보니, 여자와 이런 식으로 자보기는 처음인데? 흐음. 나름대로 괜찮군.'

그렇게 잠시 누워 있다 재야는 별안간 일어나서 자신의 양복 상의 안에 있는 휴대폰을 꺼내·들었다. 이런 기회를 그냥 넘어갈 재야가 아니었다. 비상의 기를 꺾을 수만 있다면 모든 수단과 방법을 가리지 않으리라. 앞으로의 일이 어떻게 될지 모르는 상황에서 분명한 건, 재야가 비상의 약점을 완벽하게 잡게 될 거라는 것이었다. 이런 치사한 방법까지 쓰긴 싫지만 비상의 반항을 없애기 위해서라도 필요하다고 마음먹은 재야는 한동안 비상의 옆에서 갖가지 포즈로 휴대폰 사진을 찍기 시작했다. 소리가 제법 났는데도 일어나지 않고 잘도 자는 비상을 보면서 재야는 자신도 모르게 그녀의 입술에 쪽 소리가 나도록 뽀뽀를 했다.

"잘했어. 아주 착하네. 이렇게 잘 때만 순한 건가, 그럼?"

비상의 옆에 몸을 뉘인 재야는 비상의 머리 아래로 벗은 한 팔을 넣어 팔베개를 해주었다. 그리고 맨살의 상체를 자는 비상에게 거의 포개다시피 하고는 다시 휴대폰을 눌러대기 시작했다. 꽤 많은 사진을 찍은 뒤 음흉스런 표정으로 비상을 쳐다본 재야는 비상의 머리에 턱을 대고는 다시금 눈을 감았다.

제5장 비상, 발목을 잡히다!

쿵쿵. 쿵쿵.

얼마나 잠을 잤을까. 신경을 곤두세우고 있다가 뒤늦게 잠이 든 비상의 귀로 끊임없이 울려대는 쿵쿵 소리에 비상은 힘겹게 눈을 떴다. 피곤했던 탓인지 눈을 깜박이는 것이 무척이나 힘들게 느껴지는 비상이었다. 멍한 상태에서 몸을 일으킨 비상은 머리를 긁적이며 소리쳤다.

"윽! 엄마, 일어난다고, 일어나!"

침대 시트를 걷어내고 벌떡 몸을 일으키려던 비상은 무언가에 걸려 몸을 반쯤 일으키다가 외마디 소리를 지르며 도로 침대 시트에 팍 처박히고 말았다.

"악! 뭐야?"

자신의 허리에 두르고 있는 것에 시선을 준 비상은 여전히 눈을 깜박이며 몽롱한 정신으로 자신의 허리께에서부터 엉덩이까지 걸쳐진 약간은 거무튀튀한 것의 정체를 몰라 멍하니 쳐다봤다. 무의식 중에 손으로 만져 보니 생각보다 부드럽고 따뜻하지만 꽤 단단한 것이 꼭…… 사람의 다리 같았다.

'으응? 다리? 단단하고 두껍고……?'

이상한 생각에 자신의 옆을 바라본 비상은 온통 벗고 잠을 자고 있는 남자의 모습에 경악하고 말았다.

"헉! 다, 당신……!"

"으음…… 시끄러워."

잠이 덜 깼는지 여전히 눈을 감고 웅얼거리는 재야를 보면서 비상은 입을 합 닫고는 눈물을 찔끔거리며 허리를 감고 있는 두꺼운 다리를 겨우 들어 옆으로 슬쩍 밀었다.

'아윽. 젠장, 혀를 깨물었잖아!'

비상은 왈칵 눈물이 나왔다. 하지만 아픔도 잠시, 자신이 왜 이 남자와 한침대에 누워 있는지를 생각해 내고는 얼굴 표정이 푸르죽죽하게 변하기 시작했다.

"대체 왜 이런 포즈로 자고 있는 건데? 아씨, 내 정신 좀 봐! 새벽에 몰래 나가려고 했었는데……."

정신이 없는 와중에서도 여전히 문을 쿵쿵 두드리는 소리에 비상은 인상을 찡그렸다. 당장은 이 덩치 크고 허벅지 두꺼운 남자를 깨우는 일이 시급해서 비상은 손가락으로 재야의 벗은 어깨며, 가슴을 쿡쿡 찔렀다.

"이봐요, 좀 일어나 봐요! 이봐요!"

한 손으로 시트를 움켜쥐고 다른 한 손으로 벗은 남자의 어깨를 툭툭 치는데 별안간 뻗어 나온 굵은 팔이 그녀의 허리를 확 낚아채 품 안으로 바싹 당겼다. 비상은 급히 숨을 들이키며 남자의 얼굴을 쳐다봤다. 눈을 감고 있지만 편안한 표정의 재야는 느긋하고 여유로운 웃음을 머금고 있었다.

'웃…… 어? 이, 이 인간이 웃고 있어?'

놀랍기도 하고 황당하기도 한 표정으로 바싹 다가온 남자의 얼굴을 바라보는데 갑자기 다가온 남자의 입술에 기겁을 하면서 손바닥으로 그의 입술을 막아버린 비상이었다.

"미, 미쳤어요? 지금 뭐 하는 수작이에요?"

눈이 떠지면서 새카만 눈동자가 비상을 너무도 빤히 바라보자 비상은 숨이 탁 막혔다.

"너무하잖아. 우린 지난밤 한침대를 쓴 사이라고. 이 정도의 굿모닝 키스 정도는 해줄 수 있는 거 아닌가?"

어제의 그 얄미운 모습이 아니라, 부드러운 표정과 느릿한 어조로 말을 하는 재야의 얼굴은 무척이나 다정하게 보였다. 비상은 아무래도 잠을 자면서 이 남자의 머리에 심각한 문제가 생긴 것이 분명하다고 생각했다. 안 그렇다면 전날 얄밉기는 했지만 그렇게 쿨하고 차갑던 남자의 모습이 이렇게 뻔뻔하고 느글거리는 사람으로 갑자기 변할 리는 없을 테니까 말이다. 물론 전날에도 화병이 걸릴 정도로 그녀의 신경을 긁어대는 말만 골라서 하긴 했지만 지금의 재야 모습보다는 차라리 어제의 그가 나아 보일 정도였다.

"제정신이에요? 지금 저 소리 안 들려요?"

"응?"

그러고 보니 문밖에서 누군가가 연신 방문을 두드리고 있었다.

"이 방에 누구 있어요? 문 좀 열어봐요!"

문을 두드리는 사람의 짜증이 묻어 있는 듯한 그 소리는 신경질적으로 울렸다. 재야가 침대에서 몸을 일으키며 귀찮다는 듯이 중얼거렸다.

"아아, 정말 시끄럽네."

침대에 내려서는 남자의 등을 아무 생각 없이 바라보던 비상은 이내 재야의 모습에 다시 한 번 기겁하고 말았다.

'그러고 보니, 저 남자 딸랑 팬티 한 장만 입고 나랑 침대에 엉켜 있었던 거야?'

순간 든 생각에 무심코 자신의 아래를 쳐다본 비상은 경악하고 말았다. 자신 역시 재야와 마찬가지로 아래쪽은 달랑 팬티 한 장만을 입고 있었던 것이다. 파랗게 질린 얼굴로 다시 재야를 쳐다보는데 비상의 시선을 느꼈던 모양인지 문 쪽으로 향하던 재야가 다시 비상을 쳐다보았다. 그리고는 당황하는 비상의 표정을 쳐다보고는 엉큼한 미소를 지었다.

"꽤 마음에 드는 표정인데?"

"뭐가요?"

화를 내려던 비상은 여전히 울리는 방문 소리와 재야의 행동에 그만 타이밍을 놓치고 말았다. 그러자 재야의 손가락이 재야의 몸, 정확히는 왕(王) 자가 새겨진 하복부를 가리키고 있었다. 재야의 손길을 따라 그의 복부를 쳐다보던 비상은 모르겠다는 듯이 다시 재야를 쳐다봤다. 재야의 입가가 느슨하게 벌어지더니, 재미있어 죽겠다는 표정이 떠올랐다.

"그런 표정이면 빌려주고 싶어진다고. 뭐, 밤새 안고 잤으니 이미 빌려준 건가?"

'허거거걱! 지금 내가 들은 소리가 무슨 소리야?'

입을 딱 벌리고 비상이 그를 쳐다보자 여전히 싱글거리던 재야는 다시 몸을 돌려 문가로 향했다. 다급한 마음에 비상은 서둘러 재야를 불렀다.

"자, 잠깐! 설마 그 상태로 문을 열 생각은 아니죠?"

"왜?"

"그, 그걸 지금 말이라고 하는 거예요? 옷이라도 좀 입으라고요!"

당황스럽게 외치는 비상의 얼굴이 당황과 수줍음에 무척이나 붉게 보였다. 재야는 자신의 사각 트렁크의 넓은 고무줄 부분을 소란스럽게 탁 튕기더니만 보란 듯이 웃었다.

"상관없어. 아예 벗은 것도 아닌데 뭐. 아, 좀 민망한 분위기이긴 한 건가?"

확실하게 텐트를 친 재야의 앞섶에 얼핏 눈을 준 비상은 어쩔 줄 몰라 했다. 눈에 불이 일고 온몸이 후끈거리는 비상은 당황함에 입만 벙긋거릴 뿐이었다. 그 모습이 또 무척이나 재밌어 재야는 이참에 아예 느긋하게 팔짱을 끼고는 비상을 쳐다봐서 그녀를 더욱 곤혹스럽게 만들고 있었다.

'저, 저 노출증 환자 같으니! 그래서 팬티로 텐트 친 상태에서 문을 열겠다는 거야, 지금?'

다시 말리려 하는 비상의 행동을 가볍게 무시한 재야는 울려대는 문으로 손을 뻗으며 여전히 비상을 주시하고 있었다. 온몸으로 안 된다는 표정을 보이던 비상의 귀로 문의 손잡이가 돌아가는 소리가 천둥처럼 들렸다. 달칵 하고 문이 열리면서 재야의 벗은 등 너머로 여자의 모습이 보였다.

"대체! 어머, 백 이사님~ 이곳에서 주무시고 계셨어요?"

"아아, 피곤해서 잠을 자고 있긴 했죠. 근데 무슨 일이죠?"

"아아, 그게…… 별다른 건 아니고…….."

재야의 어깨 너머로 시선을 두며 무언가를 찾는 듯한 서 원장의 모습에 비상은 서둘러 자신의 몸을 더욱 낮추고는 벽에 탁 달라붙었다. 문이 막 열리는 시점에서 몸을 날려 침대에서 나와 5단 서랍장 옆으로 숨은 것은 정말 잘한 일이라고 비상은 생각했다.

비상에게 등을 보이며 서 원장을 맞이한 재야는 방 안을 살피는 서 원장의 모습에 짜증이 일었다. 물론 비상이 당황하는 모습이 보고 싶어 일부러 한 행동이라고는 하지만 서 원장이 안을 살피는 모습에 기분이 확 나빠진 것이다.

"무슨 일이죠?"

아침이라 더욱 낮게 깔린 목소리와 확 굳어버린 재야의 표정에 서 원장은 얼른 시선을 감추고는 서둘러 변명을 하기 시작했다.

"아, 아니, 미안해요, 백 이사님. 다른 손님 중 한 분이 어떤 여자 분을 찾고 계신 것 같아서요. 혹시 이곳에 있나 싶었는데……

죄송해요, 백 이사님."

어쩔 줄 몰라 하며 사과하는 서 원장을 쳐다보는 재야의 눈빛은 더욱 날카로웠다.

"그럼 그 찾고 있다는 여자 분이 저랑 무슨 관계가 있다는 겁니까?"

"아, 아니, 아니에요, 그런 건……. 다만……."

서 원장의 말에 아무런 대꾸도 안 하고 있던 재야는 좀 더 차가운 목소리로 말을 이었다.

"그럼 들어와서 찾아보시겠습니까?"

재야가 몸을 약간 비켜서며 말하자 서 원장과 그 뒤에 서 있던 남자의 표정이 눈에 띄게 당황스럽게 변했다.

"아, 아니에요. 그런 건 아니고, 잠을 깨워서 미안해요, 이사님."

"괜찮습니다. 그럼."

호기심이 가득한 눈길로 재야를 쳐다보고는 아쉽다는 듯이 몸을 돌리는 서 원장의 뒤로 몇 시간 전 비상에게 얻어터진 남자의 모습이 눈에 들어왔다. 재야는 완벽한 비웃음을 지으며 문을 탁 하고 닫고는 천천히 몸을 돌렸다. 서랍장 뒤로 몸을 낮춘 비상의 모습이 보이자 재야는 웃음이 쿡 하고 튀어나왔다.

"잘하면 벽 속으로 뚫고 들어가겠다. 이만 나오지 그래?"

"가, 갔어요?"

"그래."

어정쩡한 자세로 일어서서 나오는 비상의 눈에 재야의 벗은 상체가 일순 크게 보였다. 뒷모습과는 달리 앞모습은 작은 움직임으로도 꽉 잡힌 근육들이 매력적인 조합을 이루고 있었다. 마치 잘 짜인 조립식 제품을 보는 것마냥.

언제 이런 눈 보신을 해보겠냐는 마구잡이식의 생각을 할 때, 재야 역시 비상의 모습을 흥미롭다는 듯이 지켜보고 있었다. 어느 틈에 입었던지 이미 바지를 걸친 비상의 하체가 눈에 들어왔다. 날씬하고 곧고 길게 뻗어 있던 비상의 다리를 생각하며 재야는 속으로 쿡 하고 웃음이 나왔다. 좀 전 자신의 옷 모양을 보고 악을 쓰려다가 그 타이밍을 놓치곤 투덜거리는 비상의 모습은 무척이나 귀여웠다. 아마도 자신의 모습에 대해 따지려고 할 것이 분명하리라.

"근데, 대체, 내가, 왜, 바지를 벗고 있는 거죠?"

앙칼진 목소리와 쫙 치켜뜬 눈매가 사납게 보일 순 있지만 이미 비상의 속내를 꿰뚫고 있는 재야에겐 여전히 귀여운 아이의 투정 정도로밖에 안 보였다. 그러고 보니, 단단히 빠진 것 같다고 재야는 생각했다. 화장은 뜨고, 헝클어진 머리칼 사이로 뻗친 머리의 까치집까지. 도저히 예쁘다고 봐줄 수 없는 상황임에도 불구하고 재야의 눈에는 더없이 예쁘게만 보이니 말이다.

"그걸 왜 나한테 물어?"

"난 입고 잤단 말이에요!"

"참나. 잘 자고 있는 사람을 이리저리 밀친 것도 부족해서 답답하다고 스스로 벗어놓고 누구한테 뒤집어씌우는 건데?"

실상은 바지가 구겨질까 봐 비상의 바지를 직접 벗겨 의자의 손잡이에 걸쳐 놨던 재야였지만 시치미를 뚝 뗐다. 비상이 당황하지만 않았다면 그렇게 벗은 바지가 얌전히 개켜져 있다는 것을 보고 믿지 않았겠지만 비상은 현재 말 그대로 쇼크 상태였다. 머리털 나고 처음으로 남자와 한침대에서 잠을 잔 것도 기적 같은 일인데, 게다가 옷마저 벗은 상태라니 기절 안 한 것만으로도 다행스런 일이라고 생각하는 그녀였다.

"그 말을 어떻게 믿어욧!"

비상이 신경질적으로 소리치자 재야 역시 황당하다는 표정으로 같이 목소리를 높였다.

"야, 인마! 잠버릇 나쁘면 바닥에서 자든지 하지, 왜 기어올라와가지고 잘 자던 사람마저 깨우곤 어디서 생떼야? 미쳤다고 네 옷을 내가 벗기냐? 난 동성한테 취미없다고 했잖아!"

어버버버. 입만 벙긋거리던 비상은 이내 고개를 푹 숙였다. 이놈의 잠버릇이 또 문제인 건가. 하지만 자신이 옷을 벗은 기억은 정말 없었다. 하지만 저렇게 말을 하는 것을 보니 정말 재야가 자신의 옷을 벗긴 것은 아닌 것 같았다. 만약 그의 말이 사실이라면 실로 쪽팔려서 죽고 싶다는 생각을 할 수도 있겠구나 하고 비상은 생각했다. 지금의 자신이 딱 그 짝이니까 말이다.

고개를 숙이고 있던 비상은 피가 머리로 몰리고 목이 아파 마지못해 슬쩍 고개를 들다가 재야와 순간 눈이 마주치고는 흠칫했다. 겨우 입은 거라고는 딱 붙은 사각 브리프가 다인 남자, 하지만 저런 모습조차 굉장히 위압감이 넘쳐 보인다는 것은 아무래도 모순이라고 비상은 생각했다. 다시금 호기심에 아래쪽으로 향하려던 시선을 간신히 참는 비상의 행동에 재야는 별거 아니라는 듯이 말을 이었다.

"뭐, 그렇게 놀랄 정도는 아니지 않나? 난 건장한 남자라고. 아침마다 일어서는 건 당연한 거 아닌가? 그리고 밤새도록 내 품으로 파고드는 누구 덕에 아주 예민해졌거든."

'으갸갸갸~ 정말 미쳤어, 미쳤어! 저런 말을 아무렇지 않게 하다니!'

비상은 여전히 눈을 어디에 둬야 할지 몰라 벽으로 향한 채였다. 그러면서도 재야의 말대로 자신이 자면서 그의 품으로 파고들어 갔나를 심각하게 의심해 보았다. 그리곤 벽에 머리를 쿵쿵 들이받으며 연신 '미쳤구나, 고비상, 나가 죽지 그러니?'를 중얼거렸다. 재야는 그런 비상의 모습을 찬찬히 지켜보았다. 한숨을 쉰 후 머리를 박더니 이내는 자신의 머리통을 탁탁 때리며 비 맞은 중처럼 중얼거리는 비상의 모습에 재야의 입술은 연신 달싹거렸다.

'아아, 재밌다. 사람 놀리는 것이 이렇게 재밌는 거라는 걸 난 왜 이제야 알았을까?'

비상의 행동을 유심히 지켜보며 재야는 자신에게 이런 새디스트적인 기질이 있었나 생각을 해봤다.

"언제까지 그렇게 머리만 쥐어박고 있을 거야?"

"그러는 당신은 언제까지 그렇게 팬티 바람으로 있을 건데요? 뭣 좀 입지 그래요?"

"씻을 건데 뭣 하러 입어?"

퉁명스레 대답을 하자마자 곧바로 맞받아치는 재야의 대답에 비상은 아주 저 얄미운 입술을 확 꿰매 버렸으면 좋겠다고 생각했다. 단 한 마디도 지지 않는 남자의 얄미울 만치 완벽한 입술이 다시 한 번 벌어진다.

　"같이 씻을까? 뭐, 서로 이성적으로 느끼는 게 없으니까 등 정도는 밀어줘도 될 것 같은데?"

　싱글싱글 웃으면서 잘도 염장을 질러대는 재야의 유들거리는 발언에 비상은 남자가 여자보다 말싸움을 못한다는 것은 새빨간 거짓말이라고 속으로 중얼거렸다. 그게 아니라면 저 남자가 여자라는 소리겠지만 브리프 안에서 남자라는 증거를 뚜렷이 드러내 보이고 있으니, 그 말이 거짓말이 분명한 것이다. 아마 승급심사장에 나온 학부형 아줌마부대와 붙어도 충분히 이기고도 남을 남자라고 비상은 생각하며 고개를 크게 끄덕였다. 그러고 나니, 나오는 건 한숨뿐인 비상이었다.

　'그래, 내가 여자로 안 보인다고 치자. 그러는 당신도 내가 당신을 남자로 보지 않는다는 걸 알았으면 최소한 상심한 표정이라도 보여야 되는 거 아냐?'

　억울한 마음에 이런 대꾸를 하고 싶었지만 비상은 이 남자를 상대로 말싸움에서 이긴다는 것은 이미 불가능하다고 생각했기에 이쯤에서 그만두기로 했다.

　"미안하지만 난 그러고 싶은 마음이 조금도 없어요."

　퉁명스럽게 쏘아붙이자 정말 아쉽다는 듯이 비상을 쳐다보며 재야가 다시 말했다.

"그래? 그럼 할 수 없지, 뭐. 내가 먼저 씻어야겠네."

욕실로 들어서려는 재야를 비상이 급히 불렀다.

"······옷은요?"

'설마 홀딱 벗고 샤워한 뒤, 수건 한 장 달랑 걸치고 나오는 건 아니겠지? 아무리 내가 이성에 대해 담담하다 해도 그건 정말 사양하고 싶다고!'

울고 싶은 마음을 다잡으며 비상은 절실한 눈빛으로 재야를 쳐다봤다.

"옷? 무슨 옷?"

"씨, 씻을 거면 갈아입을 여벌 옷은 있냐고 묻는 거예요."

비상의 질문에 어이없다는 표정으로 그녀를 보던 재야는 다시 몸을 돌렸다.

"옷이 이거 하난데 당연히 옷을 벗고 씻어야지. 설마, 옷 입고 씻을까 봐?"

'내 말이 지금 그 말 아니냐고! 설마 옷 다 벗고 나올 건 아니죠?'

울상을 지으며 저 남자와 말을 섞어 굳이 혈압을 올릴 필요가 없다고 생각하면서 비상은 자신의 이마를 손바닥으로 문질렀다. 재야는 욕실에 들어가기 전 뭔가를 생각한 듯 다시 몸을 돌렸다.

"참, 네 옷은 다 말랐어?"

"그, 그렇겠죠 뭐."

갑작스럽게 자신에게 관심을 갖고 말하는 재야 때문에 비상은 바보스럽게도 어눌하게 대답하고 말았다.

"근데 말이야, 설마 어제 정말 벗은 겉옷이 젖은 이유가 물이 아니라고 생각한 건 아니지? 이런 파티에 아이들이 올 리도 없고 그렇게 바닥에 실례를 할 정도로 막되어먹은 사람들은 없다고. 거기다가 초저녁이라 술 취할 시간도 아니었던 것 같은데."

'이렇게까지 운을 띄워놨으면 나머지는 비상이 알아서 결론을 내겠지.'

재야가 그 말만을 하고는 욕실 안으로 쏙 들어가 버리자 비상은 자신이 들은 얘기를 되새기며 얼굴이 점점 일그러지고 말았다.

'뭐야, 그럼? 나 어제 저 남자 말에 속아서 혼자서 열심히 삽질한 거?'

미친다, 정말. 누군가를 정말 죽이고 싶은 생각을 갖게 한 사람은 맹세코 저 남자가 처음이라고 비상은 생각했다. 욕실 안으로 들어선 재야는 기묘한 표정을 짓는 비상의 얼굴을 떠올리며 즐겁다는 듯이 킥킥거렸다. 여자하고 지내는 것에서 익숙한 섹스를 빼고도 이렇게 담백한 시간이 될 수 있을 거라고는 생각지 않았었는데 비상과 같이 있는 동안은 전혀 지루하지가 않았다고, 오히려 시간 가는 줄도 모를 정도로 재미있다고 생각하는 재야였다.

'뭐, 비상의 입장에서야 놀림을 당해 화는 나겠지만 그건 그쪽 사정인 거고.'

생각을 마친 재야는 기분 좋게 샤워기 물을 튼 뒤에 몸을 씻기 시작했다. 아닌 척하고 있었지만 은근히 비상을 보면서 몸이 반응을 했기에 차가운 물이 필요한 재야였다.

재야가 욕실에 들어가자 비상은 이를 갈면서 자신의 옷을 입기 시작했다. 정말 왜 이렇게 바보같이 당하기만 하는 건지, 이놈의 머리가 아무래도 바이러스에 걸린 게 아닐까 싶어 비상은 애꿎은 머리만 손바닥으로 탁탁 소리나게 때리고 말았다.

"아이구, 장식도 아니고, 제발 생각이라는 걸 좀 하고 살자, 응?"

한숨을 쉬며 자신의 휴대폰 액정을 쳐다보자 아침이라고 생각했던 것과는 달리 아주 이른 새벽이었다.

"그래도 다행이다. 서 원장님과 엄마는 친한 사이라서 아직까지 이곳에 계시긴 할 거야. 그사이에 얼른 빠져나가서 집에 먼저 도착하면 된다고. 오빠한테 전화 온 게 없는걸 보면 말이지."

안도의 한숨을 쉬며 어떻게 해야 이곳을 빠져나갈지 곰곰이 고민을 하고 있는데 소파 옆에 남자의 휴대폰으로 보이는 것이 떨어져 있었다. 조심스럽게 다가가 휴대폰을 집어든 비상은 바탕화면을 보고는 기겁을 했다. 자신의 것보다는 약간 투박하고 무게감이 나가는 검은색의 휴대폰 바탕화면에 떡하니 나타난 것은 거의 벗은 상태에서 재야의 품에 안겨 잠이 든 자신의 모습이었다.

'으아아악~ 내, 내 사진! 이, 이거 제대로 미친놈 아냐?'

더도 생각할 것 없이 비상은 휴대폰을 열어 저장된 자신의 사진을 지우려고 했다. 하지만 기계음 소리와 함께 잠겨 있다는 메시지가 뜨자 절로 욕이 나오는 비상이었다.

"망할 놈의 휴대폰 같으니라구!"

머리 뚜껑이 확 열린다는 말…… 바로 이걸 두고 하는 말인가 보다. 생각할 것도 없이 발이 먼저 움직인 비상은 욕실로 향했다.

'내, 저 인간을 차라리 폭행하고 구치소에 들어가고 만다, 젠장!'

물소리가 들리는 것 같았지만 화가 머리끝까지 치민 비상은 벌컥 요란하게 문을 열고는 소리를 지를 양으로 배에 힘을 팍 줬다.

"이…… 컥!"

'오, 맙소사!'

수증기로 가려진 사이로 드러난 것은 건장한 남자의 전라였다. 물기를 한껏 먹은 커다란 신체가 천천히 문 쪽으로 돌아서고 있었다. 돌아보지 마, 돌아보지 말라구! 천천히 돌아선 남자의 몸이 눈 안 가득 잡혔다. 뿌연 수증기에 가려 보일 듯 보이지 않는 실루엣은 무슨 조각상을 연상시킬 정도로 완벽해 몽환적으로 보일 정도였다. 여태껏 봐왔던 그 어떤 대중매체의 남자들의 모습보다도 단연코 아름다운 몸매였다. 적당히 자리 잡힌 가슴 근육과 날씬하고 매끄러운 배의 중간을 타고 흐르는 물방울을 따라 멍하니 시선을 내린 비상은 순간 숨이 턱 하고 막혔다. 그 환상적인 배 아래로 순간 유독 크게 보이는 것이 있었으니……. 비상은 머리를 둔탁한 뭔가로 맞은 듯 정신을 차릴 수가 없었다. 시간이 멈춘 듯한 상황에서 유독 재야의 근육을 따라 또르르 흘러내리는 물이 배꼽 아래에 잠시 머물렀다 다시 아래로 떨어지는 것이 눈에 보였다. 차라리 기절이라도 했으면 좋으련만 이놈의 튼튼한 정신세계는 당최 기절이라는 모른다. 완벽하게 짜인 재야의 몸 중앙에 자리 잡은 울창한 숲을 보는 순간 비상의 머릿속은 하얗게 변하고 말았다. 차라리 머릿속이 아닌 시야가 하얘졌다면 얼마나 좋을까. 시력 좋은 자신의 눈은 그 모든 것을 기억하고 말았으니.

'오, 신이시여 제발…… 저를 기절할 수 있게 해주세요!'

갑자기 벌컥 열린 문으로 불만스런 얼굴을 들이밀던 비상의 얼굴이 기절 직전처럼 하얗게 보여 재야는 의아했다. 하지만 이내 그녀의 시선이 맞닿은 곳을 알아채곤 약간은 어이없다는 웃음이 나오고 말았다. 요즘 남자의 전라 모습은 여중생들도 인터넷에서 쉽사리 접할 수 있는 모습 아니던가. 물론 자신의 몸이 한몸매 한다는 것을 알고는 있지만 아무리 봐도 좋아서 기절하는 모습처럼 보이지는 않았다. 재야는 입을 딱 벌린 채 멍해진 비상을 향해 정신 차리라는 뜻으로 실없이 말을 건넸다.

"이런, 맘이 바뀌었나 보지? 같이 샤워할 거면 얼른 들어와."

재야는 비상이 아무리 사납고 다루기 힘들다고는 하지만 아직은 어린애라는 것을 새삼 알 수 있었다. 불현듯 재야의 말에 정신을 차린 비상이 벌게진 얼굴로 요란하게 문을 닫자 재야는 욕실 벽을 한 손으로 집고는 미친 듯이 웃기 시작했다. 한참이나 웃던 재야는 여전히 쏟아지는 샤워기 안으로 들어서며 음흉한 표정을 지었다.

'이것 참, 이 나이에 온몸을 던져서 여자를 낚아야 할 줄은 몰랐는데 말이지.'

재야는 서둘러 샤워를 하고는 급히 수건을 두르며 욕실 문을 나섰다. 혹시라도 놀란 비상이 바로 도망가 버릴지도 모르니까 말이다. 급하게 욕실 문을 열고 나오자 벽에 달라붙어 연신 머리를 박아대는 비상의 모습이 보여 서둘러 그 곁으로 다가섰다.

"뭐 하는 거지?"

귓가에서 훅 끼치는 뜨거운 입김과 확 퍼지는 샤워코롱의 향기에 퍼뜩 정신을 차린 비상이 급히 몸을 돌렸다. 그리고 바로 보이는 재야의 벗은 상반신에 놀라 허우적거리며 옆으로 발을 놀리다가 바닥에 볼썽사납게 넘어지고 말았다.

"윽! 고, 고의가 아니에요. 절대 아니에요! 그리고 못 봤어요, 정말 못 봤다구요!"

손도 흔들고 고개도 젓고 정신없이 말하는 비상의 모습에 재야는 눈을 빛냈다.

비상이 온 힘을 다해 자신의 의견을 피력할 동안 재야는 비상을 더욱 놀리고 싶다는 마음과 어떻게 하면 좀 더 자신에게 유리한 상황을 이끌 수 있나 열심히 고민하기 시작했다.

"그 말을 내가 믿을 거라고 생각해?"

나른한 어조로 말을 하며 그녀의 눈높이에 맞게 재야 역시 바닥에 한쪽 무릎을 굽히자 허리춤에 느슨히 걸려 있던 수건이 약간 벌어지며 탄탄한 재야의 허벅지가 드러났다.

'오, 맙소사! 난 제명에 못 죽을 거야, 분명히!'

남자의 몸이 이렇게나 섹시하게 보일 거라고는 생각지 못한 비상인지라 지금의 상황이 당황스럽기만 했다. 무섭게 뛰기 시작하는 맥박이 곧 살갗을 뚫고 튀어나올 것만 같았다. 이를 앙다물지 않았다면 그보다 심장이 먼저 놀라서 확 튀쳐나올지도. 정신을 못 차리는 비상의 귓가로 다시 울림 좋은 목소리가 들렸다.

"너무하는군."

비상은 재야의 말에 비로소 고개를 들어 시선을 마주했다. 그리곤 자신을 바라보는 재야의 깊은 시선에 순간 가슴이 철렁했다. 얼결에 눈을 마주치고서야 비상은 허둥지둥 말했다.

"뭐, 뭐가요?"

"난…… 처음이었다고."

궁금하다는 표정으로 다음 말을 기다리는 비상은 너무도 가까운 재야의 얼굴에 다시금 심장이 울렁거리기 시작했다.

"내 모습이 그렇게 경기를 일으킬 정도로 못나다곤 생각지 않았는데 말이지."

비상은 자신도 모르게 고개를 끄덕거렸다.

'그건, 그렇지. 정말 잘 빠진 몸매라구요, 당신은. 이래서 신이 불공평하다는 말이 나오는 거라니깐.'

무의식적으로 긍정하던 비상은 퍼뜩 정신을 차리고는 재야를 쳐다봤다. 그녀를 빤히 바라보는 남자의 속눈썹이 파닥파닥거리는 것이 꼭 암컷을 유혹하는 공작의 그 춤사위 같다고 비상은 순간 생각했다.

"나…… 충격 받았어. 그래도 내 알몸을 본 여자는 네가 처음인데. 사나이 순정을 이렇게 무참하게 짓밟다니."

"큭!"

자신도 모르게 나온 소리에 화들짝 놀란 비상이 서둘러 한 손으로 입을 가리고 남자를 쳐다봤다. 비상은 자신이 들은 소리가 정녕 백재야란 남자의 입에서 나온 소린지 헷갈렸다.

"하, 하. 아이, 농담도, 참!"

'설마 내가 그 말을 믿을 거라고 생각하지는 않겠지?'

나오는 말을 속으로 삼킨 채 비상은 식은땀을 흘렸다. 아무래도 여우에게 홀린 기분. 아니, 늑대라고 해야 하나? 비상은 마치 늑대의 울음소리가 들리는 것 같은 착각마저 들었다.

"농담이라니? 넌 내가 그렇게 실없이 보여?"

절로 고개를 끄덕이고 싶은 마음을 꾹 누르며 비상은 어색하게 웃음으로 얼버무렸다. 그런 비상을 바라보던 재야의 입술이 천천히 벌어졌다.

"이렇게 된 이상 네가 날 책임져야지, 안 그래?"

'아아, 그렇죠, 그 책임…… 뭐?'

헉 하고 숨을 삼키고 재야를 쳐다보자 오만한 표정으로 자신을 내려다보는 남자의 얼굴이 보였다. 진지하다 못해 무서울 정도로 진중한 모습. 비상은 자신이 들은 말을 곱씹으며 이해할 수 없다는 표정으로 그를 쳐다봤다.

"아하하, 책임지라니, 그 무슨 무서운 농담을! 지금이 바야흐로 21세기인데 말이죠. 뭐, 그러고 봤다고 해도 정말 요만큼, 그것도 일 초 정도밖에 안 됐다고요, 정말이에요! 그런 거 가지고 수, 순결씩이나 논하다니! 아이, 참 거창도 하셔라!"

재야의 표정이 한층 험악해지자 비상은 서둘러 덧붙였다.

"이, 이것 봐요, 믿어주세요, 아니, 믿어야 해요! 그…… 잠깐의 결정으로 하여금 인생을 결정짓는 무모한 짓은 하지 맙시다, 네? 왜, 요, 요새는 무료 사용 기간이라는 것도 있는데 난 직접 만진 것도 아니고 실제 사용도 안 했다고요! 그저 살짝, 그것도 눈 깜짝

할 새 보기만 한 거잖아요? 뭘 봤는지 기억도 안 난다고요, 난!"

비상의 필사적인 변명에 재야는 한쪽 입술이 부르르 떨리고 말았지만 초인적인 힘으로 그것을 눌렀다. 여기서 웃어버린다면 자신의 계획은 말 그대로 물거품이 되어버린다는 것을 알기에 재야는 심각한 표정을 지으며 아무 말 없이 비상의 한 손을 끌어다 자신의 중심에 탁 갖다 대었다.

"……!"

"흠, 만지긴 한 거고, 이제 사용하는 것만 남은 건가?"

"으, 으으아아악! 뭐, 뭐 하는 거예요, 지금??"

손바닥으로 물컹하고 잡히는 그 정체의 본질이 뭔지를 깨닫자마자 비상은 이미 벽과 등이 딱 붙었음에도 불구하고 기를 쓰고 벽으로 몸을 움직이고 있었다. 맨정신으로는 도저히 버틸 수가 없었던 모양인지 재야가 보기에도 비상의 정신세계는 혼란 그 자체인 것 같았다.

"보기만 하고 만져 보지도 못했다며? 새로운 경험은 좋은 거라고. 난 또, 아쉬워서 그러는 줄 알았는데 아닌가 보네."

재야의 뻔뻔한 대답에 비상의 이성은 저만치 날아갔다 어느 순간 확 머리 위로 다시 안착하고 말았다.

"이, 이…… 개념을 벗어던진 인간아! 그게 말이 되는 거냐고! 대체 어떻게 생각해야 그런 식으로 곡해를 하는 건데~ 물어내, 물어내!"

자신의 손바닥을 한 번 쳐다보고 재야의 한 곳을 쳐다보고 다시 손바닥을 쳐다보며 절규하는 비상의 모습을 볼수록 재야는 재미

있기만 했다.

"그래? 그럼 비긴 셈으로 하고 내가 당신 것을 만져 줄까?"

정말 그럴 것처럼 손을 쳐다보며 비상에게 더욱 다가서는 재야를 보며 비상은 외마디 비명을 지르고 말았다.

"악! 다, 당신! 왜, 왜 그러는 거예요, 지금? 제발 이성적으로! 이성적으로!"

경악한 비상이 더듬더듬 말하자 재야의 입술 끝이 상향곡선을 그리며 벌어졌다.

"아아, 이제야 대화를 할 생각이 드나 보지? 난 이미 정신적인 순결을 잃은 몸이라고. 그런데 책임을 지지 않겠다고 하니까 너무 억울하잖아? 눈 보신에 만져 보기도 해놓고 발뺌하면 안 되지. 내가 너무 억울하잖아? 어제 밤새도록 내 몸에 비벼댄 게 누군데?"

뻔뻔하다, 뻔뻔하다 해도 이 정도면 거의 기네스북 감이라고, 재야의 행동에 그저 기가 막혀 입만 뻐끔거리는 비상이었다.

재야의 말이 이어질수록 비상의 얼굴은 총 천연색으로 변해가고 있었지만 재야는 여전히 아무렇지 않다는 표정으로 그녀를 바라보고 있었다. 하지만 침착하게만 본다면 재야의 얼굴이 무척이나 장난스럽다는 것을 충분히 알 수 있었지만 감당 못할 충격을 받은 비상이 그것을 알아차릴 수는 없었다.

'하, 할 짓? 못할 짓? 내가 한 짓이 뭔데? 난 아무 짓도 안 했다고요오~'

억울해서 미칠 지경이지만 여기서 수긍을 안 했다가는 더 큰 봉변을 당할 것만 같아 비상은 더럭 겁이 나고 말았다. 앞의 남자는 여전히 순결을 운운하고 있는 상태였고 여기서 더 이상 그의 의견을 거스르다간 정말 못 볼 꼴을 볼 것만 같았다. 아무리 검도로 몸을 수련하고 배짱이 좋다고는 하지만 이런 방향으로는 전혀 문외한인 비상은 재야를 감당하기가 버거운 상태였다.

"잘 생각해 보라고요. 그런 전 근대적이고 보수적인 전혀 실용성없는 책임을 지기에는 우리 둘 다 앞길도 창창하고, 에, 또, 인생이 아깝지 않을까요? 그냥 좋은 경험한 셈치면 되잖아요. 더군다나 하룻밤 보냈다고는 하지만 실상 그런…… 동물적이고, 에, 또, 야하고, 여하간 만리장성 쌓는 그런 블록놀이를 한 것도 아니고, 안 그래요?"

비상의 필사적인 변명에 재야는 어이가 없었다. 대체 어느 여자가 하룻밤을 보낸 남자에게 저런 표현을 한단 말인가.

"하하하, 게다가 좀 비볐다지만, 날 남자로 생각한다면서요? 같은 남자끼리 무슨~"

재야는 자신의 팔을 감정을 갖고 팍팍 치며 억지를 부리는 비상을 보면서 싱긋 웃었다.

"그래? 네 생각이 그렇다면야 뭐."

"그, 그렇죠. 뭐, 이런 일은 아무것도 아니잖아요?"

필사적으로 설득한 보람이 있다고 생각하며 비상은 내심 한숨을 돌리는데 별안간 재야의 청천벽력 같은 소리가 들려왔다.

"별거 아니라면 별거 아닐 수도 있지. 네가 그렇게 생각할 줄은 몰랐는데 말이지. 그럼 이 휴대폰으로 찍은 사진들 비원이한테 보여줘야겠네."

"뭐라고요? 다, 당신 우리 오빠를 알아요?"

기겁하며 되묻는 비상을 보고 재야는 확인 사살하듯 고개를 끄덕였다.

"아주 친하지. 그러니까 네가 이렇게 무사한 거고. 새벽에 하도 전화벨이 울려서 네 전화를 받아보고 얼마나 놀랐는데? 하여간 세상 참 좁아. 안 그래?"

재야의 말에 비상은 눈앞이 하얘지고 말았다.

"그래서 뭐라고 설명했어요?"

"아아, 그냥 있는 대로 다."

"뭐라고요?"

버럭 비상이 소리 지르자 재야가 손가락으로 한쪽 귀를 후비며 인상을 썼다.

"아, 정말 기차화통을 삶아 먹었나 왜 이렇게 시끄러워? 네가 친구 도와준다고 남자를 때려눕히는 바람에 할 수 없이 내가 너를 보호하고 있다고 해줬지. 더불어 네 어머님이 널 찾으면 집으로 들어갔다고 둘러대라고. 그래야 혐의를 벗으니까 말이야."

"아!"

눈에 띄게 안도하는 비상을 쳐다보며 재야가 음산한 목소리로 말을 이었다.

"어때? 굉장히 고맙지?"

"그, 그렇죠 뭐. 어찌 됐든 간에 고, 고마워요!"

"흐음, 난 널 도와주고, 몸도 주고, 남자의 중요한 건 죄다 보여줬어. 이젠 네가 나한테 네 성의를 보여줘야 된다고 생각하는데?"

왜 또 얘기가 그렇게 돌아가는 거냐고 울상을 짓는 비상을 보며 재야는 확실하게 쐐기를 박아야 되겠다고 생각했다.

"이 사진을 부모님이 보시면 어떻게 될까?"

재야의 마지막 말이 결정타였다. 아마, 저 사진을 보는 순간 비상은 머리채를 잡혀 산부인과부터 끌려가고 말 것이다. 그 다음은 재야를 상대로 온갖 협박을 해서 결혼을 강요할 테고, 그 다음은 비원 오빠의 친구와 이런 상태가 된 자신을 오빠마저 외면하고 말 것이다. 엄마의 성격상 일주일 안에 결혼식을 올리게 할 것은 안 봐도 뻔했다. 비상의 얼굴은 급속도로 푸르죽죽하게 변해갔다. 다시금 크게 한숨을 쉬던 비상은 애써 잊으려고 했던 사진들이 눈앞에서 파노라마처럼 펼쳐져 성급하게 고개를 저었다. 무슨 일이 있어도 저 사진들이 가족들의 눈에 띄어서는 안 된다! 하지만 어떻게? 비상은 일단 화부터 내보자고 생각했다. 억지를 쓰든 우기든 이 상황만 벗어날 수 있다면 상관없고, 목소리 큰 놈이 이긴다는 생각에 비상은 더욱 소리를 높였다.

"말도 안 되는 소리는 하지도 말아웃! 처음이라는 거 누가 믿을 줄 알아요? 당신 같은 남자가 그런 경험 한 번 없다는 거 믿을 수가 없다고요!"

비상이 소리치자 재야의 표정은 한층 부드럽게 변했다.

"그 말인즉슨, 내가 매력적이라는 거지? 잘 생각했어. 날 가져 봐, 더 매력적일 테니까."

"으윽! 당신, 정말 미쳤어요?"

마치 대형마트 이벤트 직원이 사은품 하나 더 줄 테니 물건을 사라고 꼬드기는 말투 같아서 비상은 인상을 썼다.

"정말이라니깐 그러네. 사용하다 맘에 안 들면 리콜해도 괜찮고."

말의 내용과는 상관없이 말하는 투가 너무도 평범해서 얼핏 들으면 절로 고개가 끄덕여질 정도였다.

'지가 무슨 자동차나 밥솥이라도 되는 줄 아나? 리콜 같은 소리하고 있네. 신문은 구독하면 백화점 상품권이라도 받지.'

"이런 쓸데없는 농담 할 시간 없어요, 나."

비상이 안 넘어오자 재야는 눈을 착 내려뜨더니 자신의 모양 좋은 턱을 쓰다듬으며 예의 그 차분한 어조로 다시 말을 하기 시작했다.

"그러면 할 수 없지. 어린애를 데리고 무슨 말을 해. 비상이 네 부모님을 만나야 되겠다."

"헉! 왜 우리 부모님을 만난다는 거예요, 지금?"

기겁을 한 비상이 눈을 부릅뜨며 재촉하자 재야는 너무도 당연하다는 듯이 대답을 했다.

"당연한 거 아닌가? 보통 이렇게 책임을 회피할 때는 그 집의 부모님을 만나는 거라고. 그래야 시시비비를 가리는 거지."

"아니, 그러니까 여기서 왜 책임을 운운하냐고요! 게다가 그런 경우는 보통 여자 쪽이 손해라는 걸 아시고 하는 소립니까? 난 손해배상 청구 안 한다니깐요?"

억울하다는 듯이 재야를 쳐다봐도 재야의 표정은 바뀔 줄을 몰랐다. 몇 번이나 말을 꺼내려던 비상은 이내 한숨을 쉬었다. 지금 당장 부모님을 만나게 할 수도 없는 비상이었다. 자의든 타의든, 만약 알게 된다면 분명 시집부터 가라고 닦달할 엄마의 모습이 선했기 때문이다. 비상은 자신의 말이 먹히지를 않자 이번에는 재야를 살살 구슬리기 시작했다. 사범 생활 일 년 남짓, 학부형들과의 대화로 익히 다져진 말솜씨로 말이다.

"자자, 어느 한쪽만 잘못한 걸 따지기엔 서로 너무 빡빡한 거 아닙니까? 서로에게 좋은 쪽으로 생각해 보자구요. 당신도 어느 정도는 책임이 있는 거 아닙니까? 그쪽이 휴대폰으로 날 찍지만 않았어도 내가 욕실 문을 그렇게 벌컥 열지는 않았을 테니까 말이죠. 모든 일의 결과는 원인 없이 이뤄질 수 없죠. 그러니까 둘 다 한발씩 양보해서 합의 보죠?"

"합의?"

황당하다는 듯이 재야가 비상을 쳐다보자 비상이 익숙하게 말을 하기 시작했다. 합의 보는 쪽으로는 도가 튼 비상이니까 말이다.

"당신은…… 순결을 운운하고, 나는 내 사진을 함부로 찍은 걸로 당신을 고소할 수도 있다고요. 그러니까 서로 조금씩만 양보합시다. 그 책임이…… 결혼까지 가지 않는 선에서 어느 정도 당신에게 책임을 물을 의향이 있고, 당신 역시 내 사진을 함부로 찍은 것은 잘못이니까 말이죠."

'요것 봐라?'

생각보다 빨리 돌파구를 찾아낸 비상을 보면서 재야는 속으로 감탄하고 있었다. 합의 운운하면서 말하는 폼이 한두 번 해본 것 같지가 않아서 그동안 비원의 속이 얼마나 탔을지 새삼 짐작이 될 정도였다.

"그렇게 안 봤는데 무척 개방적인 사고를 갖고 있나 봐? 남자와 한침대에서 끌어안고 자고 내 벗은 몸을 다 본 주제에 아무런 짓도 하지 않았다? 거기다 중요한 부분까지 만져 놓고는?"

"하지만 그건 당신이 억지로 만지게 한 거잖아요?"

"최소한의 양심은 있어야지. 막말로 네가 말하는 삽입섹스만 안 했을 뿐이지 이곳저곳 안 만진 곳이 없는데 이러면 좀 곤란하지."

'아니, 그러게 난 그런 기억이 없다니깐!'

억울한 마음에 말을 하고 싶었지만 일단은 그를 설득하는 게 문제였기에 비상은 여전히 어색한 웃음을 짓고 있었다.

"꼭 육체적인 행위만을 책임져야 된다는 생각은 버려. 사랑이 꼭 육체로만 하는 건 아니잖아?"

재야를 아는 누군가가 재야가 이런 소리를 하는 것을 들었다면 말 그대로 박장대소하거나 입에 거품을 물고 쓰러지고 말았을 것이다. 하지만 아무렴 어떠랴. 지금 당장 눈앞의 이 망아지 같은 여자가 갖고 싶은 것을.

"하지만……."

"좋아, 정 그렇다면야 내가 한발 양보했다고 치자. 그래도 내가 널 어제의 상황에서 구해주고, 네 부모님한테 들어갈 안 좋은 소식을 사전에 막아준 건 어떻게 할래?"

"그, 그건!"

그것까진 생각할 겨를이 없었던 터라 비상은 답을 찾지 못해 열심히 머리를 굴렸다.

재야는 은근히 자신의 승부욕을 자극하는 비상을 쳐다보면서 이미 비원과의 약속은 잊어버린 상태였다. 이 정도로 자신이 즐겁다면…… 항상 자신의 옆에 두면 되는 것이다. 그녀의 덜 다듬어진 말투며 행동은 천천히 옆에서 길들이면 그만인 것이라고 재야는 생각했다. 더군다나 재야의 입장에서 본다면 지금의 비상도 상당히 매력적이기에 굳이 다듬을 생각도 없는 재야였다.

'후후, 고비상. 그 정도론 절대 내 손에서 못 벗어나.'

평소의 마이페이스답게 아주 쉽게 결정을 내린 재야는 마음을 굳혔다. 비원과의 약속대로 비상이 사고 치지 않을 정도로만 숙녀 티를 내면 되는 거고, 그 다음은 자신이 비원이 했던 것처럼 사고 정리를 해주면서 하나하나 고쳐 가면 그만이라고 생각했다. 하지만 그건 비상을 만나기 전 버릇없는 여동생을 길들여 준다는 의미였지 그 이상은 아니었다. 만약 비상을 먼저 알고 나서 비원에게 부탁을 받았다면 재야는 그런 웃기지도 않는 약속을 하지도 않았을 것이다. 오로지 직진, 자신의 품에 넣기 위해 수단과 방법을 가리지 않았을 테니까 말이다. 재야는 처음으로 누군가를 갖고 싶은 열망에 사로잡혔다. 자신의 벗은 몸을 보고 넋이 나가 버린 비상이 침대에서는 과연 어떻게 반응을 할까? 생각만으로 온몸의 세포가 들끓는 재야의 시선에 여전히 정신을 못 차리는 비상의 모습이 보였다. 뭐, 평생 심심하진 않겠네. 수시로 사고 치면 뒷수습하느라 정신없을 테니까.

"그럼, 빚진 것만 갚으면 되는 거예요? 어떻게 갚으면 되는 건데요?"

마지못해 말을 해도 억울해 죽겠다는 표정은 그대로여서 재야는 피식 웃고 말았다. 어째 모든 일을 이끄는 것은 자신인데 왠지 억울한 생각이 들었다. 한 번도 여자들에게 내쳐진 적 없는 자신이었는데 묘하게 자신을 거부하는 비상을 보니 없던 투지가 되살아나고 만다. 생각에 잠긴 재야를 바라보던 비상은 한시름 놨다고 생각하고는 한숨을 쉬며 그제야 자신과 재야의 대치 상태가 묘하다는 것을 인식했다. 정말 묘한 구도였다. 누가 보더라도 오해할 만한 상황. 바닥에 철퍼덕 주저앉아 넋을 놓은 비상은 벽에 딱 달라붙어 있었고 그녀를 마주 본 남자는 겨우 수건 한 장 달랑 걸치고는 한쪽 무릎을 꿇고 앉아 한 손으로 벽을 짚고 다른 한 손으로는 짧은 비상의 머리카락을 만지작거리고 있으니까 말이다. 상황이 상황인지라 비상은 입이 바짝 말라가고 있었다.

'이게 무슨 마른하늘에 날벼락이요, 길 가다가 떨어지는 간판에 맞아 죽을 상황이냐고!'

이런 자연 재해는 보험사도 보상을 안 한다던데. 정말 로또 당첨될 확률보다도 낮은 지랄맞은 상황이 왜 내게 존재하는 건지 암담하기만 할 뿐인 비상이었다. 더군다나 억울하기는 한데, 외려 변명조차 할 수 없는 상황이라니! 말을 꺼내기만 하면 정색을 하면서 인연 운운하며 책임론을 펼치는 재야 때문에 비상은 결국 단 한 마디도 따질 수가 없었다. 억울하다고, 억울해! 난 정말 당신한테 아무 짓도 하지 않았는데 왜 내가 당신을 책임져야 하는 거냐고!

'나…… 이대로 코 꿰인 거 맞지? 흐흑.'

다시는, 절대로, 무슨 일이 있어도 남의 일에 상관치 않겠다고 다짐하고 또 다짐하는 비상이었다.

"좋아. 그럼 서로 타협안을 생각해 보지."

"그, 그전에 좀 떨어져 줄래요? 이왕이면 뭣 좀 걸치면 더 좋구요."

비상이 더듬더듬 말을 하자 재야는 의아하다는 표정으로 비상을 쳐다봤다.

"새삼스레 우리 사이에 뭘."

빙글 몸을 돌려 침대가로 향하는 재야의 등 뒤로 비상은 알고 있는 모든 욕을 속으로 지껄이기 시작했다. 새삼 술 먹고 일 치른 남자가 책임지라고 매달리는 여자를 소닭 보듯 하는 마음을 절실히 알게 된 비상이었다. 더 억울한 건 비상 자신은 술도 안 마시고, 아무 짓도 안 했는데도 책임을 떠안게 되었다는 것이다.

'젠장. 엄마의 잔소리를 듣더라도 이곳에 오는 게 아니었어!'

비상은 때늦은 후회를 하며 자신의 머리카락을 양손으로 쥐어뜯었다.

제6장 채찍과 당근

합의는 생각보다 간단하게 이뤄졌다. 이미 준비해 놓은 것처럼 미리 준비된 메모지에 힘찬 필체로 간단하게 쓴 문구 아래 친필 사인까지 한 비상은 자신의 손에 들린 합의를 가장한 종이 쪼가리를 차라리 먹어서 없애 버릴까 하는 생각을 했다. 말 그대로 간단한 문구. 하지만 그 내용은 너무도 방대하다는 것이 문제였다. 왜냐하면 우리나라 말은 말 그대로 귀에 걸면 귀걸이요, 코에 걸면 코걸이인 경우가 허다하니까 말이다.

〈합의서

본인은(피의자:고비상) 상기 피해자(백재야)가 신체적 정신적 충격에서 벗어나 정상적인 활동을 할 수 있을 때까지 물심양면으로 도와줄 것

을 약속합니다.〉

　인상을 쓰며 비상은 이마를 문질렀다. 입 안에 침이 말라 목이
칼칼했고 이 문구가 주는 압박감에 머리가 아파왔다.

　'그놈의 피해자라는 소리, 아주 지긋지긋하네.'

　기다렸다는 듯이 쉽게 종이와 펜을 꺼내 글을 쓴 재야의 행동
역시 의심스러웠지만 뭐, 책임 운운하며 결혼하자고 매달리지 않
는 것이 어딘가? 그것 하나만으로도 가슴을 쓸어내리는 비상이었
다. 비상으로서는 이성과의 만남이라든지, 결혼은 아주 뒷전이었
다. 올 일 년만 더 노력한다면 자기 이름으로 된 멋진 검도관을 낼
수 있다는 생각으로 머릿속이 꽉 차 있던 그녀였다. 옷을 다 입고
비스듬히 비상을 내려다보고 있는 재야는 비상과는 달리 무척이
나 여유로운 표정이었다.

　"이제 다 됐으면 나갈까?"

　"지금이요? 지금 나가도 돼요?"

　"아, 걱정 마. 이 시각이면 이미 파장하고 서 원장밖에 없을 거
야."

　초저녁부터 시작된 서 원장네서의 모임은 이미 사교계에서는
꽤 정평이 나 있는 모임이기도 했다. 늦게까지 담소를 즐길 수도
있지만 대부분은 새벽을 시점으로 다 귀가를 하는 편이었다. 가끔
잠을 자는 경우도 있지만 그건 말 그대로 정말 간혹 가다 있는 일
이고, 이번 모임의 성격은 친목도모가 아니라는 것을 알기에 모임
에서 만났던 이들과 마주칠 일은 거의 전무하다고 봐도 무방했다.

재야의 말에 비상은 불행 중 다행이라는 표정으로 재야를 따라 나서며 여태 보고 있던 종이를 주머니에 구겨 넣었다. 문을 열고 나서려던 재야는 걸음을 멈추고 비상을 돌아봤다.

"경고해 두는데, 그 합의서를 없앤다든지 마구 다루면 후회하게 될 거야."

"알아요! 내가 합의서에 한두 번 사인해 보나."

투덜거리며 말을 하는 비상을 뒤로하고 재야는 천천히 그곳을 벗어났다.

비상은 재야의 뒤를 따르며 어떻게 자신이 가장 좋아하는 오빠에게 저런 능글맞은 너구리 같은 망나니 친구가 있는 건지 정말 믿을 수가 없어 등을 노려보는데 별안간 뒤돌아본 재야와 눈이 딱 마주치고 말았다.

"아쉬운 표정인데, 뭐, 인심 한번 쓸게. 더 만져 보든지."

숫자 욕이 절로 나올 뻔한 비상은 애써 침착하려 했다. 거친 상소리를 들어도 정신적으로 피해가 가기 때문에 삼가해 달라는 재야의 말에 욕지기가 절로 튀어나온 비상을 재야는 단번에 제압했다. 어떻게 했냐하면 욕을 하는 입을 입으로 막아버린 거였다. 경악했던 비상은 앞으로도 자신 앞에서 그런 소리를 하게 되면 그때마다 키스를 할 거라는 재야의 청천벽력 같은 말에 입만 벙긋거렸다. 그리고 그런 충격을 세 번 이상 받게 되면 약해진 마음 때문에 결혼을 해서 안정적인 기반을 잡아야 할지도 모른다는 말에 비상은 무조건 고개를 끄덕였다. 암울한 표정으로 재야를 쳐다본 비상은 고개를 약하게 저었다.

'제발, 저 남자 좀 나한테서 떼어내 줘!'

이십사 년을 살아오면서 이렇게 생생한 라이브로 남자의 나체를 본 것도 그렇고, 이런 합의를 하게 될 줄은 꿈에도 몰랐다.

말 많은 남자는 싫다. 유들거리는 남자는 더 싫다. 하지만 정말 참을 수 없는 건 말도 많고 말도 잘하는 데다 유들거리며 최고의 독설을 주 무기로 삼는 예쁜 남자. 내 나이 스물네 살, 특별히 예쁘지도 않고 잘난 것도 없다. 하지만 내가 왜 이런 인간 말종한테 코가 꿰어야 하는 건지 비상은 처음으로 미래가 암담하게 느껴졌다.

얌전하게 재야와 함께 차를 타고 집으로 향하면서 비상은 눈앞이 깜깜하다는 생각이 들었다. 이런저런 생각을 하다 보니 어느덧 집 앞에 도착해 비상은 건성으로 인사를 건넸다.

"이제 그만 가보세요."

비상은 어색하게 인사를 하고는 자리에서 내려서다가 차에서 같이 내리는 재야를 쳐다봤다.

"오랜만에 비원이나 좀 보고 갈까?"

"오, 오빠요?"

"그래. 어서 들어가자."

그러고 보니, 비상의 오빠와도 친하다고 했었다. 여유로운 걸음으로 대문을 열고 들어서는 재야의 뒤를 따라 들어가며 비상은 왠지 찜찜한 느낌을 지울 수가 없었다. 현관문을 열고 들어서자 거실에서 신문을 보고 있던 비원이 그 둘을 쳐다봤다.

"오빠!"

"자식, 잘 있었냐?"

"어서 와라, 우리 비상이 때문에 힘들었다며?"

"후후, 동생 하난 잘 뒀더라. 어디다 내놔도 얻어맞지는 않겠던데?"

"하하하, 그러게. 전에 차라리 맞고 오는 게 소원이라고 했던 내 심정을 이제야 좀 알겠냐?"

"오빠!"

활짝 웃는 비원에게 예의 그 멋들어진 웃음을 지으며 너스레를 떠는 재야의 모습에 비상은 괜히 울컥해서 퉁명스럽게 소리쳤다. 그러자 비원은 이크 하며 얼른 재야를 데리고 현관 안으로 들어가 버렸다. 말이나 행동으로 보아 둘이 상당히 친하다는 것을 알고 비상은 더욱 의기소침해지고 말았다. 비상이 쿵쾅거리면서 이층으로 올라가자 비원은 좀 전까지 짓던 웃음을 싹 거두고는 서둘러 재야를 일층 서재로 이끌었다.

"어제 전화를 받고 그렇게 하라고 하기는 했지만 그래도 그날 상황을 다시 좀 들어야겠다."

비원의 딱딱한 말투에 재야는 능청스런 표정으로 그를 쳐다봤다.

"무슨 상황 설명?"

"어제 네가 한 말 말고는 다른 일이 있었던 것은 아니지?"

날카로운 비원의 질문에 재야는 단지 어깨를 으쓱할 뿐이었다. 동생에 대해서는 상당히 날카로운 반응을 보이는 비원의 행동에 재야는 피식 웃음을 짓고 말았다. 품안에 키우던 고양이를 잃어버

릴 것 같아 걱정하는 표정에서 그가 얼마나 비상을 아끼는지를 알
수 있었다.

"뭐, 네가 알고 싶은 건 비상이와의 하룻밤 사이에 무슨 일이 있
었냐는 거 아냐? 아쉽게도 별일없었어. 특히 네가 생각하는 그런
일이라면 말이야."

"그 말…… 믿어도 되는 거냐?"

"당연하지."

재야는 씨익 웃었다. 자신의 기준으로는 비상과는 아무 일이 없
는 것이 당연했다. 단지, 한 이불을 덮었거나 깊은 키스를 좀 나눴
다고 해서 달라지는 것은 없으니까 말이다. 여전히 자신을 쳐다보
는 비원을 보며 재야는 소탈하게 말을 이었다.

"앞으로 네 동생의 버릇을 좀 고쳐 줘야 할 것 같긴 하더라. 잘
하면 사람 여럿 잡겠던데?"

슬쩍 비원의 관심을 돌리려는 듯 재야가 말머리를 돌리자 비원
의 표정이 살짝 일그러졌다.

"하긴, 거기서도 그런 사고를 칠 줄은 몰랐다."

"사고 정도가 아니지. 만약 내가 아니었다면 네 어머님은 물론,
이 좁은 바닥에 큰 가십거리가 됐을 거라구."

은근히 지적하자 비원은 골치가 아픈지 자신의 이마를 한 손으
로 눌렀다.

"대체 누굴 닮아 저런지 모르겠다, 정말. 그 자리가 어디라고 저
녀석은……."

할 말이 없다는 듯이 혀를 차는 비원을 보며 재야는 아무렇지

않다는 표정으로 비원에게 말을 했다.

"그래도 친구 잘 둔 덕에 어제 아무 일 없이 무사히 넘어갔잖아? 하지만 앞으로도 그런다는 보장은 없지."

"그러게. 앞으로가 더 문제겠지."

조용히 대답하는 비원의 모습을 쳐다본 재야가 다시 말을 이었다.

"그래서 말인데, 이런 식으로 비상을 만나서 녀석의 성격을 고쳐 준다는 것은 좀 어패가 있는 것 같아. 좀 더 사회적이고, 보수적인 집단에서 생활시켜 보면 어떨까?"

"글쎄, 갑작스런 변화에 적응을 못할 수도 있잖아. 그리고 그런 집단에 끼기가 쉬운가. 비상이는 그런 거대한 집단에서 생활해 본 적이 없는 아이라고. 검도관밖에 몰라."

재야는 비원의 걱정스런 표정을 보고는 고개를 저었다.

"아니. 비상이 성격상 적응하는 것은 의외로 쉬울 거야. 다만, 같은 조건의 여자들과 남자들 사이에서 부대끼다 보면 자신 스스로도 다르다는 걸 알 테지. 그럼 스스로 자중하는 법도 배울 테고 말이야."

재야가 설득력 있는 말투로 연신 설명하자 비원의 표정이 약간 흔들렸다.

"그런 집단을 찾는 것도 힘들지만 비상이 그런 집단에 들어가기도 쉬운 건 아니잖아. 너도 알겠지만 비상이는 체육대학을 나왔다고. 솔직히 머리 쓰는 일은 해본 적이 없단 말이야."

"그런 걱정은 하지 마. 비상이를 내가 다니는 회사에 취직시키면 되는 거니까."

재야가 별거 아니라는 듯이 말을 하자 비원은 떨떠름한 표정을 지었다.

"네가 다니는 회사에?"

"그래. 그렇지 않아도 비서를 한 명 구할까 생각 중이었어. 어때, 딱이지 않냐? 비서로 들어오면 내 시야 안에 있으니까 사고 치는 것도 금방 수습할 수 있을 테고, 회사 안에서는 아무래도 자중을 하겠지. 게다가 접하는 사람들도 의외로 적으니까 나름 적응하기도 쉬울 거야."

열심히 설명하는 재야의 말을 듣는 비원의 표정이 심상치 않게 변해갔다.

"회사에서 사고 치면?"

"그것도 내가 책임지마."

"……"

망설이는 비원을 지켜보던 재야가 단번에 쐐기를 박았다.

"쉬운 결정은 아니라고 봐. 나 역시 쉽게 생각하고 내린 결정은 아니니까. 하지만 이보다 더 좋은 방법이 없다면 내 말을 따르는 것도 괜찮을 것 같은데."

"……좋아. 일단 그렇게 하자, 그럼."

몇 번을 망설이던 비원의 고개가 끄덕여지자 재야는 자리에서 벌떡 일어났다.

"자, 그럼 네 동생한테 설명하러 가자고. 내 말은 안 들더라도 비원이 네 말은 들을 거 아니야, 안 그래?"

서 원장의 집에서 나와 비상의 집으로 향하는 내내 재야가 생각
해 낸 방법은 이것이었다. 비상을 가까이 두면 자신의 여자라는
것을 주변에 알리기도 쉽고, 우선 자신의 시야 안에 놔둬야 안심
할 수 있으니까 말이다. 게다가 일을 시키면서 좀 더 교육을 시킬
요량까지. 하지만 자신이 그렇게 생각하고 있다고 한들, 비상이
따라주지 않는다면 아무 소용이 없기에 재야는 솔직히 필사적인
심정이었다. 여전히 심난한 표정으로 이층으로 향하는 친구의 뒷
모습을 보면서 재야는 앞으로의 회사 생활을 기대하는 자신을 발
견할 수 있었다. 이층으로 올라와 비상의 문을 두드리자 금방 문
이 열렸다. 언제 갈아입었는지 딱 붙는 검은색의 트레이닝복을 입
은 비상이 둘의 모습을 보고는 의아해했다.

　　"어, 오빠? 왜?"

　　비상은 솔직히 재야의 모습이 껄끄럽기만 했다. 게다가 이미 오
빠와 친한 사이라는 것을 안 이상 맘 편히 대하기는 더욱 어려운 상
태여서 웬만하면 가급적 만나는 것을 자제하려고 생각했기 때문이
다. 말 그대로 부담 백배인 남자, 마주쳐서 좋을 것이 하나도 없다
고 생각하던 비상에게 갑작스런 둘의 방문이 반가울 리가 없었다.

　　"비상아, 실은 너한테 할 말이 있어서 말이야."

　　"나한테?"

　　말은 하면서도 연신 재야를 쳐다보자 오빠 뒤에서 장난스런 표
정으로 손을 흔드는 재야의 모습에 비상은 절로 인상을 팍 찡그렸
다.

　　"응. 사실은…… 네가 잠시만 재야 회사 일을 좀 도와줬으면 해

서 말이야."

"회사 일? 무슨 말이야, 갑작스럽게?"

"자자, 그러지 말고 어디 좀 앉아서 얘기하는 게 어때?"

아무렇지 않게 말허리를 자른 재야가 대뜸 비상의 침대에 털썩 주저앉자 비상의 눈초리가 심상치 않게 변해갔다.

"숙녀의 침대에 함부로 앉다니 실례예요!"

"누가? 너 같은 녀석이 무슨 숙녀씩이나 된다고. 비원이 동생으로밖에 안 보여, 난."

재야의 말에 비상의 얼굴이 더욱 구겨졌다.

"자자, 장난은 그만 하고 재야가 비서를 구할 때까지 잠시만 네가 좀 맡아라."

"싫어, 내가 왜?"

비상이 노골적으로 싫다는 말을 하자 비원의 표정이 엄하게 변했다.

"고비상, 오빠가 사정이 있어서 그러는 건데 무조건 싫다고 하면 어떻게 해?"

"하지만 난 검도관도 가야 한단 말이야!"

"거긴 내가 삼촌한테 잘 말씀드려 볼게. 오랜 기간을 해달라는 얘기가 아니잖아? 재야가 제대로 된 비서를 구하는 동안만 잠시 임시로 맡아달라는 거야."

"그래도…… 씨이."

불만스럽게 얘기하다 은연중에 나온 짜증스런 말을 내뱉고는 서둘러 재야를 쳐다보는 비상이었다. 잠깐이었지만 재야가 주입

시킨 학습에 무서울 정도로 길들여진 비상이었다.

"비원이한테 들었는데 사업을 하기 위해서 돈을 모은다고? 꽤 대단한 포부네?"

어째 같은 말이라도 저 남자가 하는 말은 죄다 비꼬는 걸로 들리는 건지 모르겠다며 비상은 퉁명스런 목소리로 말끝을 흐렸다.

"돈이요? 그렇기야 하지만……."

의심스러운 눈빛으로 비원과 재야를 쳐다보는 비상을 보면서 재야는 재차 말을 이었다.

"월급은 높은 편이야. 그에 비해서 그렇게 어렵거나 힘든 일은 아니고, 또 비원이가 네 사회성을 길러주고 싶다고 해서 일부러 자리를 낸 거니까 거절하지 말고, 다음 주부터 출근하도록 해."

"다음 주는 너무 빨라요!"

얼결에 대답을 하고 나서야 비상은 자신이 그 일을 받아들이고 말았다는 생각에 아차 싶었지만 자신을 쳐다보는 재야의 표정으로 보건대 쉽게 무를 수 있는 상황은 아닌 듯싶었다.

"나도 생각해 봤는데 말이야, 어머니께서 요새 부쩍 신경질적으로 변한 거는 너도 알고 있을 거야. 어머니 입장도 좀 이해해 드려야 되지 않겠니? 시집갈 딸이 칼 휘두르는 걸 좋게 보는 부모님들 드물어. 그래서 말인데, 재야의 회사 비서 자리면 누구나 탐내는 자리니까 일단 직업적으로 안정적이잖아. 아니, 쭉 그렇게 일을 하라는 게 아니라 네가 돈을 다 모을 동안만 하라는 거야. 그럼 검도관에서 애들 가르치는 것보다는 훨씬 빨리 돈을 모을 수 있을 테고, 너도 어머니한테 시달리지 않아서 좋고. 일석이조 아니냐?"

비원이 나서서 설명하자 납득이 가긴 하지만 그래도 왠지 탐탁지 않은 비상이었다. 딱히 꺼려지는 이유는 없지만 백재야라는 남자와 같이 일을 해야 한다는 것이 영 불안한 비상이었다. 비상은 조곤조곤 말을 하는 오빠를 쳐다보다 한숨을 내쉬었다.

"비상아, 난 네가 이번 일을 맡았으면 좋겠어."

오빠가 저런 식으로 나오면 거절할 수가 없다는 걸 잘 알고 있는 비상이었다.

"……알았어. 하지만 모르는 것이 많아서 오빠…… 친구도 좀 힘들 거라고."

"아아, 그건 걱정하지 마. 일에 있어선 철저히 가르칠 생각이니까 말이야. 남의 돈을 받는다는 게 쉬운 건 절대 아니거든."

냉큼 대답을 한 재야가 의미심장한 눈빛으로 비상을 쳐다보자 비상은 왠지 안 좋은 일이 생길 것만 같아서 영 찜찜했다.

"그렇지만 검도관에 얘기도 해야 하고, 아이들하고 인사도 나눠야 하는데……."

곤혹스런 표정을 짓는 비상을 보면서 재야는 그럴 수도 있겠구나 싶어 고개를 끄덕였다.

"이번 주에 마무리 짓고, 주말에 일할 준비를 마치면 다음 주 월요일에 면접을 본 뒤 바로 일할 수 있도록 하자."

"그래도 괜찮겠냐?"

비원이 걱정스러운 듯 묻자 재야는 여유있는 웃음으로 비원을 향해 돌아섰다.

"내가 좀 고생하면 되는 건데 뭘. 대신, 다음 주부터 일하는 것은 차질이 생기면 안 돼, 알았지?"

다정한 눈빛으로 비상을 바라보며 부드럽게 말을 건네자 비상의 표정이 더욱 어정쩡한 상태로 변했다. 어제의 그를 몰랐다면 모를까, 그 특유의 뺀질거리면서 말꼬리 잡고 늘어지는 모습과는 너무도 다른 다정한 모습에 입이 딱 벌어지는 비상이었다.

"그래, 그럼 네가 좀 고생해라. 내가 나중에 술 한잔 사마."

비원이 빙그레 웃으며 재야의 팔을 한 손으로 툭 치자 재야 역시 주먹으로 비원의 팔을 툭 치며 웃었다. 비상은 갑자기 정해져 버린 자신의 일자리를 놓고 고민할 수밖에 없었다.

다음날 아침, 출근 준비를 서두르며 현관에서 구두를 신던 비원은 자신을 마중하기 위해 나온 비상의 모습에 저도 모르게 웃고 말았다.

"하하하, 야, 야! 인마, 지금 그 모습이 뭐냐, 응? 말만한 녀석이 잠옷 차림으로 그보다…… 너 잠 못 잔 거야?"

비원은 새빨갛게 충혈된 비상의 눈을 쳐다보면서 내심 뜨끔했다. 아마도 다른 일을 시작해야 된다는 것에 대한 부담감이 컸기 때문이라고 지레 짐작한 비원은 비상에게 미안한 마음이 들었다. 비원은 미안한 마음에 찬찬히 비상을 쳐다보다가 눈살을 찌푸렸다. 잠을 얼마나 험하게 잔 건지 그 짧은 머리에 까치집이 자그마치 두 개나 보였고, 빨간 눈을 하고 있어서 그런지 평소에도 날카롭게 보이는 동생의 눈은 마주 보기가 섬뜩할 정도였다. 키라도 작으면 그나마 괜찮겠는데 170㎝이나 되는 키에 몸매 역시 탄탄하지만 마른 편이어서 어떻게 봐도 보호본능과 여성미와는 상당히 거리가 있어 보였다. 그 와중에도 연신 신경질적으로 자신의 머리를 긁으며 하품을 해대는 비상을 보면서 비원은 저 녀석을 어떻게 바로잡아야 할지 다시 한 번 고민하지 않을 수가 없었다.

"잘 다녀와, 오빠."

"너, 어머니가 보시기 전에 얼른 옷 갈아입어, 인마! 그게 뭐냐? 다 큰 녀석이."

"어우, 자다가 방금 일어났잖아, 나."

"그래, 알았다, 알았어. 오빠 갔다 올게. 너도 오늘 검도관 가서 말씀드려, 알았지?"

"알았어."

이미 어머님께는 비원이 아침에 일어나서 어제의 일을 대충 말씀드렸기에 별 무리는 없을 것이라고 생각한 비원은 현관 밖으로 나갔다. 비원이 나가는 것을 지켜본 비상은 연신 자신의 배를 긁으며 돌아서다 뒤에서 도끼눈으로 자신을 노려보는 엄마의 모습에 놀라 딸꾹질마저 하고 말았다.

"히끅! 어, 엄마, 인기척 좀 내고 다녀요, 정말!"

"그…… 꼴이 뭐니, 지금?"

"아, 막 일어서나요, 금방 씻고 내려올게요."

얼른 이층으로 오르려는 비상의 손을 가볍게 낚아챈 곽 여사는 작은 덩치에도 불구하고 비상을 질질 끌다시피 거실의 소파로 이끌었다.

"어제 대체 누가 바래다준 거야, 응? 네 오빠 말로는 친한 친구라고 하던데."

"아아, 맞아요, 오빠 친구."

"넌 어떻게 알았는데?"

곽 여사의 날카로운 질문에 비상은 움찔하며 순간적으로 머리를 굴렸다.

"아하하, 그 오빠가 나를 알고 있던데?"

"그래? 어떤 사람인데?"

곽 여사는 솔직히 비상을 데려다 준 사람이 너무도 궁금해서 비상이 내려오기만을 기다리고 있었다. 물론, 비원에게 재야에 대해서 간단히 설명을 듣긴 했지만 무언가 기대될 만한 일이 일어나지 않았을까 하는 기대감에서였다.

"그냥 딱 오빠 같은 사람이야."

"그래? 비원이 말로는 굉장히 잘나고 똑똑한 데다가 유명인사라고 하던데?"

"그건 잘 모르겠고. 참, 나 다음 주부터 그 오빠 회사에서 일하기로 했어."

"오빠한테 들었어. 잘 생각했어! 검도관보다야 대기업 이사 비서자리가 훨씬 낫지. 암, 낫고말고."

고개를 주억거리는 곽 여사의 말에 비상은 한숨을 푹푹 내쉬었다.

"엄마, 나 오늘 검도관 가서 말씀드리고 올게요."

"그래. 되도록 빨리 정리하고 새 직장에 익숙해지도록 해야지. 그리고 참, 옷이랑 핸드백이랑 구두도 좀 사야 되겠지?"

눈을 반짝이는 곽 여사의 모습에 비상은 서둘러 거절을 했다.

"아니, 그럴 필요까진 없어요. 있는 거 그냥 입고 신으면 되는 건데, 뭘."

"설마 운동화에 티 쪼가리 입고 출근할 생각을 하는 건 아니지? 거긴 개인이 하는 검도관이 아니야. 아빠 회사보다 더 큰 회사라고. 거기 비서라면 옷차림도 꽤 신경을 써야 한다고."

"하하하, 그, 그런가?"

"그러고 보니, 나도 바빠지겠네, 정말. 참, 그것보다 전화부터 해야겠구나, 오호호~"

부산스럽게 활짝 웃는 엄마를 피해 일어선 비상은 서둘러 자신의 방인 이층으로 올라갔다.

준비를 마친 비상이 막 자신의 방을 나서려는데 울리는 휴대폰 소리에 서둘러 사방을 살피다가 자신이 아무렇게나 책상 위에 올려놓고 까먹었던 재야의 휴대폰으로 시선이 갔다.

[여보세요?]

"나야."

[누구세요?]

놀란 모양인지 되묻는 비상의 말에 자신을 못 알아보는 것에 갑자기 기분이 나빠진 재야는 괜히 드는 서운한 마음을 애써 지우며 장난스럽게 대답을 했다.

"다음 주부터 네 고용주가 될 사람이지."

[아! 어, 어쩐 일이세요?]

"오늘 시간이 어떻게 되지?"

[오늘은…… 좀 바쁜데요.]

"어딜 가서 누굴 만나는 건데?"

[그게 아니라 검도관 가서 앞으로 못 나온다고 말도 하고, 인사도 해야 되거든요.]

"흐음. 하루 종일 걸리는 건 아니잖아?"

[오늘 그만둔다고 말을 해도 오늘 할 일은 해야 하잖아요! 봉고차도 몰아야 하고, 아이들과 한 내기도 마무리 지어야 하고. 할 거 많아요!]

"오늘 안에 다 해결 보고 저녁에 나와."

자신이 할 말만을 하고는 재야는 전화를 일부러 끊었다. 아마, 집에서 방방 뛰며 자신을 향해 욕을 지껄이고 있을 비상의 모습이 눈에 선하게 잡혔다. 분명 오만 인상을 쓰며 콧김을 식식 내뿜거나 혹은 주먹 쥔 손을 흔들 것이 분명했다. 그런 상상을 하자 재야는 더욱 비상이 보고 싶었다. 그런 비상의 옆에서 즐겁게 웃고 있는 자신을 상상하는 것만으로도 충분히 흡족한 재야였다. 겨우 이틀이 지났을 뿐인데 재야는 벌써부터 비상이 보고 싶었다. 자신은 이리 몸을 달아하는데 비상은 자신의 목소리조차 구별을 못하다니 그것이 괘씸하기도 하고, 서운하기도 했다. 왠지 자신만 손해 보는 느낌이 들었기 때문이다. 비상의 사고방식을 바꿔준다는 생각보다 그녀에 대한 자신의 갈등이 더욱 심난하기만 한 재야였다.

한편 재야의 전화를 받은 비상은 수화기를 요란하게 내려놓고는 욕설을 지껄이며 감지 않아 사방으로 뻗친 자신의 머리카락을 한 손으로 쥐어뜯었다.

"아아, 제기랄! 대체 이 인간은 나한테 왜 이러는 거야, 응? 내가 지 노예야, 뭐야? 누구보러 오라 가라야!"

맘 같아서 당장 달려가서 그 남자의 멱살이라도 잡고 흔들고 싶은 마음이 굴뚝같았지만 그럴 수 없음을 너무나 잘 알고 있는 비상이었다.

"두고 봅시다, 백재야 씨! 누가 이기고 지는지는 지켜봐야 하는 거니까."

중얼거리며 시계를 쳐다보던 비상은 급하게 일층으로 내려가 이미 준비된 토스트와 토마토 주스를 순식간에 마시고는 가방 하나를 들고 검도관으로 향했다. 뒤따라 나오며 소리치는 엄마의 소리를 한 귀로 흘려들으며 비상의 머릿속은 빨리 돌아가기 시작했다. 검도관의 차량 운행의 첫 코스는 현대 홈 타운 2단지이다. 거기를 시작으로 삼익, SK 세라믹 아파트를 거쳐 조공시장을 돌아가는 코스로 운행 시간은 한 시 이십 분부터다. 검도관에 도착해 보니, 이시형 사범이 먼저 나와 몸을 풀고 있었다. 훤칠한 키에 이지적으로 생긴 외모 때문에 학부모들에게 유난히 인기가 좋은 사범으로 별다른 말을 안 하면서도 유난히 존재감이 드러나는 사범이기도 했다.

"안녕하세요, 이 사범님?"

"아, 어서와. 얼른 옷부터 갈아입어야 되겠네?"

"이크, 잠시만요!"

서둘러 탈의실로 들어간 비상이 급히 도복을 갈아입기 시작했다. 검은색의 다소 뻣뻣한 재질의 천으로 만들어진 상의 뒤에는 '해동검도' 라는 붉은색의 문구가 힘찬 필체로 새겨져 있고, 그 밑으로 힘차게 달리려는 모양의 호랑이가 그려져 있다. 오른쪽 어깨 부분으로 3cm 아래로 태극기 모양이 그려져 있고, 반대쪽인 왼쪽으로는 같은 붓글씨 체로 해동검도 사범이라는 문구가 새겨져 있다. 밑의 도복은 상의와는 달리 검은색으로 아랫부분은 찍찍이로 되어 있어 활동하기 편하게 되어 있었다. 다른 그 어떤 옷보다도 편한 복장, 비상은 도복을 입었을 때가 가장 마음이 편했다. 검은색 단 띠를 허리에서 두 번 묶은 뒤 비상은 편한 고무신 모양으로 된 운동화를 신고 급히 나오다가 막 문을 열려던 조 사범과 부딪치고 말았다.

"아, 미안! 고 사범, 안 다쳤냐?"

"야, 조심 좀 해라! 늦었나 본데 어서 서둘러!"

"오케이!"

편하게 웃는 조 사범의 어깨를 주먹으로 툭 친 뒤 비상은 관장실로 자동차 키를 찾으러 갔다. 관장실 안에 관장님은 보이지가 않았다. 한쪽 벽애 걸려 있는 열쇠 걸이에서 1코스 자동차인 봉고차 키를 꺼내 들고 다시 나오는데 이 사범이 무언가를 쑥 내밀었다.

"어? 뭐예요, 이거?"

"마셔."

비상은 이 사범의 이런 행동을 이해할 수가 없었다. 자신보다 세 살 많은 그였지만 왠지 훨씬 어른스러운 분위기를 풍기는 그가 가끔씩 이렇게 알 수 없는 행동을 할 때나, 빤히 자신을 쳐다보는 눈빛을 느낄 때면 괜히 불편한 마음이 들었다. 요즘 들어 부쩍 무언가를 내밀기 시작하는 이 사범의 행동을 어떻게 받아들여야 할지 몰라 곤혹스러운 비상이었다. 거절하기에는 너무 유난스럽고 그냥 받자니 뭔가 껄끄러운 느낌에 비상은 이 사범을 쳐다보며 어색하게 웃었다.

"고맙긴 한데, 만날 이렇게 받아도 되는지 모르겠어요?"

음료 병을 받아 들고 어색하게 말하는 비상을 보면서 시형은 살짝 웃었다. 이 친구는 도무지 눈치가 없어도 너무 없는 것 같다면서 시형은 쓰게 웃었다. 남자가 여자에게 무언가를 선물한다는 걸 다른 의도로 생각할 수 있을까? 언제까지 자신을 남자가 아닌 동료로만 생각할지 시형은 비상의 이런 태도에 김이 빠질 때가 한두 번이 아니었다.

"그럼 나중에 밥 한번 거하게 사든지."

"하하, 그러고 싶긴 한데, 저 이번 주까지만 검도관 사범으로 일해요. 다른 일자리를 찾았거든요. 나중에 시간 나면 제가 한번 대접할게요."

"뭐?"

갑작스런 비상의 말에 시형은 자신을 지나쳐 앞으로 나가려던 비상의 팔을 확 잡았다.

"어? 왜요?"

"그 말 무슨 뜻이지? 이곳을 그만둔다고? 다른 일자리를 찾았다는 게 무슨 소리야?"

굳은 얼굴로 말을 하는 시형을 보면서 비상은 어리둥절하고 말았다.

"아, 그거요? 집에서도 하도 난리잖아요. 좀 여자다운 일자리를 알아보라고. 그래서 취직했어요."

웃으며 말하는 비상의 모습에 시형은 인상을 굳혔다. 자신이 그렇게 행동을 했는데도 불구하고 비상은 도무지 자신에 대해 관심조차 없는 것이 분명했다. 그러니 이런 행동을 해놓고도 아무렇지 않게 말을 하는 것일 테고 말이다.

"고 사범, 아니, 고비상!"

"네? 아, 저 죄송한데요, 급한 일이 아니면 나중에 하면 안 돼요? 저 지금 빨리 코스 돌아야 되는데."

서둘러 말하는 비상의 모습에 무언가를 말하려던 시형은 할 수 없다는 듯이 한숨을 내쉬고는 고개를 끄덕였다.

"……조심해서 갔다 와."

"아, 예."

서둘러 검도관을 나와 차로 이동하면서 비상은 이 사범의 알 수 없는 행동에 감을 잡을 수 없었다. 노란색으로 페인트칠된 검도관의 차를 타고 첫 코스를 돌자 검은색 도복을 입고 파란 띠를 맨 초등학교 1학년 학생 두 명이 얼마 전 받은 '후려도'를 무겁게 들고는 기다리고 있었다. 비상등을 켜고 자동으로 문을 열자 작은 꼬마들의 오른손이 배꼽 위에서 일자로 펼쳐지고 몸이 45도 각도로 숙이고 인사를 했다.

"해동! 안녕하십니까?"

"해동! 안녕하십니까?"

꼬마들치고는 제법 우렁차게 말을 한 뒤 서둘러 봉고차에 오른 녀석들을 향해 비상은 가볍게 웃었다.

"어서 타라."

비상은 아이들을 가르치는 것이 좋았다. 비상이 맡고 있는 2부와 3부는 대부분이 유치원생이든지 아니면 초등 저학년인 1, 2학년으로 이뤄져 있었다. 작은 아이들이 똑같은 도복을 입고 자신의 구령에 맞춰 칼을 휘두르는 것을 볼 때면 코끝이 찡할 때도 많았다.

"사범님, 이따 2부 수업 끝나고 저와 유희왕 카드 내기하는 거 잊으면 안 돼요?"

"수영아, 너 카드 다시 샀냐?"

비상이 유쾌하게 웃으며 되묻자 수영이라고 불린 초등학생이 자랑스럽게 고개를 끄덕였다.

"이번에는 안 져요! 우리 반에서도 제가 제일 잘하거든요. 저번에는 함정 카드 때문에 사범님한테 진 거라고요!"

"오호? 함정 카드 때문이라고? 그럼 그 신의 카드를 막을 만한 카드를 찾아냈단 말이야? 기대되는데?"

"당연하죠!"

골목길을 돌아 다시 차를 세우고 기다리던 두 명의 학생을 다시 태웠다. 이번에는 초등하교 1학년인 민희라는 작고 귀여운 여자아이였다. 시작한 지 얼마 되지 않아서 흰 띠를 하고 있는데 도복과 상반되는 색깔이 유독 눈에 띄기도 했다. 하얀 얼굴에 단발머리를 한 민희는 2부 수업을 받는 아이들 중에서 가장 눈에 띄는 몇 아이 중 한 명이기도 했다.

"사범님, 2부 끝나고 저랑 공기놀이하셔야 돼요? 학교에선 제가 우리 모둠 중에서 가장 잘했다고 선생님이 칭찬해 주셨어요."

"그래, 민희가 연습을 많이 했나 보구나? 알았어. 기대할게."

여전히 꼬마들의 말을 받아주면서 비상은 코스를 돌고 있었다. 일방통행인 골목의 입구를 막 들어서는데 반대편에서 요란한 소리를 내며 자가용이 급히 달려오고 있었다.

빵! 빠앙~

"어, 뭐야, 저 사람?"

차를 정차시키고 유리문을 내리는데 바로 앞까지 달려온 차에서 운전자가 몸을 앞으로 내보이며 손가락질을 했다.

"이봐! 비상등 켠 거 안 보여? 비키라고!"

비상은 그 자동차의 뒤를 살펴봤다. 아무도 타고 있지 않은 차와 남자의 옷차림으로 보건대 절대로 비상등을 켜고 일방통행인 스쿨존으로 갈 만큼 바빠 보이지가 않았기 때문이다. 만약 정말 급한 상황이었다면 비상은 자동차가 먼저 지나갈 수 있도록 비켜줬을 것이다.

"이것 봐요, 아저씨! 여기 일방인 거 몰라요? 더군다나 학교 앞길을 그렇게 빨리 달려오면 어떡합니까?"

비상의 말에도 남자는 인상을 쓰면서 손가락질을 하고 있었다.

"여하간 비켜! 내가 먼저 입구에 도착한 거 보면 비켜줘야 할 거 아냐?"

비상은 남자의 안하무인인 태도에 화가 발끈하고 말았다.

"지금 누구보고 비키라는 겁니까? 그쪽이 일방인 줄 알면서도 지금 역행해서 달려온 거 아니에요? 먼저 입구에 도착했다고요? 달려오기 바로 전에 왼쪽 골목으로 가도 될 걸 왜 이쪽으로 달려온 건데요? 비상등 켜면 다인 줄 알아요? 이 차 안 보여요? 노란색 아이들 차는 모든 도로에서 먼저라는 거 몰라요?"

"아, 되게 떽떽거리네, 네가 좀 뒤로 빼주면 될 거 아냐?"

미안하다면서 양해를 구해도 해줄까 말까인데 다짜고짜 반말하는 아저씨의 태도에 비상은 소리를 꽥 질렀다.

"못 비켜요! 그러니 얼른 후진해서 차 돌려요!"

"아니, 이 여자가 정말?"

운전석의 문을 열고 나오는 남자의 덩치는 배가 남산만한 게 언뜻 보면 산달이 다 된 임산부처럼 보일 정도였다. 개기름이 좍좍 흐르고, 반쯤 벗겨진 머리카락에 확 풍기는 역한 화장품 냄새에 비상은 다시 한 번 인상을 썼다.

"내리지 말고 얼른 차나 비켜주시죠?"

"야, 너 나와 봐, 나와!"

봉고차 문을 쾅쾅 두드리는 남자의 몰염치한 모습에 비상은 핸드 브레이크를 걸고는 차에서 내렸다.

"당신, 지금 뭐 하는 거야? 이 사람이 정말! 애들 탄 거 안 보여?"

"새파랗게 어린 게 지금 누구한테 반말이야, 지금!"

비상보다 두 배나 넘는 덩치를 흔들며 주먹을 쥐는 남자의 모습에 차 안의 아이들이 바짝 긴장한 것이 비상의 눈에 보였다. 남자의 커다랗게 탁해 보이는 두 눈동자가 비상을 쳐다보고 가소롭다는 듯이 두툼한 입술을 열고 말을 하기 시작했다.

"허이구, 사범이셨어? 개나 소나 다 사범하나? 하는 꼬라지를 보니 너네 도장도 날라리만 가르치나 보지?"

남자의 말이 비상의 참을성을 단번에 끊어버렸다. 더군다나 아이들마저 죄다 듣고 인상을 쓰는 걸로 보아 이대로 넘어가서는 안 될 것 같다는 생각이 드는 비상이었다.

'마무리를 좋게 끝내려고 마음먹었건만, 벌건 대낮에 돼지 같은 인간 때문에 졸지에 피박 쓰게 생겼네, 젠장.'

이런 남자들에게는 같이 막나가는 게 최선이라는 것을 안 비상이기에 비상은 눈을 날카롭게 뜨며 기도를 끌어 올렸다.

"주둥이 함부로 놀리면 큰일난다는 말 주위에서 못 들었나 보지?"

천천히 몸을 풀면서 남자를 노려보던 비상은 싸늘하게 웃었다. 검도와 달리 해동검도는 권각술을 다 가르친다. 아직 어린아이들이기 때문에 간단한 기본기만을 보여주는 것과 달리 단급 이상은 칼을 다루는 것 말고도 실질적으로 싸움에 응용될 수 있는 무술을 같이 배우기 때문에 굳이 검이 없어도 웬만한 호신술은 다 몸에 익힌 비상이었다. 비상은 지금 단급 중에서도 상급에 속하는 4단. 삼촌의 말마따나 검도관을 차리고도 남을 정도의 실력이었다. 초등학교 1학년 때부터 해동검도를 시작해서 단 하루도 운동을 거른 적이 없는 그녀였다. 자세를 잡으며 그 남자에게 다가가자 느낌이 이상했던지 남자의 얼굴 표정이 변하기 시작했다. 그러더니 대번 소리를 질러대기 시작했다.

"아이구, 검도 사범이 사람 잡네, 사람 잡아!"

치지도 않았는데 제풀에 다리가 꼬여 넘어지는 남자의 행동에 비상은 기본 동작을 풀고는 어이없다는 표정으로 그를 쳐다봤다. 하긴, 똥이 무서워서 피하는 건 아니라고 생각한 비상은 봉고차 유리문 너머로 자신을 향해 환하게 웃는 아이들의 모습에 엄지손가락을 스윽 들어 보였다.

"이봐요, 아저씨. 나 손가락 하나 안 움직였거든요? 너무 심한 거 아닙니까? 애들이 다 봐요!"

피식 웃으며 손가락으로 봉고차 안에서 목만을 길게 빼고 그들의 대치상황을 쳐다보는 애들을 가리키자 남자의 시커먼 얼굴이 가뜩이나 벌겋게 변해서 검게 보일 정도였다.

"이, 이……."

할 말을 찾지 못해서 인상을 쓰는 남자를 바라보고 있는데 차 안에 있던 민희가 비상을 불렀다.

"사범님! 휴대폰이 아까부터 울리는데요?"

"아! 이런!"

자신이 지금 여기서 이럴 상황이 아니라는 걸 기억한 비상은 서둘러 봉고차로 다가가 휴대폰을 받았다. 막바로 들리는 학부형의 목소리에 비상은 찔끔해서 얼른 시계를 쳐다봤다.

[사범님! 지금 시간이 몇 신데 아직도 차가 오지 않아요? 아이가 얼마나 기다린 줄 알아욧!]

"아, 죄송합니다, 어머님. 차에 문제가 생겨서요, 오 분 안에 도착합니다. 조금만 더 기다려 주십시오, 죄송합니다."

급히 휴대폰을 끊고 비상은 서둘러 봉고차로 올랐다.

"아저씨, 얼른 차 빼요! 아저씨 때문에 이게 뭐예요, 진짜?"

그 남자도 민망했던 모양인지 벌떡 일어나서 자동차로 향했다. 차를 후진시키는 남자에 맞춰 골목으로 차를 모는 비상은 한숨을 쉬었다. 그 뒤로도 서너 군데서 더 전화가 오는 바람에 비상은 같은 말을 반복할 수밖에 없었다. 정신없이 차량 운행을 돌고, 2부 수업을 마친 비상은 3부가 시작되기까지 대략 삼십 분 정도의 시간이 남지만 차량 운행을 해야 했기에 그 시간도 빠듯하기만 했다. 하지만 그마저도 관장실에 붙들려 있어야 했기 때문에 2부 수업을 마친 아이들을 데려다 주는 것은 조 사범이 하게 됐다.

비상은 관장실에서 외삼촌인 곽 관장과 함께 간단한 얘기를 주고받고 있었다.

"그럼, 다음 주부터는 그곳에서 일을 한다고? 너, 여기 도장에서 애들 대하는 거하고 회사에서 사람들 대하는 거하고는 많이 다를 거다. 말조심하고. 특히 행동 조심하고."

"하핫, 삼촌도 참! 그런 말 안 해도 잘 알아요."

비상을 바라보는 삼촌의 눈빛이 부드럽기 그지없었다. 어려서부터 유독 자신을 잘 따르던 비상이었다. 오전에 자신의 누이에게 전화를 받고서 잘됐다고 말은 했지만 꼭 데리고 있던 딸을 시집보내는 것 같아 마음이 지끈거렸다.

"누님이 전화로 성화더라. 다음 수업부터는 다른 사범들과 같이 하면 되니까 너는 출근 준비하도록 해. 집에 가면 어머니가 기다리실 거다, 아마."

"에엑! 싫어요! 유종의 미를 거둬야죠."

"시끄러. 네 엄마 성격을 몰라서 하는 소리냐? 어여 들어가 봐. 나중에 송별식이나 거하게 하자."

미안함 반, 아쉬움 반으로 관장실을 나온 비상은 저만치서 자신을 향해 빠르게 다가오는 이시형 사범을 보고는 걸음을 멈췄다.

"아, 이 사범님……?"

"나랑 얘기 좀 하자."

비상의 팔을 끌고 다짜고짜 비상구로 향하는 시형의 태도에 비상은 당혹스러운 마음으로 그 뒤를 따랐다. 아직은 대낮이라 그런지 비상구라고는 하지만 상당히 밝은 상태였다. 쾅 하고 제법 요란한 소리로 문이 닫히고 나서야 비상은 뭔가 이상하다는 생각으로 시형을 쳐다봤다.

"왜 이러는 겁니까, 이 사범님?"

시형의 태도를 이해할 수 없던 비상으로서는 말이 곱게 나갈 수가 없었다. 답답했던 모양인지 거친 숨을 몰아쉬고는 자신의 머리를 한 손으로 슥슥 넘겼다.

"갑자기 그만둔다는 이유가 뭐야?"

"그거야 아까 말했잖아요. 다른 곳에 취직을……."

"정말 그 이유뿐이야? 그런 거라면 마지막 수업 정도는 할 수 있잖아?"

비상도 그 부분만큼은 아쉬움이 많았지만 엄마의 성화에 할 수 없이 오후 수업을 못하는 것이었다.

"그럴 만한 이유가 있어서 그런 겁니다. 마지막까지 좋은 모습을 못 보여 드려서 죄송하긴 한데요, 이시형 사범님 지금의 행동, 도가 좀 지나치다고 생각지 않으세요?"

비상의 질문에 시형은 자신이 감정에 치우치는 바람에 도가 지나친 행동을 했다는 것을 알았다. 하지만 이런 식으로 비상과의 만남을 끝내고 싶지는 않았다. 아직 그의 마음조차 알리지 못한 상태에서 비상이 검도관을 떠난다면 그녀를 만나기는 더욱 힘이 들 테니까 말이다. 시형은 잠시 망설이더니 이내 고개를 끄덕이며 말을 이었다.

"갑자기 그만둔다고 해서…… 내가 좀 지나치게 감정적이 된 것 같다. 사과할게. 그럼 앞으로는 검도관에 아예 안 나올 생각인 건가?"

"그건…… 새 직장에 어느 정도 적응을 한 다음에 생각해 보려구요."

비상의 대답에 시형의 눈빛이 탐색하듯 비상의 얼굴을 쳐다봤다.

"그래. 그럴 수도 있지. 그런데 며칠 전에 찾아왔던 남자는 누구야?"

"누구요? 아, 백재야 씨를 말하는 거예요?"

"……그래. 어떻게 알게 된 사이야? 꽤 친해 보이던데."

시형의 말에 비상은 어색함을 감추며 둘러댔다.

"아, 사건이 좀 있었죠. 게다가 알고 보니 우리 오빠랑 절친한 친구더라구요. 이번에 일하게 될 회사도 그쪽 도움으로 들어간 거예요."

"설마, 같이 일하는 거야?"

시형이 노골적으로 정색을 하며 묻자 비상은 인상을 썼다.

"저기요, 이 사범님, 동료로서 궁금해서 묻는 것치고는 좀 지나친 감이 있는 것 같지 않아요?"

비상의 말에 시형은 한숨을 쉬었다. 더 이상 눈치를 보며 접근하기는 힘이 들 것임을 그 남자의 등장으로 이미 알게 된 시형이었다. 시형으로서도 이제는 정공법으로 나가는 수밖에 없다고 생각했다.

"난 너와 동료로서가 아니라 남녀로서 알고 싶어."

시형의 말에 비상은 눈을 크게 떴다. 설마설마 했었는데 어쩐지 그녀를 대하는 태도가 이상하다 싶었었다. 하지만 자신을 그런 눈으로 보고 있을 거라고는 생각 못했기에 비상으로서는 상당히 난감했다.

"저기, 죄송하지만 전 이 사범님을 그런 쪽으로 생각 안 해봤거든요?"

"그럼, 지금부터라도 생각해 보면 되겠네."

"아니요. 전 그러고 싶지 않아요."

"그 남자 때문이야?"

비상은 그가 말하는 이가 백재야라는 것을 알고 있었지만 굳이 부인하지 않았다. 재야에게 미안하지만 이런 상황에서 그의 이름을 좀 판다고 해서 딱히 재야에게 해가 될 것 같지도 않았고 우선 이시형 사범의 마음을 돌려야 한다고 생각했기 때문이다.

"네. 맞아요. 그러니까 이시형 사범의 그런 관심 솔직히 거북합니다."

말을 마친 비상은 서둘러 그곳을 벗어났다. 시형의 이성으로서의 관심은 부담스럽기만 한 비상이었다. 돌아오는 차 안에서 비상은 다시 고민을 했다. 시형의 관심과 재야의 행동의 차이점이 뭘까 하면서 말이다.

제7장 두 개의 직장과 두 명의 남자

재야가 일자리를 제의한 것은 화요일, 그러니까 다음 주 월요일까지 오 일이라는 시간이 비상에게 떨어졌다. 그 황금 같은 오 일 동안 비상이 한 일이라고는 취직 준비라는 명제 하에 엄마의 성화에 못 이겨 백화점으로, 미용실로, 피부과에 마사지 숍으로 끌려 다닌 것뿐이었다. 시간이 남아서 엄마를 피해도 그다지 갈 만한 곳이 없는 비상이었다. 그렇다고 검도관으로 가자니, 이시형 사범 때문에 그마저도 못하는 비상이었다. 할 일이 없다는 것이 이렇게 힘든 건 줄은 몰랐다고 태어나서 처음으로 비상은 생각했다. 사면초가, 지금의 자신의 상태가 딱 그 상황이라고 생각하며 비상은 두통에 눈살을 찌푸렸다. 건강 하나는 타고났다고 자부하던 자신이었지만 며칠째 엄마에게 끌려 다니다시피 하니, 없던 편두통마저 생겨 버릴 것 같다고 인상을 쓰며 아픈 발을 주무르는데 휴대폰이 울렸다.

"여보세요?"

마음이 불편하니 당연히 말투가 곱게 나갈 수가 없는 비상이었다.

[이런, 왜 이렇게 날카로워지셨나?]

능청맞은 말투로 전화를 걸어오는 이는 비상이 알기에 딱 한 사람밖에 없었다.

"엄마에게 하루 종일 끌려 다녔어요. 누구 덕에 말이죠."

[쇼핑?]

"글쎄요, 쇼핑이라기보다는 무슨 물건 사재기 수준이라서요."

비상의 말에 재야가 웃음을 터뜨렸다.

[쿡. 그래서 지금 그렇게 성질이 나 있는 건가?]

"그렇다고 봐야 되겠죠. 출근 준비 두 번만 했다간 집 거덜나겠어요. 이럴 줄 알았다면 직장 바꾸는 거 거절했겠죠."

다시 재야의 낮은 웃음소리를 들으며 발을 주무르던 비상은 윽하고 신음 소리를 냈다.

[왜? 어디가 안 좋아?]

"하하하, 확실히 많이 걷긴 했나 봐요. 발에 물집이 잡힌 것 같아요."

[그래? 저녁이나 같이 할까 했는데, 나올래?]

갑자기 부드러운 재야의 행동에 순간 움찔한 비상은 이상하다는 듯이 고개를 저었다.

"저기, 혹시 뭐 부탁할 거 있어요?"

[응? 왜?]

"아니, 갑자기 사람이 너무 부드러워진 게 이상해서요."

[하하, 난 원래 부드러운 남자라고.]

'부드럽긴! 너무 느끼고 맨들맨들한 거지.'

"좀 피곤해서요."

[고비상, 그 서약서대로 행동 안 하면 나도 내가 무슨 짓을 할지 몰라. 사진이라도 보내줘? 아니면, 어머님을 찾아뵐까?]

"아, 아니에요, 아니에요! 나가요, 나간다고요!"

[늦지 마. 일 분 늦을 때마다 난 정신적 충격을 견디지 못하고 널 보자마자 달려들지도 모르니까. 사람이 많은 곳에서 그런 모습을 보인다면…… 훗, 결혼 날짜를 잡아야겠군. 세인트 호텔 스카이라운지로 일곱 시 삼십 분까지 와. 늦으면 내가 무슨 행동을 할지 장담 못하니까.]

재야가 전화를 바로 끊어버리자 비상은 어안이 벙벙했다.

'제기랄! 그놈의 결혼 아무하고나 하면 어때서?'

비상은 자신도 모르게 주먹을 쥐고 허공에 대고 흔들어댔다.

"으윽! 제발 빨리 그 충격에서 벗어나든지, 아니면 결혼을 하든지 하라구! 아니면 휴대폰이라도 좀 망가지든지!"

투덜거리며 일어선 비상이 다시 옷장에서 옷을 꺼내 입는데 문이 열리면서 엄마가 들어왔다.

"어디 가려고?"

곽 여사의 말에 비상은 급히 고개를 끄덕였다.

"네. 갑자기 약속이 생겨서요. 잠시만 나갔다 올게요."

"어머, 얘, 얘! 저녁에 마사지 받아야 된단 말이야!"

비상은 부리나케 겉옷을 걸치면서 일층으로 달려나갔다.

"아, 엄마 저녁 먹고 올게요! 마사지는 엄마만 받으세요!"

정신없이 집을 벗어난 비상은 재야가 말한 장소로 가기 위해 정류장으로 뛰어갔다. 두 번이나 버스를 갈아타서야 비상은 재야가 말한 세인트호텔 근처에 다다랐다. 서둘러 스카이라운지로 향하면서 시계를 보자 막 일곱 시 삼십 분이 되었다. 하지만 제일 높은 층에 위치해 있는 그곳에 가기 위해선 엘리베이터를 타야 했는데 층층마다 서는 엘리베이터 때문에 약속 시간에 늦을까 봐 안에서 발을 동동 굴러야 했다. 엘리베이터 문이 열리자 재빨리 스카이라운지 안으로 뛰어든 비상은 저만치 보이는 재야의 모습에 안도의 숨을 쉬면서 달려갔다.

"안 늦었어요! 정확히 세이프예요, 세이프!"

비상은 숨을 몰아쉬는 자신을 보며 여유로이 술잔을 기울이고 있는 재야의 모습에 발끈하고 말았다.

"아, 또 왜요?"

"고비상. 잘 들어둬. 난, 나랑 같이 있는 여자가 그렇게 몰상식하게 실내를 뛰거나, 그런 형편없는 옷차림으로 나를 만나는 건 딱 질색이야. 다음부터는 주의해. 알았어?"

"대체 내가 왜 그 말을 들어야 하는 건데요?"

"그건 합의 내용 때문이지. 벌써 잊은 건 아닐 테지? 내가 육체적, 정신적인 충격에서 벗어날 동안 무조건 도와주기로 한 거. 그날 이후 예민해진 탓인지 별거 아닌데도 짜증이 나서 말이야. 이해해 줬으면 좋겠어."

과장된 말과 행동이라는 것을 알면서도 비상은 아무런 대꾸도 할 수가 없었다. 재야의 표정으로 보건대 비상을 도발하는 것이 분명했기에 비상은 더욱 화를 삭여야만 했다.

'망할 놈의 합의서 같으니! 자신이 무슨 임산부라도 되는지 걸핏하면 예민해진 감정 때문이래, 정말.'

비상의 표정이 불만에 가득 찬 것을 본 재야는 일부로 비상이 화를 낼 만한 말을 다시 이었다.

"그런 표정도 불쾌하다고. 적어도 나와 있을 때는 웃는 얼굴이었으면 좋겠어. 예민해져서 그런지 꼭 내게 불만이 있는 것처럼 보이거든."

연이은 재야의 요구에 비상은 어이없다는 듯이 그를 쳐다봤다.

"저기, 혹시 임신을 했다고 착각하는 거 아니에요? 그렇지 않다면 그런 소소한 것들이 어떻게 다 거슬릴 수가 있어요?"

다분히 비꼬는 비상의 말에 재야는 기다렸다는 듯이 넙죽 대답을 했다.

"그럴지도 모르겠군. 만약 그렇다면 애 엄마는 네가 되는 건가?"

"지금 장난해요? 하나도 안 웃기거든요? 말이 되는 소리를 해야 말이지."

투덜거리는 비상을 지켜보는 재야의 표정이 점점 짓궂게 변해 갔다. 천천히 자신의 배를 어루만지며 비상을 쳐다보는 재야의 표정은 확실히 장난스러웠다. 분명, 파르르 떨면서 화를 내야 정상인데, 이상하리만치 잘 참는 비상이었다. 재야는 비상의 그런 모습에 아쉬워서 더욱 비상을 자극했다.

"이 안에 우리 아이가 자랄지도 모르잖아. 그럼 더더욱 조심해야 하지 않겠어? 태교는 임산부의 기본이라구."

"으악~ 누가 들으면 진심인 줄 알겠어요! 제발 그런 농담을 아무렇지 않게 하지 말라구요, 정말!"

당황한 비상이 얼굴을 붉히며 다그치자 재야는 자신의 탄탄하고 납작한 배를 한 손으로 만지며 씨익 웃었다.

"네 말을 듣는 순간, 정말 내 뱃속에 아이가 생긴 것 같아. 상냥하고 조신한 엄마의 모습을 보여주자고, 우리 아기한테 말이야."

능청맞게 말을 하는 재야를 보면서 비상은 그의 정신 상태를 다시 한 번 심각하게 생각해야만 했다. 비상은 결국 답답한 마음에 벌컥벌컥 물을 마셨다. 그 상황에서 재야는 주문을 빠르게 한 뒤 비상을 쳐다봤다.

"그래, 검도관은 그만뒀어?"

"아아. 뭐."

재야는 생각보다 너무 쉽게 비상이 검도관을 그만둔 것 같아 의심스러운 눈초리로 질문을 했다.

"흠~ 너라면 파트타임으로 검도관 사범 일을 계속할지도 모른다고 생각했는데 말이야."

"헉! 어, 어떻게 알았어요? 처음엔 뭐, 그렇게 생각했죠."

"그런데? 피치 못할 사정이라도 생겼나 보지?"

"아니, 뭐……."

말끝을 흐리는 비상을 보며 재야가 은근한 어조로 말을 이었다.

"비원이한테 듣기로는 검도관을 내기 위해서 돈을 정말 열심히 모으고 있다고 하던데?"

"맞아요. 내 꿈이니까요."

비상이 눈을 빛내며 말을 하자 재야는 한층 밝은 미소를 지으며 말을 꺼냈다.

"그래서 말인데, 나랑 동업하는 건 어때?"

"동업이요?"

생각지도 않는 재야의 말에 비상은 눈을 한층 치켜떴다.

"그래, 동업. 네가 지금 모은 돈으로는 솔직히 웬만한 시내에 건물 하나 얻기가 힘들 거라고. 안 그래?"

실은 그랬다. 비상이 열다섯 살 되던 해부터 모으기 시작했던 돈은 적은 액수는 아니었지만 그 돈으로는 건물 하나 얻기도 힘들었다. 물론, 부모님이나 오빠에게 부탁한다면 쉽게 해결될 문제였지만 비상의 자존심상 처음부터 끝까지 오로지 자신의 힘으로만 하고 싶었기에 이렇게 힘들게 사는 것이 아니던가. 하지만 너무도 갑작스런 제안에 비상은 의심스러운 듯 재야를 쳐다봤다.

"갑자기 왜 그런 생각이 든 거예요? 그쪽으론 관심도 없지 않나요?"

"뭐, 흥미는 없지만 돈이 될 만하다 싶으면 투자를 할까 하고."

"투자요?"

"그래. 말 그대로 사업적인 투자."

"날 어떻게 믿고요?"

"누가 널 믿는데? 네가 아니라 비원이를 보고 하는 말이지."

"왜요? 오빠가 그러라고 시켰어요?"

퉁명스럽게 묻는 비상을 보며 재야는 피식 웃었다.

"아니. 그저 사업적 투자처를 찾는 것도 내 일 중 하나니까."

재야는 슬쩍 시선을 돌린 뒤 주변을 살피는 척하며 비상을 살폈다. 믿을 수 없다는 표정으로 재야를 바라보던 비상은 재야의 진지한 표정을 보고 기대감에 마음이 흔들렸다. 여태껏 부모님이나 오빠는 그저 도와주려고만 했지, 자신의 꿈에 대해서 그다지 선호하는 편이 아니었다. 하지만 앞의 남자는 분명, 사업적 가치를 따지며 동업을 제의한 것이었다. 다시 말하면 비상의 꿈이자, 희망이었던 그 검도관의 건립을 한심하게 보는 것이 아니라 어엿한 사업으로 보는 것이었다. 비상은 그 말에 가슴이 벅차왔다.

"정말, 투자할 생각이에요?"

"물론이야. 하지만 그전에도 말했지만 그만한 가치가 있어야 한다구."

비상은 몸을 앞으로 숙이며 열정적인 표정으로 재야를 쳐다봤다.

"요샌 아이들을 위한 사업이 뜬다는 것 정도는 굳이 말 안 해도 아실 거예요."

재야가 고개를 끄덕이자 비상은 씨익 웃었다. 반짝반짝 눈을 빛내며 두 볼이 상기된 비상의 모습은 무척이나 생기있고 아름답게 보였다. 재야는 그런 비상의 모습에 절로 가슴이 두근거렸다.

"부모들은 아이들을 위해서는 많은 것들을 투자하죠. 공부도 그렇지만 요샌 그거 하나 갖고는 안 되잖아요. 기본적으로 건강을 유지할 만한 것들을 한두 개씩은 꼭 한다구요. 대표적인 걸로 태권도나, 검도, 수영 등 많잖아요. 특히 도복을 입고 하는 것들은 부모님들의 마음을 많이 움직이죠. 비록 지금은 돈이 없지만 건물 전체를 아이들을 위한 테마로 꾸미는 거예요. 일층은 예능실로 피아노나 바이올린 등을 가르치고, 이층은 아동 미술을 전문적으로 가르치는 겁니다. 그리고 삼층에는 검도관을 짓는 거예요. 그리고 그 건물 지하에 수영장을 짓고요. 사층은 휴게실을 꾸미는 거예요. 아이들을 위한 체육시설도 많고, 가족들이 와서 즐길 수 있는 스낵 코너도 만들고요. 그리고 마지막으로 오층 전체는 강당을 만들어서 매년 발표회를 갖는 겁니다. 이미 친구들하고 얘기는 다 되었어요. 하나씩 맡아서 하기로 말이죠. 다만, 돈 문제만큼은 서로 의견이 달라서 이미 시작한 친구도 있고, 대기 중인 친구도 있고 그래요."

힘을 주며 말하는 비상의 모습은 정말 꽉 끌어안아 깨물어주고 싶을 만큼 앙증맞고 귀여웠다.

"건물 전체를 사야 된단 말인데, 그럼 돈이 장난이 아니겠군."

재야의 말에 비상은 금방 풀 죽은 표정으로 고개를 끄덕였다. 그러더니 갑자기 고개를 들고는 열정적으로 말을 했다.

"굳이 사지 않고 임대를 할 수도 있잖아요. 처음부터 순조롭게 될 거라고는 안 봐요."

"잘될 거라고 확신은 해?"

"물론이죠! 아이들은 자신들을 사랑하는 사람을 알아봐요. 그리고 나와 내 친구들은 아이들을 사랑한다구요! 분명히 잘될 거라고 봐요."

비상의 말에 재야는 내심 흐뭇해졌다. 방금 든 상상이지만, 자신의 아이를 낳아 열성적으로 키우는 비상의 모습에 끝없는 만족감이 생기는 재야였다. 우습지만 재야는 비상에게 내 아이를 낳아달라고 말을 할 뻔했다.

"그런 이상적인 생각 말고 보다 계획적이고 현실감있는 계획서를 한번 만들어서 갖고와 봐."

"……정말이에요?"

"그래. 만약 그 사업계획서가 괜찮다고 생각되면 내가 투자하지. 단, 건물만 책임질 테니까 나머지 세부사항이나 인테리어 같은 것은 각자가 갹출한 돈으로 해결하고."

"오! 세상에! 정말이죠? 정말이죠?"

감격한 비상은 저도 모르게 재야의 손을 두 손으로 덥석 잡고말았다.

"복 받을 겁니다! 당신은 정말 복 받을 거예요!"

비상의 말에 재야는 속으로 웃으며 생각했다. 비상을 자신의 여자로 만들 수만 있다면 이 정도의 투자는 얼마든지 할 수 있다고 말이다. 그 뒤 황홀한 기분으로 식사를 하던 비상은 검도관에서 걸려온 전화를 받고는 난감해했다.

"무슨 일인데 그래?"

"아, 저기. 실은 어제 우성철 사범님이 부친상을 당하셨거든요.

그래서 수업을 나머지 두 사범이 번갈아 하는데 차량 운행까지 하다 보니, 아무래도 수업에 지장이 있나 봐요. 미안하지만 마지막 수업이라도 해줄 수 없냐고 그러네요."

"음. 그래?"

"저기, 그만 일어나야 될 것 같아요. 검도관 마지막 수업도 그렇지만 상가집에도 가봐야 할 것 같아요. 전날 너무 늦게 전화가 오는 바람에 전 못 갔었거든요."

미안해하며 말을 하는 비상을 쳐다보며 재야가 후식으로 나온 커피도 마시지 않고 자리에서 일어섰다.

"왜요?"

"같이 가줄 테니까 일어나."

"아니, 그렇게 하지 않아도 돼요. 어차피 집에 가서 옷을 갈아입고 가야 되니까요."

"나야 어차피 양복 차림이니까 상관없어. 집에 데려다 줄 테니까 준비하고 나와."

"에? 하지만……."

단호한 표정으로 일어서는 재야를 더 이상 말리지 못한 비상은 재야와 같이 검도관으로 향했다. 수업을 하고 차량을 돌 때까지 기다렸던 재야는 비상을 데리고 다시 그녀의 집으로 향했다. 시간이 꽤 늦은 상태였기에 비상이 왜 자신이 통금 시간을 지키지 못했는지에 대한 이유와 상황 설명을 세세하게 전화로 하는 것을 듣는 재야는 내심 만족스러웠다. 아무래도 고 회장님이 자식 교육 하나는 정말 잘 시키신 것 같다고 생각하며 존경스럽기까지 했다.

비상을 저리 길들이기는 게 쉬운 건 아니었을 테니까 말이다. 그 사이 집에 도착한 비상은 서둘러 대문 안으로 사라지고 잠시 뒤 검은색 정장을 입고 나타났다. 그 클럽에서도 언뜻 본 모습이긴 하지만 저리 정장을 한 모습을 보니 오히려 금욕적으로 느껴질 정도였다. 병원으로 향하는 내내 재야는 비상의 옆모습을 훔쳐보기에 바빴지만 비상은 재야의 눈빛조차 눈치를 못 챈 것 같았다.

둘째 날인데도 병원은 조문객으로 가득했다. 워낙 늦은 밤에 돌아가신 것도 그렇고 새벽에서야 연락이 되었던 모양인지 둘째 날임에도 불구하고 사람들이 많았다. 얼핏 우 사범이 막내라는 얘기를 들었던 비상의 눈에 같은 상복을 입은 두 명의 남자가 더 보였다. 우 사범보다 좀 더 나이가 들어 보이는 두 명의 남자 옆으로 침울한 표정의 우 사범이 보이자 비상은 순식간에 눈물이 핑 돌고 말았다. 검도관에서야 가장 나이 많은 사범이었기에 항상 큰오빠처럼 행동을 했었는데 지금 보니, 막내라는 걸 한눈에도 알아볼 수 있을 정도였다.

"우 사범님."

"어? 비상이구나. 빨리도 왔다, 자식. 저쪽에 검도관 식구들 있어."

"네. 저기……."

비상이 위로의 말을 건네려고 하자 먼저 우 사범이 선수를 쳤다.

"너까지 그런 격식 차리지 않아도 오늘 많이 들었다. 그냥 인사하고 저기서 뭣 좀 먹고 가. 저녁은 먹었어?"

"아, 네."

그제야 비상의 옆에 서 있는 훤칠한 남자의 모습에 우성철이 궁금하다는 눈빛으로 재야와 비상을 바라보자 재야가 먼저 손을 내밀었다.

"전에도 한 번 본 적 있죠? 백재야라고 합니다."

"아! 전에 검도관에 오셨던 분? 그때도 비상이를 찾았던 것 같은데. 오호~ 고비상, 너무 의원데?"

장난스레 말하는 우 사범을 흘겨보며 비상은 아무런 말을 하지 않았다. 옆에 서 있던 재야는 침착한 표정으로 상주들에게 맞절을 하고 나서 비상과 같이 검도관 식구들이 있는 곳으로 향했다.

"내일이나 올 줄 알았는데, 누님이 가라고 하던?"

곽 관장의 말에 비상은 가볍게 고개를 끄덕였다. 옆을 보니 조성욱 사범과 이시형 사범이 비상과 재야를 뚫어지게 쳐다보고 있었다. 아무렇지 않게 그들과 마주 앉은 재야를 쳐다보는 곽 관장의 시선이 묘했다.

"비상아, 누구냐?"

흘깃 쳐다보니 시형의 눈빛이 꽤나 날카롭게 재야를 훑어내리고 있었다. 비상은 한숨을 쉬었다. 그래서 처음부터 혼자 오겠다고 했던 건데. 괜한 분란을 일으키고 싶지 않았던 비상은 외삼촌인 곽 관장의 말에 어떻게 대답을 해야 하나 고민했다. 하지만 그녀가 미처 대답하기도 전에 재야가 곽 관장에게 손을 내밀었다.

"안녕하세요. 말씀 많이 들었습니다. 백재야라고 합니다."

"아, 그러십니까? 곽남필이라고 합니다. 비상이 외삼촌 되고요."

악수를 하는 곽 관장의 눈에 얼핏 감탄과 순수한 호기심의 눈빛이 스치는 것을 보고 비상은 난처한 표정을 지었다.

　"뭣 좀 드시겠습니까? 아니, 여기 상을 다시 차리라고 해야 되겠네요."

　때마침 조성욱 사범이 말을 건네자 재야는 가볍게 고개를 저었다.

　"아닙니다. 전화 받을 때 비상이랑 같이 저녁을 먹고 있었거든요. 검도관에 들렀다가 수업을 마치고 막바로 집에 가서 옷만 갈아입고 같이 오는 길입니다. 괜찮습니다."

　평상시 그의 성격과는 너무도 다른 무척이나 친절하고도 세세한 설명에 앉아 있던 세 명의 남자들은 동시에 놀란 표정으로 비상을 쳐다봤다. 그 뚫어질 듯한 시선에 비상은 등 뒤로 식은땀이 주르르 흘러내리는 것만 같았다.

　"아. 하하, 그게 말이죠. 백재야 씨하고 저희 오빠는 친구 사이라서요."

　"비원이 친구?"

　곽 관장의 말에 재야가 묘한 표정으로 비상을 보고는 이내 싱긋 웃었다.

　"아, 네. 비원이하고는 동창입니다. 이참에 들러서 어머님께 인사도 드릴 겸 겸사겸사 오게 됐죠."

　재야의 말이 이어질수록 호기심 어린 눈빛과 못마땅한 눈빛에 비상은 죽을 맛이었다. 특히 이젠 노려보고 있는 것이 분명한 시형의 눈빛에 비상은 지금의 자리가 더없이 불편하기만 했다.

'그만 좀 말해요! 남자가 왜 그리 입이 가볍답니까?'

난처해진 비상은 한 손을 내려 그만 하라는 듯이 슬쩍 재야의 양복 팔 부분을 쥐었다.

"그럼, 술이나 한잔 하고 가시죠. 아무래도 한 사람이라도 더 많은 게 좋은 거 아니겠어요? 게다가 이시형 사범 덕에 우 사범님이 여러모로 도움을 많이 받았다고 잘해드리라고 저한테 신신당부를 했거든요."

마주 앉아 있던 조성욱 사범의 말에 비상은 눈을 동그랗게 떴다.

"이시형 사범이요?"

묘한 눈길로 마주 앉아 있던 시형을 쳐다보던 재야가 뭔가 골똘히 생각을 하자 잠시 재야를 지켜보던 비상은 죽을 맛이었다. 좀 전부터 시형의 눈빛이 자신에게로 향해 있기 때문이었다. 참다못한 비상이 재야의 양복을 슬쩍슬쩍 잡아당기자 비로소 고개를 들어 비상을 쳐다보고는 이내 시선을 돌려 이시형 사범을 쳐다봤다.

"네. 이 병원 영안실 쉽게 들어올 수 있는 곳은 아니거든요. 더군다나 우성철 사범님의 부친은 다른 병원에서 치료를 받았었다고 하더라구요."

성철의 말이 이어질수록 이시형 사범의 굳어 있던 표정이 난처함으로 살짝 변했다. 그 모습을 지켜보던 재야는 뭔가 머릿속에 떠오르는 것을 확인하기 위해 생각에 잠겼다.

'이 병원, 그리고 보니, 국내에선 첫 번째로 손꼽히는 병원인데 치료조차 받지 않았던 환자에게 영안실을 쉽게 내어줄 리가 없지.

흐음, 그러고 보니, 선유종합병원의 원장님하고 우리 아버님하고 대학 동창이셨지. 이름이…… 이선종이라고, 아! 설마?'

재야는 불현듯 든 생각에 눈살을 찌푸렸다. 몇 번 만난 것이 다였지만 이시형이라는 남자는 그냥 검도 사범이라고 하기에는 지나치게 차분하고 도도한 성격이었다. 게다가 일주일에 두 번밖에 나오지 않는데도 불구하고 항상 바쁘다는 말을 비상을 통해서 들은 기억이 어렴풋이 났다. 그녀의 말을 토대로 생각해 보면 이시형이라는 남자는 검도 사범이라는 직업 외에도 적어도 하나 이상의 다른 직업을 갖고 있는 것이 분명했다. 그리고 그 시간대로 보아 사범이라는 직업보다는 다른 것에 비중이 더 클 것이리라. 생각에 잠겨 있던 재야는 성욱의 시선에 미안한 표정을 지어 보였다.

"저도 동석하고 싶지만 급히 다시 가봐야 할 데가 있어서요. 그나저나 저도 이시형 사범한테 잘 보여야 할 것 같은데 말입니다."

재야의 말에 시형의 옆에 앉아 있던 조성욱 사범이 맞장구를 쳤다.

"그쵸? 저도 그런 생각을 했거든요. 잘 부탁드립니다, 이시형 사범님."

"……."

장난스런 둘의 대답에 시형은 어색하게 시선을 돌리며 당황스러워했다. 그 모습을 보며 재야가 눈을 가늘게 떴다. 비상은 빨리 이곳에 벗어나야겠다고 생각했다. 애초에 백재야라는 남자와 이곳에 같이 온 것부터가 잘못된 것이었다. 재야가 미안하다는 표정을 지으며 말했다.

"먼저 일어나서 죄송합니다. 다음에 다시 한 번 기회를 잡죠 뭐."

"그 약속 꼭 지키셔야 합니다."

"그건 걱정 마세요. 제가 워낙 사교적이니까요."

냉큼 대답하는 성욱을 비상이 노려봤다.

"아아, 그렇게 노려봐도 소용없어. 치사하게 애인이 생겼으면서 감쪽같이 속였단 말이지? 오늘 이 자리에서 낱낱이 밝혀보겠어~"

성욱의 짓궂은 표정에 옆에서 내내 가만히 있던 이시형 사범이 툭 말을 던졌다.

"누가 애인이라는 거야? 오빠 친구라는 말 못 들었나?"

"아아, 이 사범님도 애인이 없으셔서 이렇게 까칠한 반응을 보이시는구나. 그러고 보니, 여기 애인 있는 사람은 고 사범뿐이네?"

"입 좀 닥쳐 주시죠, 조 사범님?"

"그 팔이나 놓고 말하시죠, 고 사범님?"

꼭 분위기 파악 못하고 날뛰는 사람이 한두 명 있기 마련이지만 오늘따라 유달리 눈치없이 구는 조성욱이 죽을 만큼 미운 비상이었다.

"하하, 저희는 먼저 가보겠습니다."

적절히 대처를 하며 재야가 당연하다는 듯이 비상과 함께 입구로 향했다. 비상은 차마 그 손을 내치지지도 못하고 뒤통수에 쏟아지는 시형의 눈빛에 이 자리를 빠르게 벗어났다. 병원을 나오자마자 재야의 손을 탁 소리 나게 쳐낸 비상이 재야를 쏘아보자 재야는 자신의 손을 한 번 쳐다보고는 인상을 썼다.

"왜?"

"꼭 그렇게 친밀하다는 것을 광고하듯 그래야 됐어요?"

"그래야 처음부터 다른 맘을 못 먹게 하지."

"에? 대체 무슨 대답이 그래요?"

"그런 게 있어, 인마. 그것보다 이시형 사범이라는 사람에 대해서 얼마나 알아?"

"글쎄요. 집안에 대해선 얘기를 안 하는 편이라서요. 게다가 뭐가 바쁜지 항상 시간에 쫓기는 편이잖아요."

"그래서 불만인 거야?"

"아니, 왜 또 말이 그렇게 돼요?"

비상이 불뚝하니 대답하자 재야가 자신의 긴 손가락으로 비상의 이마를 딱 하고 튕겼다.

"아씨, 내 이마가 장난감이에요? 왜 틈만 나면 때려요, 때리길. 꼭 무슨 성격파탄자 같아."

"생각이라는 걸 하라는 거다, 인마. 선유종합병원은 우리나라 종합병원에서 최고라고 손꼽히는 곳이야. 종합병원 관례상 병원에서 치료도 받지 않은 환자를 그렇게 쉽게 영안실에 안치하지는 않거든."

"어, 듣고 보니 그러네요."

"요는 이 일을 가능하게 했다는 이시형 사범이 이 병원과 관련이 있다는 말이지. 뭐, 이 병원에서 일을 한다거나, 이 병원 관계자와 친밀하다든지 하는."

"아항, 그럼 병원에 아는 사람이라도 있나 보죠?"

말을 하다 보니, 주차장까지 온 재야는 비상에게 턱짓으로 타라는 시늉을 했다. 그러다가 이내 생각이 난 듯 휴대폰으로 어디론가 전화를 걸었다. 조수석에 앉은 비상은 옆으로 비스듬히 선 채 담배를 입에 물고 휴대폰 통화를 하는 재야의 입을 멍하니 쳐다봤다. 입술을 움직일 때마다 하얀 담배가 위아래로 살짝 움직이고 하얀 연기가 그 주위를 돌고 있었다. 단순한 행동이었지만 무척이나 매력적으로 보이고 굉장히 남자답다는 생각이 들자 비상은 화들짝 놀랐다.

'미쳤어, 미쳤어! 내가 무슨 생각을.'

서둘러 고개를 젓는데 통화를 마쳤는지 재야가 운전석으로 들어왔다. 알싸한 담배 냄새와 은근한 코롱 향기가 좁은 실내에 확 풍겼다.

"어디로 전화를 한 거예요?"

"그냥 좀 아는 사람."

시동을 걸고 차를 출발시킨 재야는 잠시 동안 말이 없었다. 차가 신호 때문에 멈춰 서자 재야는 다소 심각한 표정으로 말을 이었다.

"이시형 사범, 알고 보니 꽤 대단한 배경을 두고 있더군."

"호오~ 그래요? 하긴 생긴 거나 분위기가 범상치는 않았어요."

"그래? 어쩐지 거북하게 들린다?"

신호가 바뀌어 다시 차를 출발시킨 재야가 불만스럽다는 듯이 말하자 비상은 시큰둥하게 받아쳤다.

　"뭐, 그 반대인 경우도 있구요."

　비상이 일부로 들으라는 듯이 재야를 비꼬아 말했다는 것을 재야가 모를 리가 없었다.

　"킥. 그거 나한테 해당하는 말?"

　재야가 장난스럽게 맞받아치자 기다렸다는 듯이 비상이 냉큼 대답했다.

　"요상한 데서 눈치는 빨라요?"

　"자식, 말하는 거 하곤. 하여간 분위기 파악은 정말 못해. 앞으로 데리고 살 생각을 하니 눈앞이 깜깜하다."

　"데리고 살지 않으면 되죠, 뭐. 그럴 생각도 없지만."

　"아냐, 아냐. 난 특이한 거 무지 좋아해. 너처럼 특이한 녀석도 드물거든."

　재야의 말에 비상은 절로 얼굴을 붉히고는 창밖으로 시선을 돌렸다. 재야는 작게 쿡쿡거리며 웃더니 설명하기 시작했다.

　"이시형 사범 선유종합병원 신경외과 전문의인데다가 그 병원장의 둘째 아들이야."

　"엑? 정말이요?"

　"그래. 이상하지 않아? 의사라는 직업이 시간적 여유가 많은 편은 아닌데 말이지. 게다가 그가 사는 곳과 검도관은 거리도 상당하거든. 직업조차 속이고 검도관 사범을 하는 이유가 뭐라고 생각해?"

"그걸 내가 어떻게 알아요? 의사라는 것도 지금 그쪽한테 들어서 아는데."

"뭐, 그가 그런 수고를 아끼지 않을 만큼 바라는 게 있다는 거겠지."

"설마……."

놀란 표정의 비상을 보며 재야가 도전적인 시선을 던졌다.

"이제 알았냐?"

"검도관을 노리는 건가요?"

"뭐?"

비상의 뒤이은 대답에 순간 할 말을 잃은 재야가 어이없다는 듯이 비상의 반듯한 이마를 검지로 톡톡 밀었다. 재야는 이것도 자주 하니 재미가 붙었던 모양인지 반듯하고 작은 비상의 이마를 더욱 힘을 주어 꾹꾹 눌렀다. 그럴수록 얼굴이 구겨지는 비상의 모습을 보는 것도 재미있고.

"둔탱이. 쯧, 이시형도 참 불쌍하네. 뭐, 나한텐 다행인 거지만."

재야의 핀잔에 비상은 자신의 이마를 만지며 궁시렁거렸다. 재야는 같은 남자로서 이시형이 처음으로 안됐다는 생각이 든 순간이기도 했다.

이틀 뒤, 첫 출근 준비를 마친 비상은 현관으로 향하려던 걸음을 멈추고 곽 여사의 손에 귀를 잡혀 다시금 자신의 방에 끌려 들어가게 되었다.

"아야야야~ 왜 또 그래, 엄마는! 나, 출근해야 된단 말이에요!"

"고비상! 얼른 옷 벗고 어제 사다준 옷 중에서 하나 입어라."

"엄마! 면접은 내용이 중요한 거지, 옷차림이 뭐가 중요해?"

"비서 자리라며? 더군다나 네 오빠 대학 동기인데다가 중역 비서로 들어가는 주제에 그 꼬라지가 뭐야?"

"이 옷이 어디가 어때서요? 사람은 외모보다는 능력이 중요하다고요."

"흥, 능력 같은 소리하고 있네. 여자가 아무리 능력이 좋아도 얼굴이 박색이고 선머슴아 같으면 누가 거들떠 보기라도 하는 줄 아니? 어서 갈아입지 못해?"

곽 여사의 말에 비상은 잡힌 귀를 쓸어내리며 인상을 썼다.

"좋은 말로 할 때 갈아입고 나와라, 엉?"

다시 옷을 갈아입은 비상은 서둘러 인사를 하고는 재야의 사무실로 향했다. 서두른 덕에 재야가 말한 오전 열 시에 딱 맞춰 재야의 사무실에 도착한 비상은 문을 두드리며 은근히 긴장이 되었다. 이상한 우연으로 얽혔지만 다시 만날 일은 없을 거라고 생각했던 것과는 달리 그와 이렇게 엉킬 줄은 꿈에도 생각 못한 비상이었다.

"네, 들어와요."

간결한 대답에 맞춰 문을 열고 안으로 들어선 비상은 자신이 알고 있는 모습과는 다소 다른 모습으로 책상에 앉아 있는 재야를 향해 고개를 숙여 인사를 했다.

"안녕하십니까, 고비상이라고 합니다."

재야는 비상의 인사를 받으며 자리에서 일어섰다. 시계를 보니, 정확히 열 시를 가리키고 있었다.

'후후. 시간 하나는 정말 칼같이 지키는군. 공들인 보람이 있는 건가?'

왠지 모르게 들뜨는 감정을 지그시 누르며 재야는 들어오라는 말을 했다.

'자, 어디 준비할 시간을 넉넉히 준 만큼 변신한 모습을 감상해 볼까.'

재야는 문을 열고 들어오는 비상을 품평하듯 찬찬히 훑어봤다.

"……저어, 안 늦었는데요?"

조심스러운 비상의 행동에 재야는 고개를 끄덕였다. 짙은 청색의 약간 통이 넓은 바지는 비상의 길고 가는 다리를 감싼 채 보일 듯 말 듯 실루엣을 드러내 보이고 있었다. 꼭 맞는 짧은 원 버튼 재킷은 비상의 다소 마른 상체를 오히려 딱 보기 좋게 만들고 있었다. 안에 받쳐 입은 세로 줄무늬 셔츠의 긴 깃이 눈이 부시도록 하얗게 보였다. 넥타이 대신 맨 감색의 스카프가 상당히 도시적인 분위기를 풍기고 있었다. 재야는 만족스럽다는 듯이 고개를 끄덕였다.

'흠, 저 정도면 미운 오리새끼는 탈피한 것 같군.'

여전히 재야의 시선에 주눅이 들어 어정쩡하게 서 있는 비상에게 재야가 눈짓으로 소파를 가리킨다.

"그쪽에 좀 앉지."

비상은 그의 시선을 벗어나고픈 마음에 서둘러 소파로 향했다.

가끔 재야의 저런 눈빛을 마주할 때면 이상한 감각과 기분이 비상을 당황하게 만들었다. 소파에 앉는 비상의 모습을 보면서 재야는 그녀의 키가 크다는 것을 알고 있었지만 오늘처럼 비즈니스 정장을 한 모습은 더욱 위화감이 느껴지게 했다. 재야의 하얀 와이셔츠는 세로로 보라색의 줄이 들어가 있었고, 칼라와 소매 부분은 좀 더 짙은 색의 스티치가 들어가 있어 도시적이면서도 선정적인 느낌이 들었다.

'무슨 남자가 저런 여성적인 색도 소화를 잘하냐고. 보통 보라색이나 분홍색은 소화하기 힘든 색 아니었나?'

비상이 멍하니 재야의 모습을 바라보면서 그런 생각을 하고 있는데 야무지게 다물었던 재야의 입술이 열렸다.

"……고비상 씨."

무게감 있는 재야의 목소리가 낮지만 좀 전과는 다르게 들렸다. 비상은 이 울림 좋은 목소리가 그의 모습과 묘하게 어울린다는 생각을 하면서 쳐다보는데 재야의 표정이 일순 다시 일그러졌다.

'아, 왜 또 불만인 건데?'

"두 번 말하게 하지 말아요, 고비상 씨. 상관이 부르면 바로 대답을 해야 합니다. 그게 바로 윗분을 모시는 사람으로서의 기본예의죠."

재야의 거친 반말과 놀림에 익숙했던 비상인지라 재야의 이런 격식에 맞는 존대와 호칭이 어색하기만 했다.

"고비상 씨. 회사는 그냥 돈을 주는 곳이 아닙니다. 특히나 이윤을 추구하는 집단일 경우에는 절대 밑지는 장사를 하지 않죠. 무슨 말인지 알아들었습니까? 우리 회사에서 월급을 받을 생각이라면 좀 더 능동적으로 일을 하기 바랍니다. 특히…….”

잠시 말을 끊은 재야의 모습을 멀뚱하니 쳐다보자 그의 입술이 사악하게 벌어지는 것처럼 보였다.

“내가 당신을 세 번 연속해서 부르게 하지 말아줬음 좋겠군요. 난, 말귀 못 알아듣는 사람 딱 질색이니까요.”

갑자기 변한 모습도 그렇고 깍듯이 존대를 하는 재야의 모습은 어색하기만 했다. 그런 것이 표정으로도 나타났던지 재야가 좀 전의 표정을 지우고는 예의 그 능청스런 모습으로 돌아갔다.

“어때? 회사를 처음 본 소감이?”

갑작스런 반말에 비상은 화들짝 정신을 차렸다.

“아, 에, 일단 돈을 잔뜩 바른 값은 하네요.”

“뭐? 하하, 정말 너다운 발상이다.”

“물론이죠!”

너무 급히 대답하고는 어색했던지 비상의 손이 자신의 머리를 긁적거렸다. 그 순간 요란한 소리와 함께 자신의 손등에 느껴지는 날카로운 아픔에 비상은 소리를 질렀다.

“악, 왜 때려요?”

“칠칠치 못하게 머리는 왜 긁고 그래?”

“누가 칠칠맞다는 거예요, 지금? 오늘 아침에도 샤워하고 머리 감고 나왔다고요! 이건 일종의…… 버릇이란 말이에요!”

“고쳐.”

‘아, 진짜 미치겠네!’

뭐라고 한 마디 더 하려던 비상은 다음에 이어지는 재야의 말에 일순 입을 꼭 다물었다.

"말대꾸하지 말라고 했지? 자꾸 어기면 다 취소할 거야. 그 사진도 네 부모님께 갖다 드릴 거고, 서 원장의 집에서 있었던 일도 다 얘기할 거라고. 물론, 한침대를 쓴 것까지 모두."

두두두 쏟아지는 재야의 그 유치한 협박에 비상은 마지못해 고개를 끄덕였다.

"아, 알았어요. 그러니까 그만 하죠? 얼른 그 심각한 상태에서 벗어나시기나 하시죠. 뭣하면 결혼이라도 빨리 하시든지."

재야는 묘한 표정으로 비상을 보면서 은근히 물었다.

"이봐, 난 여자들한테 아주 인기 많은 남자라고."

"돈도 안 되는 인기 많아서 뭐 해요? 그냥 그 여자들 중 하나 골라서 얼른 해버리면 되겠네요. 그래야 나도 속 편하게 살고."

비상의 말을 들은 재야가 뭔가 모호한 표정을 짓자 비상이 물었다.

"왜, 왜 그렇게 쳐다보시는지……."

"남자는 말이야, 지극히 단순한 동물이거든? 도망가면 일단은 쫓고 보는 게 남자라고."

"그, 근데요?"

"네가 자꾸 나랑 결혼하기 싫다고 반항하니까 나는 왠지 무조건 너랑 결혼해야 할 것 같은 생각이 든단 말이야. 참, 이상도 하지?"

"하하, 그, 그럼 한번 진지하게 생각해 볼까요?"

"좋은 생각이야."

재야의 대답에 비상은 어째 이건 아니라는 생각을 했지만 딱히 반박할 말도 없고, 자꾸만 쳐다보는 재야의 시선이 부담스러워 계속해서 시선을 돌리고 있었다.

"고비상 씨. 당신은 비서란 자각이 없군."

"네?"

갑작스런 재야의 존댓말에 놀란 비상이 눈을 동그랗게 뜨며 되묻자 자리에서 천천히 일어서며 자신에게 다가오는 재야의 모습이 점점 크게 보였다.

"상사를 대할 때는 이렇게…… 눈을 마주치고 자, 이렇게…… 웃어야지, 안 그래?"

바로 앞까지 온 재야가 양손을 들어 그녀의 입술 끝을 붙잡아 위로 살짝 올려주었다. 입술 양쪽 끝으로 닿는 재야의 손가락이 주는 느낌에 비상은 깜짝 놀랐다. 바로 코앞에서 느껴지는 재야의 뜨거운 숨이 비상의 얼굴에 반복적으로 다가오고 있었다.

'제발 다가오지 좀 말아! 그리고 그렇게 거칠게 숨 좀 쉬지 말라고! 얼굴이 뜨겁잖아!'

속으로는 계속해서 말을 했지만 입으로 나오지가 않았다.

'이게…… 대체, 뭔 일이래?'

아무 말도 못하고 눈만 깜빡이는 비상의 모습이 웃겼던지 재야는 손을 떼고는 웃었다.

"놀란 건가? 이봐, 정신을 좀 차려 봐."

톡톡거리며 자신의 한쪽 볼을 살살 치는 재야의 행동은 비상이 못 느껴서 그렇지 다분히 장난스런 행동이었다. 하지만 워낙 패닉 상태에 빠져 있던 비상은 재야의 능글맞은 표정이 제대로 보일 리가 없었다. 연신 볼을 툭툭 쳐대는 느낌에 비로소 정신을 차린 비상은 바로 욱 하고 치고 올라오는 화를 억누르기가 힘들었다.

'어, 어딜 만져? 이, 이 남자가 정말? 내가…… 강아지로 보이나, 엉?'

여자치고 눈매가 제법 날카로운 비상이었다. 비상의 눈빛이 확 바뀌자 재야는 속으로 나오는 웃음을 삼켰다.

"이런, 표정관리를 하라고 하지 않았나! 기분이 나쁘더라도 표정은 정중하게, 말은 공손하게. 이게 바로 비서의 기본 자세라고."

평소의 마이페이스를 유지한 채 재야는 바로 앞에서 눈을 확 치켜뜨는 비상의 모습에 다시 한 번 웃음을 참았다.

'꼭…… 사나운(?) 오리새끼 같군.'

어린 시절 외가댁에 가면 집 마당에 있던 오리를 데리고 놀던 기억이 갑자기 생각난 재야였다. 작고 하얗던 그 오리새끼를 놀려 주려고 고무줄을 흔들다가 대뜸 고무줄을 물고 놓지 않는 그 녀석 때문에 졸지에 고무줄 낚시를 하고 말았던 재야였다. 그 모습을 보고 얼마나 많은 사람들이 웃었던지, 그때부터 재야는 낚시의 천재란 별명을 얻게 되었다. 지금의 상황은 다르지만 그때의 그 오리하고 비상의 표정이 똑같아 보였다. 재야는 나름대로 비상을 파악했다고 생각했다. 어리고 성질 급하고 먼저 부딪치고 보는 성격, 절대…… 여자 성격으로는 부담스러운 거였다. 재야가 그렇게 자신의 생각에 잠겨 있는 동안 비상의 분노는 더더욱 높아만 갔다.

'얼어 죽을! 비서는 사람 아니냐?'

단 한 번도 이런 식으로 감정 상하는 행동을 당해본 적이 없는 비상이었다. 당연히 좋은 말이 나올 수가 없었다. 검도 대련할 때 호면(검도에서의 머리 보호구)을 쓴 상태에서 맞는 것도 이보다는 덜 화가 났다. 하지만 지금의 이 느낌과 비교한다면 웃으면서 얼마든지 맞아줄 수도 있다는 생각이 무럭무럭 들기 시작했다.

"빌어먹을 이사님! 한 번만 더 내 얼굴 가지고 장난치시면 땅을 치고 후회할 일이 생길 겁니다."

그녀의 말에 다소 놀란 듯한 재야의 모습이 눈에 들어왔다. 하지만 그것도 잠시, 무언가 짓눌린 듯한 목소리가 거북하게 들려왔다.

"쿡, 빌어먹을 이사라. 좋은 표현이군."

정말 기분 좋다는 표정으로 말을 하는 재야의 모습에 비상은 얼굴을 확 구기고 말았다.

'젠장, 처음에 확인을 했어야 하는데. 오빠 친구 중에 이런 성격 파탄자가 있을 줄은 몰랐네. 제정신이 아닌 게야.'

비상은 분명, 욕을 한 것이다. 욕 듣고 저리 좋아하는 사람이 제정신일 리가 없다고 생각한 비상은 앞으로의 회사 생활이 막막해지고 말았다.

'결국, 난…… 똥 밟은 것이다. 고비원 가만 안 둘 테다!'

얼굴이 하얗게 질렸다가 새파래졌다가 인상을 찡그렸다가 화를 참는 듯한 비상의 표정에 재야는 나오는 웃음을 간신히 참고 있었다. 지극히 평범하고 가식적인 인간들만이 차고 넘치던 곳이었는데, 이 멀대같이 키만 크고 조금도 여자다움이 없는 녀석이 신선한 바람을 불러일으키려고 한다. 그것이 내심 기대되기까지 하는 재야였다.

'후후. 고비원. 고맙다고 해야 하나? 앞으로의 회사 생활이 재미있겠어.'

재야의 생각을 아는지 모르는지 비상은 여전히 화를 참으며 주먹을 쥔 상태였다.

"자, 그럼 일을 시작할까? 작년도 하반기 경영실적과 사 분기 업적 분석표를 검토해서 나한테 넘겨줘요."

제 할 말만을 한 재야가 절도있는 동작으로 몸을 돌려 자신의 책상에 탁 앉더니 고개를 숙이고 좀 전에 보던 서류를 보기 시작했다. 치미는 화를 다 풀기도 전에 상대방이 싸울 의사가 없다는 표현을 한 것이다.

'이 무슨…… 김빠진 맥주 병나발 불게 하는 짓이냐고!'

망연자실한 채 서 있던 비상을 쳐다보며 가볍게 한숨을 쉰 재야가 손동작으로 좀 전의 의사를 다시 재차 표현하고 있었다. 그 간단한 동작은…… 손가락으로 귀찮다는 듯이 그녀를 내쫓는 듯한 행동이었다. 이사실에서 나온 비상의 눈이 그녀가 사용할 책상에 머물렀다. 어느 틈에 갖다 놨는지 들어올 때는 깨끗했던 자신의 책상에는 여러 파일 묶음이 쌓여 있었다. 천천히 책상으로 다가간 그녀는 귀찮다는 듯이 자신의 다리를 벅벅 긁기 시작했다.

'아주 짜증의 극치를 달리는 날이야! 신발도 불편해 죽겠네. 발

은 왜 이렇게 가렵냐고! 이런 불편한 복장에 이런 신발을 신고 일의 능률을 기대한다는 게 이상하네.'

평소 간편한 바지와 운동화를 고집했던 그녀였기 때문에 다리에 착 달라붙는 실크 스타킹이나 앞이 뾰족하고 굽 있는 구두가 편할 리 없는 비상이었다. 게다가 새 구두인지라 좀 전부터 발이 아프다는 신호를 보내오고 있었다.

"대체 누가 신을 이따위로 만들어놨을까? 발 모양을 보고 만들었어야지, 구두 앞굽으로 도장 찍는 일을 할 것도 아니고, 참나."

의자에 앉아 신발을 벗고 발을 주무르며 눈으로는 책상 위에 펼쳐진 자료들을 훑기 시작하던 비상은 질서정연하게 정리되어 있는 철 사이사이로 누군가가 꼼꼼히 메모를 해 post—it으로 붙여놓은 것을 보면서 감탄했다.

'글씨 한번 똑 부러지게 써놨네.'

구두를 벗고 맨발인 채로 바닥의 카펫을 느끼자 나름대로 괜찮다는 느낌이 들어 비상은 그 상태로 서류철을 뒤지기 시작했다. 그렇게 한동안 일에 몰두하는 동안 비상은 바로 문 사이를 하나 두고 재야가 있다는 것을 까마득히 잊어버렸다. 정신없이 일의 흐름을 파악하고 숫자에 집중하느라 전화벨이 몇 번이나 울릴 동안 전화를 받지 않던 비상은 갑자기 벌컥 문 열리는 소리에 고개를 들었다. 얼굴이 벌게져서 문을 열고 나온 재야를 의아하게 바라보는 그녀에게 재야는 낮게 으르렁거렸다.

"내가…… 왜 비서를 뒀다고 생각하나?"

뜬금없이 문을 열고 나오더니 기껏 한다는 소리에 비상은 그걸 왜 자신한테 물어보는지 알 수가 없다는 표정으로 재야를 쳐다보았다.

"그걸 제가 어떻게 압니까?"

"뭐?"

어이없다는 표정의 재야를 보며 비상은 크게 한숨을 내쉬었다.

"제가 비서 일을 배운 것은 오늘 아침, 이사님이 전해준 말이 다였습니다. 그리고 던져 주신 일을 하라고 말씀하셔서 착실히 일을 하고 있었고요."

비상은 일어선 상태에서 자신의 허리에 두 손을 올리고 재야를 올려다봤다. 가뜩이나 맘에 안 들어 죽겠는데 고개를 들고 쳐다봐야 된다는 것이 또 기분 나쁜 비상이었다.

'하여간 키까지도 마음에 안 든단 말이야.'

비상은 기분 나쁘다는 티를 역력히 내며 그녀가 보고 있던 파일철을 손가락으로 가리켰다.

"뭐가 불만인지는 모르지만, 이사님. 이사님도 말하는 걸 다시 배우셔야 될 것 같습니다."

"뭐?"

재야는 너무도 당당한 비상의 모습에 그만 할 말을 잃고 말았다. 그런 그를 가르치는 선생님마냥 참 천천히도 말한다.

"사람이 적어도 대화라는 걸 할 때는 말입니다. 가장 기본적인 원칙은 지켜야 하지 않을까요? 비서를 왜 뒀냐고 물어보기 전에, 비서로서 할 일을 설명을 해주셔야 한다고 생각합니다만. 전 오전에 이사님께서 비서로서의 '바람직한 기본자세'에 대해 알려주신 것에 지극히 충실하고 있습니다만."

말문이 막힌 재야였다. 할 말이 없어서가 절대 아니었다. 알고
보니 성깔있는 것도 모자라서 한고집 한다는 것을 알게 된 재야는
어이없음에 고개를 젓더니 이내 할 수 없다는 듯이 그녀를 쳐다봤
다.

"고비상 씨, 지금 앞에 있는 전화기가 몇 대죠?"

"네 대입니다."

"잘 들어요. 왼쪽부터 이사실 직통 전화, 사내전화, 인터폰 순
입니다. 내가 일을 하다 인터폰을 누르면 불이 들어옵니다. 그때
는 재빨리 저한테 오십시오. 난, 인터폰으로 말하는 걸 별로 좋아
하지 않으니까요. 알았습니까?"

"……네."

"그리 보통은 직통전화로 전화가 옵니다. 그럼 인터폰을 누르
고 말을 하세요. '어디의 누가 전화가 왔습니다. 이사님, 몇 번 전
화 받으십시오'라고 말이죠. 아셨습니까?"

"……네."

"마지막으로 사내 전화는 설명 안 해도 알 거라 생각되는군요."

재야는 비상을 노려보며 한 자씩 또박또박 설명을 해줬다. 마지
못해 고개를 끄덕이는 그녀의 모습에 재야는 다시 일침을 놓았다.

"비서는 상사의 손발과도 같은 존재입니다. 그 말뜻을 잘 새겨
들으십시오. 상사의 마음을 헤아릴 줄 알아야 하는 존재라는 걸
말입니다. 마지막으로……."

말을 마치기 전에 뜸 들이는 게 버릇인가 보다라는 생각을 하며

재야를 쳐다보자 화를 꾹 눌러 참는 듯한 재야의 표정이 눈에 들어왔다.

"비서의 업무 중 하나가 바로 전화를 받는 겁니다. 알았습니까?"

"네."

바로 대답해 버리는 비상의 모습에 재야가 인상을 썼다. 꼭 잔소리하는 것 같아 이상해진 재야였지만 말이 끝나기가 무섭게 대답하는 비상의 태도가 석연치 않은 재야였다.

'젠장, 이거 사고뭉치를 데려다 놓은 거 아닌가 모르겠네.'

자신의 사무실로 들어온 재야는 자리에 앉아 인상을 썼다. 지금까지 대체 몇 통의 전화를 받은 건지 모르겠지만 이런 기본적인 것조차 모른다는 비상의 행동에 어이가 없었다.

잠시 생각 중이던 재야는 다시금 울리는 인터폰을 보며 말했다.

"뭐야?"

[보면 몰라요? 전화 왔잖아요!]

'이게, 정말? 누구한테 소리를 질러?'

단번에 자리에서 일어선 재야는 이사실 문을 벌컥 열고는 수화기를 들고 있는 비상에게 화를 냈다.

"당분간 전화 안 받을 거니까, 알아서 대충 끊어! 알았나?"

치사해도 어쩔 수 없다고 재야는 생각하며 도로 문을 쾅 닫아버렸다. 재야의 화난 모습에 놀란 비상은 수화기를 막을 생각도 못하고 혼잣말을 중얼거렸다.

"웬 히스테리? 노처녀 히스테리도 아니고, 남자인 주제에 생리

할 일도 없으니까 그날도 아닐 텐데, 왜 이유없이 짜증이야, 하여
간 지가 최고인 줄 알아요, 참나."

[……]

"여보세요? 지금 이사님이 굉장히 바쁜 일 때문에 잠시 나가셨
습니다. 죄송하지만 어디신지 알려주시면 들어오시는 대로 연락
드리겠습니다."

잠시 동안 말이 없자 비상은 이상하다는 듯이 조금 더 큰 소리
로 물었다.

"여보세요?"

[음…… 고 이사 들어오는 대로 회장실로 올라오라고 전해줬음
좋겠군.]

"아, 예. 알겠습니다."

전화를 끊고 나서 비상은 일어서서 이사실 문을 두드린 뒤 문을
열고 오만 인상을 쓰고 있는 재야에게 짧은 메시지를 전해줬다.

"방금 전화는 회장실에서 온 건데요, 들어오시는 대로 회장실
로 올라오시라고 하던데요?"

"뭐?"

당황한 재야가 다시 물어보자 비상은 인상을 굳혔다.

'나도 같은 말 반복하긴 싫다고. 성격 파탄자에 쪼잔한, 언어능
력이 모자란 사고 저능아.'

이것이 비상이 지금까지의 재야를 살펴보고 내린 결론이었다.

"그걸 왜 이제 얘기하는 거야?"

재야의 말에 비상은 어이없다는 표정을 지었다.

"전화 끊고 바로 말씀드리는 건데요?"

"젠장! 회장실 전화면 바꿔줬어야지!"

"오는 전화 알아서 끊어달라면서요? 왜 자꾸 이랬다저랬다 하는 겁니까? 지금 사람 성격테스트 해요? 아, 정말 성질나서 못해 먹겠네! 히스테리도 정도껏 부려야 할 거 아닙니까? 지금 사춘기예요? 나이 삼십에 사춘기도 아니고 대체……."

"고비상!"

버럭 소리를 지르는 재야 때문에 입을 다문 비상은 상당히 격해진 재야의 모습이 입을 닫았다. 저렇게 소리 지를 땐 정말 비상의 아빠인 고 회장과 꼭 닮았다는 생각이 불현듯 들었다. 이런 일을 다반사로 겪어온 비상인지라 이럴 땐 그저 말을 안 하는 것이 이기는 거라는 것을 습득한 그녀였다. 뭐, 한두 번 당해본 것도 아니었기에 비상은 아무 생각 없이 고개를 숙이고 다음 말을 기다렸다. 조신하게 눈을 내리깔고 있는 비상의 모습에 재야는 거친 숨을 참았다.

"잘 들어둬. 다시 한 번만 더 내 성질을 북돋았다가는 큰일날 줄 알라고, 알았어?"

"……."

"대답 안 해!"

"네."

'더럽고 치사해서 대답해 준다. 대답한다고 돈 잃는 것도 아니고. 성질 좋은 내가 참고 만다, 정말. 내 살다 살다 당신 같은 남자는 처음 본다고!'

속으로 욕을 하면서도 비상의 표정과 행동은 지금껏 보여준 모습 중에 가장 여자처럼 보여지는 행동이었다.

"좋아. 나가봐."

"네."

재야에게 등을 돌려 문 쪽으로 향하던 비상의 모습이 어딘가 이상하다는 생각을 하면서도 재야는 그게 무엇인지 알 수가 없었다.

'뭔가 달라졌는데…… 그게 뭘까? 그보다도 회장실로 먼저 가봐야 할 것 같군.'

양복 상의를 걸치고 문을 열고 나오는 재야의 눈에 뒤돌아선 채로 허공에 손을 쭉쭉 뻗고 있는 비상의 뒷모습이 보였다. 춤도 아니고, 그렇다고 체조도 아니고 무언가 다른 그 동작에는 꽤 절도 있는 느낌이 들었다. 그리고 이내 눈에 들어온 것은 비상의 맨발이었다.

'맨발? 신발을 벗고 대체 뭘 하는 거지?'

하지만 그 생각도 잠시, 투명한 스타킹을 신고 있는 비상의 다리가 재야의 시선을 끌었다. 아주 가는 발목과 탄탄히 잡혀 있는 다리 근육이 눈에 들어왔다. 평소 가늘고 긴 다리만 보아오던 재야의 눈에는 비상의 다리가 마치 잘 훈련된 명마의 다리처럼 늘씬하면서도 힘있게 보였다.

"뭘 하고 있는 거지? 난 회장실로 올라가니까, 점심은 알아서 챙겨 먹어."

비상은 하던 동작 그대로 멈춘 채 고개만을 돌린 어정쩡한 모습으로 어설픈 웃음을 지었다. 눈앞에 재야가 있다는 상상을 하면서 있는 힘껏 죽도를 휘둘렀다고는 절대 말할 수가 없었다. 어색한 포즈를 취한 상태에서 억지로 웃는 비상을 쳐다본 재야가 한 마디 툭 던졌다.

"약 먹었나?"

'아아악! 저 인간은 정말 나를 뭐로 보고!'

푸들거리는 인상을 가까스로 자제하며 비상은 고개를 간신히 저었다.

'정말 정신 건강에 하등 도움이 안 되는 인간이다, 저 남자는. 피곤해, 피곤하다고!'

회장실에 올라간 재야는 자신의 아버지인 백재희 회장과 즐겁게 담소를 나누고 있는 두 명의 여인을 보고는 잠깐이지만 인상을 썼다.

"어서 오너라. 성원백화점 사장님은 잘 알지?"

"네. 안녕하셨습니까?"

"호호, 언제 봐도 백 이사는 늠름하단 말이야."

"과찬이십니다."

인사를 하고 성원백화점 사장의 옆을 보니 수희가 뽀로통한 표정으로 새침하게 그를 쳐다보며 인사를 건넸다.

"오빠."

"어, 그래. 너도 오랜만이다."

재야가 자리를 앉자 백 회장은 기다렸다는 듯이 재야를 나무라기 시작했다.

　"너, 얼마 전에 수희 데리고 놀러갔다가 그냥 혼자 놔두고 왔다면서? 그 뒤로 연락도 안 하고 그런다고 수희가 나한테 내내 한탄만 하더라. 동생 같은 아이인데 잘해주지 그랬냐."

　아버지의 말에 재야는 흘깃 수희를 쳐다봤다. 그날 그렇게 클럽에서 나온 뒤로 수시로 전화를 해대는 수희가 귀찮아서 일부러 피한 것도 있지만 솔직히 비상 때문에 정신이 없었던 탓에 소홀했던 것도 사실이었다.

　"그날…… 미안했다. 갑자기 급한 일이 생겨서."

　"몰라요. 저 단단히 삐쳤다구요. 오빠가 바쁘다는 건 잘 알지만 전화 정도는 해줄 수 있잖아요."

　원망하는 투의 수희의 말에 재야는 미안한 표정을 지었다. 그 모습을 지켜보던 수희가 김성주 사장을 향해 고개를 돌렸다.

　"엄마, 나 여기 더 있다가 오빠랑 점심 먹고 들어가도 되죠?"

　"그래, 그러렴. 근데 백 이사가 시간이 될까 몰라."

　자신의 눈치를 살피는 김성주 사장을 향해 차마 안 된다는 말을 하지 못한 재야는 가볍게 고개를 끄덕였다.

　"그래, 그럼. 아직 업무가 다 끝난 건 아니니까 여기서 좀 더 있다 내려와."

　"아니, 싫어! 나도 오빠 사무실로 갈래."

　"허허, 그러려무나. 우리 같은 노인네랑 있는 게 뭐가 좋겠냐?"

　"달리 하실 말씀은 없으시죠?"

"그래. 수희 좀 잘 달래주렴."

"그럼 먼저 일어나겠습니다. 계시다가 가십시오."

인사를 한 재야를 따라 일어선 수희가 냉큼 재야의 팔에 팔짱을 끼고는 종종걸음으로 회장실을 나서는데 아버지인 백 회장이 갑작스럽게 말을 꺼냈다.

"참, 비서를 외부에서 데려왔더구나."

재야는 발걸음을 멈추고는 시선을 돌려 자신의 아버지를 쳐다봤다. 싱글싱글 웃고 있는 폼이 그다지 마음에 들지는 않았다. 게다가 저 속내에서 무슨 생각을 하는지 도무지 감을 잡을 수가 없었다.

"네. 그게 문제가 되나요? 인사권은 제게도 있습니다만."

'오호? 녀석 상당히 신경이 곤두서 있군. 항상 무표정한 녀석이 웬일이지?'

다소 신경질적인 재야의 말에 백재희 회장은 웃음을 지웠다. 유독 고집스럽고 자기주장이 강한 데다가 한 번 결정을 내리면 물러설 줄 모르는 성격 탓에 한때 자신과 등질 뻔했던 자식이었다. 몇 년 전 회사 일에 손을 대면서부터는 정신을 차렸는지 자신이 혀를 내두를 정도로 일을 잘해왔다. 때문에 한동안 마음을 놓고 있었다. 하지만 갑자기 비서를 제멋대로 들인데다가 비서에 대해 묻는 단순한 질문에도 예민하게 반응하는 재야의 모습에 백 회장은 직감적으로 뭔가가 있다고 생각하고 슬쩍 말머리를 돌렸다.

"뭐라고 하는 건 아니다만, 다소 술렁거리기는 하더구나. 뭐, 네가 워낙 사내의 여직원들에게 인기가 있어서 그런 거겠지."

떠보는 듯한 아버지의 말에 얼굴 표정 하나 바뀌지 않고 '그런데요?' 라는 표정을 짓는 재야를 백 회장은 살피듯이 바라보았다. 그런 백 회장의 눈빛이 부담스러웠던 탓인지 재야가 낮게 한숨을 쉬며 말을 이었다.

"인사발령이라는 것은 항상 사람들의 입에 오르내리는 편이죠. 이런 방법이 편법이기는 합니다만, 아주 없는 일도 아니잖습니까? 갑작스런 아버님의 이런 관심 전혀 달갑지 않습니다. 그것 때문에 절 부르신 것은 아닌 것 같은데요?"

재야의 말이 이어질수록 백 회장은 아들놈이 데리고 온 여비서가 점점 궁금해지고 말았다. 좀 전, 통화 내용으로 보건대 결코 평범한 여자는 아니라는 생각이 드는 백 회장이었다. 자신이 모시는 상사라기보다는 마치 친한 사람을 대하는 것 같은 말투였다. 게다가 수화기를 통해서 들렸던 말에 사례가 걸릴 뻔한 백 회장이 아니던가? 결코 호락호락한 아들이 아니었는데도 그 비서는 아주 절친한 사이에서나 할 법한 말투로 투덜거렸었다. 비서로서는 적합지 않다는 결론을 내렸던 백 회장이었는데 그런 비서를 알면서도 감싸고도는 재야의 행동에 재야와 그 비서와의 관계가 직장 상사와 비서 그 이상일 거라고 백 회장은 생각했다.

'흐음. 별로 말하고 싶지 않다는 투군. 그렇다면 일단 지금은 넘어가 주지.'

뭔가를 생각하는 것 같은 표정으로 재야를 쳐다보던 백 회장은 가볍게 한숨을 쉬고는 대화 내용을 돌렸다. 여기서 더 미적대다가는 분명 맞선조차 보지 않겠다고 말할 것이 뻔했기에 백 회장은 서둘러 재야의 관심을 다른 곳으로 돌려놓았다.

"네가 데려온 아이라니까 일은 잘하겠구나. 나중에 일손 모자라면 내가 좀 데려가도 될까?"

백 회장의 말이 채 끝나기도 전에 재야의 무표정한 모습이 일시에 무너졌다.

'누굴 데려가 일을 시킨다고? 아예, 말아먹지 않으면 다행이지. 공식적인 자리에서 무슨 핵폭탄 같은 말을 하라고 그 문제아를 빌려줍니까?'

차마 비상에 대한 진실을 말할 수 없었던 재야는 서둘러 대답했다.

"그건…… 좀 곤란하군요. 제 비서는 어디까지나 제 소관입니다. 정 일이 바쁘다면 인사팀을 이용하시지요."

재야가 이렇게 비상을 감싸는 것은 절대 그녀를 위해서가 아니었다. 만약, 그 망나니 같은 녀석이 아버지를 만난다면 무슨 일이 벌어질지 상상조차 할 수가 없었기 때문이다. 성격 또한 얼마나 포악하던가. 말끝마다 토를 다는 통에 재야는 처음으로 여동생이 없는 것을 감사하게 생각할 정도였다. 그런 재야를 바라보는 백 회장은 재야의 생각과는 전혀 다른 쪽으로 결론에 도달하고 있었다. 이를테면 그녀에 대한 소유욕이나 관심도랄까. 넌지시 거부의 뜻을 내비치긴 했지만 재야의 표정이 평소와 달랐기에 백 회장은 속으로 뜨끔했다.

'저 녀석, 혹시 지금 데리고 온 비서를 마음에 두고 있는 거 아닐까?'

그동안 따로 사귀는 여자가 없던 재야였기에 외부에서 비서를 들인다는 것부터가 의아해했던 백 회장은 아까 수화기로 중얼거리던 내용을 기억해 냈다.

'참, 맹랑한 아가씨 같던데. 재야를 그렇게 표현하는 걸 보면 말이야.'

자신의 아들이어서가 아니라 겉모양은 정말 어디다 내놔도 빠지지 않는다고 자부하는 그였다. 외모며, 집안이며, 학벌이며, 어디 한 곳도 빠지지 않았고 그렇기에 주위에서 사돈을 맺자는 말도 많이 들어왔다. 때문에 나름대로 자부심이 강한 백 회장이었다. 그런데 아까 그 비서는 재야를 '히스테리 부리는 노처녀(?)'로 표현하지 않았던가? 그럼 혼자만 마음에 두고 있다는 건가?

'설마, 저 녀석이 혼자서 가슴앓이를 할 정도로 바보는 아닐 텐데, 이상해. 내가 한번 알아봐야겠군.'

"알았다. 네 뜻이 정 그렇다면 할 수 없지 뭐. 그만 나가보거라."

백 회장의 말에 가볍게 목례를 한 재야가 수희와 같이 회장실을 나가자 기다렸다는 듯이 김성주 사장이 질문을 했다.

"새로 비서를 들였다구요?"

"흠. 그렇지 않아도 재야가 비서를 물색 중이었는데 며칠 전에 말을 하더군요. 직접 고르고 싶다고 하기에 그렇게 하라고 했었는데 설마 외부에서 데려올 줄은 몰랐어요."

백 회장의 말에 김성주 사장은 잠시 생각을 하더니 조심스럽게 말을 꺼냈다.

"백 회장님, 우리 수희를 어떻게 생각하세요?"

"밝고 참하고, 구김없고 귀여운 아이지요."

"그렇게 봐주시니 고맙긴 합니다만, 제가 묻는 것은 백 이사의 아내로써 어떠냐고 묻는 거예요."

백 회장은 난처한 질문에 그저 사람 좋은 웃음을 지었다.

"수희같이 귀여운 아이가 우리 집 며느리로 들어온다면 더없이 좋겠죠. 하지만 재야의 마음이 먼저이지 않겠습니까?"

백 회장은 진작부터 수희의 마음을 눈치 채고 있던 상태였다. 여태 아무 말도 하지 않았던 것은 재야의 감정을 몰랐기 때문이다. 재야의 성격상 맞선이라든지 정략결혼 같은 것은 애초에 기대할 수 없는 상황이었고, 그저 늦지 않게 결혼만이라도 했으면 좋겠다고 생각하던 차였다. 때문에 재야가 과연 수희를 여자로 받아들일지는 미지수였다.

"그럼 일단 운은 좀 띄워놓겠습니다. 백 이사의 마음을 수희가 얻었으면 좋겠어요. 그리고 그럴 거라고 믿어요, 전."

강단있는 김성주 사장의 말에 백 회장은 그저 잔잔한 웃음을 지을 뿐이었다.

"그럼 저도 이만 일어나 보겠어요."

"이런, 점심이라도 들고 가시지 그래요?"

"아니에요. 백 회장님도 바쁘실 텐데 이만 일어나 봐야지요."

고운 자태를 일으키며 김성주 사장이 나가자 백 회장은 바로 인터폰을 눌렀다.

[네, 회장님.]

"요 근래에 입사한 신입사원 신상명세서 좀 가져와요."

[요 근래라면 어느 정도의 기간을 말씀하시는 겁니까?]

"한 달 정도로 하면 되겠군. 단 한 명도 빠짐없이 갖고 와요. 참, 그리고 이건 대외적으로 비밀로 하고."

[네, 알겠습니다, 회장님.]

백 회장은 일단 소문이 날지도 모른다고 생각해서 일부러 여러 명의 자료를 부탁하고는 인터폰을 내려놓고는 자리에 앉았다.

"흐음, 이거 곤란하게 됐는걸?"

좀 전 김성주 사장의 말은 수희를 재야의 짝으로 인정해 달라는 말이었다. 백 회장이 보기에도 수희는 더할 나위 없이 좋은 조건의 아가씨였지만, 문제는 재야가 수희에게 관심이 전혀 없다는 것이었다. 요 몇 년 사이, 특별히 여성을 진지하게 사귀지 않았던 재야였던지라 백 회장은 새로 들인 재야의 비서가 무척이나 궁금해졌다. 만약, 그의 직감대로 재야가 새로 들어온 비서를 좋아한다면 어느 쪽을 택해야 할지 망설일 수밖에 없었다. 왜냐하면 김성주 사장과는 막역한 친우 관계였기에 좋든 싫든 약간의 껄끄러움이 남을 수밖에 없기 때문이었다.

회장실을 나온 재야는 조금은 다급한 심정으로 사무실로 내려왔다. 말은 그렇게 했지만 취업 첫날인데 점심을 못 챙겨준 것이 못내 마음에 걸리는 그였다. 게다가 생각지도 않은 수희를 동행한 탓에 같이 식사를 하자고 말하기도 애매한 상태라 은근히 짜증이 나기까지 했다. 하지만 재야의 짜증을 우습게 생각하기라도 하듯 사무실은 텅 비어 있었다. 얼핏 시계를 쳐다보니 정확히 12시 5분을 가리키고 있었다.

'아주 시간 하나는 칼이군.'

자신도 알 수 없는 아쉬운 마음이 드는 것을 억지로 누르며 재야는 중얼거렸다.

"아무리 그래도 그렇지, 그깟 오 분을 못 기다려? 너 비서 맞냐?"

"응? 뭐라고요?"

"아니, 아니다. 나가자."

헛웃음이 나오는 재야였다. 자신이 이렇게 관대하게 관심을 가져 주는 경우는 극히 드물었다. 그런데도 이리저리 잘도 내빼는 비상 때문에 괜한 오기가 생기는 재야는 어디로 가야 비상을 찾을 수 있는지 곰곰이 생각하느라 옆에 있는 수희는 이미 관심 밖이었다.

'아무래도 첫날이니만큼 회사 사내식당을 이용하지는 않을 것이고, 근처 지리를 모르니 기껏 가봐야 지하 아케이드 정도겠지?'

"오빠, 뭘 그렇게 생각해요?"

"응? 아, 그냥."

"오빠, 이상해요. 아무래도 뭔가 달라졌어요. 오빠, 혹시 사귀는 여자라도 생긴 거예요?"

수희의 말에 재야는 애매모호한 표정을 지었다.

"글쎄. 그러기도 하고, 아니기도 하고."

"에이, 무슨 대답이 그래요?"

"어서 타기나 해."

엘리베이터를 탄 재야가 지하를 누르자 수희는 불만스럽게 입을 비죽거렸다.

"겨우 점심 사준다는 게 지하에 있는 식당이었어요?"

"아무거나 된다면서?"

"치이, 그래도."

재야는 수희의 행동에 나직이 한숨을 쉬었다.

"윤수희."

"네?"

갑자기 성까지 붙여 불리자 수희는 긴장한 듯 눈을 동그랗게 떴다. 재야는 그런 수희를 찬찬히 쳐다봤다. 수희는 지극히 객관적인 입장에서 보면 무척이나 사랑스럽고 귀여운 여자였다. 하지만 단지 그뿐, 그녀에 대해 어떤 감정도 일어나지가 않았다.

"난 널 동생처럼 귀엽게 생각해. 무슨 뜻인지 알지?"

수희는 재야를 올려다보며 활짝 웃기 시작했다.

"오빠는 뭘 몰라. 오빠가 자기 되고, 자기가 아빠 되는 거 금방인데."

"아니. 난 그럴 생각 전혀 없어. 그러니까 자꾸 귀찮게 하지 마. 응? 이렇게 무턱대고 찾아와서 밥 사달라는 것도 이번이 마지막이라는 거야. 알아듣겠어?"

"어우~ 그럼 정말 비싼 걸루 먹어야 하는데."

수희가 애교스럽게 재야의 팔을 잡아당기며 샐쭉하니 웃는 바람에 재야는 한숨과 더불어 입을 닫았다. 지하에 도착한 재야가 뭘 먹을 건지 정하라는 시선으로 수희를 쳐다보자 수희는 근처의 샐러드 바로 향했다.

'칫. 오빠는 내가 얼마나 오빠 옆에 서고 싶어하는 줄 뻔히 알면서 그래. 내 어디가 그렇게 매력적이지 않는 건데.'

속으로 투덜거리며 들어선 수희와는 달리 입구에서 누군가를 발견한 재야의 표정은 음흉하게 변해갔다.

'고…… 비상? 대체 뭘 하는 거지?'

재야는 비상의 모습을 어이없다는 식으로 바라봤다. 재야의 눈에는 성을 쌓듯 완벽하게 샐러드를 퍼담는 비상의 모습이 이상하게만 보였다. 낯선 곳에서 혼자 점심을 먹고 있을 거란 생각에 잠시 안쓰럽기까지 했는데 재야는 기가 막혔다. 저리 행복한 표정으로 샐러드 성을 쌓는 모습 어디에서도 낯선 곳에서 느끼는 두려움 같은 것은 찾아볼 수가 없었다. 더군다나 지금 하는 모양새가 꼭 장난을 치는 것 같아, 순간 녀석을 제지해야 하지 않나 고민하던 재야는 자신의 그런 생각에 흠칫하고 말았다. 그녀가 뭘 하든지, 그건 자신과는 상관이 없는 일이었다. 하지만 그녀의 일거수일투족이 모두 눈에 걸리는 재야였다. 그리고 결정적으로…… 자신의 심리 상태는 그런 비상의 행동에 그냥 넘어가지를 못하고 있었다.

"오빠, 재야 오빠?"

수희가 그를 뒤에서 불렀지만 재야는 그저 '잠시만' 이라는 말만을 던지고는 비상이 있는 쪽으로 천천히 다가갔다. 재야의 눈에 접시 위에 산처럼 샐러드를 얹고는 그걸 보고 흐뭇해하는 모습의 비상이 눈에 들어왔다. 재야는 그 웃는 모습이 꼭…… 생쥐를 눈앞에 둔 고양이의 미소처럼 보여 보는 이까지 절로 웃음을 짓게 만들었다.

"성 쌓나?"

"헉!"

열심히 다독이며 접시 위로 계속해서 올라가던 샐러드의 한 층이 아슬아슬하게 무너져 내리는 바람에 급히 손으로 막고 고개를 든 비상은 인상을 팍 찡그렸다.

"아씨! 깜짝 놀랐잖아요!"

"뭘 하고 있는 거야, 더럽게?"

재야는 자신이 이처럼 누군가의 행동에 흥미가 생길 거라고는 생각지도 못했지만 비상의 행동은 정말 하나하나가 특이했다.

"보면 몰라요? 점심 먹잖아요!"

억울해하는 비상의 모습에 재야는 인상을 찌푸렸다.

"먹으려는 것은 알겠는데 왜 그렇게 무식하게 접시 위에 음식을 넘치듯 담느냐고?"

"다 내가 먹을 거란 말이에요!"

"이걸…… 다?"

놀랍다는 듯이 비상과 그 접시 위의 샐러드를 쳐다보던 재야의 얼굴이 심술궂게 변하기 시작했다.

"그래요. 먹으려고 담지, 그럼 이거 갖고 마사지라도 할 줄 알았어요?"

투덜거리는 비상의 모습에 자신도 모르게 바람 빠지는 웃음소리를 낸 재야의 눈빛이 다시 한 번 반짝였다.

"킥. 처음이라 잘 모르나 본데, 이곳은 점심시간에는 리필이 되는데?"

"그건 나도 알아요! 하지만 그러면 시간이 걸리잖아요. 차라리 한꺼번에 많이 담아서 두어 번 왕복하는 게 낫지."

비상의 퉁명스러운 말에 재야는 놀랍다는 표정을 짓고는 다시 물어봤다.

'설마, 저걸 다 먹고 또 먹을 거라는 말은 아니겠지?'

설마 하는 생각으로 재차 묻는 재야였다.

"이거 말고도 더 갖다 먹는다고?"

"그래요. 어차피 공짠데 점심시간 내내 먹을 거라고요."

"혹시 말이야……."

갑자기 고개를 숙이고 조용히 말을 하는 재야의 행동 때문에 비상은 가뜩이나 불편한 심기에 신경까지 곤두서고 말았다. 비상이 봤다면 분명히 사악하게 웃는다고 표현할 웃음을 지으며 재야는 비상의 귓가에 낮게 속삭였다.

'아아, 정말 점심시간만큼이라도 이 인간 낯짝 좀 안 보고 편히 음식 먹었으면 좋겠다.'

"……식충이라고 들어는 봤나? 크큭."

"……!"

비상은 황당한 표정으로 상큼하게 웃으며 자신에게서 멀어지는 재야의 모습을 보았다. 정말 사람 속을 뒤집는 말을 하는 재야였다.

"난 지금 막 구경하고 가는 중인데."

'시익충이?!'

딱 잘라 '밥벌레'라는 뜻을 가진 과학적인 한자어를 던지고는 여유있게 멀어져 가는 재야를 쳐다보는 비상의 눈에 불이 일었다.

'저게 정말 사람 화병으로 고꾸라지는 걸 보고 싶나, 대체 왜 저래? 그래, 오늘 그 식충이한테 어디 한번 제대로 당해보라고!'

비상의 눈에 재야를 향해 뭐라고 말을 하며 웃는 여자의 모습이 눈에 들어왔다. 그리고 순간, 든 생각에 비상은 씨익 웃으며 자신의 자리로 되돌아갔다. 우선, 복수보다는 눈앞의 음식이 먼저였으니까.

'일단 배를 채우고 두고 보자고요, 이사님.'

수희와 같이 빈 테이블로 향하는 재야는 내심 고소를 금치 못하고 있었다. 좀 전, 자신이 생각해도 유치하다 싶을 정도로 비상을 놀려줬었는데 확실히 어린애라는 것을 확인한 셈이었다. 표정을 구기며 씩씩거리는 모습에 절로 기분이 좋아지는 재야였다.

"누구예요? 무척 친해 보이는데요?"

은근히 물어보는 수희의 불안한 시선도 못 느낀 재야는 연신 터져 나오는 웃음을 가까스로 참으며 말을 이었다.

"그래? 하하, 아~주 친.밀.한. 사이지, 그럼!"

"……그래요?"

흘깃 고개를 돌려 재야와 말을 했던 여자를 쳐다보는 수희의 두 눈이 접시만큼 커졌다. 그 여자는 접시 위에 산처럼 쌓여 있던 샐러드를 무자비하게 먹어대고 있었다. 마치, 누군가에게 쫓기는 사람처럼 말이다. 하지만 왠지 낯이 익다는 느낌이 들어 수희는 그녀를 기억해 내려고 애를 썼지만 결국 포기하고 말았다. 지금의 비상과 얼마 전 그 클럽에서의 모습은 동일 인물로 보기에는 무리가 있었기 때문이다.

"아유, 무식하게 저게 대체 뭐 하는 짓이래? 정말 별종이네, 별종!"

자신도 모르게 혼잣말로 중얼거렸는데 그 말을 들었는지 재야가 수희의 시선을 따라가며 대답을 해주었다.

"그렇지. 무척 특이하다 못해 별종인 녀석이야."

수희는 다시 재야에게로 시선을 옮겼다. 방금 전, 재야의 말투는 평소 그가 쓰던 말과는 많이 달랐다. 거칠게 표현하고 있지만 다정함이 잔뜩 묻어나는 재야의 말에 수희는 괜히 불안한 마음이 들어 다시 한 번 재야가 쳐다보는 여자 쪽으로 시선을 보냈다. 여자치고는 제법 키가 큰 편, 아니, 모델을 해도 될 것 같다는 느낌이 들 정도로 날씬한 몸매였다. 정장을 입고 있는 치마 아래로 날씬한 각선미를 자랑하는 다리는 솔직히 수희의 눈에도 부럽게 느껴졌다. 하지만 그녀는 전체적으로 예쁘거나 귀엽다는 느낌보다는 다소 중성적이고, 날카롭다는 느낌이 들었다. 만약 청바지에 평범한 재킷을 걸쳤다면 꽃미남이라고 불려도 손색없을 외모였다. 수희는 질투 어린 시선으로 그 여자와 재야를 번갈아 쳐다봤다. 자신은 쳐다보지도 않고 여전히 다른 곳을 바라보며 웃는 재야의 모습에 이를 꼭 물었다. 일부러 그녀와는 제법 거리가 있는 쪽 테이블로 다가가 자리를 잡은 수희가 주문을 하고 접시에 약간의 샐러드를 담아 테이블에 앉았다.

"이만큼밖에 안 먹어?"

"이래 봬도 난 모델이라구요. 아까 저 여자처럼 먹어대다간 조만간 뚱뚱보가 되고 말 거예요."

재야는 수희의 말에 고개를 끄덕였지만 아무리 생각해도 저건 양이 너무 적었다.

"그래도 살찌는 거 걱정해서 너무 안 먹어도 건강에 해롭잖아. 먹을 땐 먹어줘야지."

그 말이 불쾌했던 모양인지 수희는 연신 포크로 푹푹 찌르기만 할 뿐 쉽게 음식을 먹지 않고 있었다. 그때 수희의 눈에 어느 틈에 그 많은 샐러드를 다 먹고 자신들이 있는 테이블로 다가오는 여자의 모습이 보였다.

'저 여자? 맞다. 그때, 클럽에서 오빠 친구라고 하던 여자잖아!'

비로소 비상을 언제 본 건지 기억해 낸 수희가 놀랍다는 표정으로 그녀를 쳐다보다가 이내 재야에게로 시선을 돌렸다. 친한 친구라고 하더니, 설마 같은 회사에 다닐 거라고는 생각지 못했다. 하지만 눈으로 직접 확인을 하니 더욱 기분이 저조해진 수희였다.

비상은 자신을 쳐다보고 불쾌하다는 표정을 짓는 여자를 보며 단번에 그녀가 누구인지를 기억해 냈다.

'어라? 그 클럽에서의 싸가지?'

생각지도 않은 만남에 이어, 겨우 저 여자와 점심을 먹기 위해 자신한테 그렇게 차갑게 말을 했나 싶자 울화가 치밀었다. 비상은 자신을 쳐다보는 여자와 그 옆에서 재밌다는 표정을 짓고 있는 재야를 향해 씩씩하게 걸어가며 가장 치명적이고, 가장 창피한 말로 재야를 무너뜨리고야 말겠다고 다짐했다. 바로 앞까지 다가온 비상은 눈을 흘기며 살포시 미소를 지었다. 재야는 씩씩하게 자신의 앞까지 걸어온 비상이 생각지도 않은 환한 웃음으로 자신을 쳐다보자 불현듯 몸이 굳고 말았다.

'어라? 저 녀석이 갑자기 왜 저래?'

비상의 성격상 그냥 물러날 것이라고 생각지는 않았지만 아무래도 녀석의 상태가 심상치가 않다고 재야는 느꼈다.

"이사님, 애인이신가 봐요?"

약간의 비음마저 섞인 비상의 목소리에 재야는 거부 반응마저 일었다. 평상시의 비상의 모습을 모른다면 충분히 넘어갈 수 있는 일이었지만 그러기에는 비상의 파격적인 모습을 너무 많이 본 그인지라 지금의 행동이 무척이나 부자연스럽게 느껴지는 재야였다. 재야와 마주 보고 앉았던 수희는 비상의 말에 기분 좋은 웃음을 지었다. 자신이 생각했던 것과는 달리 어쩌면 그 둘은 정말 친구일지도 모른다는 생각이 든 수희였다.

"너…… 왜 그래?"

"어머! 이사님, 왜 이러냐니요? 이거 완벽한 양다리죠?"

"뭐?"

"뭐라고욧?"

둘의 반응이 나름 재밌다고 판단한 비상은 이참에 둘 사이를 깽판 놓고 말겠다는 묘한 반발심이 타올랐다.

'그러기에, 왜 잘 있는 사람을 한순간에 벌레로 만드냐고!'

재야는 얼떨떨한 상태에서 아무 대답도 할 수가 없었지만 솔직히 다음 비상의 행동이 궁금하기도 해서 그냥 입을 다물었다.

"원조예요? 생각보다 파렴치한 아저씨네요."

재야는 비상의 말에 입이 딱 벌어지고 말았다. 원조라니? 지금 나더러 원조교제를 하냐고 묻는 건가? 어이없다는 재야의 표정과는 달리 수희의 표정은 조금 표독스럽게 변했다.

"내가 아무리 동안으로 보인다고 하지만 어엿한 스물두 살이에요. 그러니 원조는 아니죠. 그리고 우리 오빠가 왜 아저씨예요? 그쪽이 나이보다 겉늙은 거지."

따다닥 쏘아붙이는 수희의 말에도 비상은 예의 그 느물느물한 표정을 계속 짓고 있었다.

'저게 뭘 잘못 먹었나?'

수희는 가까이서 본 재야의 여자 친구가 상당히 잘생겼다는 것을 마지못해 인정할 수밖에 없었다. 생글생글 웃는 모습이 같은 여자가 보더라도 시원하고 잘생긴 모습이었다. 시원하게 치켜뜬 속 쌍꺼풀이 진 눈 하며 오뚝한 콧날과 약간은 크다 싶을 만큼의 입술 모양, 정말 연적의 관계가 아니라면 사귀고 싶을 만큼 재야의 여자 친구는 멋진 얼굴을 갖고 있었다. 씨익 웃으며 테이블을 양손으로 짚은 비상이 고개를 숙여 재야와 수희의 사이로 얼굴을 내렸다.

"우리 이사님 별명이…… 토끼인 건 알죠? 뭐, 좀 사귀었다면 워낙 껄떡대는 편이라 알고 자시고 할 것도 없겠지만 말입니다."

"네? 무슨 말이에요?"

"어허~ 이거 생각보다 너무 순진하시네?"

음흉한 표정과 느글거리는 눈빛에 수희는 도무지 여자치고는 평범한 구석이 하나도 없다고 생각했다. 재야 역시 시정잡배 같은 연기를 하고 있는 비상의 모습이 썩 내키지가 않았다. 순식간에 원조교제를 하는 변태가 됐는데 어느 남자가 좋아할까마는. 하지만 이내 비상이 말한 '토끼'라는 단어와 그 음흉한 모습에 무언가가 생각나자 재야의 표정은 급속도로 굳어가기 시작했다.

'저…… 자식이 설마?'

"어머, 몰랐어요? 그럼 아직…… 까진 아닌 모양이네요? 그럼 제가 경험자로서 충고하는데요, 이사님과 잠자리는 생각을 좀……."

"고.비.상!"

재야가 험악한 표정으로 낮게 비상의 이름을 불렀지만 비상은 재야 쪽으로는 고개도 돌리지 않고 있었다.

"토끼랑 별 차이가 없더군요. 일…… 분을 못 버티죠, 아마? 호호, 여자를 만족시키지 못하는 남자는 남자도 아니죠, 암요! 시작도 하기 전에 끝나 버리는 그런……!"

고개를 흔들며 손을 절레절레 흔드는 것도 모자라 재야를 쳐다보며 혀까지 찬다. 결국 더 이상 참지 못한 재야가 벌떡 일어나서 비상이 있는 곳으로 한 발 내디뎠다.

"너……!"

하지만 기다렸다는 듯이 비상의 시선이 자신의 허리 아래에 머문다는 것을 알고는 재야는 자신도 모르게 얼굴이 시뻘게졌다. 벌게진 얼굴로 죽일 듯이 노려보는 재야를 아무렇지 않게 쳐다본 후

비상은 수희에게 다시 시선을 맞추고 능청스럽게 말을 이었다.

"남자는 말이죠, 오로지 힘이죠, 힘! 후후. 열심히 노력해 봐요. 혹시 알아요? 이 절까지 갈 수 있을지. 나는 참, 맥 빠지더라고요."

비상의 말뜻을 겨우 알아차린 수희는 벌게진 재야의 피부와는 달리 하얗게 질려갔다.

'서, 설마, 저 여자하고 오빠가? 아니야, 아닐 거야!'

"오, 오빠? 저, 저 여자가 지금 무슨 말을……."

"조용히 해라."

낮게 깔린 재야의 목소리와 표정으로 보건대 무슨 일이 터질 것만 같아 수희는 궁금했지만 더 이상 질문을 하지 않았다. 하지만 여전히 연극조의 음흉한 남자 흉내를 내는 여자의 표정은 여전히 능글맞았다. 여자가 어찌 저런 표정을 지을 수 있는 건지 수희로서는 감히 흉내조차 내볼 엄두가 나지 않았다.

"산토끼, 토끼야, 어디를 가느냐~ 애국가를 부르며 어디를 가느냐~"

얼굴이 푸르죽죽하게 변한 재야가 기어코 억누르는 듯한 목소리로 음산하게 말을 내뱉었다.

"닥쳐! 고비상, 좋은 말로 할 때 그만 둬라?"

죽일 듯이 비상을 노려보던 재야는 이내 사람들의 시선이 동요를 부르는 비상에게 향하는 것을 알고는 얼굴색이 검게 변하고 말았다. 삼십 평생, 이렇게 쪽팔리고 또 쪽팔린 적은 단연코 없었다! 지금 비상이 자신에게 한 말은 남자의 자존심을 깡그리 무너뜨리는 것도 모자라 남자 본연의 모습을 거부하는 것이 아니던가?

'젠장! 네가 봤어? 봤어? 토끼라고? 일 분? 힘이라고? 으아아아, 제기랄, 저게 정말……!'

도무지 화를 풀 수가 없던 재야는 속으로 비상을 향해 이를 갈 수밖에 없었다. 비상은 남자들이 가장 비교되기를 거부하는 것! 가장 치명적인 핸디캡을 긁어놓고는 보란 듯이 도망가 버렸다.

어찌 그리 저속한 표현으로 속을 긁어놓는 것에 도가 튼 건지, 녀석의 살아온 날이 심히 궁금해지는 재야였다. 하지만 한편으로는 자신이 그렇지 않다는 것을 밝혀야만 된다는 남성으로서의 자존심이 점점 커져 갔다.

'고비상, 친구 동생이고 뭐고 필요없다고! 네가 말한 것이 진실인지 아닌지 내가 밝히면 되는 거 아냐, 안 그래?'

울분에 찬 재야는 증명해 보이겠다는 결심을 했지만 그 진실을 밝혀야 되는 대상이 바로 다름 아닌 비상이라는 것을 알고는 얼굴이 일그러지고 말았다. 진실을 증명할 만한 방법은 딱 하나, 하지만 비상을 상대로 할 수는 없는 일이었다, 적어도 당분간은 말이다.

'망할! 대체 내가 무슨 생각을 하는 거냐고! 저 녀석 어디를 봐서?'

자신의 능력을 증명할 수 있는 행동을 할 수 없다는 것에 좌절하고 마는 재야였다. 자신의 남성을 이리 하찮게 취급한 비상에게 약이 오를 대로 오른 재야는 이를 갈았다.

'고비상, 날 그렇게 걸고넘어졌다, 이거지? 후후, 기대해도 좋아!'

재야는 속으로 피눈물을 감추며 이른바 '고비상 인간 개조 프로젝트'라는 위험천만한 생각을 하며 음산하게 웃었다. 재야는 자신을 쳐다보며 질투로 활활 타오르고 있는 수희는 안중에도 없다는 듯이 오늘 저녁부터 바로 실행에 옮기리라 다짐하고 또 다짐했다.

재야와 수희의 얼을 한껏 빼놓은 비상은 발걸음도 가볍게 그곳을 빠져나와 사무실로 들어서자마자 배를 잡고 웃고 말았다. 자신의 놀림에 얼굴이 검게 변하며 푸들푸들 떨던 재야를 생각하는 것만으로도 이때까지 받았던 그 모든 스트레스가 일시에 날아가 버렸다고 느끼는 비상이었다.

"흐흐, 그러게 왜 가만있는 사람을 가지고 놀리냐고, 놀리길! 여자 친구에게 해명하려면 진땀깨나 빼야 할걸?"

기분 좋게 웃고 있던 비상은 전화벨이 울리자 수화기를 들었다.

"안녕하십니까? 백재야 이사실입니다."

[비상이니?]

"엄마? 어쩐 일이에요?"

[어쩐 일은. 우리 딸이 잘하고 있나 궁금해서 전화했지. 맘에 안 든다고 또 누구 하나 패고 있으면 이참에 아예 경북 할머니 약 부치는 김에 같이 택배로 부치려고.]

"하하, 엄마도 참. 내가 앤가 뭐. 만날 싸움만 하게."

[그나저나 이번 주에 시간 비워둬라.]

"이번 주말이요? 그건 왜요?"

[아버지께서 오랜만에 같이 식사나 하자고 하시더라. 친구 분도

초대한 것 같으니까 잊지 말고 다른 약속이 생겨도 미루라고.]

"단지 식사만?"

[호호, 그냥 식사만 할 거면 뭐 하러 이렇게 전화를 하겠니?]

연신 기분 좋아 죽겠다는 목소리로 웃는 엄마의 말에 비상의 표정은 벌레 씹은 것 마냥 떨떠름하게 변해갔다.

"뭐야? 맞선이라도 본다는 거야, 지금?"

[오호호호. 딸, 이참에 사고라도 쳐서 확 시집이나 가볼래?]

"엄마!"

[농담이야, 농담. 어련히 고르고 골라서 약속을 잡았을까 봐. 그럼 일하렴~]

끊겨진 수화기를 쳐다보며 비상은 한숨을 푹푹 쉬었다.

"왜 날 시집 못 보내서 안달하는 거냐고요! 난 겨우 스물네 살인데. 물론 매일같이 쌈박질 하고 다니고, 결혼 생각 없다고 말해서 걱정하는 건 알지만, 그래도 이건 너무하는 거 아니에요? 아씨, 정말 엄마 말대로 사고 치면 어쩌려고?"

"무슨 사고?"

"으헉!"

"저저, 말투 봐라. 네가 그러고도 여자로 보이길 바라는 건 아니겠지?"

"어, 언제 왔어요?"

"좀 전에."

"그럼 다 들었어요?"

"뭘? 아, 이번 주말에 선본다는 거? 아니면 이참에 확 사고 쳐서 남자 발목을 잡겠다고 말한 거?"

'젠장. 다 들었구만. 무슨 남자가 저렇게 소리 없이 나타나냐.'

"너 지금 소리도 없이 나타났다고 속으로 뭐라고 그랬지?"

"헉!"

"이번에 어떻게 알았지 하고 놀란 거지?"

경악하는 비상의 모습에 재야는 좀 전 상황도 잊고 웃음이 나왔다. 표정만 봐도 딱 알겠구만. 대체 어떻게 하면 그렇게 표정 하나로도 생각을 다 표현할 수 있는 건지.

"무서운 여자네? 맞선 볼 남자가 너무 불쌍하지 않아?"

"누가 맞선 보기나 한데요?"

툴툴거리는 비상을 보며 재야는 재빨리 머리를 굴렸다.

"그 맞선이라는 거 한동안 안 보게 해줄까?"

"네? 정말이요? 어떻게 하면 그렇게 할 수가 있는데요?"

바로 반색을 하며 물어오는 비상을 바라보며 재야는 남몰래 눈빛을 빛냈다.

"일단 커피 한 잔 마시면서 문제를 해결해 보자고."

사무실 안으로 들어서는 재야를 보며 비상은 좀 전 자신이 그를 놀린 것도 잊고 마냥 감동했다.

'아아, 어쩌면 생각보다 착한 사람일지도 몰라. 굼벵이도 구르는 재주가 있다잖아. 혹시 알아? 엄마의 마수에서 벗어날 기똥찬 방법을 말해줄지?'

서둘러 자리에서 일어선 비상은 재빨리 커피를 타가지고 재야에게로 향했다. 재야는 자신을 향해 두 눈을 반짝반짝 빛내며 기

대 어린 눈빛을 보내는 비상의 모습에 손이 근질거렸다. 맘 같아
서야 비상을 끌어안아 무릎에 앉힌 다음에 머리를 슥슥 만져 주고
싶을 정도였다.

"자, 여기 커피요. 그리고 어서 말해주세요. 무슨 방법이 있는
거예요?"

"후후, 있기는 있지. 다만, 대를 위해 소를 희생한다는 정신을
기본적으로 갖고 있어야 가능한 거지만 말이야."

"뭐가 그리 거창해요?"

"적을 알고 나를 알면 백전백승이라고 하잖아?"

"맞선 보는 거랑 그거랑 무슨 상관인데요?"

"쯧, 머리가 나쁜 거 아니야? 왜 이렇게 응용력이 부족해?"

"그쪽이 국어를 못해서 설명이 부족한 건 아니구요?"

"하여간 한 마디를 안 져요."

"하여간 그냥 넘어가는 꼴을 못 봤어요."

"고비상, 너?"

"아아, 알겠습니다, 이사님. 그러니까 머리 나쁜 비서를 위해서
자세히 설명을 좀 해주시죠?"

비상의 너스레에 재야는 피식 웃고는 천천히 입을 열었다.

"문제는 널 시집보내지 못해서 안달하는 어머님이 문제라는 거
지."

"그 정도는 나도 알고 있어요."

"그럼 어머님이 안달할 필요가 없게 만들면 되잖아."

"네? 그건 무슨 소리예요?"

"그러니까, 네 어머님이 시집보낼 걱정을 하지 않도록 하면 되는 거 아니냐는 거지. 예를 들면 사귀는 남자가 있다고 한다든지 말야."

재야의 말에 비상은 한심하다는 표정을 지었다.

"그런 걸 지금 해결책이라고 말한 거예요? 그런 건 나도 진작 써먹어봤다구요. 택도 없어요. 우리 엄마가 얼마나 눈치가 빠른데요?"

"시도는 해봤고?"

"그, 그건 아니지만…… 어차피 금방 들통날 텐데요 뭘."

시무룩하게 대답을 하는 비상을 보던 재야가 몸을 앞으로 수그렸다.

"그거야 네 주위의 남자들이 하나같이 시시껄렁했고, 눈에 안 찼으니까 그런 거겠지. 어머님의 마음에 쏙 드는 조건을 갖춘 남자를 데리고 가봐. 그 남자와 한동안 잘되어가는지를 놓고 고민하시겠지."

"그런 남자가 없단 말이에요! 지금 누구 염장 지를 일 있어요?"

울컥해서 쏘아붙이는 비상을 향해 재야가 엄지손가락으로 자신을 가리켰다.

"나 있잖아."

재야의 말에 비상은 황당하다는 표정으로 그를 쳐다봤다.

"그걸 말이라고 해요?"

"어어, 잘 생각해 봐. 난 비원이랑 친한 친구니까 일단 걱정은 하시지 않을 거고. 이만한 사회적 지위면 어머님도 만족하실 테고 말이야. 또 나 정도 인물이면 어느 누구도 거절하지 않는다고."

"아주 도끼를 지대로 휘두르시네요."

"뭐?"

"그거 완벽한 자뻑 증상이라고요."

"무슨…… fuck?"

비상의 말을 완벽하게 곡해한 재야가 경악하며 반문하자 비상은 고개를 설레설레 저었다.

"말 그대로 자신 스스로를 보고 한눈에 뻑 갈 정도로 멋지다고 생각한다는 거예요. 같은 단어로는 도끼병, 왕자병, 영어로는 나르시시즘이라고 해야 하나요?"

"하, 참."

비상의 말에 멋쩍은 것도 있지만 스스로 생각하기에도 얼굴이 붉어지고 만 재야였다.

"손해 볼 건 없잖아. 시도는 한번 해봐야 하지 않겠어?"

재야가 설득력있게 말을 했지만 비상은 여전히 미심쩍은 표정으로 재야를 쳐다봤다.

"믿을 수가 있어야지요."

"그럼 이렇게 하는 건 어때?"

"뭘요, 또?"

"나도 실은 고민이 있거든. 너도 아까 수희를 봤지?"

"아, 네."

"부모님이 잘 아는 집안의 딸이야. 어렸을 때부터 자주 만나왔지만 난 여동생 정도로밖에 생각을 안 하거든? 근데 아무래도 집

안 어른들의 움직임이 심상치가 않아."

"에, 정말요? 그럼 이사님도 맞선 봐야 된대요?"

재야는 은근히 심난하다는 표정으로 고개를 끄덕였다. 물론 고개를 숙이고는 웃음을 참았지만 말이다. 비상에게 던진 미끼를 그녀는 물지 않았다. 그럼 반대로 그녀를 낚시꾼으로 만들면 되는 것이다. 어차피 걸리나 낚나 매한가지니까 말이다. 아니나 다를까, 동질 의식을 느낀 비상이 좀 전과는 달리 호의적인 표정으로 변하는 것을 본 재야는 길게 한숨을 내쉬었다.

"넌 그냥 맞선이지만 난 두 집안의 문제도 있기 때문에 쉽게 거절을 할 수도 없는 상황이라고. 이 상태에서 계속 있다간 정말 약혼하자는 말이 나올지도 몰라. 그전에 나도 사랑하는 여자가 있다고 집에 얘길해 놔야 어느 정도 시간을 벌 수 있지. 그사이에 수희를 설득하는 수밖에."

"이런, 인기 많은 게 꼭 좋은 것만은 아니네요."

"그러는 넌?"

"나요?"

어리둥절하게 되묻는 비상을 쳐다보며 재야가 눈을 가늘게 떴다.

"이시형 사범. 아무래도 너한테 마음이 있는 것 같던데?"

"그래요? 그러면 곤란한데."

머리를 긁적이며 짜증스레 말하는 비상을 보며 재야가 슬쩍 다시 운을 띄었다.

"잘 생각해 봐. 이건 우리 둘한테 다 좋은 거라고. 너는 어머님의 맞선 재촉에서 벗어나고, 난 약혼식까지의 시간을 벌고, 그리고 넌 이시형 사범의 감정을 막아줄 남자가 필요한 상태고. 물론 뒤끝 없고, 완벽하게 말이야. 어때?"

재야가 연신 열성적으로 설명을 하자 비상 역시 좀 전보다는 더욱 긍정적인 반응을 보였다.

"그렇게만 된다면야 뭐……."

"절대 그렇게 되도록 해야지. 그래야만 우리가 정말 사귄다고 속아 넘어갈 거라고. 네 말대로 워낙 눈치가 빠르신 분이니까 주위를 속여야 어머님도 눈치를 못 챌 것 아니야?"

이 말이 쐐기였다. 비상의 고개가 결국 아래위로 끄덕여졌다.

'빙고! 이젠 됐다고.'

재야는 차를 마시는 척하며 나오는 웃음을 삼켰다. 이제부터 시작이다.

제9장 재야 X 비상 = 크로스

며칠 동안 재야와 비상과의 이상한 저녁 데이트가 진행되었다. 보란 듯이 검도관이며 집 앞까지 데려다 주는 것은 예사였고, 퇴근하는 시간 역시 항상 같았다. 그러니 사내에선 묘한 소문이 도는 것도 당연할 터. 출근을 하는 엘리베이터 안이나, 사내식당, 하다못해 화장실에서까지 은근한 시선들을 받아야만 했던 비상은 사실상 신경이 날카롭게 곤두선 상태였다.

그건 검도관에 가서도 마찬가지였다. 일주일에 두 번, 어떻게 알았는지 비상이 오는 날만 귀신같이 알아내고 나온 이시형 사범의 시선 역시 비상을 불편하게 만들기에는 모자람이 없었다. 다만, 이시형 사범이 비상과 대화다운 대화를 나눌 만한 시간이 없었다는 것 하나에 비상은 안도의 숨을 내쉴 뿐이었다. 그렇다고 해서 보란 듯이 연인 행세를 하는 재야가 편한 것은 절대 아니었다. 일단 비상이 겪어본 인간 중에 가장 까탈스럽고 열을 받게 만드는 인물이 그였으니까 말이다. 일상처럼 되어버려 이젠 익숙하기까지 한 저녁 식사 시간, 비상은 맞은편에 편히 앉아 있는 재야를 물끄러미 쳐다봤다. 배부른 소리라고 할지는 모르지만 비상은 이시형 사범과 백재야를 놓고 볼 때 둘 다 썩 내키는 타입은 아니라고 생각했다.

전자는 너무 날카롭고 차가워서 말조차 하지 않을 것 같은데 비해 후자는 쇼트닝 한 박스로도 부족한 느끼한 타입이고 수시로 사람 혈압을 올리는 재주가 탁월한 입만 산 남자라 그 둘의 만남은 아주 잠깐이라도 비상에겐 무척이나 곤욕스런 시간이었다. 날카롭다 못해 자칫 베어버릴 것 같은 이시형과는 달리, 유들유들, 싱글생글, 유유자적하는 재야의 행동은 기름 뿌리고 불구덩이 속으로 들어가는 것마냥 위험천만으로 느껴졌다. 하지만 지극히 객관적으로 볼 때나 개인적으로 볼 때 백재야라는 남자가 좀 더 남자답고 잘생겼다는 것은 사실이었다. 그걸 증명하듯이 그를 달고 다니는 내내 뭇 여성들의 부러움과 질투를 한몸에 받는 비상이니까 말이다. 재야는 비상이 자신에 대해 무슨 생각을 하는지 전혀 모르는 상태에서 메뉴판을 가져온 직원에게 익숙하게 주문을 하고 있었다. 그 모습에 혼자만의 생각에 잠겨 있던 비상이 퍼뜩 정신을 차리고는 기분 나쁘다는 듯이 투덜거렸다.

"뭘 먹을지 최소한 물어라도 봐야 하는 거 아니에요?"

직원이 가자마자 빠르게 투덜거리는 비상을 쳐다보며 재야는 말도 안 된다는 듯이 그녀를 쳐다봤다.

"네가 돈 낼 거야?"

재야의 얄미울 만치 단조로운 그 한 마디에 비상은 인상을 쓰며 입을 다물고 말았다.

"치사하게 돈 자랑은. 양이 작기만 해봐라!"

재야는 비상의 중얼거림을 듣고는 피식 웃을 수밖에 없었다. 맛없는 음식이 아닌 양이 적은 음식을 시켰다간 가만두지 않겠다는 비상의 말에 헛웃음을 삼킬 수밖에 없었다.

'후후, 스테이크 양을 보통으로 했다면 큰일날 뻔했군.'

보통 성인의 스테이크양이 180g인 것에 비해 재야가 시킨 것은 비상을 놀리기 위해 240g의 가장 큰 양을 주문했다. 그건 비상을 생각해서가 아니라 그녀를 놀리기 위해서였지만 내심 다행이라고 안도하는 자신의 생각에 재야는 다시 한 번 웃음을 삼켰다. 대체 언제부터였더라? 비상의 일거수일투족에 따라 자신의 감정이 수시로 바뀌는 것이 말이다. 요 며칠 자신은 정말 열심히라는 말이 무색할 정도로 비상의 뒤를 졸졸 따라다니며 잔소리를 해댔다. 그 덕에 재야는 자신이 시어머니 같다는 생각이 들 정도였다. 그 뒤 음식을 가져온 직원에게 많은 양의 스테이크를 비상 앞에 놓아달라고 해서 어리둥절하게 한 것만 빼면 무난한 식사 시간이었다. 식사를 한 뒤 가볍게 차를 한 잔 마신 두 사람은 차를 타고 비상의 집으로 향하는 중이었다. 운전석에 앉아 있으면서도 내내 기분이 좋은지 혼자 웃던 재야를 흘긋 쳐다본 비상이 이상하다는 듯이 말했다.

"뭘 그렇게 미친 사람처럼 헤실거려요? 정신 사납게."

재야는 비상의 말에 화도 낼 수가 없었다. 그저 비져 나오는 웃음을 간신히 참고서 비상을 쳐다보고는 힘들게 말을 이었다.

"대체, 그건 왜 왜 악착같이 먹은 거야?"

"뭐요?"

"그…… 스테이크와 같이 볶아서 나온 야채 말이야."

"아아, 그거요? 그것도 먹는 거 아니었어요?"

"맞긴 한데. 맛이 없다고 투덜거리면서도 다 먹었잖아. 거기다 내가 남긴 야채까지 말이야. 싫지 않았나 보지?"

재야는 은근히 기분이 좋았다. 자신을 싫어하는 것 같은데도 자신이 남긴 음식을 먹는 것을 봤을 땐 솔직히 조금 감동까지 했던 재야였다.

"그거 맛 때문에 먹은 거 아니에요. 무슨 놈의 고깃덩어리 값이 그렇게 비싼지, 원. 고기 맛이 좋기야 하지만 너무한 거 아니에요? 그래 봤자 고기 반 근도 안 될 것 같은데, 몇 근 값을 받는 거잖아요! 남기면 억울하죠."

재야는 유난히 돈에 집착하는 비상의 행동이 눈에 거슬려서 퉁명스럽게 질문하고 말았다.

"그렇다고 네 돈 나가는 것도 아니었잖아?"

"아무리 그래도 비싼 건 비싼 거예요. 이사님 여자들은 좋아라 했을지 몰라도 나는 아니에요."

비상의 대답에 재야는 퉁명스럽게 그녀를 쏘아보았다.

"넌, 대체 왜 그 모양이냐? 여자다운 구석은 눈 씻고 찾아봐도 없고, 아주 궁상맞잖아! 비원이는 안 그런데 도대체가!"

재야가 불만스럽게 제법 큰 소리로 말을 하자 비상은 그런 재야를 노려봤다.

"내가 여자처럼 안 보이는 게 문제예요? 아니면 궁상맞다는 게 문제예요? 대체 불만이 뭐예요, 정말? 왜 나만 보면 못 잡아먹어서 안달하냐구요!"

내내 날카로웠던 신경 줄이 띠링 하고 끊어진 것을 계기로 비상 역시 참지 못하고 소리를 지르고 말았다.

"지금 누구한테 큰소리로 대드는 거야, 엉?"

끼이익거리는 요란한 소음과 함께 몸이 앞으로 쑤욱 하고 쏠렸다. 벌써 두 번째의 이런 행동에 비상은 기가 막히다는 듯이 그를 노려봤다. 처음엔 클럽에서 나와 재야의 차를 타고 가는 도중이었고. 대체, 운전 중에 급정거하는 나쁜 운전 습관은 어디서 배운 건지. 놀란 가슴을 달래며 비상은 날카롭게 소리쳤다.

"곱게 죽고 싶다고 내가 몇 번이나 말했어요! 정말…… 읍!"

재야의 얼굴이 크게 보인다 싶더니 이내 거칠게 비상의 입술을 헤집기 시작했다. 비상은 너무도 놀라 그 상태에서 한동안 아무것도 생각하지 못했다. 귓가에서 들리는 재야의 거친 숨소리가 너무 커서 온몸에 소름이 오소소 돋아나 비상은 자신도 모르게 신음을 흘리고 말았다. 키스의 달콤함보다는 마치 벌을 주려는 듯 온 입 안을 헤집는 재야의 혀 때문에 입 안이 얼얼한 비상은 급하게 재야의 가슴을 두드렸다. 한참을 두드리고 나서야 비상의 입술에서 입을 뗀 재야는 거친 숨을 크게 삼키며 가슴을 들썩였다.

"나를…… 그런 식으로 자극하지 마. 정말 후회하게 될 테니까."

까만 동공이 번들거렸다. 눈동자가 저렇게 까맣게 물들 수도 있구나 싶을 정도로 검게 변한 재야의 눈은 몸이 떨릴 정도로 무섭게 다가왔다. 그건 키스의 난폭함과는 비교가 되지 않는 것이었다. 평소의 비상이 알고 있는 그의 모습과는 너무도 다른 표정과 눈빛에 비상은 그만 얼어붙고 말았다.

재야는 비상의 모습을 쳐다보곤 답답하고 혼란스러워 얼결에 자신의 머리를 쥐어뜯었다. 이런 식으로 감정을 폭발하기는 정말 드물었다. 항상 제멋대로이긴 하지만 그건 어디까지나 표면적인 모습일 뿐, 이런 식으로 깊은 속내를 온전히 드러내며 감정을 표출하는 경우는 거의 없었다. 적어도 고비상이라는 이상한 녀석을 만나기 전까지는 말이다.

"정말…… 널……."

할 말을 고르는 듯 재야는 한동안 입을 다물었다. 옆에선 연신 씩씩거리는 비상의 가슴이 들썩이는 것을 무심코 쳐다보던 재야는 별안간 벼락을 맞은 것처럼 놀라고 말았다.

'왜…… 널 대할수록…… 내 자신이 제어가 안 되는 걸까, 응? 이런 감정놀이도 정말 귀찮다고. 이런 시답잖은 대화를 하기 위해 널 쫓아다닌 게 아니란 말이야, 난.'

재야는 혼란스럽다는 듯이 인상을 찌푸렸다. 별거 아닌 대화였지만 비상이 돈 때문에 저렇게 궁상을 떤다고 생각하니 도무지 화를 참을 수가 없었던 것이었다. 더불어 비원이 자식에 대한 끊임

없는 욕이 튀어나오려고 했다. 하나뿐인 여동생을 여유롭게 자라게 해주지는 못할망정, 돈이 아까워 먹기 싫은 것조차 모두 먹으려 했던 비상의 행동이 실상은 화가 나고 안쓰러웠던 재야였다. 재야는 차를 다시 출발시킨 뒤에도 비상의 집에 도착할 때까지 아무런 말을 하지 않았다. 차가 멈추고 나자 재야는 가볍게 한숨을 쉬었다.

"내일 저녁 검도관 갈 거지? 기다렸다가 같이 가는 거 잊지 마."

비상이 고개를 돌리고 아무런 반응이 없자 재야는 답답하다는 듯이 자신의 이마를 한 손으로 쓸어내렸다. 이런 작은 행동 하나에도 이렇게 감정적이 되다니, 정말 갈 데까지 갔다는 생각을 하며 재야는 한숨을 쉬었다. 다시 물어볼 양으로 비상의 어깨를 잡자 어깨가 경직되는 것이 손바닥으로 느껴졌다.

"…알았어요. 그럼 안녕히 가세요."

비상이 내려서 집 안으로 들어가자 재야는 인상을 찡그리더니 휴대폰으로 전화를 걸었다.

"나다, 재야."

[어허 요즘 들어 자주 전화한다? 무슨 일이냐? 퇴근하는 중이야?]

"자식아, 너 그러는 거 아니야!"

[뭐? 무슨 소리야, 그건?]

"돈은…… 쓰라고 만든 거다, 샌님아!"

[야, 백재야. 무슨 말인지 알아듣게 설명해 줘야 할 거 아냐?]

수화기 속에서는 비원이 연신 어리둥절한 목소리로 뭐라고 중얼거렸지만 재야는 그 말만 하고는 휴대폰을 끊었다. 길게 한숨을 쉬고 천천히 차를 출발시키는 재야의 표정은 한껏 상기되어 있었다. 삼십 분 남짓을 달려와 자신의 아파트 지하에 차를 주차시킨 재야는 엘리베이터를 타고 자신의 집앞에 도착하자마자 보이는 여자의 모습에 인상을 굳히고는 빠르게 다가갔다.

"여긴 무슨 일이야?"

"아, 근처에 볼일이 있어서…….."

재야는 수희의 말에 인상을 더욱 찌푸렸다. 자신의 태도를 분명히 밝혔음에도 불구하고 이렇게 우연을 가장한 만남은 재야로서도 거북하기 짝이 없었다. 그때 식사 이후로 뭔가를 느낀 건지, 요즘 들어 더욱 재야를 자주 찾는 수희였다.

"근처에서 볼일을 본 시간치고는 좀 늦은 시간 아니야? 게다가 볼 일을 봤으면 그냥 가지, 굳이 십구층인 내 아파트까지 올라온 이유가 뭐야?"

노골적인 재야의 말에 수희는 자신의 구두코를 바라보며 한동안 머뭇거렸다.

"미안하지만 그냥 돌아가. 다시 나가봐야 하니까."

"오빠…… 알고 있지? 집에서 오빠랑 나랑을 어떻게 생각하는지 말이야."

약간의 울음기를 머금은 수희의 목소리에 재야는 멈칫했다. 그러고 보니, 저번 주말에 식사나 같이 하자는 아버지의 말에 시간이 없다는 말로 약속을 연기했던 것을 기억해 낸 재야가 의심스럽다는 표정으로 수희를 쳐다봤다.

"또 너냐?"

"네?"

"내일 저녁 식사 말이야. 너도 나오기로 한 거냐?"

갑자기 맞선 얘기를 꺼낸 아버지에게 상대방이 누군지도 묻지 않았던 재야는 그 대상이 수희라고 짐작하고는 말을 꺼낸 것이었다. 실제 맞선 상대가 다르다는 것은 꿈에도 생각 못한 재야였다.

"무슨 말이에요?"

어리둥절한 수희의 표정에 재야는 아니라는 말만 하고는 한숨을 쉬었다. 생각해 보니 비상 역시 저번 주말이 맞선 자리였지만 상대방이 피치 못할 사정이 있기 때문에 다음 주말로 연기를 했다고 했었다. 그러고 보니, 바로 이틀 뒤가 비상과 재야의 암묵적으로 인정된 맞선 날이었다. 같은 날 서로 다른 상대방을 만나 각기 다른 식사를 하고 시간을 보내야 한다는 생각이 들자 재야는 더욱 기분이 나빠지고 말았다. 왜 하필이면 같은 날이라는 건지.

"나는 안 돼요?"

"뭐?"

"왜 나는 안 되는 건데? 오빠를 옆에서 가장 많이 지켜본 것도 나고, 오빠 옆에서 오빠를 제일 잘 이해하고 도움을 줄 수 있는 사람도 난데, 오빠는 왜 그걸 몰라요?"

수희가 억울하다는 듯이 재야를 향해 말을 하자 재야는 한숨을 쉬었다. 이런 식의 감정 소모는 고비상 하나로도 벅찬 상태였다, 지금의 자신은.

"아무리 생각해도…… 이해하려고 해도 답답해서 참을 수가 없어요! 왜…… 왜 나는 안 되는 건데요? 내가 뭐가 모자라서 그래요? 나한테는 오빠뿐이었다구요. 처음 이성에 눈뜰 때부터 오빠만 봐왔단 말이야!"

기어코 수희가 눈물을 흘리며 소리치자 재야는 속으로 욕지거리를 지껄였다.

'젠장, 그런 고백 따위 듣고 싶은 녀석은 따로 있다고.'

"가라. 더 이상 네 감정을 나한테 강요하지 마."

"그래도 기회는 줘야 하잖아요!"

재야는 두 주먹을 꼭 쥐고 열심히 설명하는 수희의 손을 잡고 자신의 왼쪽 가슴에 갖다 대었다.

"무슨?"

놀란 수희가 움찔거리자 재야는 주먹 쥔 수희의 손가락을 하나하나 펴서 자신의 심장 부근에 갖다 대었다.

"느껴? 뛰지를 않는다고. 널 아무리 봐도 내 심장은 항상 그대로야."

수희가 손을 부들거리면서 재야의 손아귀에서 억지로 손을 빼냈다. 시큰거리는 팔목의 감촉보다 재야의 입에서 나온 말이 더욱 충격적이었다. 자신을 느끼지 못한다고 했다.

"뛰게 만들 거예요, 내가. 오빠의 고장난 가슴, 내게 뛰게 만들 거라구!"

"너만 힘들어."

"아니, 힘들어서 포기해도 내가 해요! 오빠 심장 간수나 잘하라구요!"

단정 짓듯 말을 한 수희가 포부도 당당하게 말을 하고 돌아갔다. 재야는 동생의 심술을 바라보는 오빠처럼 그저 난처한 표정만 지을 뿐이었다.

다음날 평소보다 좀 늦은 시간에 출근한 재야는 무뚝뚝한 얼굴을 한 채 비상을 쳐다보지도 않고 사무실 안으로 휙 사라져 버렸다. 어색하게 일어서서 인사를 건넨 비상은 그런 재야의 모습에 기가 막혔다.

"정말 웃겨. 누군 성질 없나? 기분이 나쁘면 차라리 치고받고 싸우는 게 낫지, 어우~ 이건 뭐, 짜증나서 못해먹겠네."

의자에 팍 주저앉던 비상은 스타킹의 올이 좍 나가는 바람에 기어코 울컥하고 말았다.

"아악! 정말 내가 야채도 아니고 왜 이렇게 포장지 같은 걸 뒤집어써야 하냐고!"

비상은 자리에서 벌떡 일어선 뒤 지하 편의점으로 가서 스타킹을 산 뒤에 엘리베이터를 기다리다 화장실로 향했다. 화장실 안으로 막 들어가서 올이 풀린 스타킹을 벗고 새로 사 온 스타킹을 신으려던 비상은 뒤이어 들려오는 무리들의 목소리 중 익숙한 목소리에 귀를 기울였다. 꽤 익숙한 목소리였다. 회사에 출근한 지 일주일째, 간혹 가다 새로 온 비상을 구경하기 위해서 일부러 이 사실에 들르는 사람들도 있었지만 비상 특유의 유쾌함으로 잘 넘어갈 수가 있었다. 다만, 여직원들의 시기는 생각보다 강해서 비상이 순간순간 욱하는 경우가 몇 번 있었다.

비상은 전날 식당에서처럼 부딪치기 싫어서 그녀들이 나갈 때까지 그냥 이곳에 있는 게 나을 것 같다는 생각에 조심스럽게 변기 위에 다시 걸터앉아 그녀들의 얘기를 듣기 시작했다.

"아유, 정말! 그렇게 무식하게 먹는 여자가 어디가 좋다고 총무팀장님은 같이 밥을 먹고 싶어할까 몰라."

"하는 걸 보면 뭘 하다 왔는지 안 봐도 비디오야, 정말! 정말 천박하지 않았니?"

"그러게요, 언니. 어떻게 해서 백 이사님의 비서가 됐는지 지금도 이해가 안 간다니까요?"

"후후, 지 주제도 모르는 거지 뭐. 그런 애가 이사님 눈에 차기나 하겠어? 게다가 오늘 옷 입은 거 봤어? 비서라는 여자가 옷차림이 그게 뭐니, 정말? 회사를 놀러온 것도 아니고 말이야. 우리 회사 쪽팔리게 해도 유분수지. 이사님도 정말 이해가 안 가!"

비상은 앉은 상태에서 자신의 옷차림을 살펴봤다. 짙은 회색의 다소 짧은 치마바지와 귀여운 느낌이 나는 같은 색의 캐주얼 재킷, 그 안에 입은 후드 티와 조끼. 비상의 눈에는 별로 문제가 될 건 없어 보였다. 뭐, 비서가 만날 딱딱하게 비즈니스 정장만 입으라는 법은 없으니까 말이다. 다시 귀를 기울이자 좀 전보다 더욱 흥분된 목소리가 들렸다.

"흥, 그나마 다리는 보여줄 만했나 보지? 그럼 뭐 하니, 가슴이 절벽이던 걸! 옆에서 보니까 남자랑 구분이 안 되더라. 아주 하는 행동이랑 선머슴 같은 게 딱이던데 뭘."

"언니 말이 맞아요! 얼굴도 못생긴 게 자신감은 넘쳐서 화장도 안 하고 오는 거 보면 웃기지 않아요? 흥, 혼자 튀려고 아주 기를 써요, 기를!"

"못생긴 게 무슨 죄겠니. 화장을 해도 소용이 없으니 그런 거겠지. 아무튼 재수 없어!"

비상은 더 이상 참을 수가 없어 화장실 문을 쾅 요란하게 열고 밖으로 나왔다.

"어머! 깜짝이야! 헉, 고, 고비상 씨?"

비상은 상기된 표정으로 눈을 쫙 치켜뜬 채로 앞의 두 여자를 차례차례 노려봤다.

"감사실 정미경 선배, 그리고 회계팀의 이선주 씨?"

날이 파랗게 선 비상이 눈에 힘을 주고 두 명의 여자를 번갈아 쳐다보며 이를 갈았다.

"내가 뭐 먹는 데 보태준 거 있어요? 살찔 걱정 없고, 먹고 싶어 먹는다는데 무슨 불만이 그렇게 많아요? 얼굴이 못생겼다구요? 하, 참나. 이래 봬도 학교 홍보물에 얼굴 올린 사람입니다. 설마 화장 떡칠해서 무슨 경극 가면 쓴 당신들만도 못할까 봐? 가슴이 절벽이라고요? 비서 뽑는 조건에 가슴이 무슨 B컵 정도는 되야 된답니까? 당신들도 그 가슴의 반은 뽕브라 아닌가? 그거 빼면 나랑 비슷할 것 같은데. 그리고 다리만 봐줄 만하다고? 이거 왜 이러셔, 내 다리는 자타가 인정하는 백만 불짜리라고요, 알아요?"

열이 있는 대로 뻗친 비상이 빠르게 말을 쏟아 부으며 씩씩대자 두 명의 여자는 할 말을 잃은 듯 입만 벙긋거렸다. 물론 창피함에 빨갛게 물든 얼굴이 볼만하다고 생각하며 비상은 크게 숨을 들이켜고 마지막 일침을 놓았다.

"한 번만 더 내 신체나 먹는 거에 대해서 들먹이기만 해봐요. 당신들이 옷 쇼핑할 때 난 모래주머니 달고 수련한 몸이다, 이거예요. 못 먹어서 날씬한 게 아니라 운동으로 다져진 몸이라구요. 확인하고 싶으면 수영장이라도 갈까요, 우리?"

"어머어머!"

연신 어머를 난발하는 두 여인을 지나치며 비상은 작게 속삭였다.

"그리고 자꾸 이상한 소문을 지어내서 퍼뜨리면 나도 가만있지 않을 거예요. '명예훼손죄'로 고발할지도 몰라요. 그리고 누가 퍼뜨렸는지 모르겠지만 나, 낙하산 맞아요. 그거 무슨 뜻인지 알죠? 잘 처신하리라 믿어요. 그럼 이만."

여유있게 화장실을 나온 비상은 사무실로 올라가려고 엘리베이터를 기다리다가 반대편에서 걸어오는 국제 금융팀의 박 대리를 보고는 멈칫했다.

"어머, 비상 씨? 왜 거기서 나와요?"

"아, 화장실이 좀 급해서요."

국제 금융팀의 박정아 대리는 비상의 대학 선배였다. 물론 과는 달랐지만 꽤 명문대였으니만큼 박정아 대리가 재원인 것은 사실이었다. 몸으로 하는 것에 자신있던 비상과는 달리, 그녀는 여러모로 세계 정세나 금융권의 흐름들을 꿰뚫고 있었다. 물론 그건 간간이 커피를 마시면서 한 대화를 통해 비상이 깨달은 것이었다. 전혀 공통점이 없을 것 같은 두 사람이지만 비상의 특이한 성격과 같은 학교 후배라는 것을 알고는 급속도로 친해진 회사 동료였다.

비상은 갑자기 궁금한 것이 생각나 박 대리에게 질문을 했다.

"선배도 백 이사님 좋아해요?"

"뭐? 글쎄, 회사 여직원들의 우상이니까 아니라면 거짓말이겠지. 하지만 뭐, 잘난 남자라는 것 정도? 어차피 내 남자가 될 거 아닌데 침만 삼켜서 뭐 하게. 속만 쓰리지."

"백 이사님이 그렇게 멋진 남자예요?"

"그럼. 능력 되지, 얼굴 되지, 몸매 착하지, 배경 죽이지, 빠지는 구석이 하나도 없는데. 게다가 그 목소리, 너무 중후하잖아. 옆에서 듣는 것만으로도 전기가 자르르 흐르던 걸!"

'그럼 뭐 해요? 인간성은 개싸가지에, 행동은 능구렁이와 너구리를 합해놓은 것 같은걸.'

비상은 한숨을 푹푹 쉬었다.

"저기, 박 대리님."

"응?"

"아직 점심시간이 좀 남았는데 저랑 차 한 잔 하실래요?"

"그래? 그럼 그러지, 뭐. 대신 비상 씨가 커피 사는 거다?"

"네. 맡겨만 주십쇼."

"호호, 가끔 비상 씨 말투 너무 재밌어. 아니, 그렇다고 울상 지을 건 없고! 난 정말 비상 씨랑 얘기하면 유쾌하거든. 잠시만, 같이 나가자."

박 대리와 직원 휴게실 쪽이 아닌 비상구 쪽으로 간 비상이 커피 두 잔을 뽑아 한 잔을 박 대리에게 건네고는 잠시 머릿속의 생각을 정리했다. 그런 비상을 쳐다보는 박 대리의 눈빛은 호기심에 가득 차 있었다.

"아까 지하 화장실에서 우리 회사 여직원 둘하고 한판 뜨고 왔어요."

"뭐?"

방금 뽑은 자판기 커피를 받으며 박 대리가 눈을 동그랗게 떴다.

"대체 왜 나를 그렇게 싫어하는지 모르겠어요. 나에 대해 잘 알지도 못하면서 무슨 불만이 그렇게 많은 건지. 참다 참다 결국은 확 폭발하고 말았죠, 뭐. 아마, 내일쯤이면 이 빌딩에서 제 이름 모르면 간첩 소리 나올지도 몰라요."

비상이 침울하게 말을 하자 박 대리는 잠시 그녀를 바라봤다.

"음, 비상 씨에 대한 소문이 꽤 돌긴 해. 하지만 뭐랄까 근거없는 악의보다는 왜 그런 거 있잖아. 괜히 연예인 보고 수군거리는 그런 거. 약간의 선망도 섞이지 않았을까?"

"에이~ 설마요."

"아니, 아니야. 나도 비상 씨가 얼마나 부러운데. 요즘 가장 이슈되는 사내 소문이 비상 씨하고 우리 회사 절대미남 백 이사님과의 열애설이잖아."

"후유~ 열애설은 무슨."

"어머, 왜 그래? 나도 몇 번 멀리서 봤는데, 뭘. 이사님이 무척이나 생각하는 것 같던데?"

"그건……."

비상은 차마 속사정까지는 알려줄 수가 없어 말을 끊었다. 차라리 툭 터놓고 아무 사이도 아니라고 말한다면 얼마나 좋을까? 하지만 그런 생각을 하자마자 왠지 그러기는 싫다는 반감이 강하게 들었다.

"근데 말이야, 정말 화장을 안 하는 이유가 얼굴에 자신이 있기 때문이야?"

"에엑?"

비상은 박 대리의 질문에 황당하다는 듯 김빠진 소리를 내고 말았다.

"대체 그 근거없는 소문은 어디서 나온 거래요?"

"호호, 여자들 많은 곳에서는 그런 소문들이 워낙 무성하니까 별로 신경 쓰지 마. 왜, 괜히 그런 거 아닐까 하고 말하는 걸 옆에서 듣다가 그런 거라더라 이렇게 와전되는 거지 뭐."

"정말 그렇게 믿는 사람들이 더 신기하네요, 내 얼굴 어디가 볼만한 게 있다고."

"어머, 아니야, 비상 씨! 비상 씨 굉장히 매력적인 얼굴이야, 정말이야!"

"아아, 박 대리님, 그렇게 위로해 주시지 않아도 제 얼굴은 제가 더 잘 알거든요. 솔직히 여자로서 매력은 없잖아요."

"아니, 그런 뜻이 아닌데…… 뭐랄까, 섹시하면서 되게 자유로운 모습. 정확히 꼬집어서 표현할 순 없지만 야생마 같다고나 할까? 이거, 비교해 놓고도 웃긴 표현이긴 한데, 정말 그런 느낌이 들어. 자유롭고 구김없고, 거침없는 분위기 보면."

박 대리의 심각한 표정에 비상은 어이없이 웃고 말았다.

"한마디로 정신 못 차린다는 말이지요 뭐. 망아지 같단 소리죠? 집에서도 그런 소리 종종 들어요."

머리를 긁적이며 코를 찡그리고 말하는 비상을 바라보는 박 대리의 표정이 환해졌다.

"호호, 아무튼 보통 여자랑은 확실히 달라. 그리고 가까이서 보니까 피부도 굉장히 좋고 약간만 화장해도 상당히 달라 보일 얼굴인데 뭐."

"저, 화장 같은 거 안 해봐서 서툴러요, 어색한 것도 있고. 하지만 화장 안 한다고 이런 소문까지 돌 줄은 몰랐어요."

"그거야, 워낙 그런 쪽으로 민감한 애들이 있으니까. 이참에 비상 씨도 화장 배우면 되지."

"하하, 그런 걸 어디 가서 배워요?"

"호호, 내 동생이 스타일리스트야. 그쪽으로는 꽤 이름이 있거든. 그렇지 않아도 오늘 만날 예정인데 같이 나갈래? 그 애도 비상 씨 보면 되게 좋아할 것 같은데."

비상은 자신을 보고 좋아할 것 같다는 박 대리의 동생에 대해서 왠지 모를 불안감을 느꼈지만 이런 식의 호의가 처음인지라 거절 못하고 그 자리에 나가겠다고 말을 해버리고 말았다.

퇴근을 준비하던 비상은 재야가 책상 앞까지 다가오자 의아하다는 듯이 고개를 들었다.

"왜요? 오늘은 검도장 안 가는데요?"

"넌 꼭 검도장을 가야만 나랑 퇴근하냐?"

뭐가 불만인지 오늘 하루 내내 퉁퉁거리는 재야의 행동에 화가 났지만 비상은 간신히 표정을 풀며 말을 이었다.

"실은 오늘 금융팀의 박정아 대리님하고 약속이 생겼어요. 이 사님 먼저 퇴근하세요."

"약속? 무슨 약속인데?"

"뭐, 그냥저냥."

비상이 얼버무리며 대답을 피하자 재야가 의심스럽다는 듯이 비상을 노려봤다.

"소개팅 하냐?"

"설마요."

말도 안 된다는 듯이 딱 잘라 부인하는 비상을 보면서 재야는 한층 인상을 찌푸렸다.

"그럼 나랑 같이 가면 되겠네."

"왜 이사님하고 같이 가요? 이젠 되도록 회사 근처에서는 그러지 말아야 될 것 같아요. 사내 소문도 이상하고, 오늘 그렇잖아도 사내 여직원하고 안 좋은 일도 있었단 말이에요."

"뭐? 너 또 사고 쳤냐? 회사 직원을 폭행한 건 아니지?"

"아씨, 정말. 내가 깡패예요? 그리고 여자한테 폭력을 쓴다는 게 말이 돼요?"

비상이 팩 하고 소리치자 재야는 입술이 오랜만에 느슨하게 풀리는 걸 느끼며 말을 이었다.

"네 입에서 할 말은 아닌 것 같은데? 하긴, 네 녀석한테 주먹을 휘두를 정신 나간 녀석은 얼마 없지, 암."

재야의 비아냥거림에 비상은 인상을 팍 썼다. 저리 비뚤어진 성격도 모르고 모두 죄다 겉껍질에만 속아서 좋아라 난리를 치지. 같이 지내봐라, 가까운 시일 내에 화병으로 입원하고 말 거다, 정말.

"늦게까지 술 마셨다면서요? 그냥 일찍 집에 들어가서 쉬지 그래요?"

"오호~ 오늘 내내 저조했던 이유가 나 때문이었어? 내가 몸 상할까 봐?"

"아, 정말!"

마지막으로 정리한 결재서류를 탁 소리 나게 덮어버린 비상이 자신의 책상을 손바닥을 쫙 펴서 짚고 일어서며 재야를 노려봤다.

"내가요! 이사님 좋아하는 열혈 여직원들 때문에 없는 위병이 생기려고 하거든요? 뭘 보고 좋아하는지 모르지만 내가 이사님을 차지했다고 수군거리는 탓에 밥이 안 넘어가요, 알아요?"

"거짓말. 아까 식당에서 밥 먹는 거 다 봤는데, 뭘. 말이 나와서 하는 말인데 식당 이용하는 여직원들 중에 너처럼 밥 두 번 타먹는 여자는 없더라. 식당 밥이 그렇게 맛있냐?"

"그럼 맛없어요? 반찬도 많고, 밥도 기름이 좌르르 흐르고, 오늘 나온 돈가스는 정말 맛있었다구요! 사람들이 말이야, 양심이 있어야지. 지하철에 노숙자들을 생각하면 그렇게 밥 남기면 안 된다구요. 우리나라가 언제부터 잘살았다고."

비상의 말에 한심하다는 눈빛으로 그녀를 본 재야가 고개를 저었다. 어떻게 말이 그런 쪽으로 튀는 건지.

"내가 너한테 무슨 말을 하겠냐. 그럼 난 그냥 들어갈 테니, 알아서 퇴근해."

"알았어요. 안녕히 가세요."

"참, 그 사업계획서는 잘돼가나?"

재야의 질문에 비상은 예의 그 환한 미소를 지었다.

"당연하죠. 친구들한테도 연락했으니까 조금만 더 기다려 주세요. 곧 환상적인 사업계획서를 갖다 드리죠!"

비상의 모습을 뚫어지게 쳐다보던 재야가 한 손으로 그녀의 머리를 슥슥 매만졌다.

"그래. 기대하지. 너무 늦지는 마라. 이따가 전화할 거야."

재야가 나가자 비상은 그가 만진 머리를 다시 매만지며 고개를 설레설레 저었다.

'이상해, 이상해. 가끔 보이는 저 모습을 보면 가슴이 막 뛴단 말이야. 이러다 버릇되겠어.'

비상이 서둘러 정리를 마치고 비서실 문을 열고 나서는데 엘리베이터 앞에서 기다리는 재야의 모습이 보였다. 그 모습을 본 비상은 순간 자신을 기다려 준 재야의 모습에 가슴이 뛰는 걸 느꼈다. 잠시 뒤 재야와 비상은 같은 엘리베이터를 타고 내려가는데 중간에 문이 열리며 금융팀의 박 대리가 보였다.

"아, 이사님, 이제 퇴근하세요?"

"네. 참 비상이와 저녁 약속을 했다구요?"

"어머, 비상 씨가 그런 말까지 해요?"

그 층에서는 박정아 대리 말고도 금융팀의 여직원들 서너 명과 다른 직원들도 올라탔다. 재야는 다시 부드럽게 말을 이었다.

"네. 그래서 나보고 먼저 퇴근하라고 하더군요. 같이 간다고 했더니 딱 잘라 거절하던데요? 그래서 지금 혼자 퇴근하는 겁니다."

"어머, 죄송해요. 같이 가셔도 상관없는데."

"아닙니다. 대신 열 시 전까지는 집에 들어갈 수 있게 해주세요."

"네?"

"녀석 통금시간이 밤 열 시거든요."

재야의 말과 동시에 땡 하고 엘리베이터 문이 열렸다. 재야는 맨 먼저 그곳을 벗어나면서 악동 같은 웃음을 지었다. 분명, 내일쯤이면 소문이 무성하게 퍼지고 말 것이라 의심치 않으면서 말이다. 한편, 뒤따라 엘리베이터에서 내린 비상은 재야의 속내는 전혀 눈치 채지 못하고 그저 자신의 소소한 부분까지 신경을 써주는 재야에게 감동한 상태였다. 자신을 다정하게 쳐다보며 친근하게 말하는 재야의 행동에 비상은 가슴이 두근거렸다. 박 대리와 같이 홍대 근처에 있는 스튜디오로 향하는 내내 비상은 이 두근거리는 가슴의 설렘을 진정시키기 위해 많은 노력해야만 했다.

다음날 아침 사람들의 시선을 유독 느끼며 출근하는 비상은 이상하다 싶은 마음뿐이었다. 물론 어제 내내 묘한 눈초리로 자신을 쳐다보던 박 대리 때문에 한동안 어색한 기분이 든 것도 사실이었지만 박 대리의 사촌동생이라는 스타일리스트는 생각보다 비상과 죽이 잘 맞았다. 덕분에 액세서리며, 옷, 구두, 화장에 머리 모양까지 완벽하게 도움을 받았던 것이었다.

짧은 머리를 굵은 웨이브로 부드럽게 컬을 넣은 까닭에 오늘 비상의 모습은 한층 부드러워 보였다. 은은한 펄이 들어간 황금색 톤의 화장과 반들거리는 립글로스와 눈을 강조한 메이크업 덕에 비상의 눈 역시 한층 부드럽게 보여 날카로운 인상을 많이 감췄고, 입은 옷 역시 몸의 실루엣이 제대로 드러나는 상태라 운동으로 다져진 탄탄하고 날씬한 허벅지와 발목이 한눈에 들어왔다. 그야말로 군침이 꼴깍하고 넘어갈 만큼 생기있는 모습이었다. 다른 날보다 일찍 출근을 한 까닭에 마주친 사람들은 없었지만 그래도 전철 안은 사람들로 붐볐기에 비상은 가뜩이나 어색한 외모에 식은땀이 줄줄 흘러내릴 지경이었다. 꼭 동물원 원숭이를 보듯 본다며 인상을 썼지만 실제 지하철의 모든 사람들은 비상의 외모에 감탄하느라 시선을 못 돌린 것이었다. 비상이 워낙 일찍 출근했던 터라 재야가 출근한 것은 삼십 분 정도 뒤였다. 출근 중에 갑자기 아버지인 백재희 회장의 전화를 받고 미국 출장을 가게 된 재야는 내심 차라리 다행이라는 생각이 들었다. 비상에게 자신의 빈자리를 각인시켜 줄 수도 있고, 자신 역시 비상과의 결혼을 한층 앞당겨야겠다고 생각했기 때문이다.

"고비상 씨, 나 커피부터 한잔 줘요."

"네, 알겠습니다."

이런저런 생각에 비상을 쳐다보지도 않고 생각에 몰두한 채 자신의 사무실 의자에 앉은 재야는 잠시 뒤에 문을 열고 들어오는 소리에 고개를 들고 비상을 쳐다보다가 저도 모르게 들고 있던 펜을 툭 하고 떨어뜨렸다.

"여기다 놔드릴까요?"

"어? 어."

갑자기 허둥대는 재야가 이상했지만 비상은 워낙 이상한 것투성이인 남자라고 생각하며 책상 앞에 놓인 작은 탁자에 커피 잔을 올려놓았다. 조심스럽게 놓는다고 몸을 살짝 숙이는 바람에 가뜩이나 짧은 치마가 더욱 당겨 올라가 탄력 있고 모양 좋은 허벅지의 모습이 제대로 드러났고 그 모습을 옆에서 지켜본 재야는 순식간에 피가 확 하고 달아오름을 느꼈다.

'이런, 대체 어제 어디 가서 뭘 하다 온 거야?'

그제야 비상의 달라진 외모를 바라본 재야는 절로 침이 절로 넘어가는 걸 느꼈다. 남자처럼 짧기만 했던 머리모양도 세련되게 컷을 친 뒤 약간 웨이브 진 것이 무척이나 세련되게 보였다. 은은하게 한 화장은 그녀의 치켜 올라간 눈을 부드럽게 해주었고, 뭘 발랐는지 눈 주변이 반짝반짝하는 것이 손으로 슥 문지른다면 금가루가 묻어나올 것만 같았다. 그리고 결정적으로 저 다리, 책상을 돌아 나오는 그녀의 각선미에 재야는 절로 한숨을 쉬었다. 멍하니 정신을 놓고 있다가 문을 열고 나가려는 비상을 허둥대며 부른 재야는 막상 처음으로 비상을 보며 말문이 막히고 말았다.

"왜요?"

"아, 그게, 어제 무슨 일이 있었던 거야?"

"네? 갑자기 무슨 말이에요?"

"아니, 그게……."

재야는 차마 너무 예뻐졌다는 말을 할 수가 없었다. 자신조차 이렇게 맥없이 정신을 놓아버릴 정도로 비상의 모습은 대변신이 었으니까 말이다.

그런 재야를 바라보는 비상은 속으로 씨익 웃었다. 전날 자신에게 장황하게 남자들의 속성에 대해서 내내 훈계해 준 박 대리의 사촌 덕에 그나마 무심하게 넘겼던 것들이 눈에 보이기 시작했기 때문이다.

'오호~ 천하의 너구리가 귓불까지 붉어졌네. 어라라? 눈도 못 맞추네? 허 참.'

비상은 천천히 허리를 숙여 자신의 발목으로 손을 내렸다. 그 모습에 다시 한 번 헉 하고 숨을 삼키는 재야의 거친 숨소리가 들렸다.

'이거 재밌네.'

"으으~ 아무래도 출근하다 다리를 삐끗했는데 잘못된 건지 발목이 욱신거려요."

"뭐? 그걸 왜 이제 말해?"

자신의 자리에서 벌떡 일어선 재야가 서둘러 책상을 돌아 나와 바닥에 한쪽 무릎을 꿇고 비상의 가는 발목을 잡았다.

"아니, 그렇다고 이렇게까지 할 필요는 없어요."

"신발 벗어봐."

"아니, 저기 이사님!"

"말 들어."

구두에서 발을 빼낸 재야의 커다란 손이 비상의 가는 발목을 잡고 살살 문지르기 시작했다. 발목부터 올라오는 그 간질간질한 느낌에 비상 역시 호흡이 흐트러지고 말았다. 그러다 보니 몸의 중심을 잘못 잡아 앞으로 넘어지게 됐고 결정적으로 재야의 머리를 잡으며 고꾸라지고 말았다.

"어, 어어?"

다행히 카펫이 깔렸기에 커다란 소리는 나지 않고, 다치지도 않았지만 그 모양새가 참으로 묘하게 변해 버렸다. 일명 덮침의 포즈, 비상이 바닥에 깔린 재야의 몸 위로 제대로 올라탄 모양새가 되어버렸다. 비상은 단단한 재야의 가슴에 양손을 짚고 당황함에 눈을 깜빡였다.

"아, 저기⋯⋯."

두근두근. 갑자기 뛰기 시작하는 심장의 소리가 점점 내려간다 싶더니 어느새 비상의 몸이 재야의 팔 힘에 의해 순식간에 위치가 바뀌고 말았다. 경악한 비상이 채 무어라고 말을 꺼내려고 입을 열자 기다렸다는 듯이 급히 고개를 숙인 재야가 뜨거운 입술을 밀어붙이며 키스를 하기 시작했다. 훅 하고 느껴지는 뜨거운 열기에 비상은 움찔했다. 귓가에서 울리는 재야의 거친 숨소리가 마치, 자신의 놀란 심장 소리처럼 들려왔다. 맞대어진 재야의 몸에서 전해지는 열기에 어찌할 줄 몰라 당황하던 비상이 간신히 눈을 뜨자 지척에 보이는 재야의 얼굴에 다시 흠칫 놀라 눈을 감고 말았다.

키스는 점점 더 깊어만 갔다. 간신히 입술에서 멀어졌다 싶은 재야의 입술은 어느새 귓가로, 목으로, 드러난 쇄골로 정신없이 움직이고 있었다. 입술이 닿는 부분마다 타는 듯한 열기를 느낀 비상은 자신도 모르게 작은 신음을 흘리고 있었다. 비상의 신음 소리에 다시 비상의 입술로 되돌아온 재야의 입술은 키스를 하는 건지, 아니면 아예 비상을 모두 빨아서 야금야금 먹어버리려고 하는 건지 구분할 수 없을 정도로 격정적이었다. 온몸으로 재야를 느끼며 숨조차 제대로 쉴 수 없어 당혹스러워하는 사이에도 재야의 뜨거운 손길은 끊임없이 비상의 몸을 어루만지고 있었다. 그 손길이 지날 때마다 새카맣게 탄 자욱이 남을지도 모른다는 생각이 들 만큼 재야가 품은 열기는 무서울 정도였다. 경직된 비상의 몸을 느꼈던 걸까? 재야의 키스가 좀 전과 달리 이번에는 부드럽게 변해갔다. 달래듯 이어지는 부드러운 손길과 키스에 비상은 점점 정신을 차릴 수가 없었다. 간신히 눈을 다시 뜬 비상은 몽롱해진 시선 사이로 자신을 향해 웃는 재야의 모습이 흐리게 들어왔다. 떼어졌다 다시 이어지는 키스에 천천히 눈이 감기던 비상은 치마 속으로 들어와 오르내리는 재야의 손길에 순간 정신이 번쩍 들었다. 다급한 마음에 한 손을 내려 재야의 손을 잡아 저지했다. 입술도 떼지 않고 비상을 바라보는 재야의 눈빛이 무척이나 뜨겁게 보였다. 천천히 입술을 떼자 비상은 떨리는 소리로 다급하게 말을 이었다.

"이, 이러면…… 아니, 회사에서, 그러니까……."

다시금 겹쳐진 입술 때문에 비상은 아무런 말도 할 수가 없었다. 조근조근 입술을 물어오며 다정하게 어루만지듯 하는 재야의 키스 탓에 비상은 점점 숨이 가빠왔다. 점점 하체에 가해지는 압박감에 비상은 결국 소리치고 말았다.

"그, 그만!"

비상의 얼굴을 가운데로 양쪽으로 손을 짚고 상체만을 일으킨 재야가 검붉게 변한 얼굴로 비상을 내려다봤다. 여전히 닿아 있는 하체의 열기에, 그 느낌에 비상은 어쩔 줄 몰라 했다.

그 당황하는 비상의 모습에 겨우겨우 정신을 차린 재야는 가까스로 자제심을 발휘해서 비상의 몸 위에서 내려왔다.

"일어나."

탁해진 목소리로 말을 건넨 재야는 흐트러진 비상의 모습을 쳐다보며 묘한 만족감을 느꼈다. 재야의 목소리에 겨우 정신을 차린 비상은 정말 눈 깜짝할 사이에 벌떡 일어났다. 그런 비상의 모습을 지켜보던 재야가 좀 전의 표정을 싹 지우고는 장난스럽게 말을 이었다.

"네 탓이야. 그러니까 도발하지 말라구. 그렇게 도발해 놓고 벌벌 떨면 반칙이야."

재야의 말에 비상은 아무런 대꾸도 못하고 급히 그 사무실을 벗어나 자신의 자리로 돌아왔다. 온몸의 피가 뭉클거리며 자꾸 간지러웠다. 항의하려 했지만 자신 역시 응했던 것을 알기에 강하게 나갈 수가 없었다. 그전에 입을 열기라도 하면 놀란 심장이 쑤욱 하고 올라올 것만 같았기 때문이기도 하고. 결국 자신의 자리에 앉지 못하고 다시 화장실로 간 비상은 자신의 모습을 쳐다보며 경악했다. 정성 들여 발랐던 립글로스는 흔적조차 없었다. 입술을 얼마나 문질렀던지 벌겋게 부은 입술이 두 배 정도 되어 보였다. 게다가…… 블라우스 사이로 보이는 붉은 흔적들. 그것을 모를 정도로 쑥맥은 아니었기에 비상은 상황에도 불구하고 이를 갈았다.

"이, 이…… 이렇게 해놓으면 어떤 옷을 입고 출근하란 말이야!"

가뜩이나 짧은 머리카락 탓에 목이 훤히 보이는 비상, 그 희고 가는 목 중간이 온통 얼룩덜룩했다. 누가 보아도 명백한 그 자국에 비상은 울상을 지었다.

"아, 젠장. 들키는 날엔 죽는다고."

화장실에서 울분을 토하는 비상과는 달리 재야는 자신을 진정시키기 위해 무던히도 애를 썼다. 이렇게 한순간에 정신이 나갈 정도로 여자를 탐해본 적은 없었는데, 그것도 사무실에서 아무것도 모르는 비상을 안을 뻔했다. 여전히 몸 안에서는 끊임없이 후끈하게 도는 열기 때문에 재야는 자리에서 일어나는 것조차 힘들었다.

"이래가지고서야, 출장을 맘 놓고 갔다 올 수조차 없겠네."

잘됐다고 생각했던 미국 출장이 지금은 정말 원망스럽기만 할 뿐이었다. 그런 고민을 할 무렵 벌컥 열린 문 안으로 씩씩거리며 들어오는 비상의 모습은 무척이나 언밸런스한 모습이었다.

'어? 좀 전과는 많이 다른…… 손?'

씩씩거리며 다가온 비상이 손을 내미는 통에 아무 생각 없이 비상의 손을 맞은 재야는 갑자기 자신의 품으로 파고는 비상의 행동에 의아하기만 했다. 순간, 천장이 빙글 돌아가는 느낌과 함께 둔탁한 충격이 등부터 시작해서 온몸으로 퍼졌다.

"으악!"

쿵 소리를 내며 바닥에 넘어지고서야 재야는 이 황당한 상황에 대해 깨닫고 열불이 나는 걸 느꼈다. 감히, 네가 감히 나를 바닥에 메다꽂아?

"고비상! 뭐 하는 짓이야, 이게?"

재야가 바닥에 주저앉은 상태로 버럭 소리를 지르자 비상의 날카로운 눈매가 하늘을 찌를 듯 확 치켜 올라갔다.

"내가 하고 싶은 소립니다! 대체 정신이 있는 겁니까? 사내에서 성추행이라니요? 콩밥 먹고 싶어요, 정말?"

파닥거리며 자신의 블라우스를 젖히는 바람에 은근슬쩍 드러난 가슴 부위를 흘깃 쳐다본 재야는 자신이 좀 전에 새겨놓은 키스마크를 보며 우스운 상황임에도 불구하고 묘한 만족감에 씨익 웃고 말았다. 그 모습을 지켜보던 비상의 눈가가 파르르 경련이 일었다.

"웃어요? 지금 웃음이 나와요?"

"뭐, 별거 아닌 것 가지고 유난은. 그거 며칠 지나면 없어져."

별거 아니라는 듯이 툭툭 털고 일어나는 재야의 행동에 비상은 어이없다는 시선으로 자신의 목을 가리켰다.

"한 번만 더 이따위 짓 해봐요. 정말 가만 안 둬요!"

"네가 먼저 유혹했잖아."

"무슨 소리예요?"

시치미를 뚝 떼며 묻자 재야의 표정이 오묘하게 변해갔다. 비상은 속으로 뜨끔했지만 재야를 노려보는 것을 잊지 않았다.

"뭐, 좋아. 어차피 파렴치한 성추행자가 된 거, 이왕지사 제대로 해볼까?"

느물거리며 한발 한 발 다가오는 재야의 모습을 쳐다보는 비상의 입가가 느슨하게 벌어졌다.

"뒷일은 책임 못 집니다. 이래 봬도 한주먹 하거든요?"

뚜둑거리며 손목을 꺾더니, 발목을 풀고, 어깨를 푼다. 그 연결

동작이 하도 자연스러워 재야는 걸음을 멈추고는 비상을 쳐다봤다.

"너…… 여자 맞냐?"

"그럼 좀 전에 남자랑 그런 거였어요? 당신 호모예요?"

맞받아치는 비상의 당찬 말에 재야는 울컥하고 말았다.

"너 말 다했어?"

"아쉬우면 덤벼보든지."

제대로 폼을 잡고 있는데, 재야가 보기에도 꽤 안정된 자세로 보여 재야는 한숨을 쉬었다.

'저걸 어떻게 해야 한다?'

힘으로 밀어붙이자니 솔직히 쪽팔리고, 그렇다고 그냥 두자니 너무 날뛰고. 그제야 비원의 속마음이 이해되는 재야였다.

'키스 한 번에 제대로 값 치렀네.'

재야가 두 손을 어깨 넓이로 들어 보이며 항복한다는 자세를 취하고서야 비상 역시 그 자세를 풀었다. 하지만 비상의 뒷말이 더 가관이었다.

"아씨. 간만에 몸 좀 제대로 푸나 했더니만. 넘어오질 않네?"

하하. 저게 아주 날을 잡았구만. 재야는 고개를 설레설레 젓고 말았다. 그나저나 저 천둥벌거숭이 같은 녀석을 어떻게 길들인다? 그런 그녀를 한동안 못 볼 것이라 생각하니 무척이나 섭섭해지는 재야였다.

제10장 벌레 퇴치 작전

수화기를 내려놓으며 사악하게 웃는 재야의 머리는 부석부석하니 엉망이었다. 뉴욕의 한 호텔 침대에서 채 눈도 뜨지 못하고 통화를 마친 재야는 짓궂은 웃음을 지으며 기지개를 쭉 폈다. 새벽까지 일을 하고 바로 몇 시간 전에 잠이 든 것임에도 불구하고 자명종을 맞춰가며 비상에게 전화를 하는 것을 게을리 하지 않고 있는 재야였다.

'후후, 익숙해진다는 건 무서운 거라구. 고비상, 돌아가면 바로 직구를 날릴 테니 긴장하는 게 좋을 거야!'

재야가 핏발 선 눈으로 옆의 시계를 보니 새벽 다섯 시였다. 세 시가 거의 다 되어서 잠이 든 그였지만 이런 노력을 아끼지 않는 것은 다 이유가 있어서였다. 뉴욕과 한국의 시차는 열네 시간. 뉴

욕 시간으로 지금이 오전 다섯 시니까, 한국은 오후 일곱 시라는 말이었다. 미국에 온 후 칠 일 동안 재야는 하루도 거르지 않고 퇴근 시간에 맞춰 비상에게 전화를 했다. 어디 그뿐이랴, 밥 먹을 때, 자기 직전, 샤워하면서 등등 자신의 서른두 살 평생 단 한 사람을 상대로 단시간 안에 이렇게 많은 전화를 했던 적은 결코 없었다. 큰 시험을 앞두고도 이렇게 몸 달아하지 않았던 자신은 지금 현재 그의 몸은 후끈후끈 달궈진 상태, 약간의 기운만 더해진다면 펑 하고 터질지도 모를 위험수위를 아슬아슬 지탱해 오고 있었다.

자신을 이렇게 만든 것은 다름 아닌 비상의 어설픈 도발 때문이었다. 출국 전날, 비상의 도발로 인해 불붙은 마음은 쉽게 꺼지지가 않고 있었다. 만약 이 출장만 아니었다면 온갖 수단과 방법을 다 동원해서라도 비상을 한입에 꿀꺽하고도 남았을 재야였다. 불행하게도 바로 그 다음날 출장을 가야 했던 재야로서는 그 욕구불만을 전화로 풀고 있는 것이었다. 그런 재야와는 달리 그의 출장을 자유를 향한 탈출 정도로 생각했던 비상으로서는 재야의 전화가 썩 반갑지만은 않았다. 하루도 거르지 않고 몇 번씩 전화를 해 대는 재야 때문에 비상은 오히려 옆에 있을 때보다 더욱 많은 에너지를 소비해야만 했으니까 말이다. 말싸움만으로도 사람의 정신을 피폐하게 만드는 재주를 가진 것도 큰 재주라고 비상은 생각했다. 그러면서도 나쁘지만은 않은 감정이 자꾸만 드는 게 문제라고 비상은 생각했다.

"미국 가서 놀아요? 왜 전화를 자꾸 하는 건데요? 통신료가 아깝지도 않나 봐요?"

하루도 거르지 않고 오는 전화가 오 일째, 비상은 재야의 목소리를 들으며 이상하게 가슴이 두근거리는 것을 느꼈다. 하지만 자신과는 달리 거침없고 자연스러운 재야의 목소리에 괜히 심술이 나서 퉁명스럽게 전화를 받았다.

[일은 많아. 그런데 일하는 사람의 능력이 워낙 뛰어나서 말이야. 참, 난 너무 뛰어나서 탈이란 말이야. 안 그래?]

"참…… 좋겠어요. 너무 긍정적인 거 아니에요?"

[이렇게 뛰어난 애인을 뒀으니 너무 행복하지?]

4차원이다. 가끔은 재야의 머리 뚜껑을 열고 내용물을 확인하고픈 충동을 억제하기 힘든 비상이었다. 그럼에도 불구하고 뭐가 잘못됐는지 비상의 가슴은 쿵쿵 뛰었다. 비상은 아무도 보는 사람이 없음에도 주변을 살피며 애써 빨갛게 달아오른 볼을 한쪽 손으로 감쌌다.

"누가 누구 애인이라는 거예요, 지금?"

[이야~ 너무 서운한데. 자기, 나 없는 동안 바람피우면 안 돼, 알았지?]

하는 짓은 정말 유치하고 어리지만 목소리가 또 장난 아니게 좋다 보니, 대놓고 투박을 놓을 수도 없고, 바보 같이 장단을 맞춰주기도 힘들고. 비상은 어정쩡한 상태에서 계속 재야에게 놀림을 받고 있다는 느낌을 강하게 받았다.

"무슨! 말이 되는 소리를 해요, 정말!"

[아니야, 이틀 전에도 그랬잖아. 아직도 신입사원들이 사무실을

방문하는 건 아니지?]

비상은 뜨끔했다. 하반기 공채로 뽑은 신입사원들이 모든 교육을 마치고 연수원에서 돌아온 뒤 인사팀이 그들을 임원들에게 소개시키기 위해 이틀 전에 사내를 순회했었다. 워낙 급작스런 출장인 탓에 재야의 부재를 몰랐던 그들은 재무이사인 백재야 이사를 보지 못하고 돌아갔다. 이상하게도 그 다음부터 이사실을 찾는 이들이 많아졌다는 것을 느낀 비상은 금융팀의 박 대리님과 그녀의 사촌인 스타일리스트 신혜를 통해서 그 이유를 알 수 있었다.

갑자기 변한 비상의 외모는 사내에 커다란 이슈로 떠올랐었다고 한다. 처음에는 워낙 화장도 안 하고 외모에 신경을 안 썼던 비상과 재야와의 소문이 입에서 입으로 번져 지금은 백 이사가 일부러 비상의 외모를 눈에 띄지 않게 했다는 둥, 재야가 들었으면 기절할 만한 내용의 소문이 자자했다. 물론, 비상은 하도 어이없는 소문인지라 그냥 넘어갔지만 이 소문을 만약 재야가 듣게 된다면 필시 거품을 물고 넘어갈 것이라고 생각했다.

"더 이상 할 말 없으시면 전화를 끊으시죠? 저 퇴근해야 되거든요?"

[후훗, 알았어. 이따가 전화할게.]

"전화하지 마요. 이렇게 통화하고 뭣 하러 저녁에 또 통화를 한다는 거예요, 지금? 그리고 시간을 좀 가려가면서 전화하라구요. 뉴욕은 어떨지 모르지만 한밤중에 잠에서 깨서 전화 받게 만들지 말라구요!"

[에이, 그래도 애인인데.]

"이잇! 그건 가짜잖아요!"

[그래도 애인이잖아. 가짜가 진짜 되고, 진짜도 깨지는 판에 뭘 그리 따지는 거야? 참, 그러고 보니 이시형 사범은 귀찮게 안 굴어?]

능청스럽게 대꾸한 재야가 교묘하게 질문을 바꾸자 비상은 더 이상 화도 못 내고 당황하고 말았다. 출장을 간 재야에게 말을 안 했지만 그저께 엄마에게 건네받은 맞선 상대의 사진은 다름 아닌 이시형 사범이었다. 그전의 맞선 자리는 계속 미뤄놓은 상태, 어떻게 된 일인지 상대방 역시 시간이 안 맞는다며 비상과 번갈아가며 맞선을 미뤄왔기에 내심 다행이라고 생각했던 것을 비웃기라도 하듯 사진을 척 내밀며 무슨 일이 있어도 이번 맞선은 꼭 보라는 엄마의 말에 대꾸도 안 했던 비상이었다. 하필이면 그 맞선 상대가 더 이상 발뺌하기도 힘든 이시형이었기에 비상은 더 속일 수도 없었다. 이미 집안에서는 상대방에 대해 어느 정도 알고 있는 상태인데다가 시형의 배경과 인간됨을 삼촌에게 들은 비상의 엄마는 적극적이다 못해 과격하기까지 한 상태로 맞선을 성사시키려 하고 있었다. 상황이 이렇다 보니 이번 주 맞선 날짜는 다가오기만 하고 차마 일 때문에 출장 간 재야한테는 말을 못하고 끙끙 앓기만 하는 비상이었다. 청혼 의사를 밝히자마자 적극적으로 나오는 이시형 사범 때문에 검도관 가는 것도 부담스러운 비상이었다.

이럴 줄 알았다면 미리 양가 부모님한테 말할 것을. 완벽하게 하기 위해 주변사람들부터 속인 뒤, 약간의 소문을 동반한 상태에서 양가 부모님께 말해야 어느 정도 설득력을 갖출 거라고 재야와 의견을 모았던 것까지는 좋았다. 다만 채 소문이 돌기도 전에 재야가 덜컥 출장을 가버린 탓에 홀로 남겨진 비상은 지금 상당히 난처한 상황이었다. 혼자 덜컥 말하기도 그렇고, 이시형과의 맞선을 앞둔 지금 부모님이 비상의 말을 믿어줄지도 의문이니까 말이다. 비상이 아무 대답이 없자 다시 재야의 말이 들렸다.

[뭐야? 무슨 일 있는 거야?]

"아, 아니에요. 일은 무슨. 그냥…… 언제쯤 오세요?"

[다음 주 수요일에나 갈 것 같은데, 왜? 정말 아무 일 없는 건가?]

"없어요. 그럼, 잘 지내세요."

허둥지둥 인사를 하고 전화를 끊은 비상은 한숨을 푹 쉬었다. 며칠 전부터 가슴이 이상하게 답답하고 울렁거리는 것이 꼭 체한 증상과 같다고 생각하면서도 재야의 전화를 받으면 가슴이 뻥 뚫리고 개운해지곤 했다.

'설마, 내가 이 능구렁이를 좋아하는 건가.'

가슴은 이미 그렇다고 하지만 비상의 머리로는 도저히 납득할 수가 없었다. 물론, 조금 잘생기고, 아니, 많이 잘생기고, 능력 좋고, 배경도 좋고. 그러고 보니 어디 한 군데 빠지는 곳이 없네. 비상은 다시 한숨을 푹 쉬었다.

"성격만 좋으면 딱인데."

"뭐가요?"

갑작스레 들린 남자 목소리에 비상이 퍼뜩 고개를 들고는 기겁을 했다.

"이, 이시형 사범님!"

놀라서 외치는 비상의 모습을 쳐다보며 시형은 예의 그 웃을 듯 말 듯한 웃음을 지었다.

"후후, 이렇게 반길 줄은 몰랐네요?"

"아, 아니, 어떻게 온 거예요?"

놀란 비상이 허둥지둥 일어서며 말하자 시형은 어깨를 으쓱했다.

"가던 길에 들렀죠. 비상 씨 일하는 것도 보고 싶고. 퇴근할 거죠? 같이 나가면 되겠네."

비상이 거절할 말을 찾지 못하고 엉거주춤 서 있자 시형이 문을 열고 손짓을 했다.

"어차피 가는 방향도 같으니까 같이 갑시다. 검도관으로 갈 거죠?"

마지못해 고개를 끄덕인 비상이 시형과 나란히 엘리베이터를 기다리며 어색하게 시선을 돌렸다. 그 모습에 시형이 쿡 소리 나게 웃자 비상의 얼굴은 더욱 찌푸려졌다.

"못된 거 알아요?"

"네. 잘 알아요."

"대체 왜 이러는 거예요? 난 백재야 이사님하고 사귄다구요."

"사귀는 거지, 결혼한 건 아니잖아요."

"이시형 사범님, 난 그쪽하고 사귈 마음이 전혀 없다구요."

냉큼냉큼 잘도 말을 받아치는 시형의 태도에 발끈한 비상이 눈을 부라리며 대꾸했지만 시형은 여전히 이해한다는 표정으로 웃음을 잃지 않으며 비상을 쳐다보며 대답을 한다.

"아, 그것도 잘 알아요."

다시 뭐라 하려는데 엘리베이터 문이 열렸다. 비상은 엘리베이터 안에서 마주 보고 선 사람들의 얼굴을 보고는 절로 얼굴이 확 굳어졌다.

'하필이면 이렇게 사람들이 꽉꽉 차 있냐구.'

비상을 안으로 먼저 들여보내고 시형이 마지막으로 타자 엘리베이터 안의 사람들은 호기심 어린 눈으로 시형과 비상을 번갈아 보았다. 아마도 내일 정도면 이 건물 전체에서 이시형 사범에 대한 소문이 눈덩이처럼 불어날 것이다.

게다가 지금은 백 이사가 부재중이었고 기다렸다는 듯이 나타난 시형의 출현은 소문을 부풀리기에 충분한 상황이었다. 소문이 얼마나 삽시간에 말도 안 되게 퍼진다는 것을 경험했던 비상으로서는 좁은 공간에서 자신과 이시형을 흥미있는 눈길로 쳐다보는 직원들 때문에 무척 불편했다. 길게만 느껴졌던 엘리베이터의 문이 열리자 내려선 비상은 서둘러 걸음을 재촉했다.

일층 로비를 가로질러 가던 비상은 하필이면 엎친 데 덮친다는 식으로 수희와 마주치고 말았다. 일진이 사납다는 말은 이런 걸 두고 하는 건가. 비상의 표정이 안 좋게 변한 것을 본 수희는 두 사람의 모습을 쳐다보며 묘한 웃음을 지어 보였다.

"어머, 이사님이 없다고 너무 이른 퇴근 아닌가요?"

"천만에요. 원래 규칙대로라면 퇴근 시간은 여섯 시인걸요. 어쩐 일이세요?"

비상의 질문에 수희가 입 꼬리를 올리며 만족스런 웃음을 지었다.

"아저씨하고 저녁 식사를 같이해야 하거든요. 아, 비상 씨한테는 회장님이 되는 건가요? 호호호."

자랑스럽게 친밀감을 과시하는 수희의 모습에 배알이 꼴린 비상은 가볍게 콧방귀를 끼며 말을 이었다.

"어머, 그래요? 방금 전에도 재야 씨와 통화했었는데 그런 말은 없더라구요. 아마 동생이라고 생각해서 별말 안 한 건가?"

"뭐, 뭐예욧!"

약이 오른 모양인지 이를 앙다물고 노려보는 폼이 제법 날카로웠지만 그보다 더한 눈싸움을 익히 겪어왔던 비상인지라 오히려 애교스럽게 보였다. 자신을 노려보던 수희가 옆에 서 있던 시형에게로 시선을 옮기더니 묘한 표정을 지었다.

"데이튼가 봐요?"

수희가 시형을 향해 말을 하자 비상은 속으로 한숨을 쉬었다. 수희의 질문은 너무도 뻔한 의도였으니까 말이다. 재야와의 사이를 인정 못한다거나, 아니면 바람을 핀다는 거. 둘 중 어느 하나도 비상에게는 모두 최악의 상황이었다. 시형은 그저 아무 말도 안 하고 수희를 흘긋 쳐다보고는 비상을 쳐다보며 말을 이었다.

"말 다했으면 그만 가죠?"

완벽한 무시에 수희는 얼굴이 붉어졌다.

"오빠도 알아요?"

"뭘요?"

비상이 되묻자 수희가 둘을 번갈아 쳐다보며 말을 이었다.

"둘이 그렇고 그런 사이라는 거."

"그렇고 그런 사이가 뭔지는 모르겠지만 재야 씨도 아는 사람이에요."

수희의 눈빛이 묘하게 반짝이는 게 걱정스러웠지만 비상은 서둘러 시형을 이끌며 로비를 벗어나기 바빴다. 뒤에 남겨진 수희는 잠시 동안 그들을 보다가 묘한 웃음을 지으며 엘리베이터로 향했다.

다음날 출근하자마자 유달리 이사실을 찾는 이들이 많다는 것을 알고 비상은 한숨을 쉬었다. 업무나 일을 핑계로 온 그들이지만 그들의 흥미로운 표정과 눈빛에 얼굴을 굳힐 수밖에 없었다. 복잡한 심경과 걱정을 안은 채 점심시간에 맞춰 사내식당으로 향한 비상은 금융팀의 박 대리와 마주 앉아 식사를 했다. 재야가 없는 요 며칠 비상은 그녀와 항상 점심을 같이 먹었다.

"비상 씨, 오늘 이상한 소문이 돌던데?"

"무슨 소문이요?"

밥하고 원수라도 진 것처럼 볼이 미어터지도록 밥을 푹푹 퍼서 먹는 비상의 행동에 웃음을 참으며 박 대리가 말을 이었다.

"양다리 걸친다고."

"캑! 캐객! 뭐, 뭐요?"

서둘러 물을 마시며 박 대리를 쳐다보자 빙그레 웃는 박 대리의 모습이 보였다.

"비상 씨 인기 좋잖아. 어제 찾아온 남자는 이사님 없을 때 대타라는 말도 있고, 실은 어제 그 남자를 사랑하지만 조건 때문에 이사님을 택했다는 말도 돌고."

"하, 참나. 여기 소설 쓰는 인간들 차고 넘치나 보네."

"호호, 어차피 소문이긴 하지만 정말 나도 궁금해서 묻는 건데, 누구야 그 남자? 상당히 핸섬하다고 여직원들이 아주 난리가 났던데?"

"그런 거 아니에요. 검도관 사범이에요."

"아, 그 비상 씨가 사범으로 있다는?"

"네. 어제는 근처에 볼 일이 있어서 잠깐 들른 거였어요. 어차피 검도관으로 가는 길도 같고 해서."

비상은 어설프게 둘러댔지만 박 대리는 고개를 끄덕이고는 물을 마셨다.

"그 검도관 소개 좀 해주라. 이곳 여직원들 다 다닌다고 난리일걸?"

어색하게 고개를 끄덕인 비상은 그렇게 박 대리와 말을 주고받으며 식사를 마친 후 이사실로 올라왔다.

시계를 살펴보니, 재야가 전화를 할 시간이었다. 자리에 앉아서 기다렸지만 전화는 삼십 분이 지나고, 한 시간이 지나도록, 아니, 퇴근할 때까지 울리지 않았다.

'귀찮은데 잘됐네 뭐.'

속으로 그런 생각을 하면서 집으로 향한 비상의 한 손에는 여전히 휴대폰이 들려져 있었다.

그렇게 며칠이 지나도록 전화가 오지 않자 이번에는 비상이 점점 걱정이 되기 시작했다. 하루에도 서너 번씩 전화를 하던 사람이 갑자기 소식이 뚝 끊기자 불안해진 비상이었다. 몇 번이나 수화기를 들었다 놨다 하면서도 쉽사리 전화를 걸지 못하던 비상은 사흘이 넘도록 재야와 단 한 통화도 할 수가 없자 점점 기분이 가라앉고 있었다. 나흘째 되는 날, 하필이면 스타킹의 올이 풀리는 바람에 새것을 사러 지하 매점으로 향하던 엘리베이터 안에서 비상은 감사실의 그 여직원들을 다시 만났다.

"요새 한창인가 봐요?"

"뭐가요?"

"회사에까지 남자를 끌어들인다는 소문이 돌던데요?"

척 보기에도 시비조에 가까운 그녀들의 말에 비상은 한숨을 푹 쉬었다. 기분도 바닥을 기는 마당에 이렇게 걸려온 시비를 그냥 넘길 비상이 아니었다.

"제 능력이 그렇게 좋은 줄 몰랐네요."

"그래요? 그 주제에 바람까지 피우다니, 이사님도 참 안되셨네요."

빠직. 비상은 순간 울컥하는 마음에 그 여직원을 노려봤다. 그러자 옆의 여직원이 그녀를 당기며 일부러 들으라는 듯이 말을 했다.

"어머, 조심해. 저번에 화장실 사건 잊었어? 또 낙하산 운운하면서 누구한테 이를지 어떻게 알아. 안 그래?"

비상은 한숨을 푹 쉬며 앞머리를 매만지다가 씨익 웃으며 대답했다.

"아, 잘 봤어요. 근데 누구한테 이를 것 같아요? 우선 백 이사님한테 말씀드려야겠죠. 어디의 누구누구가 좋지 못한 소문으로 자꾸 이사님과 저를 헐뜯는다고요. 오죽 이사님을 우습게 봤으면 그러겠냐고요. 뭐, 그쪽도 어차피 말 꾸며서 하는 건데 나라고 못할 것 없잖아요? 그 소리 들으면 백 이사님도 당신들을 무척 좋아할 것 같네요."

파랗게 사색이 된 여직원 두 명이 엘리베이터 문이 열리자마자 내리자 비상은 소리 죽여 웃기 시작했다. 하지만 그뿐, 전혀 유쾌하지가 않은 비상이었다. 며칠째, 정확히는 재야의 전화가 걸려오지 않는 시점부터 시작해서 내내 기분이 침울해진 비상이었다. 평소에는 재야를 찾는 전화도 많이 오고, 보고 자료도 많이 올라오던데, 요 며칠 사이에는 그마저도 없어 그 핑계로 전화를 할 수도 없는 상황이었고, 그냥 모른 척 전화를 하기엔 자존심이 그걸 허락하질 않았다. 더욱이 사내 소문은 점점 안 좋게 번지는 것 같고. 사실이 아니라는 것을 재야도 알 테지만, 괜히 자신이 잘못한 건 아닌가 싶은 생각에 비상은 마음이 더욱 무거워졌다.

그럭저럭 하루를 마감한 비상은 나흘 동안 전화 한 통 없는 재야가 원망스럽다는 듯이 전화기를 노려보다가 퇴근 준비를 했다. 막, 엘리베이터를 타는데 울리는 벨소리에 힘없는 목소리로 전화를 받는 비상이었다.

"네."

[퇴근하는 중인가?]

두근. 재야의 목소리에 비상은 갑자기 가슴이 심하게 뛰었다.

"네."

[아직 회사지?]

"아, 네. 방금 나왔어요."

[알았어.]

바로 끊긴 전화를 멍하니 바라보던 비상은 엘리베이터에서 내려 일층 현관으로 향하다가 누군가가 자신의 팔을 확 잡아당겨 깜짝 놀랐다. 순간 발을 쫙 뻗어 발차기를 하자 한 남자가 그녀의 발길질을 피해 한 걸음 뒤로 물러났다.

"여어~ 무서워서 다가가지도 못하겠네."

"……이사님?"

"그래. 내가 없는 동안 아주 잘 지냈나 봐?"

놀란 비상이 발을 내리고는 놀란 눈으로 재야를 쳐다보았다.

"언제 오신 거예요?"

"지금, 막."

비즈니스 슈트 차림이었지만 오랜만에 보는 재야는 무척이나 멋져 보였다. 비상이 무의식중에 볼을 붉히자 재야의 눈이 의미심장하게 반짝였다.

"그럼, 취조를 해볼까?"

"뭘요?"

무방비 상태로 있던 비상은 재야가 갑자기 자신의 귀를 잡아당기자 기겁을 했다.

"아악~ 뭐, 뭐 하는 거예요?"

"좋은 말로 할 때 따라와."

재야에게 귀를 잡혀 지하로 내려가면서 비상은 지금의 상황이 이해가 안 되었다. 예정대로라면 재야의 귀국은 이틀 뒤였다. 갑자기 나타난 것도 그렇고, 심기가 불편한 듯 보이는 그의 모습을 이해 못하는 비상이었다.

"이, 이것 좀 놔요!"

아등바등 거리며 재야의 뒤를 쫓아가는 비상과 그런 비상의 귀를 잡아끌고 가는 우스운 상황이 연출되었다.

"시끄러. 감히 내가 없는 틈을 타서 바람을 펴?"

"그게 무슨 소리예요?"

재야의 차가 주차된 곳까지 와서야 귀를 놓아주자 비상은 아픈 귀를 연신 문지르며 재야를 원망스럽게 쳐다봤다.

"아프잖아요! 아, 정말. 사고 친 것도 없는데 왜 이러는 거예요?"

"그건 들어보면 아는 거고. 어서 타."

비상이 차에 타자 재야는 다소 거칠게 차를 출발시켰다. 연신 귀를 문지르는 비상의 모습에 재야가 피식 웃으며 식사나 하자고 했다. 뭐라고 하고 싶었지만 재야의 웃음에 비상도 절로 입가에 웃음이 도는 걸 느꼈다.

"예행연습하는 거니까 잘해."

"예행연습이라뇨?"

"이런 벌써 잊어버린 거야? 우리가 연인으로 보여야 서로의 결혼에서 자유로워진다구."

재야의 말에 비상은 한순간 기분이 나빠졌다. 겨우 그런 이유로 다짜고짜 사람을 잡아끌고 오다니. 서운함에 비상은 입을 다물었다.

"오리새끼마냥 입 내밀지 말고. 자세도 좀 여자답게 해!"

흘긋 비상의 모습을 본 재야가 잔소리를 하자 비상은 재야를 노려봤다.

"왜 오자마자 잔소리예요?"

"안 하게 생겼어? 너 그리고 누가 그렇게 말대꾸하래, 엉?"

"말만 하면 말대꾸래, 정말."

툴툴대는 비상을 보며 재야는 속으로 회심의 미소를 지었다. 나흘 전 갑자기 걸려온 수희의 전화로 시형과 무슨 관계가 있다는 생각이 든 재야는 말 그대로 미친 듯이 일을 해서 이틀이나 당겨 귀국을 했던 것이다. 오는 내내, 어떻게 하면 비상을 자신의 것으로 할 수 있는지 고민한 끝에 다소 억지스럽지만 이렇게 연인인 것을 내세워야겠다고 결론을 내린 재야였다. 자신을 만나고, 같이 있는 시간을 익숙하게 받아들이게 하고, 수시로 접촉을 해서 자신의 여자라는 인식을 시킬 필요성이 있다고 생각한 재야는 오자마자 비상을 만나러 온 것이었다. 재야의 뜬금없는 잔소리에 비상은 더없이 감정이 상해 버렸다. 나흘 내내 재야의 전화를 기다렸던 자신에게 화도 나고, 갑자기 찾아와 애인 행세 연습을 해야 된다고 우기는 재야도 이해할 수 없는 비상이었다. 애도 아니고, 제대로 할 수 있는지 예행연습을 하자고 하더니, 가는 도중에도 내내 잔소리만 늘어놓는 재야를 보면서 비상은 나오는 욕을 간신히 삼 켰다.

"그만 좀 하라구요! 머리가 다 아프다니깐요!"

"이렇게 얘길 해도 잘 못하니까 그렇지! 어떻게 된 여자가 그렇 게 무드가 없어? 그윽한 눈빛으로 상대방을 바라보고 말을 하라고 했지, 너 조폭이냐? 이게 어디서 누굴 야려?"

재야가 벌컥 화를 내자 비상도 더 이상 참지 못하고 소리를 빽 지르고 말았다.

"아, 젠장! 원래 눈초리가 이런 걸 어쩌라구요, 그럼? 수술이라 도 해요?"

"어쭈? 어디서 앙탈이야, 앙탈이? 그리고 그 얼굴에 칼 대봤자 지. 너 본판 불변의 법칙 몰라?"

내내 말로 비상의 화를 바짝바짝 올리는 재야였다. 역시나 자신 의 이런 수에 넘어가 씩씩거리며 화를 참는 비상을 쳐다보는 재야 는 속으로 나오는 웃음을 간신히 자제했다. 비상을 자극하는 것은 정말 쉬웠다. 물론 순진하기에 가능한 것이겠지만 이렇게 가지각 색의 표정과 행동을 보일 수 있는 이는 결단코 그녀뿐이리라. 그 리고 화장과 머리 모양만으로도 여자가 얼마나 달라지는지를 새 삼 깨우친 재야였다. 순간이지만 비상의 상기된 모습과 거친 숨소 리에 저도 모르게 하체에 힘이 들어갔으니까 말이다.

음식점에 들어가 자리에 앉자마자 재야는 비상에게 다짐을 받 았다.

"연습이라는 거 명심하라고. 행여 내가 널 어찌해 볼 생각이 있는 게 아닌가라고 멋대로 상상하면 곤란하다고. 내 말 알았지?"

"알았다고요."

"말투부터 좀 고쳐봐. 사랑하는 연인한테 그렇게 통명스럽게 말을 하는 여자가 어딨어?"

"오호호호~ 네, 알겠사와요."

"그딴 말투는 집어치워!"

비상의 연극조의 말에 재야의 얼굴이 한꺼번에 확 하고 구겨졌다. 다시금 잔소리를 하려 하자 마침 다가온 직원에게 재야는 서둘러 주문을 했다.

"탕빠오 이 인분."

"네, 알겠습니다."

점원 보란 듯이 일부러 딴 짓을 해대는 비상을 보며 재야는 한숨을 쉬었다.

"탕빠오는 중국식 게살만두야. 각종 야채하고 킹크랩의 속살을 발라내서 속을 채운 커다란 만두인데 찌면 이상하게도 만두피 속에 국물이 가득 차거든. 우선은 빨대로 그 육수를 빨아먹고 그 다음에 만두를 먹는데 상당히 맛있어."

뿌로통한 표정을 짓던 비상이 재야의 설명이 이어질수록 표정이 환한 표정을 보이자 재야는 무리를 하면서까지 일을 서두르고 오길 잘했다는 생각을 했다. 이렇게 좋아할 줄 알았다면 진작에 맛 좋은 음식들을 계속 사줘서 유혹할 것을. 혹시 아나, 그럼 자신의 품으로 좀 더 빨리 들어올지 말이다. 하지만 이내 자신의 어이없는 생각에 스스로 피식 웃고 마는 재야였다. 서너 살 애도 아니고, 이런 걸로 여자를 유혹할 생각을 하다니.

"오호~ 좋았스!"

"너!"

"아아, 죄송, 죄송."

　장난스레 웃으며 두 손을 합장하는 비상의 모습에 재야는 어쩔 수 없다는 듯이 고개를 저었다. 확실히 떨어져 있다 보니, 비상의 모습이 새롭게 보이긴 했다. 대단한 발전이라고밖에 할 수 없는 외모의 변화였다. 아무렇게나 삐죽이던 머리 모양도 부드럽게 구불거리는 것이 날카로운 비상의 얼굴을 한결 여성스럽게 보여주고, 예뻤지만 어색해 보이던 화장도 이젠 자연스러움을 뿜어내고 있었다. 게다가 비상의 입술은 무얼 발랐는지 연한 핑크빛으로 반짝거렸다. 여성들이 흔히 사용하는 립스틱과는 다른 것처럼 보였지만 건강미를 물씬 풍기고 있었다. 그러고 보니, 좀 더 마른 듯한 느낌이 들어 고개를 갸웃거리는 재야였다. 다이어트를 할 정도는 결단코 아닌데, 재야가 새삼 살펴보니 출장을 가기 전보다는 확실히 좀 더 말라 보였다. 그래서 그런지 비상의 눈이 좀 더 커지고 부드럽게 보였다. 지극히 여성스러운, 보호본능을 자극하는 모습이랄까. 그래서였나 보다. 음식점 입구에 들어서면서부터 여러 시선을 느낀 것은. 자신이 없는 사이 많은 이들이 비상의 이런 달라진 모습을 보면서 어떠한 생각을 했을지 상상하자 괜히 불쾌해진 재야였다. 달라진 비상의 모습을 자신도 모르는 누군가가 봤다고 생각하니 괜한 오기가 생겨 재야는 말을 비꼬아 전했다.

"나 없는 동안 살 만했나 봐?"

재야의 말에 비상은 어이없다는 듯이 그를 쳐다봤다.

"무슨 말이 듣고 싶은 거예요?"

"내가 너무 보고 싶었다라든지 그리워서 잠을 못 잤다든지, 뭐 그런 거."

말을 하고 보니, 정말 그랬으면 좋겠다는 생각이 드는 재야였다. 우습지만, 작은 변화 하나까지 놓치고 싶지 않고 자신만 볼 수 있기를 바라는 소유욕이 솟아나는 재야였다. 지금까지는 그냥 지나쳤을지도 모를 비상의 작은 변화 하나, 이제부턴 모두 자신의 것으로 만들면 되는 것이라고 생각하며 재야는 결심했다.

"아, 예~"

"또 까분다."

재야는 비상에게 눈치를 주면서도 내심 기분 좋은 웃음을 흘렸다.

"이시형 사범이 회사까지 왔다면서?"

재야의 질문에 비상은 가볍게 한숨을 쉬었다. 어째 그 말이 안 나오나 싶었던 비상은 속으로 윤수희를 욕할 수밖에 없었다.

"네."

"그래서?"

"그래서라뇨? 별거없었어요. 그냥 검도관 가서 수련하고 그 뒤로는 헤어졌죠."

재야는 비상의 말에 인상을 썼다. 나흘 동안 잠도 안 자면서 일을 한 것도 그렇지만 지금 이시형의 집에서 혼담을 가지고 집안끼리 만나려 한다는 것을 알고 있는 재야였다. 수희의 전화를 받자마자 비원에게 전화를 걸어 이리저리 교묘히 질문을 던져 가며 알아낸 비상의 맞선 소식은 재야를 더욱 다급하게 만들었고 결국은 이렇게 일찍 귀국하게 만들었으니까 말이다. 감쪽같이 자신을 속인 것에 화가 났지만 그건 차후 문제고 우선은 맞선 문제를 매듭지어야만 했다.

"결혼하자고 했다면서?"

"풉!"

물을 마시던 비상이 입에 있던 물을 뿜자 재야가 테이블의 냅킨을 들어 비상에게 건네었다.

"어, 어떻게 알았어요?"

"내가 모르는 게 어딨어? 그래, 집에서 뭐래?"

"뭐라고 하겠어요. 일단 한번 만나보자는 식이죠 뭐."

"상견례?"

"그럴 건 아니구요."

쉽게 대답하는 걸로 봐서는 아직까지 결혼에 대한 미련이 없어 보여 다행이다 싶으면서도 한편으로 걱정이 되는 재야였다. 왜냐하면 자신 역시 비상과 결혼을 해야만 하니까 말이다.

"좋아. 우선 발등에 떨어진 불부터 끄는 게 낫겠군. 나도 청혼을 하지."

"헉! 뭐, 뭐라구요?"

"나도 너의 집에 혼담을 넣는다고. 왜? 이시형과 결혼하고 싶어?"

"아, 아니요! 그렇지만 그럴 필요까지 있겠어요?"

"나도 급해. 우리 집도 지금 수희네 집과 혼담이 오가는 실정이니까."

딱 잘라 말하는 재야의 말에 비상은 이 상황에도 불구하고 서로에게 동질감이 느껴져 재야의 한 손을 잡고 탁탁 두드렸다.

"걱정 마요. 잘될 거예요."

"너나 잘해, 인마!"

피식 웃으며 말을 한 재야는 서둘러 손을 내렸다. 며칠 동안 별의별 생각을 다해서 그런지 비상의 모습에 자제력을 잃을 것만 같았기 때문이다.

"혼담 넣는다고 그게 다는 아니니까."

"그럼 그거 말고 또 뭘 해야 하는데요?"

"소문."

"소문이요?"

"그래. 빼도 박도 못할 소문을 만들어야지."

"그런 소문을 어떻게 만들어요?"

"일단 넌 외박을 하는 거야."

재야의 말에 비상은 얼굴이 파랗게 질렸다.

"외박하면 난 죽어요!"

"회사 일을 핑계로 삼으면 되잖아. 그건 내가 알아서 할 거고. 그런 다음 우리 둘이 동거를 한다는 소문 비슷하게 나기만 하면 되니까. 그리고, 너를 교육시킬 필요도 있고."

"무슨 교육이요?"

"지금 상황에서 네가 우리 부모님을 설득시킬 수 있을 것 같냐?"

재야의 말에 비상은 잠시 혼란스러웠다. 자신의 문제만 생각했지, 재야의 부모님을 만날 생각은 꿈에도 안 했던 비상이었다.

"그럼 나도 이사님 부모님을 만나야 돼요?"

"당연한 거 아냐? 하지만 걱정 마. 그전에 널 좀 더 참하고 조신하게 행동하도록 교육시킬 테니까."

비상은 재야의 부모님을 만나야 된다는 생각에 재야의 뒷말은 아예 듣지도 않았다. 걱정스러워하는 비상의 모습을 쳐다보는 재야의 얼굴에 짓궂은 웃음이 감돌았다.

식사하는 내내 비상은 먹었던 것이 체한 것처럼 속이 더부룩해짐을 느꼈다. 특히나 내일 당장 짐부터 옮기라는 재야의 말에는 그저 한숨밖에 나오지 않는 비상이었다.

"내가 비원이한테는 말해둘게. 그러니까 우선 너는 연수원 들어간다고 말하고 간단하게 짐을 챙겨서 내 아파트로 와. 그 다음은 내가 알아서 하지."

재야의 생각은 간단했다. 자신의 아파트에서 생활하면서 비상을 좀 더 여자답게 만드는 한편, 수희를 통해서 둘의 동거를 소문을 낸다는 것. 그리고 비상의 집에 청혼을 하기 위해 찾아간다는 것이었다. 그리고 재야의 말대로 정확히 이틀 뒤부터 그들의 웃지 못할 동거가 시작됐다. 어떻게 설득을 했던지 집에서는 흔쾌히 허락을 해줬고, 비원 오빠 역시 별말이 없었다. 다만, 다소 걱정스러운 표정으로 그녀를 쳐다보기만 했다.

간단하게 짐을 싸서 재야의 아파트로 향한 그 다음날 아침부터 비상은 재야와 옥신각신하기 시작했다. 아무리 좋아하는 이성이지만 생활 패턴부터 서로 다른 이들이 맞춰간다는 것은 쉬운 일이 아니었다. 동거 첫날밤, 비상이 옆에 있다는 사실에 밤잠을 설치는 바람에 새벽녘에 잠이 든 재야는 이상한 소리에 잠에서 깼다. 자리에서 일어난 재야가 파자마를 걸치고 자신의 방문을 열자 안방을 등진 이의 모습에 순간 멈칫하고 말았다.

'고비상?'

새벽의 흐린 기운 탓일까. 비상의 모습은 무척이나 흐리게 보였다. 마치 어둠 속에 묻어나는 회색 빛의 그림자처럼 말이다. 하지만 그 광경을 넋을 놓고 쳐다본 것도 잠시, 거실의 시계를 보던 재야의 표정이 험상궂게 일그러지고 말았다.

'젠장. 난 겨우 세 시간을 잔 거라구!'

막 비상을 향해 잔소리를 하려는 차에 비상의 움직임이 빠르면서도 느리게 변하기 시작했다. 자세히 보니 비상의 오른손엔 기다란 막대기 같은 것이 쥐어져 있었다. 아파트치고는 상당히 넓은 편인데다가 거치적거리는 것을 싫어하는 재야 탓에 넓은 거실은 비상이 새벽 운동을 할 수 있을 정도로 넓었다. 때문에 비상은 습관대로 일찍 일어나 새벽 운동을 시작한 것이다. 이 새벽 운동은 중학교 3학년 때부터 심신을 단련하기 위해 비상이 시작한 운동이었다. 가볍게 심호흡을 하고, 몸을 푼 뒤 해동검무를 추는 것으로 시작해서 각 단계에 맞는 검술을 차례차례 연속적으로 이어서 했다. 마지막 장까지는 대략 삼십 분이 걸리는데 그 삼십 분 동안 비상은 오로지 자신의 수련만을 생각했다.

잠시 뒤, 땀이 비 오듯 흐르기 시작했다. 검은색의 딱 달라붙는

탱크 탑에, 약간 헐렁한 면 트레이닝복을 입은 비상의 모습은 새벽 여명과 어울려 마치 한 편의 영화를 보는 것 같은 착각을 불러일으켰다. 재야는 자신도 모르게 문을 닫고는 조용히 벽에 기대어 비상의 모습을 눈으로 쫓기 시작했다.

"후욱. 후욱."

마지막 장까지 끝낸 비상은 자신의 상체에 딱 달라붙는 상의를 한 손으로 붙잡으며 길게 한숨을 쉬었다. 이렇게 운동을 끝낸 직후의 상쾌함은 이루 말할 수 없을 정도였다. 비상은 무의식적으로 젖은 탱크 탑을 두 손을 엇갈려 마주잡고는 머리 위로 올려 벗었다. 다소 어두운 실내에 비상의 벗은 상체는 하얗게 빛이 났다. 가는 목선 아래로 둥근 모양의 다소 작은 듯한 가슴과 날씬한 허리 라인, 힘든 듯 다소 거칠게 숨을 내쉴 때마다 약간씩 움직이는 납작한 배와 오목한 배꼽까지. 재야는 비상의 벗은 상체를 인식하는 순간, 자신의 중심에서부터 올라오기 시작한 열기에 당혹스럽기만 했다. 아직까지는 그녀가 자신이 보고 있는 줄을 모른다는 생각에 재야는 소리 없이 문을 열고 안방으로 들어갔다. 입 안의 침이 바짝 마르고 머릿속에서는 좀 전 비상의 모습이 박혀 버린 듯 지워지지가 않았다. 잔뜩 긴장한 신체의 열기는 내내 재야를 혼란스럽게 만들기에 충분했다.

'나이 서른 넘어서 여자의 가슴에 이리 놀라다니.'

묘한 상실감이 들어 재야는 스스로를 비웃었다. 벗은 여자를 처음 보는 것도 아니고, 어린 시절 꽤 자유분방한 생활을 했던 탓에 여자에 대한 환상을 일찌감치 접은 그였다. 겨우, 그것도 상체만 벗은 여자의 가슴에 이리 놀라 가슴이 미친 듯이 뛰기 시작하다니. 우습게도 잠시 훔쳐본 그 작은 가슴에 재야는 성적인 흥분을 느끼고 말았다. 파자마의 고무줄을 탁 튕겨낸 재야의 표정은 난감한 상태였다.

"참 나, 첫날부터 이러면 곤란하다구."

안방의 욕실로 들어선 재야가 씻고 나온 것은 그 뒤로도 한참이 지난 후였다. 와이셔츠를 입고 넥타이를 손에 든 채로 밖으로 나온 재야는 비상의 모습을 찾기 위해 눈을 두리번거렸다. 괜히 가슴이 쿵쿵 뛰기 시작했다. 하지만 비상의 모습이 눈에 보이지 않자 재야는 비상의 방으로 다가가 문을 열고 들어섰다. 침대 위에 이불을 움막처럼 쌓아놓은 비상이 그것을 다리 사이에 끼고 잠을 자고 있었다. 그 모습에 어이가 없으면서도 절로 웃음이 나왔다.

'아아, 너에게 요조숙녀를 기대한다는 것이 아무래도 무리일 것 같은 생각이 든단 말이지.'

재야는 침대가로 다가가서 잠든 비상의 얼굴을 내려다보았다. 그녀의 자는 모습만큼은 참으로 순하게 보여 재야는 저도 모르게 미소를 지었다.

'쿡. 잘 때만 이렇게 조용한 거냐? 그럼 매일 잠은 내가 재워줘야겠네.'

웃음을 멈춘 재야는 자신의 발을 들어 비상의 엉덩이를 툭툭 건드렸다.

"야, 야! 일어나 봐!"

"아우, 씨이. 엄마, 조금만 더…… 음냐 음냐."

"어쭈? 이젠 잠꼬대까지?"

"고비상! 얼른 안 일어나? 출근 안 할 거야?"

귀에 대고 제법 큰 소리로 말을 했지만 여전히 꿈나라를 헤매는 비상이었다. 그 모습에 어이없어하던 재야가 모로 자고 있는 비상의 왼쪽 귀를 확 잡아당겼다.

"악! 뭐, 뭐야?"

"뭐긴 뭐야? 얼른 안 일어나? 이게 첫날부터 퍼질러 잠만 자고!"

"으윽! 귀…… 좀 놓고 말해요! 아야야~"

"얼른 일어나지 못해!"

비상의 귀를 놓고 그녀의 얼굴을 험악하게 쳐다보려던 재야는 얼른 고개를 뒤로 돌렸다. 상기된 표정으로 눈가에 눈물까지 달은 비상이 제멋대로 흐트러진 모습으로 귀를 잡힌 채 인상을 쓰고 있었다. 순간이지만 정말 비상에게 와락 달려들고픈 재야였다. 새벽녘의 흥분은 여전한 상태였고, 작은 몸짓 하나에도 확 하고 일어날 정도로 충분히 준비 중인 상태였지만 실행에 옮기기엔 다소 무리가 따르는 것이었다. 재야는 차라리 보지 않는 것이 낫겠다는 생각에 고개를 돌리는 쪽을 택했다.

"아씨! 뭐예요, 정말? 다 큰 여자가 혼자 자는 방엘 함부로 들어오면 어떡해요?"

비상의 투덜거림에 재야가 다시 고개를 돌리더니 팔짱을 끼고는 그녀를 기가 막히다는 듯이 쳐다봤다.

"다 큰 여자 좋아하시네. 누가 너를 여자로 보냐, 응? 얼른 출근 준비 안 해?"

"아유~ 집에서도 곽 여사가 그러더니, 대체 왜 날 못 잡아먹어서 안달이예요, 안달! 이건 아주 사방에 적이에요, 적!"

"이게, 정말? 얼른 씻고 출근 준비 못해?"

재야가 눈을 부라리며 그녀를 다그치자 재야를 흘겨보던 비상이 마지못해 침대에서 다리를 내리며 일어서려 했다. 하지만 뭉쳐 놓은 이불과 발이 얽히는 바람에 비상은 일어섬과 동시에 앞으로 고꾸라지고 말았다.

"이런! 조심해!"

앞에 있던 재야가 비상이 앞으로 넘어지는 것을 막으려고 내민 손이 하필이면 티셔츠만 입은 비상의 가슴을 움켜쥐는 꼴이 되고 말았다.

"꺄악~ 이 짐승! 지금 뭐 하는 거예요?"

재야 역시 손바닥에 느껴지는 그 갑작스런 느낌에 할 말을 잃어 버렸다. 순간 그의 몸이 기우뚱하더니 이내 바닥으로 쿵 소리를 내며 추락했다. 비상이 자신의 가슴에 닿아 있는 재야의 손을 잡아 한쪽 다리에 힘을 준 뒤 그대로 재야를 바닥으로 메다꽂은 것이었다.

"으윽~ 너 지금 뭐 하는 거야?"

벌써 같은 방법으로 두 번이나 당한 재야는 서슬 퍼런 눈빛으로 비상을 노려봤다. 한 번은 회사에서, 지금은 집 안에서. 너무 기가 막히고 아픈 나머지 말조차 제대로 나오지 않는 재야였다.

"몰라서 물어요? 남의 방에 온 것도 모자라서 남의 가슴을 그렇게 떡 주무르듯이 주무르면 어쩌자는 거예요?"

날카롭게 치켜뜬 눈으로 재야를 노려보는 통에 재야는 어이가 없었다. 앞으로 고꾸라지는 걸 막아준 건 생각 안 하고, 이게 정말……! 평소의 재야라면 한번 콧방귀를 끼고는 대꾸조차 하지 않고 그 자리를 피했을 것이다. 하지만 비상과 관계되면 이상하게도 평소의 페이스를 찾을 수가 없는 재야였다. 그로서도 도무지 속수무책. 자신도 모르게 욱하는 심정에 비상을 쳐다보며 비릿한 웃음을 지었다.

"뭐? 아주 과대망상이구만. 내가 아니었으면 바닥으로 고꾸라져서 코가 깨지고도 남았을 거라는 생각은 안 드나 보지?"

"아!"

비상은 그제야 좀 전 상황을 인식하고는 당황했다. 자신이 넘어지려는 순간 손을 뻗은 재야 때문에 바닥과 조우하는 것은 면했지만, 그 대신 재야의 두 손은 정확히 자신의 가슴을 잡았다. 순간 느껴지는 그 찌르르한 감각에 저도 모르게 재야를 바닥으로 내동댕이치고 만 비상이었다. 어쩔 줄 몰라 하는 사이 바닥에서 일어선 재야가 험상궂은 표정으로 그녀를 노려봤다.

"나 참. 넘어지려는 걸 도와줬더니, 누굴 아주 변태로 만들어? 그리고 내가 네 가슴을 언제 만졌다고 그래? 그러고도 네가 여자냐? 평평하기만 하더구만. 말이 되는 소리를 해야지!"

"뭐라고요? 이, 이……!"

약올라 죽겠다는 표정으로 재야를 노려보는 비상을 뒤로하고 재야는 방문으로 향하며 한 마디 던졌다.

"얼른 씻고 안 나오면 인사고과 반영해서 감봉시킬 줄 알아. 내

말 알아들었어? 지각 삼 회면 감봉이라는 거 인사 규정에도 나와 있다고."

문을 닫고 나간 재야를 노려보던 비상이 이를 뿌드득 갈았다.

"으윽~ 저 인간을 언젠가는 아주 박살을 내고 말겠어!"

비상이 씩씩거리며 욕실로 들어가자 재야는 자신도 모르게 화끈거리는 두 손바닥을 슬쩍 바짓단에 문질렀다. 손에 느껴지던 그 감촉이 무척이나 부드러웠다. 두 손에 힘을 주지 않았던 것은 정말 초인적인 인내심 때문이었다. 아침부터 재야를 이런 상태로 몰고 간 장본인은 지금 재야의 상태를 죽어도 모를 거라는 것에 재야는 다소 안도했다.

재빨리 씻고 나온 비상이 서둘러 옷을 갈아입고 나와보니, 재야가 소파에 여유있게 앉아 신문을 보고 있었다. 그 여유로움에 다시 한 번 억울함이 밀려오는 비상이었다. 재야가 득달같이 깨워서 자신은 정말 지각을 한 줄 알았었다. 하지만 평소보다 삼십 분은 빨랐다. 직장인이라면 아침 출근 시간을 삼십 분 당긴다는 것이 얼마나 힘든지 잘 알 것이다.

"늦지도 않았는데 왜 이렇게 서두르는 거예요?"

"시간은 이를지 모르지만 도로가 막혀서 안 돼."

재야가 무심히 말을 하며 신문을 넘기자 비상이 의아하게 말을 이었다.

"전, 전철 타고 갈 건데요?"

"내 차 타고 가."

"아니, 왜요?"

"기름 낭비니까."

재야의 대답에 비상은 황당하다는 듯이 그를 쳐다봤다. 이 남자가 정말 아침부터 사람 화병으로 쓰러지는 꼴을 보려는 건가.

"저기요, 나랑 동거하기 전에는 그럼 뭐로 출근했는데요?"

"내 차."

당연하다는 그의 말에 비상이 빽 소리를 질렀다.

"아, 정말! 누가 이사님 차 타고 같이 출근한댔어요? 차보다는 전철이 더 빠르다구요! 뭣 때문에 저까지 이런 수고를 해야 하는 건데요?"

버럭 화를 내는 비상을 흘깃 쳐다보는 재야의 모습에 비상은 열불이 뻗쳤다. 무표정한 얼굴로 그녀를 쳐다보는 재야의 모습에 혼자만 열을 내는 것 같아 비상은 무안해졌다.

"비서니까."

'아아, 정말 저 인간하고 얽혀서 단 하루도 편할 날이 없다니깐! 부적이라도 하나 마련해야 하나. 에혀~'

말대꾸할 필요성조차 못 느껴 비상은 서둘러 현관으로 향했다. 이왕지사 이렇게 된 거 한시라도 빨리 출근을 해야 직원들 눈을 피할 수 있을 테니까 말이다. 물론, 같이 살고 있다는 소문은 내야 한다지만 재야와의 소문 때문에 가뜩이나 몇몇 여직원들과 안 좋았던 경험이 있던 비상으로서는 같이 출근하는 것만큼은 정말 사양하고 싶었다. 하지만 그런 비상의 뒷모습을 쳐다보는 재야의 얼굴엔 비상과는 달리 기분 좋은 웃음이 걸려 있었다.

격주로 노는 탓에 토요일에 출근을 해도 일에 매달리는 사람들은 극히 드물었다. 비상 역시 하릴없이 서류정리를 하며 시간을 때우다가 점심시간이 돼서야 자리에서 일어섰다. 이사실 문을 열자 재야가 비상을 쳐다보며 환하게 웃었다.

"무슨 일이지?"

'저 남자가 미쳤나. 오늘 하루 종일 헤실거리네?'

아침부터 내내 저 상태다. 아무리 봐도 웃을 일이 없는데 하루 종일 벙싯거리는 폼이 꼭 나사 하나 빠진 사람 같다고 비상은 생각했다. 하지만 차마 웃는 얼굴에 침을 못 뱉겠다. 그건 인간성 문제가 아니라 웃고 있는 남자의 모습이 얄밉지만 정말 잘생겼기 때문이었다. 비상은 웃은 얼굴에 침 못 뱉는다는 것도 잘생긴 사람이라는 전제가 붙어야 된다는 것을 새삼 알았다. 바보처럼 저리 웃고 있어도 확실히 잘난 면상이기는 했다.

"이사님, 점심시간인데요. 식사 안 하세요?"

"아, 벌써 그렇게 됐나? 그럼 가지."

"아니, 그게……."

비상은 입을 꾹 다물었다. 동거를 시작한 첫날, 하루 종일 같이 있어야 된다는 것을 왜 생각 못했을까. 식사 시간만큼이라도 좀 편했으면 싶은 마음이 굴뚝같았지만 저리 웃으며 같이 밥 먹자고 하니 차마 싫다는 소리가 안 나오는 비상이었다. 그렇다고 재야가 싫은 건 아니었다. 오히려 볼수록 매력적이라는 걸 느낄 수 있었다. 그래서 더욱 가까이 다가가면 안 될 것 같다는 생각이 들었다. 자신을 여자로 보지 않는 저 남자에게 괜히 마음만 줘봤자 상처 입는 것은 자신일 테니까 말이다. 고비상 성격상 밑지는 장사는 정말 거절이었다. 짝사랑이니, 외사랑이니 하는 단어는 정말 듣기만 해도 울화통이 치미니까 말이다. 하지만 비상의 이런 생각이 모두 재야에게 읽히고 있다는 것을 비상은 몰랐다. 표정 하나하나, 말투 하나하나까지 굳이 말을 안 하더라도 재야는 그녀의 표정을 보고 그녀의 생각을 모두 읽을 수 있었다. 일어선 재야가 양복 상의를 들고 나오며 비상을 재촉했다.

"아직 시간 있으니까 집에 들렀다 옷 갈아입고 가자."

"에? 어딜 가는데요?"

"좋은 데."

재야가 말을 마치고 엘리베이터 버튼을 누르자 비상이 애매한 표정으로 그를 쳐다봤다.

"좋은 거요? 누구한테 좋은 건데요? 저요, 아니면 이사님이요?"

"물론 나한테지."

'어련하시겠어.'

입을 쑥 내밀고 투덜거리는 비상의 모습이 그렇게 예쁠 수가 없는 재야였다.

'크큭. 아아, 정말 즐거워. 내가 왜 이런 즐거움을 이제 알았을까. 비원이 자식하고 어울릴 때 봤으면 좋았을걸.'

하지만 비원이 일부러 자신의 동생인 비상을 재야에게 보이지 않았으리라는 생각은 꿈에도 하지 못하는 재야였다. 학창 시절부터 워낙 유명했던 재야는 남녀 학생 모두에게 인기가 있었고, 재야 역시 그것을 충분히 이용할 줄 알았다. 옆에서 그것을 지켜봤던 비원으로서는 바람둥이 기질이 다분한 친구에게 하나밖에 없는 여동생을 보이기 싫은 것은 당연했다. 게다가 비원은 '시스콤'이라고 놀림을 당할 정도로 비상을 아꼈기에 그 둘의 만남은 더더욱 이뤄지기가 힘들었다. 처음 비상의 문제로 재야와 말을 할 때에도 비원은 분명 그렇게 말했었다. 재야와 친구 그 이상은 싫다고 말이다. 그러자 지금 비원의 말은 재야의 머릿속에 남아 있지 않았다. 오로지 하나, 비상을 자신의 여자로 만들기 위한 생각으로만 가득 찼기 때문이었다.

"뭘 먹을 거라고 옷까지 갈아입어요? 그냥 가면 되지."

"예행연습."

재야의 말에 비상의 얼굴이 확 일그러지고 말았다.

"또요? 내가 저능아예요? 그 정도 했으면 다 알아듣는다구요."

"머리로 아는 것과 몸으로 익히는 것은 다른 법이야. 머리로 아는 것은 까먹을 수 있지만 몸으로 익힌 것은 무의식중에도 나타나는 법이거든."

엘리베이터 문이 열리자 재야가 성큼 안으로 들어가 그녀를 쳐다봤다.

"안 타?"

마지못해 엘리베이터를 타자 곧 내려가기 시작했지만 얼마 못 가서 엘리베이터의 문이 다시 열렸다.

'어? 저 여자는?'

사내식당에서 자신과 시비가 붙었던 회계파트 여직원 둘과, 그 화장실에서 자신을 헐뜯던 감사실 여직원이 분명했다.

"어머, 안녕하세요, 이사님? 식사하러 가시는 건가요?"

"네."

엘리베이터에 탄 그녀들의 표정은 복사꽃마냥 활짝 피었다.

'아주 좋아 죽네, 좋아 죽어. 흥, 그래 봐야 당신들 남자는 안 될 것 같네요. 누구 맘대로? 헉. 내가 지금 무슨 생각을?'

갑자기 든 자신의 생각에 비상은 황당했다. 재야가 누구와 사귀던, 누구를 만나던 그녀와는 아무 상관이 없는 것이었다. 하지만 그녀가 싫어하는 여자와 얽히지 않는다는 게 이렇게 기분 좋을 줄은 몰랐다.

'설마. 그래, 이건 단순히 사촌이 땅을 사면 배가 아픈, 그런 감정이라구. 그래, 그런 감정일 뿐이야.'

얼굴이 굳은 비상의 모습에 재야는 의아한 눈빛을 보냈지만 비상은 그걸 몰랐다. 재야와 비상은 뒤쪽이었기에 재야는 슬쩍 비상에게 한 발 더 가까이 다가갔다. 그리고 슬쩍 손을 올려 비상의 손을 잡고 살살 흔들었다. 퍼뜩 놀라 그를 쳐다보자 재야가 입모양만으로 말을 했다.

"왜 그래? 어디 아파?"

비상은 당황스러워하며 가볍게 고개를 저었다. 하지만 재야가 보기에는 꼭 아픈 사람 같았다. 창백한 표정도 그랬고, 무언가에 놀란 모습도 그렇고. 재야는 순간 걱정스러운 맘에 앞의 여자들이 자신들을 보고 있다는 것도 잊은 채 비상의 어깨를 잡고는 고개를 내렸다. 비상의 귓가에 속삭이는 재야의 작은 목소리는 바로 앞에 서 있는 여직원들에게도 들렸다.

"정말 괜찮아? 집에서 나올 때만 해도 멀쩡했잖아?"

갑자기 앞에서 급하게 숨을 삼키는 소리가 들려 비상은 퍼뜩 정신을 차렸다. 분명 재야의 행동을 보고 그녀들도 뭔가를 느꼈을 것이다. 비록 그것이 오해일지라도 비상은 순간 기분이 좋아졌다. 재야가 자신을 소중히 여긴다는 것을 알리는 것 같아 내심 우월감마저 들고 말았다. 흘긋 자신을 쳐다보는 시선과 마주치자 비상은 어색하게 웃으며 재야의 뒤 쪽으로 손을 넣어 숱 많은 그의 머리카락을 만지작거렸다.

"아뇨. 걱정하지 말아요."

뜻밖의 행동에 놀란 재야는 앞의 직원들을 보고는 이내 피식 웃었다. 예행연습이라고 했는데 그걸 인식했던 모양이다. 기대 반, 아쉬움 반 재야는 묘한 두 개의 감정에 허탈해지고 말았다. 엘리베이터에서 다른 사람들이 모두 내리자 비상은 재야를 보며 은근히 눈을 빛냈다.

"나 잘했죠?"

생글생글 웃으면서 질문하는 비상을 보며 재야는 속으로 한숨을 쉬었다.

'저걸 어떻게 숙녀로 만드냐고.'

재야는 한숨을 쉬고는 비상의 머리를 손으로 슥슥 만져 주었다.

"그래, 잘했다, 잘했어. 앞으로도 그렇게만 해라."

동거를 시작한 첫날부터 그 둘은 그렇게 하루 24시간을 같이 보내기 시작했다.

제11장 죽일 놈의 다도(茶道)

"그걸 그렇게 못하냐? 아오, 정말!"

재야가 분통을 터뜨리자 비상은 그를 노려보고는 이를 갈았다. 퇴근하고 칼같이 퇴근해서 집으로 돌아오면 밤 열두 시까지 벌써 삼 일째 이 짓을 시키니 화가 나기는 비상도 매한가지였다.

"차 못 먹고 죽은 귀신 붙었어요? 내가 일본 사람이에요? 이거 배워 뭐 하게요?"

"이게 정말!"

재야가 크게 오르락내리락하는 가슴을 진정시키며 비상을 노려 봤다.

"너, 이거 오늘까지 내 눈에 찰 때까지 해내지 못하면 내일 밥 못 먹을 줄 알아!"

재야로서도 유치한 말이지만 할 수 없었다. 지금 비상에게 가장 크게 먹히는 위협 중 하나가 바로 신체 접촉을 빙자한 협박과 먹는 것이니까 말이다.

"그런 게 어딨어요?"

"내 맘이야."

분한 듯 한참을 노려보던 비상은 결국 한숨을 푹 쉬면서 찻잔을 쳐다봤다. 그러자 다시 차가운 재야의 불호령이 떨어졌다.

"다시 처음 놓은 순서부터 말해!"

"으으, 젠장!"

말해놓고도 기겁을 하고 양손으로 입을 막는 비상의 모습에 재야는 어이없다는 듯이 혀를 찼다.

"아주 골고루 한다, 정말! 얼른 다시 못 외워?"

삼 일 동안 수시로 재야한테 덮침을 당했던 비상은 급히 안도의 숨을 쉬며 말하기 시작했다.

"물 주전자, 찻주전자, 차호, 귀때그릇, 개수, 찻잔, 찻잔받침, 차시, 찻수건."

"좋아. 그럼 차 우려내는 순서 말해봐."

삼 일 내내 반복되는 상황에 다구와 뜨거운 물을 준비한 뒤 귀때그릇(숙우)에 물을 붓고, 찻주전자의 뚜껑을 열고 뚜껑 받침을 엎어놓고, 귀때그릇의 물을 찻주전자에 붓는 비상의 모습은 제법 단정하고 익숙해 보였다.

"그럼 이제 외웠던 것을 읊어봐라."

짜증스럽다는 듯이 앉아서 비상의 모습을 지켜보는 재야를 한

번 흘끗 쳐다본 비상이 익숙하게 말을 하기 시작했다.

"다도(茶道)란 차를 마시는 일과 관련된 다사(茶事)로 심신수련을 의미합니다. 차는 처음에는 음료수나 약으로 사용했지만 점차 기호식품화 되면서 취미생활과 연결되었고, 다시 일상생활의 도를 *끽다(喫茶)와 관련지어 다도로까지 발전하게 되었습니다."

차분한 설명에 재야의 머리가 희미하게 끄덕여졌다.

"그리고?"

"다도의 성립은 중국 당나라의 육우가 8세기 중엽 '다경(茶經)'을 지은 때부터 비롯되었는데 그 뒤 다도는 중국을 비롯해 우리나라와 일본 등으로 유포되었어요. 우리나라에서는 삼국시대부터 차를 마시기 시작해 고려시대에는 귀족 계급을 중심으로 다도가 유행했고, 조선시대에는 사원을 중심으로 그 전통이 이어졌죠. 조선시대에 들어 한때 쇠퇴기를 갖던 다도는 19세기에 들어서 다시 일기 시작했는데, 그 당시 초의선사는 다도의 이론적인 면과 실제적인 면을 크게 정리, 발전시켰다고 합니다."

"좋아. 그럼 인용 문구."

비상은 한숨을 쉬었다. 대학을 졸업한 지 일 년이 넘었는데 왜 지금 고3 수험생 기분을 느껴야 하는지, 비상은 나오는 한숨을 억지로 참으며 다시 말을 이었다.

"초의선사는 다도를 따르는데 그 도(道)를 다하고, 만드는 데 정을 다하고, 물은 진수를 얻고, 끓임에 있어 중정(中政)을 얻으면 체,

---

*끽다(喫茶): 차를 마시다의 뜻. '끽' 이라는 것은 단숨에 차를 마시는 것이 아니라, 혓바닥에 굴리듯 하며 향기와 맛을 즐기면서 조금씩 마시는 것을 일컫는다

신 서로 어울려 건실함과 신령함이 어우러진다고 표현했습니다. 고려의 문장가 이규보의 시조에서 '한 잔 차로 곧 참선이 시작된다' 라는 다선일미(茶禪一美)라는 구절이 있지요. 유교의 다도정신과도 같은 맥락입니다."

"좋아. 이거 하나 외우는데 삼 일이나 잡아먹다니, 너 오빠 안 닮았지?"

"이거 왜 이래요? 나도 한머리 한다구요!"

"그건 맞아. 한머리 하지, 네 머리 그거 무기더라, 일전에 너 깨우러 들어갔다가 박치기 한 번 당했는데 난 해머에 맞은 줄 알았다고."

'으윽, 저 인간! 말을 말자, 말을!'

재야는 은근히 비상이 자신의 시비에 넘어오기를 기다렸지만 아무 소리가 없어서 의외로 아쉽다는 생각이 들었다.

"내일은 내가 말한 모임에 가야 되니까 실수하지 않게 부지런히 연습하고, 오늘은 늦었으니까 자자."

재야의 말이 끝나기가 무섭게 거실 바닥에 대 자로 누워버린 비상을 재야는 발로 툭툭 찼다.

"아, 정말 왜 그렇게 사람을 기분 나쁘게 발로 툭툭 쳐요?"

"여자가 몸가짐이 이게 뭐야? 얼른 안 일어나? 그리고 씻고 자!"

"피곤하단 말이에요!"

"야, 안 일어나?"

재야가 비상을 확 잡아 일으키자 비상이 마지못해 일어섰다.

"정 힘들면 내가 들어가서 씻겨주지."

"정말, 지겹지도 않아요? 하루도 안 빼먹고 말하는 거?"

"너는 안 지겹냐? 하루도 안 빠지고 씻으라고 말하는 내 말이?"

'대체, 누가 이 남자 입 좀 닫게 해줘요.'

비상은 고개를 끄덕이며 욕실로 향했다. 그런 비상을 쳐다보는 재야의 눈빛은 무척이나 다정하게 빛났다.

다음날 모임에 나간 비상은 어색하게 방석에 앉아 다도를 시작했다. 주변에 삼삼오오 모여 차를 마시는 이들 사이로 재야의 어머니가 보이자 비상은 천천히 그곳으로 자리를 옮겼다.

"제가 여기서 다도를 배워도 될까요?"

"어머, 그래요."

재야의 어머님은 무척이나 단아해 보이는 모습으로 차를 따르는 시범을 보이고 있었다.

"이 모임에 처음 나왔죠? 처음 보는 얼굴이라서요. 요즘 젊은 아가씨들 같지 않네요."

"아니에요. 몇 번 나오긴 했는데 어색해서 조금만 보고 그냥 가곤 했어요. 하지만 이젠 좀 더 즐겨볼까 하고요."

비상은 재야의 어머님이 건네는 잔을 받아 들고는 냄새를 음미하는 시늉을 했다.

"중국은 차를 향기로 마신다죠? 일본은 그 빛깔을 보고 선택한다고들 말씀하시잖아요. 하지만 우리 한국은 무엇보다 맛이죠. 향이 아무리 좋은들, 그 빛깔이 아무리 고운들 차 맛이 우러나지 않으면 그것을 차라 부를 수가 없잖아요."

은근히 말을 떼는 비상을 바라보는 송 여사가 눈을 빛냈다.

"그 정도로 차 맛을 선별할 정도면 이미 다도의 경지에 들어선 거네요."

"호호, 그건 너무 과분한 찬사시네요. 저보다 어른이신 것 같은데 늦었지만 인사드릴게요. 저는 고비상이라고 합니다."

"난 송연희라고 해요."

"아, 네. 만나뵈어서 반갑습니다, 송 여사님. 오늘 잘 부탁드리겠습니다."

비상의 인사에 재야의 어머니인 송 여사는 새롭다는 눈빛으로 비상을 쳐다봤다. 어느 한 구석 흐트러진 곳도 없고 정갈한 느낌이 무척이나 마음에 들었다. 성격도 쾌활하고 붙임성도 좋아 보이는 것이 송 여사는 이런 딸이 하나 있으면 얼마나 좋을까 하는 생각을 해보았다.

하지만 송 여사는 지금의 비상의 모습이 재야와 함께 만들어낸 결과라는 것은 전혀 알 수가 없었다. 그 뒤 한 시간 정도 차를 나눠 마시면서 비상은 차의 유례에 대해서 말하기도 하고, 그 인용 싯구를 이용해서 대화를 주도했다. 마지막엔 그 소그룹에 속해 있던 아주머니들과 다음에 다같이 식사하기로 약속하고 헤어졌다. 헤어지는 그 순간까지 다소곳한 행동과 웃음을 잃지 않던 비상의 모습에 송 여사는 은근히 그녀가 욕심이 났다. 저런 참한 아가씨를 재야와 맺어준다면 얼마나 좋을까. 어른을 위할 줄도 알고, 참한 성격에 얼굴까지 곱지 않던가. 정말 요새 보기 드문 아가씨라는 생각에 속해 있던 그 그룹의 아줌마들도 하나같이 입을 모았었다. 송 여사는 몇 번 더 모임을 가져본 뒤에 넌지시 비상을 떠볼 생각을 하며 다음 모임에도 꼭 나오라는 말을 끝으로 비상과 헤어졌다. 집으로 향하는 내내 송 여사는 잘만 된다면 정말 마음에 맞는 며느리를 볼 수 있을 거란 생각에 한층 기분이 좋아졌다.

그 시각 내내 긴장했던 몸을 간신히 추스르고 재야의 아파트에 도착한 비상은 현관을 들어서며 중얼거렸다.

"아이고, 힘들다! 다도(茶道)가 아니라 die도(道)다, 다이도."

비상이 꿍꿍거리며 집으로 들어서는데 편안한 복장으로 자리에 앉아 신문을 보는 재야의 모습이 보였다. 당연히 그 모습이 곱게 보일 리가 없는 비상이었다.

'누구는 밥도 못 먹고 한 시간 내내 풀물만 먹었는데, 누구는 아주 신수가 훤하구만.'

비상의 눈빛을 깨달은 건지 재야가 신문을 넘기며 무심하게 말을 이었다.

"잘했냐?"

"당연하죠."

간결한 대답에 재야가 신문에서 눈을 떼서 비상을 쳐다보자 심통맞은 표정으로 인상을 쓰고 있는 표정에 절로 웃음이 나오고 말았다.

"식탁에 오므라이스 해놨어. 배고플 테니 얼른 먹어라."

"앗, 정말요?"

가방을 소파에 툭 던져 놓고는 부리나케 식탁으로 향하는 비상을 보며 재야는 소리 죽여 웃기 시작했다. 식탁에는 모양도 정갈한 오므라이스가 김을 모락모락 풍기며 그 풍만함을 자랑하고 있었다. 비상은 모임이 끝나자마자 정신없이 집으로 오느라 아무것도 먹지를 못했다. 그것 역시 재야의 독촉 때문이었지만 이 오므라이스를 보자 그 모든 억하심정이 절로 풀어지고 있었다.

'이거, 직접 만든 거잖아?'

놀란 비상이 크게 한 숟갈을 떠서 입에 넣고는 서둘러서 말을 했다.

"이거 직접 만든 거예요?"

"다 씹고 얘기해!"

서둘러 밥을 삼킨 비상이 놀랍다는 듯이 물을 마시고는 재야에게 되물었다.

"이거 정말 이사님이 만든 거 맞아요? 정말요?"

재차 묻는 비상이 이상했던지 그 모습을 지켜보던 재야가 고개를 홱 돌렸다.

"난 하나를 해도 완벽하게 해."

'하여간 말을 해도 꼭 저렇게 해서 정을 떨어뜨려요, 정말.'

비상은 속으로 중얼거리면서도 정신없이 오므라이스를 먹어댔다. 정말 여태까지 먹어봤던 오므라이스 중에서 제일 맛있었다. 재야는 슬쩍 시선을 돌려 정신없이 오므라이스를 먹는 비상을 바라보며 얼굴을 붉혔다. 비상은 모르는 일이지만 누군가를 위해 음식을 만들기는 처음인 재야였다. 그 오므라이스를 만들기까지 거의 계란 한 판이 다 들어갔다거나, 간을 못 맞춰서 버린 밥이 얼마인지는 절대 말할 수 없었다. 더불어 밥을 볶다 기름이 튀는 바람에 손가락에 물집이 잡혔다는 것도. 하지만 비상이 저리 맛있게 먹는 것을 보니 정말 오므라이스를 만들기까지 고군분투했던 자신의 행동이 대견하기만 한 재야였다. 저녁 식사 후, 둘이 나란히 산책길을 조깅하기 위해 나가게 됐다. 재야는 간편한 운동복 차림의 비상을 보면서도 가슴이 설레었다. 그저 트레이닝복에 모자 하나 쓰고 옆에서 조깅을 하는 것만으로도 자신을 유혹하는 손짓으로 느껴졌다. 재야는 비상과의 시간이 무척이나 행복하다는 것을 느끼며 앞으로도 계속되길 바랐다.

"헉헉. 그만 뛸까요?"

"후유~ 그래. 이젠 좀 걷자."

아파트 산책로를 비상과 나란히 걸어가던 재야는 운동을 하지 않음에도 불구하고 숨이 점점 가빠오는 것을 느끼곤 당황했다.

"쯧쯧, 서른 넘었다고 심폐기능이 그렇게 약해질 수 있어요? 평소에 운동을 하라고요, 운동을!"

땀을 흘려서 빨개진 얼굴로 재야를 놀리는 비상의 머리를 툭 쥐어박은 재야가 느릿한 말투로 대답을 했다.

"인마, 아직 팔팔하다. 게다가 난 심폐기능이 무척 좋다고. 시험해 볼까?"

옆에서 나란히 걷고 있다 갑자기 비상의 앞을 가로막은 재야가 장난스럽게 말하더니 곧바로 입을 맞추었다. 쪽 소리와 함께 고개를 든 재야의 모습이 가로등 불빛에 무척이나 멋있게 보여 비상은 멍하니 그 모습을 바라봤다. 다시 천천히 얼굴을 내리는 재야를 보며 비상은 자신도 모르게 두 팔로 그의 목을 끌어안았다. 그리고 이어진 키스는 재야의 감정을 고스란히 느낄 수 있을 만큼 격렬하고 정열적이며 육감적이었다. 더 이상 숨을 참을 수 없어 재야의 등을 두드릴 정도로 재야의 키스는 끝없이 이어졌다. 비상의 행동에 마지못해 입술을 뗀 재야는 급히 숨을 들이쉬는 비상을 보면서 웃었다.

"거봐. 내가 심폐기능 하나는 끝내주거든."

"헉헉, 키스하다 숨 막혀 죽는 줄 알았잖아요!"

"너, 바보냐? 키스할 때는 코로 숨을 쉬는 거다."

급히 숨을 삼키는 비상의 얼굴로 고개를 숙인 재야의 코와 비상의 코가 여러 번 닿았다 떨어졌다. 비상은 고개를 뒤로 하고 싶었지만 재야의 눈빛 때문에 도저히 움직일 수가 없었다. 재야는 한동안 깊은 눈빛으로 비상을 쳐다보다가 조용히 속삭였다.

"네가…… 점점 좋아져서…… 자꾸만 욕심이 생겨."

재야는 겨우 들릴 만큼 작게 속삭이더니 비상을 품에 와락 안았다. 비상은 미친 듯이 가슴이 뛰었다.

'……뜨거워. 이 남자의 모든 것이.'

둘의 키스가 끝나고 다시 아파트로 향하는 내내 둘은 손을 마주잡은 상태였다. 하지만 그 두 사람의 뒤를 수희가 몰래 따라가고 있다는 것은 모르고 있었다. 반찬을 싸들고 재야의 아파트로 왔던 수희는 벨을 눌러도 대답이 없자 차가 주차되어 있는 것을 확인하고는 재야를 찾으러 나온 상태였다. 그리고 공원 근처에서 재야와 비상의 모습을 보고는 나무 뒤로 숨었었다. 그리고 그 둘의 모습을 쭉 지켜본 수희는 엄청난 질투심에 휩싸였다. 자신에겐 한 번도 보여주지 않던 뜨거움이었다. 비상을 향한 재야의 눈빛은 이만큼 떨어진 곳에서도 알 수 있을 만큼 욕망에 가득 찬 모습이었다. 놀람도 잠시, 둘의 모습에 화가 난 수희는 그 둘을 미행했다. 그리고 두 사람이 재야의 아파트로 들어간 것까지 확인하고는 반찬을 내던지고 집으로 돌아갔다.

'두고 봐, 가만 안 둬!'

아파트로 돌아와 각자의 욕실에서 씻고 나온 비상은 어색하게 인사를 하고는 급히 자신의 방으로 들어갔다. 재야는 처음으로 비상의 닫힌 문을 보면서 자신의 인내를 시험해야만 했다. 그 뒤 이런 상태는 며칠 동안 계속되었다. 서로의 감정을 훔쳐보고 각자의 모습을 지켜보는 동안에도 눈이 마주치면 서로 웃기 바쁜 나날이 이어졌다. 물론 재야의 끊임없는 잔소리와 더불어 수시로 과도한 접촉을 시도하는 재야 때문에 한시도 마음을 놓을 수 없어 비상의 신경은 나날이 날카로워졌지만 차츰 익숙해지고 있었다. 이 모든 것은 재야의 계획에서부터 시작됐지만 어느 순간부터 재야는 모든 것을 잊어버린 듯 맹목적으로 비상에게 다가가기 시작했다.

동거한 지 오 일째 되는 저녁, 재야는 비상의 옷차림을 보더니 슬쩍 인상을 찌푸렸다.

"당장 가서 갈아입고 와."

"이 옷이 어때서요?"

모르겠다는 듯이 자신의 옷차림을 쳐다보는 비상의 모습에 재야가 코웃음을 쳤다.

"넌 도대체 여자라고 우기는 주제에 그 여자에 대한 자각은 있는 거냐?"

"거기서 그런 소리가 왜 또 나오는 건데요?"

"인마, 너랑 나랑 지금 아파트에 딱 둘만 있다고. 막말로 내가 널 어찌할지도 모르는데 그렇게 시선을 자극하는 흐트러진 옷차림을 하면 어떻게 하냐?"

재야의 비아냥거리는 목소리에 비상은 어이없다는 듯이 그를 쳐다봤다.

"언제 이사님이 절 여자로 보기는 했어요? 같은 남자끼리 어떠냐며 같이 목욕하자고 하는 사람이 누군데요?"

서 원장의 집에서 샤워를 같이하자고 한 뒤부터 재야는 동거를 한 후 하루도 빠짐없이 비상에게 그 말을 했었다. 억울하기는 하지만 재야의 행동이나 말로 볼 때 그는 비상을 여자로 보지 않는 것은 확실한 것 같았다. 하지만 자신은 점점 재야를 남성으로 의식하기 시작했기 때문에 억울한 마음마저 들었다. 하긴, 말과 행동이 다른 재야의 모습은 비상을 정신 차릴 수 없게 만들었다.

"그래서 다른 옷으로 안 갈아입겠다고?"

묘한 뉘앙스로 되묻는 재야가 커다란 몸을 움직여 천천히 비상에게 다가왔다. 그 커다란 덩치에 어떻게 소리 없이 그리 재빨리 움직일 수 있는지 비상은 신기하기만 했다. 그사이 이미 재야와 비상은 손 한 뼘 정도의 거리를 두고 마주하게 됐다.

"남자는 말이지…… 허리 아래 동물이라고들 하지. 마음이 없어도, 분위기가 없어도, 마음먹기에 따라서 얼마든지…… 생각없이 행동을 하거든."

낮게 속삭이는 목소리가 비상의 머리 위에 쏟아지는 것처럼 느껴져 비상은 오싹했다. 아닌 게 아니라 조금만 더 가까이 붙는다면 정말 묘한 신체 접촉이 이뤄질 것 같아 비상은 바싹 긴장해서 침을 조금 삼킨 뒤 말했다.

"조, 좀 떨어져서 말해요!"

"후후. 왜에?"

비상은 재야가 저런 식으로 말끝을 길게 늘여 말을 할 때는 항상 상상 못할 행동이 뒤따른다는 것을 요 며칠 사이 눈치 챘기에 덜컥 겁이 났다. 게다가 빤히 쳐다보면서 점점 더 하체를 밀착하는 행동에 자신도 모르게 뒷걸음질을 치다가 결국은 벽을 등지고 서는 꼴이 되고 말았다. 비상을 사이에 두고 양손을 벌려 벽을 짚고 서서 내려다보는 재야의 모습은 충분히 위협적이었다.

"……넌 남자를 너무 몰라. 그래서 그게 다행인지, 아닌지 정말 헷갈린다고."

능청스런 재야의 표현에 비상은 점점 더 벽에 몸을 붙일 수밖에 없었다. 바로 앞까지 다가온 재야의 몸이 더욱 바싹 다가와 거의 붙어버렸다고 생각될 무렵 느껴지는 묘한 움직임에 비상의 얼굴은 벌겋게 변해 버렸다. 몸 중심으로부터 느껴지는 그 기묘한 감촉에 몸 안에 무언가가 스멀스멀 기어가는 듯한 느낌을 받는 비상이었다.

"이, 이…… 변태 같으니! 얼른 안 비켜?"

"쿠쿡. 험한 말을 쓰면 쓰나. 벽지처럼 달라붙었다고, 너. 그러게 왜 내 경고를 무시하냐고.”

점점 뜨거워지는 그 중심의 불길에 비상은 작게 몸이 떨렸다.

“그따위 천 조각은 입을 생각도 하지 마. 특히 남자 앞에선 말이야. 앞으로 한 번만 더 그런 식으로 옷을 입고 있으면 내가 친절하게 모두 벗겨주겠어. 아, 그리고 그 뒷일은 전혀 책임 못 진다고. 무슨 말인지 잘 알지? 뭐, 친히 몸으로 가르쳐 줄 수도 있고.”

태연하게 말을 마친 뒤 몸을 떼고 자신의 방으로 들어가는 재야를 보면서 비상은 주르륵 벽을 타고 바닥에 주저앉고 말았다.

“이씨, 하마터면⋯⋯.”

소름이 좌르륵 돋아난 팔뚝을 거칠게 문지르며 비상은 처음으로 두렵다는 생각이 들었다. 방으로 들어선 재야는 이미 불이 붙어버린 자신의 남성을 보면서 고개를 저었다.

“아, 젠장. 이래서 어린애들은 곤란하다고 한 거라고. 감당을 할 수 없잖아.”

불룩해진 바지 앞섶을 보고 한숨을 쉰 재야는 욕실 문과 방문을 번갈아 쳐다보고는 인상을 찡그리며 자신의 손을 쳐다봤다.

“이러다 손가락에 지문 지워지는 거 아니야?”

평소의 자신이라면 얼마든지 여자를 유혹해서 안고도 남았을 재야였다. 하지만 이상하게도 그런 식으로 비상을 유혹하고 싶지 않았다. 뭐, 워낙 독특한 녀석이니 유혹하고 시비하고 구분조차 못할 테지만 말이다. 재야는 다시 한 번 한숨을 크게 내뱉었다. 조만간 이런 식으로 간다면 자신은 욕구불만으로 미쳐 버리고 말 것이다.

다음날 아침, 일찍 일어난 재야는 웬일로 자신보다 먼저 일어나 씻고 나오는 비상을 스윽 훑어봤다. 전날의 그 날씬한 몸매를 감싸던 소위 트레이닝복은 사라지고 펑퍼짐한 셔츠에 넉넉한 트레이닝 바지를 입은 비상의 모습에 자신도 모르게 웃음이 나오고 말았다.

"아, 왜 또 웃어요? 이 옷이 웃겨요?"

팩 토라져 말하는 비상의 모습이 그렇게 사랑스러울 수가 없어 재야는 비상의 머리를 가지고 장난치며 작게 말했다.

"이건 좀 심한데? 넌 성격도 극과 극을 넘나들더니 어째 옷차림도 그러냐? 어제는 거의 차려놓은 밥상 같더니만 지금은 거의 청교도적인 모습이네?"

비상은 재야의 손을 탁 치고는 눈을 확 치켜떴다.

"누가 차려놓은 밥상이라는 겁니까, 지금?"

"오호~ 이런 존대어까지! 하루 만에 사람이 됐네? 거봐, 노력하면 되잖아, 안 그래? 하긴, 나의 그 위대한 가르침이 있었으니 당연한 건가?"

재야의 자화자찬격인 발언에 비상은 속으로 욕했지만 차마 겉으로 드러내지는 않았다. 전날의 경험상 앞의 남자는 그 이상의 진도를 나가고도 남을 위인이라는 것을 알았기 때문이다. 재야는 자신의 도발에 비상이 넘어오지 않자 아쉽다는 듯이 입맛을 다셨다.

"아아, 이렇게 반응이 없으면 재미없는데 말이지."

톡톡 이마를 중지손가락으로 치더니 욕실로 향하는 재야를 향해서 혀를 내밀다가 돌연 뒤돌아본 재야 때문에 얼결에 혀를 깨물고 만 비상이었다.

"저런, 아무리 배가 고파도 자신을 먹을 수는 없다고. 너 바보냐?"

'아악! 제발 저 인간의 독설에서 벗어날 수만 있다면 무슨 짓이라도 하겠다고!'

비상의 얼굴이 일그러지는 것을 보고 재야는 욕실로 들어갔다. 낮게 숨죽이고 욕실을 살펴보니, 완벽하게 정리된 모습에 만족스럽게 고개를 끄덕이면서도 왠지 아쉬운 마음이 드는 재야였다.

'자식. 너무 빨리 익숙해지면 곤란한데.'

결국 꼬투리를 잡지 못하고 나온 재야를 바라보는 비상의 얼굴은 의기양양하게 빛났다.

"이건 뭐예요?"

동거를 시작한 지 일주일째, 둘은 번갈아 가면서 하루씩 저녁 식사 준비를 하기로 했다. 오늘은 비상이 저녁 준비를 하는 날로, 간단히 밥과 국만을 했다. 반찬은 재야의 본가에서 삼 일 단위로 도우미 주머니가 와서 채워주는 터라 걱정할 필요가 없었다.

간편한 차림으로 국을 떠서 식탁으로 나르던 비상은 재야의 손에 들린 끈을 보고는 의아하게 물었다. 그런 비상을 쳐다보는 재야의 표정이 미묘하게 변해갔다.

"자세 교정에 필요한 도구라고나 할까?"

말을 하면서 재야가 비상의 바로 앞에서 무릎을 꿇는 바람에 비상은 적잖이 당황했다.

"그…… 뭐 하는 거예요? 악, 손 안 치워요?"

재야의 커다란 손이 갑자기 비상의 허벅지 위를 배회하더니 어느 순간 두 허벅지가 짧은 끈에 한데 묶여졌다. 그 모습을 황당히 쳐다보던 비상과 고개를 들고 웃는 재야의 눈빛이 순간 공중에서 얽혔다.

"뭐 하는 것이냐면 요 일주일 동안 봐왔는데 말이지 의자에 앉으면서 너무 조심성이 없어서 말이야."

"뭐라고요?"

바닥에서 일어난 재야가 식탁을 돌아 자신의 자리로 가면서 비상을 쳐다보며 거만하게 말했다.

"걸어봐 봐."

"이래가지고선 어떻게 걸어요?"

울상을 지으면서도 걷는 시늉을 해보던 비상은 보폭이 너무 좁아져 인상을 찌푸렸다.

"집에서는 그렇게 하고 다니도록 해. 여자가 말이야 걸음걸이나 너무 건들거리잖아. 그렇게 묶어놓으면 좀 조신해지겠지."

내심 만족스럽다는 재야의 표정에 비상은 기가 막힌지 고개를 설레설레 저었다.

"말도 안 되는 짓이라구요!"

비상이 재야가 묶어놓은 끈의 매듭을 풀어버리려고 하자 재야가 눈을 매섭게 뜨며 경고했다.

"그대로 하는 게 좋을 거야. 안 그러면 난 당장 그 사진을 들고 너네 집으로 가서 네 어머님을 뵙고 정식으로 청혼할 거야."

비상의 재야의 말에 뜨끔하며 손을 떼고는 눈살을 찌푸렸다. 혹 떼려다 혹 붙였다는 것이 딱 지금의 상황이라고 생각하면서도 비상은 마지못해 재야의 뜻에 따랐다. 식사 내내 집요한 시선으로 자신의 묶인 다리를 보는 재야 때문에 비상은 밥을 제대로 먹을 수가 없었다.

"그만 좀 보죠?"

"다음부턴 이 손가락의 한 마디 이상으로 다리가 벌어진다면 각오하는 게 좋을 거야."

식사를 다 한 재야가 자신의 검지의 한 마디만큼을 가리키며 비상에게 말하자 비상의 인상은 더할 나위 없이 찡그려졌다.

"그런 행동은 여자한테 실례라구요."

"네가 여자라는 건 나도 못 믿어."

단정 짓듯 말하는 재야 때문에 비상은 열이 확 뻗쳤다.

"아, 정말! 사람 미치는 꼴 보고 싶어서 그래요? 이게 뭐예요, 정말?"

"할 수 없어. 네 행동 하나하나를 단시간에 뜯어고치려면 말이지."

"차라리 선을 보는 게 낫겠어요."

"그렇게는 안 되지. 그리고 내가 거친 말 쓰지 말라고 했지? 그리고 밥 다 씹은 다음에 얘기하라고 했어, 안 했어? 언제까지 따라다니면서 잔소리를 해야 말을 들을래?"

'정말 잔소리 하나는 끝내준다.'

비상이 재야의 끝없는 잔소리를 들으며 생각한 것은 그 말뿐이었다.

"어떻게 된 남자가 우리 집에 있는 곽 여사보다 더 잔소리가 심해요?"

"그래? 난 너랑 살다 보니 네 어머님이 갑자기 존경스러워졌어. 정말 만남이 기대되는군."

비상은 재야의 말에 과연 자신의 엄마인 곽 여사와 이 남자가 만나면 누가 말로 이길지 심히 궁금해졌다.

'뭐, 막상막하라고 해야 하나.'

그날 하루도 정신없는 재야의 잔소리를 비상은 못 들은 척 넘어갔다.

"고비상."

"네?"

막 씻고 나온 비상을 바라보는 재야의 표정은 못마땅한 빛이 역력했다.

"왜요?"

"너, 내가 거실 바닥에 물기 흘리지 말라고 했지? 수건은 뒀다 엿 바꿔 먹을 거냐? 물기 좀 다 닦고 나오란 말이야!"

"아, 나중에 닦으면 되잖아요."

"뭐 하러 일을 두 번 씩이나 해? 처음부터 흘리지 않으면 되지."

"아, 알았다고요, 알았어."

자신의 방으로 들어간 비상이 옷을 막 갈아입으려는데 문이 벌컥 열렸다.

"앗! 뭐 하는 거예요? 옷 갈아입는 거 안 보여요?"

"볼 게 뭐 있다고 가려? 얼른 나와서 안 닦아?"

비상은 투덜거리며 잽싸게 옷을 입고 나와 거실 바닥의 물을 닦기 시작했다. 그사이 재야가 다시 비상을 노려봤다.

"씻고 나서 욕실 정리는 기본 아니야? 샴푸를 썼으면 제자리에 놔두라고. 머리를 감았으면 머리카락은 정리를 하고 나와야 하잖아?"

'젠장.'

재야의 손에 들린 머리카락을 보며 비상은 이를 갈았다. 집에 들어오면 자신을 졸졸 쫓아다니면서 하는 짓이 바로 저거다. 사용한 물건은 제자리에 잘 놨는지, 수건은 빨래 통에 넣었는지, 물을 마시고 컵은 씻어서 엎어놓는지, 사용한 의자를 제자리에 놔두는지, 그런 사소한 것들로 인해 비상은 자는 순간까지 재야의 잔소리를 들어야만 했다. 인사도 안 하고 쾅 문을 닫고 들어간 비상을 확인한 재야는 소리 죽여 웃었다. 자신이 이런 식으로 잔소리를 하리라고는 생각지 않았지만 수시로 변하는 비상의 표정을 보는 것만으로도 너무 재미있는 재야였다. 재야는 깊게 한숨을 쉬고는 자신의 방으로 들어갔다. 아까 아무렇지 않은 척했지만 상의를 반쯤 벗은 상태의 비상을 보고 끌어안고 싶은 욕구를 억누르느라 꽤나 인내심을 써야 했다.

'후유~ 이러다 수면 부족으로 조만간 내가 쓰러지겠군. 아니면 알코올 중독이 되던가.'

방에서 고민하던 재야는 오늘도 풀 길 없는 욕망에 술이나 마시자 라고 생각하고 다시 거실로 나왔다. 거실 한곳에 놓아둔 양주

병을 막 집어 들던 재야는 갑자기 문을 열고 나온 비상과 마주쳤다.

"한잔하려고 했는데 마실래?"

"에이~ 이왕이면 나가서 마시는 게 좋죠. 간단하게 옷 입고 나올 테니까 기다려요."

"어? 어."

혼자 술 마신다는 것을 들킨 것 같아 머쓱해서 한 말이었는데 의외로 비상의 행동에 당황한 재야였다. 잠시 뒤, 간단한 복장을 한 비상이 재야를 향해 싱긋 웃으며 말을 이었다.

"요 앞에 포장마차 생겼더라구요. 간만에 소주나 한잔할까."

두 손을 비비며 말을 하는 비상의 모습에 재야는 웃으며 그 뒤를 따랐다.

포장마차라고는 하지만 워낙 크게 장사를 하는 탓에 사람들은 의외로 많았다. 소주 두 병을 다 마시고 재차 주문하는 비상을 어이없다는 눈빛으로 쳐다보자 안주를 마저 시킨 뒤 웃는 비상의 얼굴은 홍조를 띠고 있었다.

"자, 자. 이런 날이 항상 오는 게 아니란 말이죠. 아직 시간도 그리 늦은 시간이 아닌데 어때요, 뭐. 딱 한 병씩만 더 하고 갑시다!"

"나 참. 어째 말하는 주체가 바뀐 것 같다고. 그거 보통 남자가 하는 대사 아니냐?"

"어허, 모르시는 말씀! 주도에 남녀 구분은 없다고요, 헤헤."

"녀석."

씨익 웃으며 비상이 이끄는 대로 따라가는 재야의 얼굴에는 행복한 미소가 걸렸다. 그리고 그 미소를 바라보는 비상의 가슴은 다시 요란한 소리를 내며 뛸 준비를 하고 있었다.

'웃는 것만 보면 정말 멋진 남잔데. 독설이 심해서 그렇지.'

간단히 한잔할 요량으로 들어선 그들이지만 막상 술잔을 주고받다 보니 상당한 시간을 그곳에서 보내게 되었다.

"결혼이 싫은 거냐, 아니면 남자가 싫은 거냐?"

재야의 질문에 비상은 몽롱한 눈을 들어 재야를 찬찬히 쳐다보다 한 손으로 재야의 볼을 감싸고는 손가락으로 쿡쿡 찔러댔다.

"으음~ 남자가 싫은 건 아닌 것 같은데요?"

"후후, 내가 남자로 보이냐?"

"달릴 거 다 달렸고, 만질 거 다 만져 봤는데 설마 여자로 보이려구요? 하긴, 그 얼굴만 보면 오해는 좀 받겠지만."

"뭐?"

잘도 아무렇지 않게 저런 말을 한다 싶어 노려보는데 비상이 갑자기 배시시 웃었다.

"어렸을 때부터 꿈이 있었어요. 특별히 잘하는 것도 없고, 그렇다고 빼어나게 공부를 잘하는 것도 아니고. 그저, 호기심에 시작했던 운동이었는데 어느 순간부터는 그게 중심이 되어버렸어요. 그나마 잘하는 게 그거였나 봐요, 나는."

갑작스런 비상의 독백과도 같은 고백에 재야는 들던 술잔을 내려놓고 비상을 쿡 쥐어박았다.

"갑자기 웬 자기 비하냐? 너 정도면 꽤 괜찮은 여자야."

"오호~ 술을 마시니까 나도 여자로 보이나 봐요?"

"그래, 인마."

재야의 말에 비상은 한 손으로 턱을 괴고는 멍하니 생각에 잠겨 웃기 시작했다.

"정말 열심히 돈을 벌었어요. 남들 다 미팅하고, 놀러 다닐 때 나는 돈을 모으느라 정신이 없었어요. 내가 직접 돈을 벌어 내 이름을 건 검도관을 내는 거, 그게 내 꿈이거든요."

재야는 묵묵히 고개를 끄덕이며 술을 한 잔 더 마셨다. 비상이 아무렇지 않게 젓가락으로 술안주를 집어 건네자 의아해하던 재야는 웃으면서 그것을 받아먹었다.

"중학교 삼 년, 고등학교 삼 년, 대학 사 년. 십 년 동안 정말 열심히 했거든요? 일 년 정도만 더 노력하면 되는데 결혼하면 모든 게 수포로 돌아가잖아요."

"그게 왜 수포로 돌아가? 남편 될 사람한테 양해를 구하면 되잖아."

"키킥. 어느 남자가 검도관 차린다는 여자를 좋아하겠어요? 게다가 뭐, 이사님도 아시잖아요. 이 바닥에서 그런 행동하면 어떻게 되는지."

"후훗, 이해해 주는 남자를 찾으면 되지."

"그런가요? 근데 솔직히 이성에 대해서 관심은 그냥 그래요."

느릿하게 말하는 비상의 얼굴을 손바닥으로 톡 친 재야가 의기양양하게 자신을 가리켰다.

"난 이해할 수 있어. 다만, 이시형 같은 사범만 고용하지 않는다면 찬성!"

"참 나, 거기서 이 사범님 얘기가 왜 나와요?"

"그거야 나의 적이니까."

"정말 오해하게 만드네. 이사님, 나 좋아해요?"

"그렇다면 어쩔래?"

"장난 아니고 정말로?"

"정말로."

비상이 술 취한 상태에서 심각하게 눈살을 찌푸리자 재야가 피식 웃었다.

"내가 말했잖아. 동업하겠다고. 그 말을 무슨 뜻으로 들은 거냐고, 넌."

별거 아니란 투로 대답하는 재야의 말에 비상은 가슴이 쿵 내려앉고 말았다.

'아씨, 정말 장난인지 진심인지 구분할 수가 있어야지!'

놀란 가슴을 추스르며 비상이 눈을 가늘게 뜨고는 잡힌 팔을 빼내었다.

"농담도 그 정도면 거의 살인 수준이라구요."

"농담 아닌데."

"그럼 술주정이에요?"

비상의 질문에 재야가 그녀 가까이 고갤 숙이고는 입을 벌려 그녀에게 후 하고 입김을 불었다. 비상은 갑자기 얼굴 가까이에 다가온 재야의 얼굴에 기겁했고, 뜨거운 그의 입김에 그만 숨이 탁 막혔다.

"뭐, 뭐 하는 거예요, 지금?"

"봐봐, 나 술 안 취했어. 술 냄새 안 나지? 그치?"

"애도 아니고 참 나."

얼굴을 고개를 모로 돌리고 놀란 숨을 쉬는 비상이 작게 투덜거리자 재야 소탈하게 웃는 소리가 들렸다.

"그러니까 차라리 나한테 오지 그래? 우리 이참에 정말 결혼할래?"

"하나도 재미없어요! 내 사업 계획이 무척 맘에 들어서 그러는 거죠? 돈 되는 거니까."

"에이, 여자가 무드가 이렇게 없어가지고는 어디 연애나 제대로 하겠냐?"

재야가 투덜거리자 비상이 입을 비죽였다.

"언제 이사님이 날 여자로 봐주기는 했어요? 만날 남동생 취급하면서."

내심 서운한 마음을 담아서 무의식적으로 말을 내뱉고 나자 아차 싶은 비상이었다. 은연중에 말을 해놓고 아차 싶은 마음에 재야를 쳐다보니 이미 늦은 상황이었다. 눈을 빛내며 활짝 웃는 재야의 모습에 비상은 속으로 신음을 삼켰다.

"오호~ 그러니까 내가 너를 여자로 안 봐줘서 속상했나 보구나?"

"누, 누가요!"

"진작 말을 하지. 그럼 지금부터는 여자로 대해줄게. 됐지?"

비상은 재야의 달라진 태도에 어쩔 줄 몰라 하며 급히 술을 마셨다. 그런 비상을 보며 재야는 기분이 상당히 좋았다. 이런 식으로 기분 좋게 취해본 적은 실로 오랜만이라고 생각하며 앞에 앉아 연신 배시시 웃고 있는 비상을 취기 어린 눈으로 쳐다봤다. 봐도 봐도 질리지 않고, 볼수록 만지고 싶고, 키스하고 싶은 얼굴이라고 재야는 멍하니 비상을 쳐다보며 생각했다. 붉게 달아오른 볼과 촉촉하게 젖은 눈과 입술. 뭘 먹었는지 반들거리는 입술이 포장마차 안의 실내 불빛에 유난히 반짝였다.

"너, 그냥 내 색시 해라. 그럼 굉장한 동업자를 얻는 거라구. 내가 말이야, 우리 회사 직원들한테 홍보도 해줄 거고, 물심양면으로 밀어줄게."

"으흐흐~ 이사님, 나중에 딴말하기 없기예요."

"그래. 너나 다른 말 하지 마."

잔뜩 술 취한 비상과 손가락까지 건 재야의 얼굴은 환하기만 했다.

제12장 사랑은 미쳐야 한다?

그 후 며칠 동안은 별다른 사건 없이 무난하게 지낸 두 사람이었다. 간혹 가다 자신을 뚫어지게 쳐다보는 재야의 시선만 없다면 그런대로 편한 상태가 계속되고 있었다. 비상은 이제 의자에 다리를 벌리고 앉지도 않고, 크게 말하는 것도 어느 정도 조절이 됐으며, 밥을 먹을 때도 차분하게 행동하여 재야의 칭찬을 받기도 했다.

오후 부서 간의 회의에 참석한 재야의 부재로 사무실을 지키던 비상은 회의를 마치고 돌아온 재야의 표정이 굳어진 것을 알고는 내심 불안했다. 문을 쾅 닫고 안으로 들어간 재야의 행동에 눈살을 찌푸리며 투덜거리는데 인터폰이 울렸다.

[들어와.]

명령조에 감정이 상했지만 비상은 아무 말 없이 재야의 책상 앞까지 다가갔다.

"부르셨습니까?"

"너…… 일부러 그러는 거냐?"

"무슨 말씀이세요?"

비상의 말에 재야는 노려보던 눈빛을 거두고는 이내 뭔가 생각을 하다가 당황스런 표정으로 그녀를 바라봤다. 며칠 전, 그 포장마차에서 자신은 생전 처음 프로포즈를 한 것이었다. 물론 기뻐서 손가락까지 거는 미친 짓을 하기는 했지만 나름대로 만족스러웠던 재야였다. 한데 그 다음날 아무것도 모른다는 듯이 행동하는 비상의 태도가 괘씸해서 내심 그녀가 말을 할 때까지 기다려 보자는 식으로 행동했던 재야였다. 그런데 그 하루가 이틀이 되고 이틀이 사흘이 되도록 결혼에 대한 아무런 말이 없자 은근히 화가나고 자존심이 상했던 재야였다. 그래서 일부러 화난 것처럼 행동을 했는데도 저리 모른 척을 하다니. 그러다 불현듯 놀란 재야가 눈을 크게 뜨며 비상을 쳐다봤다.

"너, 설마…… 기억 못하는 거냐?"

재야의 표정이 심상치 않았던지 비상이 눈에 띄게 당황하기 시작했다.

"뭐, 뭘요?"

"며칠 전 포장마차에서 술 마시면서 했던 얘기들."

재야의 설명에 비상은 아무것도 생각나지 않는 듯 표정이 점점 기괴하게 변하기 시작했다. 맞군, 기억 못하는 게. 비상의 표정이 변함에 따라 재야의 표정이 점점 험악하게 변해가기 시작했다. 머리털 나고 정말 생전 처음으로, 여자에게 프로포즈를 했는데 상대방이 감격하기는커녕 기억조차 못하다니.

"아니, 그게…… 가끔, 아주 가끔 필름이 끊기긴 하는데……."

"뭐어?"

재야가 버럭 소리를 지르자 비상은 어쩔 줄 몰라 했다.

"그때 무슨 얘기가 오갔는지는 모르지만 왜 그렇게 화를 내요? 기억 못하면 다시 말해주면 되는 거지."

"아우~ 이게, 정말!"

재야는 그날의 일을 기억조차 못한다는 비상 때문에 열불이 났다. 남자도 아니고, 여자가 술 먹다 필름이 끊기다니, 저걸 정말!

오만 인상을 쓰는 재야를 보며 점점 미안해하는 비상이었다.

"저기, 제가요, 술주정은 안 하는 편인데 그날 뭐 실수했어요? 그래서 이사님 기분이 그렇게 저조한 거였어요? 그럼 차라리 말을 하지 그랬어요?"

"……관두자. 집으로 가게 얼른 나와!"

더 이상 맞선을 미룰 수도 없고, 마음을 이미 굳힌 재야는 아침에 아파트를 나서기 전 비상에게 오늘 청혼을 하러 갈 것이니까 집에다 얘기를 하라고 일렀다. 당황한 모습이긴 하지만 충분히 얘기가 된 상태라 비상은 출근하자마자 집으로 전화를 걸었고, 짐작대로 비상의 전화를 받은 어머니는 흥분한 와중에도 많은 질문을 하는 것 같았다. 결국 어색하게 몇 마디 대답을 하던 비상은 회사 일을 핑계로 전화를 끊었다. 걱정스러워하는 비상과는 달리 재야는 태평하기만 했다. 이 모든 것은 재야가 미리 계산한 상황이었다. 갑작스런 준비를 하느라 당연히 비상의 부모님은 비상에게 전화를 계속할 수도 없을뿐더러, 회사에서 일하는 사람을 상대로 얼마나 많은 얘기를 할 수 있겠는가. 작은 것 하나까지 비상을 챙기던 재야였지만 솔직히 좀 전 비상의 말을 듣는 순간 자신만 비상과의 결혼에 매달리는 것 같아 기분이 나빠진 그였다.

'하여간 조잔해요. 그래도, 너무 쉽게 결혼 승낙을 하면 내가 너무 억울하다고요. 그동안 당신한테 당한 게 얼만데.'

집에 도착해서 재야와 같이 들어서는 비상을 보곤, 나머지 가족, 고 회장과 곽 여사, 그리고 비원이 놀란 표정으로 그 둘을 맞이했다.

"어, 재야야. 어쩐 일이야?"

비상의 결혼 상대자를 기다리고 있던 비원은 재야의 모습에 어리둥절하기만 했다. 하지만 이내 비상이 말한 상대가 다름 아닌 재야라는 것을 알아차리고는 표정이 급속도로 굳어졌다.

"아아, 그럴 일이 있어서. 안녕하십니까, 고 회장님? 백재야라고 합니다."

"아아, 그래. 비원이 친구라고?"

"네. 비원이랑은 친구지만 오늘은 비상이 때문에 왔습니다. 이렇게 갑자기 찾아뵙게 돼서 죄송합니다."

재야의 말에 고 회장은 당황한 표정을 수습하며 얼른 말을 이었다. 설마 비상이 사귄다는 남자가 비원의 친구일 거라고는 생각 못했기 때문이다.

"아니, 아닐세. 여보."

"어서 와요, 오늘 내내 기다리고 있었어요. 비상이가 결혼할 상대가 비원이 친구라니, 놀랍기는 하지만 마음이 놓이네요."

"네, 감사합니다, 어머님."

"오호호~ 어머님이라니, 너무 정겨운 말이네."

내심 걱정을 하며 비상을 기다리던 곽 여사는 비상과 같이 온 백재야라는 남자가 너무나 맘에 들었다. 훤칠한 키에 이목구비도 뚜렷하고, 절도있는 동작에 막힘없는 화술까지. 게다가 비원과 절친한 친구라니, 정말 믿음이 가는 그녀였다. 왜 여태까지 아무런 말을 안 했는지는 모르지만 그건 차차 자주 보면서 물어보면 된다고 생각하는 그녀였다.

활짝 웃는 곽 여사를 보며 비상은 속으로 웃음을 삼켰다. 지금의 재야는 무척이나 멋진 모습이었다. 물론 평소에도 쉽게 이목을 집중시키는 모습이었지만 당당하게 인사하고 행동하는 재야를 보면서 괜히 으쓱해지는 비상이었다. 식사를 하는 내내 화기애애한 분위기를 이끌어간 재야는 그 특유의 말솜씨와 능청스런 행동으로 곽 여사의 호감을 샀으며 재야에 대해 알고 있던 고 회장 역시 만족스런 표정이었다. 다만, 비원만이 눈을 날카롭게 빛내며 재야와 비상을 주시했다. 식사를 마치고 거실로 나온 일행은 미리 준비된 차를 마시면서 담소를 했다. 재야는 차를 다 마시고는 고 회장을 쳐다봤다.

"왜, 할 말이 있나?"

고 회장이 찻잔을 내려놓고 재야를 쳐다보자 재야는 고개를 끄덕였다.

"네, 회장님. 아니, 아버님. 비상이 저 주십시오."

"뭐?"

한순간 기묘한 침묵이 돌았다. 비상은 슬쩍 아버지의 무표정한 얼굴과 엄마의 웃음 가득한 표정, 그리고 비원의 놀란 표정을 차례로 지켜봤다.

"그건…… 결혼을 승낙해 달라는 말인가?"

"네, 그렇습니다, 아버님."

당연하다는 듯이 '아버님'이란 호칭을 쓰는 재야를 한동안 쳐다보던 고 회장은 기침을 작게 했다.

"우리 비상이 이제 겨우 스물네 살이네. 할 줄 아는 거라고는 밥 먹는 거하고 싸움질밖에 없어. 그래도 좋겠는가?"

"전 그런 비상이를 사랑합니다."

"넌 어떠냐?"

"네?"

갑작스레 비상에게 질문을 하는 고 회장 때문에 비상은 얼굴이 확 붉어졌다. 솔직히 좀 전 재야의 말에 감동을 먹은 비상이었다. 나머지 세 사람의 시선이 비상에게 향하자 비상은 조심스럽게 대답을 했다.

"아, 저기, 아빠……."

"이미 알고 있었다면 너 역시 재야 군과 같은 생각인 게지?"

비상은 아버지의 말에 가타부타 대답을 할 수 없었지만 자신을 빤히 쳐다보는 재야의 시선에 얼결에 고개를 끄덕였다.

"고비상!"

비원이 갑자기 소리치자 비상은 깜짝 놀랐지만 비상이 무어라 말하기도 전에 재야가 비상의 어깨를 슬쩍 안아 당겼다.

"고비원. 동생 주기 싫어하는 건 알겠는데 그렇게 다그치는 건 좀 곤란한데? 이 녀석 놀라는 거 보이지도 않냐?"

비원은 인상을 쓰며 재야와 비상을 노려봤다.

"비원아, 그만둬라. 언제까지 우리 품에 있을 아이는 아니지 않느냐."

"하지만……."

"좋네. 하지만 당장 결혼하라는 뜻은 아니야. 좀 더 진지한 교제를 해보라는 뜻이지."

"아니요, 결혼시켜 주십시오, 아버님."

고집스런 재야의 표정에 고 회장은 너털웃음으로 마무리했다.

"그 아버님이란 소리는 좀 빼게나."

"평생 그렇게 부르게 될 겁니다. 연습하는 셈 치십시오, 아버님."

재야의 넉살에 다시 한 번 웃고 마는 고 회장이었다. 그 뒤로 화기애애한 분위기는 계속되었고 비상을 시집보내야 한다는 생각에 눈물을 글썽이는 곽 여사는 무척이나 흥분된 상태였다. 두어 시간 동안 집에 있던 재야가 인사를 하고 나서자 곽 여사가 비상을 툭 밀쳤다.

"왜?"

"얼른 나가봐."

"왜요?"

"잔말 말고 어서 나가봐!"

곽 여사의 말에 할 수 없이 재야를 따라나선 비상은 재야의 차까지 천천히 걸어갔다. 재야는 비상이 가까이 다가오기까지 기다리더니 긴 팔로 비상을 확 잡아당겨 안았다. 재야의 품에서 벗어나려고 바둥거리는 비상을 재야는 두 팔로 꽉 안았다. 재야는 한숨을 쉬고는 말머리를 꺼내기 위해 정신을 다졌다.

"가만히 좀 있어봐."

낮게 가라앉은 재야의 말에 비상이 그의 품에서 벗어나려는 몸부림을 멈추고 조용히 안겨 있었다. 한 손으로 비상의 머리를 가만히 쓰다듬는 재야가 간간이 내쉬는 숨이 비상의 짧은 머리칼을 파고들며 온기를 전했다.

"……딱 한 번만 말할 테니까 잘 들어라, 인마. 더 이상 같은 말은 반복 안 해."

작게 한숨을 내쉰 재야가 비상의 머리에 자신의 턱을 얹고는 낮은 목소리로 속삭였다.

"……네가 좋아. 아니, 사랑해. 그때도 말했지만 난 네가 검도관 차리는 거 도와줄 수 있어. 뭣하면 직원들에게 검도를 가르치라고 해줄 테니까."

비상은 재야의 말에 진지한 상황에도 불구하고 웃음이 나오고 말았다.

"이시형 사범을 고용해도요?"

"너…… 기억하고 있었어?"

급하게 비상을 품에서 떼어낸 재야가 비상을 쳐다보자 비상은 발끝을 들어 재야의 어깨에 두 손을 감았다.

"그 결혼이라는 거 말이죠. 내가 좀 더 다각적인 경험을 쌓은 다음에 해야 공평하지 않겠어요?"

"무슨 경험?"

재야가 싱긋 웃으면서 되묻자 비상의 얼굴이 심각하게 변해갔다.

"그쪽만큼은 아니어도 나도 이성과의 교제를 좀 해봐야 덜 억울할 것 같아서요. 뭐, 간단히 만나는 걸로 시작해서 일주일에 두 명 정도……."

"안 돼! 절대, 절대, 무조건 안 돼!"

비상의 말에 재야는 그동안의 카리스마를 잃고 새파랗게 질린 얼굴로 비상의 팔을 꽉 잡고 소리쳤다. 머릿속에서 남자들을 만나 웃는 비상의 모습이 그려지자 도저히 참을 수가 없는 재야였다.

"그게 싫으면 앞으로 내가 하는 일에 무조건 찬성한다고 맹세해요."

벙찐 표정으로 재야가 비상을 쳐다보더니 이내 어이없다는 듯이 웃었다.

"이것봐, 협상은 내 전문이라고."

재야는 말을 마치고 다시 한 번 비상을 가슴에 꼭 끌어안고는 다정하게 입을 맞췄다.

"이젠 같이 못 자겠다, 그치?"

"어, 그거 오해의 소지가 다분한 말이라구요!"

비상의 말에 재야는 자신의 이마로 비상의 이마를 툭 하고 장난스럽게 부딪쳤다. 재야는 오늘부터 비상과 헤어져 혼자 자신의 아파트로 가야 한다는 생각에 너무 서운했다. 하지만 언제까지 연수를 핑계로 잡아둘 수도 없는 상황이었고, 결혼 허락도 받았으니 당연히 집으로 돌려보내야 했다. 아쉬운 마음에 재야는 쉽사리 비상을 품에서 떼어놓을 수가 없었다.

"……부모님 기다리시겠다, 이만 들어가 봐. 짐은 내일 내가 챙겨서 회사로 가져갈게."

"……네. 그럼, 조심해서 들어가세요."

아쉬운 마음에 몇 번이나 고개를 돌리던 재야와 헤어지고 집으로 들어간 시각은 마중을 나오고 꽤나 시간이 흐른 뒤였다. 현관으로 들어서며 비상은 걱정스런 마음으로 비원의 모습을 찾았다. 분명, 자신을 붙잡고 조목조목 따지고 들 줄 알았던 오빠는 어떻게 된 게 볼 수가 없었다. 의아한 표정으로 사방을 둘러보던 비상은 들어가서 일찍 자라는 엄마의 말에 다행이다 싶어 얼른 자신의 방으로 들어갔다.

그 다음날부터 모든 일은 순식간에 진행되었다. 갑자기 양가 상견례 날짜가 잡히고 하루가 멀다 하고 집으로 찾아와 비상을 쫓아다니는 재야 때문에 비상은 거의 하루 종일 재야의 얼굴을 봐야만 했다. 말은 한눈을 팔지 않게 하기 위해서라고 했지만, 그것보다는 재야와의 결혼을 탐탁하게 생각하지 않는 비원과의 관계를 원만히 해결하기 위해서라는 것을 비상은 알 수 있었다. 처음 결혼 얘기가 나온 뒤부터 아예 재야를 없는 사람 취급하던 비원 때문에 비상은 무척이나 고민을 했었다. 그런 비상의 고민을 안 재야는 그 뒤부터 매일 집으로 찾아오고 있었다. 며칠 전에는 둘 다 멍투성이가 되어 들어온 적도 있었고, 술이 떡이 돼서 술집에 널브러진 둘을 데리고 들어온 적도 있었다.

"왜 안 하던 짓들을 하고 다니는 거야, 엉? 오빠 정말 이러면 나 확 머리 깎고 절로 들어간다? 정말 속상해서 죽겠어! 엉엉~"

고주망태가 된 상태에서 싸움을 했던지 엉망인 몰골의 둘을 붙잡고 울며 소리치던 비상의 모습을 본 뒤부터 비원은 그 둘의 결혼을 인정했다.

그리고 며칠 뒤 비상은 재야의 집에 인사를 드리러 가게 됐다. 심사숙고한 끝에 비상과 곽 여사가 고른 옷은 연한 아이보리 색의 원피스였다. 그 원피스는 비상의 날씬한 몸에 잘 맞았고 무척이나 여성스러웠다. 동일한 색의 백과 신발을 신고, 화과자와 꽃바구니를 준비한 비상은 재야와 같이 그의 본가에 들어서며 무척이나 긴장을 했다.

"너무 떨려서 죽을 것 같다구요!"

"평소대로 행동하면 돼. 그리고 지금의 널 본다면 누구도 사랑하지 않을 수 없을 거야."

결혼 허락을 받은 뒤부터 재야의 말과 행동은 더할 나위 없이 다정해졌다. 평소 비상을 선머슴처럼 봤던 것과는 달리 지금은 너무 여자로만 느낀다는 게 문제일 정도로, 재야는 틈만 나면 만지고 쓰다듬고, 욕망에 가득 차 비상을 혼자 가만히 내버려 두질 않고 있었다. 그나마 비상이 종종 손을 쓰는 까닭에 만리장성만 못

쌓았을 뿐이다. 현관으로 들어서자 미리 기다리고 있었던 듯 백 회장과 송 여사가 나란히 그 둘을 맞이했다. 이미 비상에 대해서 얘기를 전해 들은 송 여사는 두말 않고 상견례 날짜를 잡았었다. 맘속에 찜해 놓고 있었던 그 참한 아가씨가 재야의 상대라는데 무엇을 망설였겠는가.

"어서 와요, 비상 양. 오느라고 고생했어요."

"아닙니다. 이렇게 반갑게 맞아주셔서 오히려 제가 너무 고마운걸요."

좀 전 떨려 죽겠다는 것과는 달리 살짝 웃음을 지으며 인사를 하는 비상을 바라보는 송 여사와 백 회장의 얼굴엔 만족스런 웃음이 번졌다.

"집사람한텐 얘기 많이 들었어요. 하도 침이 마르게 칭찬을 해서 처음 보는데도 전혀 낯설지가 않군요."

"아닙니다, 어르신. 그리고 말씀 놓으세요, 제가 불편합니다."

"허허, 그런가. 하긴 이제 한식구나 마찬가지니까."

"이런, 내 정신 좀 봐. 얼른 들어와서 저녁부터 먹어요."

"네, 감사합니다."

다소곳이 인사를 하고 부모님의 뒤를 따르는 비상을 보며 재야는 황당한 표정을 지었다. 자신과 있을 때완 180도 다른 모습이었다. 자신조차 깜짝 놀랄 정도로 비상의 모습은 전형적인 요조숙녀였다. 같이 있을 때 내내 잔소리를 달고 살았던 것과는 달리, 식사하는 내내, 정말 나무랄 데 없이 행동하고 말하는 비상을 보면서 재야는 기가 막힐 뿐이었다. 그럼 자신과 있을 때만 일부러 선머

습처럼 굴었단 말인가? 도저히 적응이 안 되는 눈빛을 보내는 재야와 눈이 마주친 비상이 장난스런 윙크를 재빨리 하자 재야는 피식 웃고 말았다. 어떤 모습을 하든 그가 사랑하는 여자는 비상이니까 말이다.

식사 시간 후 간단히 차를 마신 뒤, 비상은 인사를 하고 재야의 집을 나섰다.

"나 어땠어요?"

비상의 장난스런 웃음과 말투에 재야는 비상의 이마를 검지손가락으로 톡톡 치며 불만스럽게 말을 했다.

"너 말이야, 너! 아무래도 내가 속은 것 같다는 생각이 든단 말이야."

"이런이런, 그걸 이제 알았단 말이에요? 원래 내 모습이~ 이런 모습이거든요."

"행여나 그렇겠다. 어디 그 모습이 얼마나 갈지 두고 보지 뭐."

차를 타고 비상의 집으로 향하던 중 재야는 조심스럽게 질문을 했다.

"이시형 사범과는 완전히 끝난 거지?"

"그러는 이사님이야말로 그 윤수희라는 아가씨와는 해결은 봤어요?"

말을 하고 보니, 이시형 사범과 윤수희에게는 미안하지만 둘의 결혼 소식을 알려야 한다고 생각을 했다. 결혼 준비하랴, 오빠 달래랴, 이시형과 윤수희의 일까지 겹치자 비상으로서는 차라리 결혼을 결심하기 전이 그리울 정도였다. 그나마 다행이라는 건, 재야에게 제출했던 사업계획서 대로 모든 일이 재야의 지휘 아래 빠르게 진행이 되고 있다는 것이었다. 건물을 알아보고, 내부 인테리어에 들어가고, 미리부터 준비된 전단지에는 곧이어 오픈할 검도관 안내가 찍혀 벌써부터 구역 신문사를 통해 빠르게 전달되고 있었다. 이미, 전부터 준비를 했던 터라, 검도관 도복이나 각종 칼과 준비 도구는 무리없이 준비된 상태였다.

"도대체 결혼 준비를 하는 것보다 사람 만나는 게 더 힘들다구요!"

비상의 투덜거림에 재야는 그의 트레이드 마크인 완벽한 미소를 지으며 비상을 달랬다.

"그럼, 수희하고 이시형을 같이 만나면 되겠네. 혹시 알아? 그 둘의 마음이 통할지 말이야."

재야의 말에 혹시나 하는 심정으로 그 두 사람을 불러내 술자리를 질펀하게 갖게 된 네 사람. 결국 속마음을 모두 터놓고 얘기하는 상황까지 오게 되고, 감정을 이기지 못한 수희가 펑펑 울자 오히려 비상이 그녀를 달래는 상황이 벌어졌다.

"다, 그런 거야. 인생 뭐 별거있어? 지내다 보면 정말 수희한테 딱 맞는 남자가 나타날 거야."

"엉엉~ 언니, 그래도……. 십 년을 좋아했는데, 엉엉!"

"그래그래, 재야 오빠 나쁘다. 내가 아주 괴롭혀 줄게, 응?"

"엉엉~ 꼭 그렇게 해줘요~ 나 힘들게 한 만큼. 알았죠?"

펑펑 우는 수희를 달래는 비상을 보던 재야는 오묘한 표정으로 술잔을 들이키다 시형과 눈이 마주쳤다.

"나쁜 남자 된 소감이 어때요? 나도 속 무지 쓰려요."

"후후, 할 수 없죠. 내 여자를 위해서인데 더한 얘기도 들을 수 있어요, 난."

"……잘살아요. 솔직히 백재야 씨, 같은 남자가 봐도 멋지다고 인정하니까."

"하하, 그쪽도 마찬가집니다. 자, 그런 의미에서 건배~"

술자리를 늦게까지 하게 된 네 명은 끝내 재야는 비상을 데리고, 시형은 수희를 데리고 헤어졌다. 그 뒤 일주일이 넘게 연락이 안 되던 시형과 수희의 모습을 발견한 것은 공교롭게도 재야였다. 비상이 다니는 검도관에 그녀를 마중하러 갔던 재야는 시형과 만나는 수희를 볼 수 있었다. 밝은 그 둘의 모습에서 모종의 로맨스가 싹 트는 것을 보게 된 재야는 내심 다행이라는 생각을 하게 됐다. 재야의 일상은 비상과 같이 출근해서 같이 퇴근하고, 일주일에 두 번 검도관에 바래다주고 기다리는 걸로 일과를 마감했다. 무척이나 단조로운 생활이었지만 만족하는 재야였다.

갑작스레 연락을 해서 만나자는 수희 때문에 재야는 비상에게 연락을 취한 뒤 약속 장소로 나갔다.

"오랜만이에요, 오빠."

"너도 보기 좋다. 그런데 어쩐 일이야? 이렇게 갑자기?"

"후후. 오빠랑 비상 언니 결혼하는데 그냥 있을 수는 없고 조그만 선물 준비했어요."

수희의 말이 의외였던지 재야는 상당히 놀란 표정을 지었다.

"그러지 말아요 뭐. 나도 생각은 깊다구요."

"하하, 미안하다. 사랑을 하면 정말 사람이 온순해지나 봐?"

"뭐예요, 정말! 남은 진지하게 고민해서 마련한 자린데. 비상 언니는 언제 온데요?"

"미용실에 들렀다가 마사지 받고 온대. 너 아니었으면 나도 같이 갔을 거야."

"아이구, 천하의 바람둥이 오빠가 완전 공처가가 다 됐네."

"남 말할 처지는 아니지? 이시형 사범은?"

얼마 전, 수희는 이시형과 정식적으로 교제를 하고 있다고 재야에게 말을 했었다. 잘된 일이었기에 같이 한번 보자고 한 지가 얼마 전이었는데 기다렸다는 듯이 수희에게 전화가 걸려온 것이다.

"시형 오빠도 검도관 사범은 그만두고 지금은 병원에서 정신없죠 뭐. 오늘도 같이 나오려고 했는데 갑자기 급한 수술이 잡혀 같이 못 왔어요."

"그래?"

차를 마시면서 수희와 말을 주고받고 있던 차에 재야의 눈에 막 입구로 들어서는 비상의 모습이 들어왔다.

호텔 레스토랑에 위치한 양식 전문점에 들어서는 한 여인의 모습에 안내를 하기 위해 다가섰던 직원은 늘씬하고 아름다운 비상의 모습을 보고 얼굴을 붉히며 작게 헛기침을 했다.

"흠흠, 실례지만 예약을 하셨는지……."

여전히 여인의 모습에 두 볼을 붉히는 직원을 바라보는 여인의 눈이 반달 모양으로 살짝 휘었다.

"네. 백재야란 이름으로 되어 있을 거예요."

"아, 이쪽으로 오십시오."

직원의 뒤를 따라 들어서는 와중에서 곳곳에서의 시선이 그녀의 뒤를 따랐다. 살굿빛이 감도는 투피스의 둥근 카라와 짧게 컬한 여인의 곱슬머리가 귀엽게 매치되었다. 선이 가늘어 자칫 날카롭게 보일 수도 있는 얼굴이었지만 하얀색의 진주 귀걸이와 목에 걸린 진주 목걸이가 분위기를 부드럽게 만들어주었다. 단추 역시 모양만 다를 뿐 그 색이 비슷해서 언뜻 보면 마치 진주 장식을 해 놓은 인형처럼 보였다. 모델인지 걷는 보폭이라든지 흔들리는 신체가 예사롭지 않았고, 명마처럼 곧게 뻗은 다리를 하얀 실크 스타킹이 완벽하게 감싸고 있었다. 한 손으로도 다 쥐어질 듯한 그녀의 가는 발목 아래로 다소 짙은 색의 하이힐이 금색 장식을 달고 유난히 반짝였다. 왼손에 잡고 있는 작은 구슬백이 앙증맞았다. 하지만 손가락 그 어디에도 반지는 보이지 않아 보는 사람으로 하여금 탄식과도 비슷한 한숨을 자아내게 하였다.

재야는 비상이 테이블로 다가올수록 점점 더 심장이 크게 뛰는 것을 막을 수가 없었다. 사람이 이렇게 달라질 수도 있는 것인지 장난스럽기만 했던 비상의 웃음이 지금은 너무도 성숙한 부드러움과 은밀한 유혹을 뿌리듯 곳곳의 시선을 잡아두고 있었다. 살짝 접힌 눈웃음이 때로는 거칠게 또는 느리게 심장을 담금질하고 있었다.

"정신 좀 차리죠, 백재야 이사님?"

"아아~ 내 미운 오리가 언제 저렇게 백조가 된 거지?"

재야의 탄식과도 같은 어조에 수희는 살짝 웃음이 나왔지만 굳이 웃음을 감추려고 들지 않았다. 정신을 못 차리는 재야를 보던 수희는 작게 한숨을 쉬고는 재야의 팔을 제법 세게 꼬집었다.

"앗! 뭐 하는 거야?"

"정신 차리라고요. 아주 넋이 빠졌어요, 넋이."

"하하하."

머쓱해하는 재야를 바라본 수희는 다가오는 비상을 쳐다보며 다정한 웃음을 지었다. 가까이 다가온 비상을 보며 재야가 예의 그 아름다운 미소를 지으며 일어나서는 의자를 빼내어 비상이 앉기 좋도록 했다.

"어서 와."

"고마워요."

"어서 오세요."

흠칫. 재야는 비상의 목소리에 다시 한 번 몸이 굳고 말았다. 작게 속삭이는 목소리에 온몸의 솜털이 쭈뼛 서면서 순식간에 묘한 쾌감이 온몸을 짧게 훑었기 때문이다. 어색하게 웃으며 자리에 앉는 재야를 한번 쳐다본 비상이 맞은편에 앉은 수희에게 작게 고개를 끄덕였다.

"이시형 사범하고 좋은 소식 들리던데요? 난 이왕이면 바지 정장이 좋아요."

"엑~ 겉만 바뀌면 뭐 하냐구요. 대머리가 안 된 게 다행이지. 내가 왜 시형 오빠랑 잘된 걸로 옷을 사줘야 되는데요?"

"당연, 내가 두 사람을 엮어줬으니까."

비상의 대답에 재야는 그럼 그렇지 하는 표정으로 바람 빠진 웃음소리를 냈다.

"하긴, 이게 고비상이지. 순간 당황했잖냐, 인마."

"무슨 소리예요?"

시치미를 뚝 떼고 되묻는 비상의 말에 재야는 노골적으로 음흉한 표정을 지어 보였다.

"윽. 항복 항복! 음식 먹기도 전에 체하고 싶진 않아요!"

"호호호호."

여신처럼 완벽하게 꾸미고 왔지만 겉모습만 그럴 뿐 알맹이는 재야가 극히 알고 있는 비상의 모습이었다. 항상 요조숙녀를 모토로 외쳤던 자신이었지만 비상의 모습이 익히 봐오던 것이라 오히려 다행이라는 생각이 들면서 더욱 사랑스러운 마음이 들었다.

저녁을 먹고 수희와 헤어진 재야와 비상은 그녀가 건넨 선물을 펼쳐 보며 황당해했다.

"저기, 이사님, 이거 입을 수는 있는 거예요?"

재야가 잠자리 날개만큼이나 얇은 천으로 된, 차마 천이라고 부르기도 민망한 여성의 속옷을 들고 히죽히죽거리면서 좋아 죽을 것 같다는 표정을 지었다. 그 모습에 울컥한 비상이 재야의 손에서 속옷을 확 잡아 뺐다.

"안 입어요, 난! 그러니까 이사님도 입지 말아요!"

"싫어. 난 이거 꼭 입을 거라구."

능글능글. 어쩜 저리 능청맞은지, 저 얼굴에 저 몸매에 저런 능청스런 표정은 정말 엽기라고 비상은 생각했다.

"제발 바바리맨 아저씨 같은 표정 좀 그만 지어요!"

"뭐야?"

갑자기 확 당겨진 비상의 얼굴 가까이 재야가 급히 입술을 밀어 붙였다. 비상은 익숙하게 키스를 하는구나 싶었는데 갑자기 콧등을 꽉 깨무는 재야 때문에 기겁했다.

"악! 뭐 하는 거예요? 왜 물어요? 정말 전생에 개였어요? 툭하면 물고 그래, 정말!"

"크큭. 너만 보면 미치겠다, 정말."

확 달려드는 재야를 보며 비상은 기겁을 했다.

"으악~ 약속 지켜요!"

식사를 끝내고 돌아가는 차 안에서는 으레 항상 일어나는 실랑이는 집까지 이어져 여지없이 반복되었다.

'오늘은 한다, 기필코 한다!'

"하자."

"싫다고요!"

"가르쳐 준다잖아!"

"천천히 배우겠다니깐요!"

"그건 가르치는 사람이 정하는 거라고!"

좀 전부터 재야의 아파트 안에서 옥신각신하는 소리가 점점 크게 들려왔다. 긴장감이 흐르는 방 안에는 묘한 기운이 흐르며 두 사람이 대치 구도를 이루고 있었다. 벽을 등에 지고 두 팔을 앞으로 내민 비상은 사뭇 대련을 시작하기 전의 긴장된 모습과 흡사했다. 굳은 얼굴로 뭐가 불만인지 앞에서 씩씩거리는 재야만 아니었다면 정말 수련을 하는 것으로 봐도 무방할 정도였다.

"이, 이런 거 안 배워도 된단 말이에요! 그리고 왜 시도 때도 없이 사람을 물어요, 물길!"

"그거야 널 한입에 싹 먹어치우고 싶으니까."

적나라한 재야의 표현에 비상이 인상을 팍 찡그리자 재야의 얼굴은 더욱 신경질적으로 변했다. 하지만 그녀를 바라보는 재야의 눈빛은 사랑한다는 뜻을 열렬히 전하고 있었다. 그 눈빛에 비상이 얼굴을 붉히자 재야가 의미심장한 웃음을 지으며 말을 했다.

"우리 결혼은 앞으로 일주일 뒤라고!"

"그걸 누가 몰라요? 나도 안다구요!"

"안다는 녀석이 매번 그렇게 밀어내냐구!"

재야는 소리를 버럭 지르면서 씩씩거렸다. 자신의 생각대로 모든 일은 척척 진행되었다. 청혼을 한 그 순간부터 한 달이 넘도록 재야는 수단과 방법을 가리지 않고 비상에게 자신이 알고 있는 모든 유혹을 펼쳐 보였지만 이건 도무지 모르는 건지, 아니면 알면서 무시하는 건지 지금으로서는 결정을 내리기도 벅찬 상태였다. 한 달이라는 시간 동안 온몸은 욕구불만으로 누군가 툭 건드리기라도 한다면 폭발할 지경이었다. 갈수록 아름답게 변해가는 비상의 모습에 타는 갈증만 더해갈 뿐이었다. 만지고 싶고, 키스하고 싶고, 안고 싶고. 하루에도 열두 번도 더 생각하는 일이 그거였다. 꿈속에서는 수없이 비상을 안고 또 안았다. 서른이 넘는 평생 몽정을 하기도 처음이었지만 지금은 이제 익숙한 패턴이 되어버렸다. 재야는 깊게 한숨을 내쉬었다. 얼러도 안 되고 달래도 안 되고 화를 내도 안 된다. 도무지 성에 대해서 자각은 물론 관심조차 없는 담백한 비상의 태도에 재야는 조만간 미치고 말 것이란 생각이 들었다. 손은 또 얼마나 맵던지 수시로 덮칠 때마다 재야의 몸은 타박상만 늘어갈 뿐이었다.

"비상아."

"왜, 왜요?"

"그럼 복습이라도 하자, 응?"

"거, 거기까지! 전처럼 속옷 안으로 손을 넣는다든지 그, 그런…… 야한 짓은 하면 안 돼요?"

비상의 말에 재야는 얼굴이 붉다 못해 검게 변하고 말았다. 얼마 전 다소 많은 양의 술을 마신 비상을 차 안에서 참지 못하고 말 그대로 덮친 재야였다. 말 그대로 미수로 그쳤지만 바로 직전까지 간 상태에서 급소를 차이는 바람에 그만둘 수밖에 없었던 상황을 떠올리자 다시금 그 부분이 욱신거렸지만 여전히 아쉬운 건 사실이었다. 자신이 이런 식으로 여자를 반강제로 덮칠 것이라고는 감히 상상조차 못했던 그였다. 모든 여자들이 자신에게는 긍정적이었고 오히려 더욱 그를 이끌었던 상황이었지 지금처럼 애걸복걸 매달린 적은 단연코 없던 재야였다. 하지만 그날 만져 보았던 비상의 몸이 얼마나 부드러운지 앙증맞은 가슴이 자신의 손에 가득 잡혔을 때는 말 그대로 딱 미칠 것만 같았다.

'아아, 그때 그냥 끝까지 갔어야 했는데.'

아쉬운 마음은 한두 번이 아니었다. 재야는 그런 아쉬움을 접고는 다소 경계심을 푼 비상에게 한 발짝 다가서 비상의 뺨을 한 손으로 감쌌다. 도록도록 눈을 굴리는 모습이 너무도 귀여워 재야는 피식 웃고 말았다.

"긴장하지 마, 응?"

아이를 달래듯 살살 달래자 좀 더 몸의 힘을 빼는 비상을 슬쩍 당겨 가슴에 살짝 안았다.

"오늘은 뭘 했어? 여전히 어머님이 귀찮게 하니?"

"으응~ 우리 엄마가 정말 내 친엄마인가 싶어요."

작게 한숨을 쉬고는 익숙하게 재야의 가슴에 볼을 부비는 비상을 좀 더 힘껏 당겨안은 재야는 속으로 '천천히'를 계속해서 반복했다. 급하거나 너무 세게 나가면 도망간다는 것을 여러 번의 실수로 알았기 때문이다.

"왜, 또?"

"건강검진을 하자고 하면서 자꾸만 나더러 산부인과를 가자고 하잖아요."

비상의 투덜거림에 재야는 헛웃음이 나오고 말았다. 정말은 그 일로 울고 싶은 사람은 자신이었다. 이렇게 사랑스런 애인을 놔두고 그 감정을 억제해야 하는 자신의 신세가 한탄스러웠다.

'그래, 오늘은 기필코, 한다!'

재야는 조심스럽게 손으로 비상의 귀를 만지고 머리를 살살 쓰다듬어 주었다. 완전히 긴장을 푼 비상이 눈을 감고 재야의 손길에 몸을 맡겼다. 천천히 곧은 등을 쓰다듬던 손이 약간 아래로 내려가자 잠시 움찔한 것이 느껴졌지만 재야는 아무렇지 않게 다시 손을 등으로 움직였다. 천천히 한숨을 내쉬며 재야에게 몸을 기대는 비상을 바라보며 재야는 다시 한 번 음흉한 웃음을 지었다.

"이런, 그랬어?"

아이 다루듯 말을 마친 재야가 비상의 입술에 버드 키스를 쪽쪽 하자 비상은 어미 새에게서 모이를 받아먹는 새끼 새처럼 고개를 들어 재야의 소나기 같은 키스를 받아들였다. 이렇게 되기까지 정말 불철주야 눈물 나게 노력한 재야였다. 비상의 두 손이 천천히 재야의 목 뒤로 돌려지자 재야는 비상의 몸을 자신에게 꽉 대었다. 다소 마른 듯하지만 부드러운 여체의 촉감에 재야는 중심에서부터 점점 뜨거워짐을 느꼈다. 천천히 비상의 입술을 배회하다 슬쩍 입술을 가르고 입 안으로 들어선 재야는 마음과는 달리 조심스럽게 비상의 입 안을 휘젓기 시작했다. 조용한 방 안에서는 다소 민망한 소리들이 점점 커지기 시작했다.

'좀 더 진도를 나가볼까?'

입술을 떼어내자 몽롱한 눈빛으로 자신을 바라보는 비상의 모습에 최대한 부드러운 웃음을 지은 뒤에 재야는 비상의 귓바퀴를 살짝살짝 물었다. 비상이 바르르 떠는 느낌이 재야의 몸에도 전해져 왔다.

"으응~"

"쉿, 가만, 가만히 있어."

"으으~ 느낌이…… 이상해."

"괜찮아, 괜찮아."

천천히 달래며 입술을 목으로 내린 재야는 부드러운 비상의 목 부근을 혀를 이용해 살살 문지르며 살짝 물었다. 다시 신음 소리를 내며 몸을 꼬는 비상의 몸을 자신의 몸으로 슬슬 마찰하자 좀 더 간드러지는 신음 소리가 들렸다. 실크로 된 꽃무늬 튜닉 안으로 한 손을 넣어 납작한 배를 살살 어루만지며 옆구리 쪽으로 손을 흘리자 눈을 감고 다시 바르르 떠는 비상의 모습에 순간이지만 재야는 온몸이 짜릿해졌다. 옆구리를 살살 어루만지자 잘게 한숨을 나눠 쉬는 사이 브래지어 안으로 손을 넣어 작은 가슴을 손바닥을 이용해 다소 강하게 쥐었다. 그러자 비상이 좀 더 강하게 자신의 목을 감아오는 게 느껴졌다.

'이런, 이건 단추가 없잖아?'

손을 넣기에는 용이한 옷이지만 좀 더 진도가 나가려면 이 옷을 벗겨야 할 상황에 처하자 재야는 다소 긴 튜닉의 끄트머리를 잡고 위로 올렸다.

"으흥~ 하지 마요."

"그래그래, 알았어. 잠시만, 응?"

그만두라고 말하면서도 비상 역시 잔뜩 흥분한 모양인지 감긴 눈썹이 재야의 손동작에 따라 파르르 떨렸다. 한 손을 뒤로 해서 쉽게 브래지어 훅을 풀자 희고 둥근 가슴이 재야의 손에 온건히 잡혔다. 슬쩍 비상의 상체 쪽으로 몸을 숙이자 비상의 등이 절로 휘어졌다. 고개를 내린 재야가 붉게 꽃핀 유두를 입 안에 담고 혀를 이용해 굴리자 비상은 재야의 어깨를 밀며 바르작거렸다. 이제는 익숙할 만도 하건만 비상은 지금의 느낌에 도무지 적응할 수가 없었다. 발가락 끝부터 시작해서 머리털까지 모두 곤두서고 재야가 주는 열기가 온몸을 마구 기어다는 것만 같아 비상은 어쩔 줄 모르고 재야의 어깨를 꽉 잡았다. 혀를 이용해 살살 구슬리며 계속해서 신음을 흘리는 비상을 안고 조금씩 조금씩 자리를 이동하는 재야였다. 벽에서부터 침대까지 그 거리는 채 1m가 되지 않았지만 재야에게는 그 거리가 무척이나 길게 느껴졌다. 반대쪽 가슴을 입에 물고 왼손을 허리에 꽉 감은 뒤 한 손으로 둥근 언덕을 계속해서 주무르자 다리에 힘이 빠진 듯 재야에게 기대어 비상은 침대 쪽으로 이동하기 시작했다.

재야는 실상 저녁을 먹으면서 비상에게 다소 과하게 술을 권했었다. 평소 주량보다 약간 과하다 싶게 마신 비상이었지만 재야의 유혹을 중간에 뿌리칠 만큼 술이 취하지 않았던 모양인지 한동안 실랑이가 계속되어 왔다. 침대에 다다르자 재야는 다소 아프다 싶을 정도로 가슴을 꽉 깨물었다. 놀란 비상이 그를 급히 밀었으나 두 사람은 그보다 먼저 침대에 누워버렸다. 놀란 비상이 입을 벌리자 재야가 삼켜 버릴 것처럼 격렬하게 키스를 하기 시작했다. 그나마 다행이라는 것은 상의와는 달리 비상의 바지는 버클도 없이 지퍼로만 열 수 있는 통바지라는 것이었다. 쉽게 바지를 벗겨내자 이미 몸은 이성으로 달랠 수 없을 정도로 흥분하기 시작했다. 여전히 한 손으로 비상의 머리를 잡고 거칠게 키스를 하고 두 다리로는 비상의 허벅지를 누른 상태에서 한 손으로 쉽게 자신의 상의를 벗고 바지 버클을 풀러 바지를 벗은 재야가 잠시의 틈도 없이 비상의 다리 사이로 자리를 잡고는 온몸으로 눌러 버렸다.

"하악~ 그, 그만 해요!"

당황스러워하는 비상의 두 눈이 두려움으로 가득 차자 재야는 속으로 혀를 찼다. 이대로 나갈 것인지, 아니면 다음을 기다릴 것인지를 말이다. 하지만 그런 생각은 이내 재야의 기습적인 키스로 다시 막히고 말았다. 혀를 이용해 세로로 가슴에서부터 배꼽 부근까지 내려온 비상이 배꼽 안으로 혀를 밀어 넣자 숨도 못 쉬고 파르르 떠는 비상이었다. 이런 진한 키스조차 재야와 한 것이 처음이었던 비상으로서는 재야의 이런 노련한 행동에 여태까지 버틴 것만도 대단한 것이었다. 눈을 감고 숨을 몰아쉬는 비상의 온몸이 빨갛게 달아오른 모습이 재야의 눈에 보였다.

'아아, 정말 여기서 그만둔다면 난 오늘 분명 미치고 말 거다.'

순식간에 비상에게서 마지막 속옷까지 벗겨낸 재야가 비상의 허벅지 부근을 빨아올리듯 키스하며 점점 다리를 벌렸다. 자꾸만 다리를 모으려는 비상을 무릎을 꿇은 채로 더욱 벌리자 흥분한 재야의 남성이 터질듯이 부풀어 올랐다. 재야는 비상에게 몸을 포개면서 다시 한 번 입술을 찾았다. 뜨거운 숨을 내뱉느라 마른 비상의 입술을 혀를 이용해 살살 굴리면서 비상과의 중심을 맞춰갔다. 벌써부터 온몸에 땀이 차기 시작하자 재야는 더 이상 참을 수가 없었다. 처음이라 아플 거라는 것을 알지만 더 이상의 배려를 할 수가 없는 상황이라 재야는 있는 힘껏 비상의 몸 안으로 들어갔다. 비상의 외마디 외침은 재야의 입속으로 사라지고 재야는 비상의 뜨거운 여체 안에서 그 욕망을 드러내기 시작했다. 뜨거운 공기가 온 방 안을 가득 채우며 달뜬 비상과 재야의 신음이 공기 중을 나돌기 시작했다. 간혹 들려오는 살의 마찰음에 더욱 달아오르는 두 사람이었다. 비상은 자신의 몸 안에서 움직이는 재야 때문에 정신을 차릴 수가 없었다. 아픔도 잠시, 기묘한 쾌락에 온몸이 바들바들 떨리기 시작했다. 꽉 매운 그것의 중심에서부터 뜨거운 것이 온몸을 불태울 듯이 점점 번지기 시작했다. 새벽녘까지 이어진 둘의 사랑행위는 지칠 줄은 몰랐다. 재야는 그동안 참았던 욕정을 한꺼번에 원없이 풀기라도 하려는 듯 쉬지 않고 움직였다.

비상의 애원 어린 말에도 불구하고 비상과 재야가 잠이 든 것은 새벽이 훨씬 지난 시간이었다. 비상이 새벽에 잠이 깬 것은 순전히 자신을 내리누르는 답답함 때문이었다. 따뜻한 무언가가 등으로부터 전해져 자신의 온몸을 꽉 묶어놓은 것만 같았다. 천천히 정신을 차리자 간밤의 상황이 모두 기억나는 비상이었다. 얼굴을 살짝 돌려 뒤를 보자 편안한 모습으로 자고 있는 재야의 모습이 눈에 들어왔다. 비상은 자신을 감싸고 있는 재야의 손을 살살 떼어내려 했지만 도무지 풀 수가 없었다.

'아니, 자면서도 힘을 쓰나, 왜 이렇게 안 풀어?'

간신히 재야의 팔을 풀자 비상의 두 다리를 자신의 다리로 꽉 잡고 있는 재야의 다리에 절로 힘이 들어갔다.

'으윽!'

둔통에 비상이 작게 신음하자 다시금 재야의 두 팔이 비상을 꽉 안아왔다. 맨살에 닿는 온기가 무척이나 설레게 다가오는 비상이었다.

"……더 자."

평소보다 더욱 낮아진 재야의 목소리가 바로 귓가에 들리자 비상은 절로 솜털이 쫙 서고 말았다. 비상의 상태가 어떤 줄도 모르고 재야는 한 치의 틈도 없이 자신의 벗은 몸으로 비상을 확 감싸

안았다.

"……저, 저기"

"응? 왜?"

느릿하게 대답하며 되묻는 재야의 입김이 비상의 목에 그대로 쏟아지자 비상은 움찔했다. 그 느낌이 그대로 재야에게 전해졌던 모양인지 재야가 쿡쿡 웃는 것이 가슴의 떨림으로 전해졌다.

"너…… 힘들 거야. 그냥 더 자라."

"좀 달라붙지 좀 마요. 이렇게 붙어 있으니까 불편해서 더 못 자잖아요!"

투정 부리듯 말을 하자 재야의 감긴 눈이 천천히 떠졌다. 비상은 재야의 속눈썹이 자신보다 더 길 것이라고 확신했다. 어떻게 저런 눈썹을 남자에게 준 것인지 지금의 상황에서도 감탄하는 비상이었다.

"힘들어?"

"아니…… 좀 답답해서요."

비상의 말에 재야가 약간 힘을 풀고는 몸을 조금씩 움직였다. 벗은 등과 그 아래로 닿는 재야의 신체에 비상은 얼굴을 확 붉혔다.

"후훗, 언제까지 그럴래? 으음~ 좋다, 난 너무 좋아."

눈을 감고 지그시 몸을 밀어붙이는 재야의 행동에 비상을 어쩔 줄 몰라 했다.

"그, 그만 하란…… 말이에요!"

"뭘?"

"아, 그게…… 그러니까 자꾸……."

"으응~ 싫어. 여태까지 참았던 게 억울하다고. 이제부터는 복습, 복습, 복습만 하자, 응?"

말을 마친 재야가 갑자기 비상의 몸 위로 올라오자 비상은 당황함에 두 눈을 크게 떴다.

"아, 아침이라구요!"

"그런데?"

천천히 하체를 밀어붙이자 확 달아오른 비상의 얼굴이 더할 나위 없이 사랑스럽게 보였다.

"환하다구요!"

"아아, 그거?"

재야는 한 손을 뻗어 침대 옆 협탁 위에 놓은 리모컨을 들고는 단추를 눌렀다. 그러자 창문의 버티컬이 스르르 닫히며 들어오는 빛을 막아주었다.

"암막 기능이 있어서 햇빛 투과율 제로야. 이젠 됐지?"

황당함에 비상이 재야를 쳐다보자 당연하다는 듯이 비상의 가슴에 얼굴을 묻는 재야였다.

"으으~ 좋다. 우리 하루 종일 이러고 있자, 응?"

"……어서 못 일어나요?"

그제야 어제의 상황들이 비상의 머릿속에 하나둘씩 새겨지기 시작했다. 모든 것은 완벽하게 재야에 의해서 창출된 시나리오였던 것이다. 그리고 자신은 그것에 감쪽같이 속아 넘어간 것이었다. 비상의 눈이 더할 나위 없이 찢어지자 재야는 커다란 손을 들어 그러한 비상의 눈을 덮었다.

"더 자, 더. 나도 힘없어."

정말 힘이 없다는 듯이 온몸의 힘을 빼자 비상은 자신을 누르는 재야의 몸무게에 숨이 턱 막히고 말았다.

"그러게 누가 그렇게 무식하게 아침까지 하래요?"

"쯧쯧. 말하는 것 하고는. 이게 다 너 때문이잖아. 네가 하도 애를 태우니까 말이야. 나도 힘없어. 내 생전 이렇게 길게 사랑을 나눌 수 있을 거라고는 생각지 못했거든."

웅얼거리며 얼핏 본 시계로 역 계산을 해본 재야는 큭큭 거리며 웃고 말았다.

'으흠, 정말 많이 쌓였나 보네. 장장 네 시간이라니!'

재야는 나른한 잠속에 빠지면서도 혹시라도 비상이 자신의 품을 벗어날까 봐 두 손과 두 다리로 그녀의 벗은 몸을 꼭꼭 감싸 안았다. 귓가로 불만 어린 비상의 목소리가 조금 들리긴 했지만 자신도 이리 피곤한데 비상이라고 멀쩡할 수 없다는 것을 증명해 주듯 금방 고른 숨소리가 들리기 시작했다. 재야는 실로 만족하게 한숨을 쉬고는 다시 잠이 들었다.

에필로그

육 개월 뒤.

　새벽이 돼서야 겨우 눈을 붙였던 재야는 시끄겁게 불러대는 노
랫소리에 잠이 든 상태에서도 킥킥거렸다. 어느 정도 익숙해졌다
고는 하지만 저 노래는 도무지 들어줄 수가 없었다. 결국 자리에
서 일어난 재야는 벌게진 눈을 비비며 아무렇게나 벗어 던진 잠옷
을 대충 몸에 입었다. 문을 열고 나서자 기다렸다는 듯이 라디오
에서는 경쾌한 노래가 울려왔다. 더불어 어떤 애절한 노래도 군가
비슷하게 만들어 버리는 비상의 놀라운 노래 실력에 다시 한 번
감탄하고 말았다. 지금 들리는 노랫소리도 꽤 오래전에 유행했던
노래로 가사는 무척이나 슬픈 것인데, 지금은 무슨 군가처럼 들렸
다. 재야는 슬금슬금 맨발로 거실을 가로질러 부엌으로 향했다.

파자마 차림에 민소매 셔츠를 걸친 비상이 야채를 한 손에 들고 빙글빙글 돌리고 있었다. 그 모습에 다시 쿡 하고 웃음이 나오는 재야였다.

"어? 깼어요?"

"그래. 시끄러워서 잠을 잘 수가 있어야지."

내심 일부러 퉁명스럽게 말을 건네자 비상의 날카로운 눈이 새치름하게 변해갔다.

"그래서 새벽까지 몸 바쳐 봉사한 뒤에 힘든 몸으로 아침을 준비하는 내가 불만스럽다는 거예요, 지금?"

"큭큭. 아니, 너무 씩씩한 것 같아서. 아무래도 내가 좀 더 노력을 해야 할 것 같거든."

기분 좋은 웃음을 지으며 대답하자 얼굴이 벌겋게 달아오르는 비상이었다.

"흥, 하여간 짐승 같으니! 도무지 정도를 몰라요, 정도를! 오늘 공개 심사 있는 거 알죠?"

"흐음~ 토요일 날 그런 거 하지 말라고 했잖아, 내가. 뭐 도와줄 거 있어?"

재야가 비상을 뒤에서 끌어안으며 머리에 코를 묻고 말하자 비상은 심각하게 고민을 했다. 물론 도와달라는 소리를 하고 싶었다. 하지만 저번 달 수영 센터에서 하는 공개 수업에서 도우미를 맡았던 재야의 모습에 미친 듯이 열광하던 아줌마들 때문에 솔직히 별로 내키지 않는 비상이었다.

'하긴 그 검정 미니 사각 수영복은 정말 죽여줬지.'

체대를 나와 국가대표 수영 상비군까지 했던 과 동기의 남자 친구보다 더 완벽한 몸매를 자랑하던 재야의 모습이 기억나자 비상은 은근히 몸을 더욱 밀착시켰다. 단박에 몸을 움찔하는 재야의 움직임이 느껴졌다. 그리고 그 다음 주에 있었던 음악회에서는 빠른 입소문으로 인해 아줌마들이 강당을 가득 메울 정도로 모였고, 그날 역시 도와준다고 들렀던 재야로 인해 한바탕 난리가 났었다. 원래 끼가 있는 건지 어찌 그리 잘도 웃으면서 아줌마들의 비위를 맞춰주던지. 생각이 거기까지 미치자 몸이 굳어진 비상은 자신의 행동을 멋대로 오해하고 끈적끈적하게 달라붙는 재야의 손을 탁 소리 나게 쳐냈다.

"아, 왜에?"

불만스럽다는 듯이 비상을 내려다보는 재야의 얼굴은 마치 심술난 아이처럼 보였다.

"오늘은 검도관 공개 승급 심사가 강당에서 있는 날이라구요. 얼른 아침 먹고 가봐야 된단 말이에요."

"내가 도와줄게. 응?"

다시 몸을 진득하니 밀어붙이는 재야 때문에 비상은 어이없다는 듯이 픽 웃고 말았다.

"저기요, 힘만 센 아저씨, 오늘 저 해동검무 춰야 하거든요?"

"누구랑?"

"내가 아는 사범들 몇을 좀 불렀죠, 도와달라고."

그 말에 비상을 안고 있던 재야의 팔에 힘이 팍 들어갔다.

"누구 불렀는데? 설마 이시형 사범은 아니지?"

"어? 어떻게 알았어요? 이시형 사범이 꽤 매력있는 마스크잖아요. 분명 아줌마들도 다 좋아할 거라구요."

"나보다도?"

갑작스런 재야의 말에 비상은 그의 팔을 풀고 몸을 돌려 재야를 마주 쳐다봤다.

"그래야지요. 그런 이유로 내가 이시형 사범하고 수희한테 직접 부탁한 건데."

"왜 하필 이시형 사범이야?"

여전히 불만스럽다는 듯이 말을 하는 재야의 엉덩이를 한 손으로 꽉 꼬집은 비상은 장난스럽게 웃었다.

"이제부터 당신은 모든 행사에서 제외예요, 제외! 다른 여자들이 당신 쳐다보며 한숨 쉬는 거 진짜 싫거든요? 이시형 사범은 대타."

비상의 말에 재야는 뭔가 못 들을 말을 들었다는 표정을 짓다가 이내 환하게 웃었다.

"질투하는구나?"

"에엑? 누가요? 내가요?"

"그래. 아줌마들이 날 너무 좋아하니까 싫은 거지?"

"천만에요!"

떨떠름하게 말하는 비상을 보며 재야가 비상의 머리를 자신의 머리로 콩 하고 살짝 박았다.

"예쁜 짓도 하네. 질투도 할 줄 알고, 응?"

어영부영하다가 결국 침대로 끌려간 비상은 그날 아침도 먹지 못하고 검도관으로 가야만 했다. 검도관 개관 후 처음 맞는 행사라 떨렸고, 정신없이 일을 치룬 탓에 파김치가 되어버린 비상은 그날 그렇게 집으로 돌아와 잠들었고 그런 비상을 따뜻하게 안아주는 재야였다. 승급심사를 무사히 마치고, 이시형 사범 덕분에 여자 신입관원도 부쩍 늘어 비상은 하루하루가 즐겁기만 했다. 물론, 재야를 내세웠다면 분명 더 많은 신입관원을 모집했겠지만 아무래도 그건 싫었다. 하지만 너구리 같은 재야가 비상의 마음을 꿰뚫고는 오히려 하루가 멀다 하고 검도관으로 찾아오는 바람에 소문은 입에서 입으로 이미 퍼지고 있었다. 더 열받는 것은 비상이 재야를 힘으로 굴복시켜서 결혼까지 한 거라는 소문이었다. 대체, 내가 그 남자보다 어디가 못해서 그런 소리를 듣는단 말인가? 인상을 팍팍 쓰고 고민하는 비상의 곁으로 재야가 슬금슬금 다가왔다.

"비상아, 우리 오늘 술이나 한잔할까?"

"싫어요."

새침하게 대꾸하는 비상의 모습에 슬쩍 웃음이 배어나오는 재야는 다시 한 번 비상을 어르기 시작했다. 결혼해서 알게 된 사실이지만 비상은 의외로 거절에 약한 타입이었다.

"음~ 그래? 할 수 없지 뭐. 그렇잖아도 일이 잘 안 풀려서 기분도 별로고……."

팔짱을 낀 채로 돌아앉았던 비상의 가는 어깨가 움찔하는 것이 보였다.

"아아~ 그럼 혼자라도 한잔해야겠네."

다시 한 번 움찔하는 비상의 뒷모습을 보면서 재야는 일부러 큰 한숨을 내쉬며 보란 듯이 실내화를 직직 소리 나게 끌고는 양주장 쪽으로 향했다.

"⋯⋯무슨 일이 있었는데요?"

'빙고.'

재야는 회심의 웃음을 지었지만 비상을 향해 고개를 돌렸을 땐 침중한 표정을 연기하고 있었다.

"아아~ 이것저것 다. 법인세가 잘못돼서 한 이십 억쯤 추징금을 내야 될 것 같아."

"뭐라고요?"

놀란 비상은 금세 좀 전의 표정을 지우고는 재야에게 빠르게 다가왔다. 재야는 여전히 피곤한 모습을 연기하고 있었지만 속으로는 자신의 사랑스런 아내를 어떻게 하면 한 번 더 안을 수 있을까 고민하고 있었다. 신혼여행을 가서 내내 호텔 스위트룸에서만 보냈다고 말하자 비원이 자신의 머리통을 화려하게 갈겼던 적이 있었다. 하지만 재야로서는 비싼 돈 들여서 하는 구경보다는 하루 종일 비상의 보드랍고 아름다운 몸을 껴안고 뒹구는 것이 더 좋았다. 여행이라는 것도 많이 다녀봤고, 구경이라는 것도 많이 해본 자신으로서는 굳이 신혼여행을 갈 필요성조차 못 느꼈었다. 다만, 발리 섬의 어두운 해변에서 비상과 환상적인 사랑을 나누었다는 것이 그나마 여행의 재미라고 생각하는 재야였다. 요즘 들어 집안일에 검도관 업무까지 힘들어한다는 것을 알면서도 좀처럼 비상을 향한 감정을 절제하지 못하는 자신도 문제였다. 그냥 검도관

운영만 했으면 좋겠지만 친구 중에 수영장을 개관했던 친구가 개인적인 사정으로 그만두는 바람에 비상이 그것마저 하고 있는 상황이었다. 말이 검도관이고 수영센터지, 유치원 안에 어린이 스포츠단이 만들어지고, 미술학원 역시 체육 수업을 병행하는 바람에 말 그대로 건물 전체가 체육관으로 바뀌고 말았다. 그리고 자본의 대부분을 재야가 대줬기 때문에 자연스럽게 체육관장이 되어버린 비상이었다. 비상과 친구들이 계획했던 것보다 훨씬 많은 자본이 들어가는 바람에 나중에 투입된 재야가 그 모든 것을 해결해야만 했고 비상은 그저 미안하기만 했다. 결혼식 준비와 검도관 오픈을 동시에 했던 비상으로서는 정말 눈코 뜰 새 없이 바빴다는 말이 사실이었다.

신혼여행을 다녀온 뒤, 오층 건물에 하나씩 들어서게 된 각종 학원과 유치원이 동시에 오픈을 하는 바람에 재야는 퇴근 후, 비상과 친구들의 일을 도와주는 것이 일과가 되어버렸다. 재야는 일 때문에 비상이 힘들어하는 것도, 자신과의 시간이 없어지는 것도 싫어했지만 그럴 때마다 비상은 재야에게 미안한 마음뿐이었다. 비상의 꿈을 이룬 것이었다. 관장으로 검도관에서 매일같이 아이들에게 검도를 가르친다. 아직까지도 익숙하지 않은 체육관장의 타이틀보다 비상은 검도관장이라는 타이틀이 훨씬 마음에 들었다.

수영센터는 얼마 전, 학교를 졸업한 후배들을 영입해서 강의를 하고, 친한 후배 중 한 명에게 일을 위임하고 지금은 보고만 받고 있는 상황이다. 유치원이든 미술학원이든, 혹은 수영센터 수강생이든 모두가 한 식구라는 생각에 비상은 매일 매일 그곳들을 일일이 방문하며 문제점을 체크한다. 그런 비상을 보면서 솔직히 걱정이 되는 재야였다. 어떻게 하면 비상을 좀 더 편하게 해줄 수 있을까 하고 고민을 하는데 비상이 다가와 넓은 재야의 어깨를 안고 등을 다독이고 있었다.

"많이 힘들었어요? 그럼 진작 말하지 그랬어요? 기분도 그런데 우리 나가서 술이나 한잔할까요?"

"……후유, 그래도 되겠어?"

"후후, 오늘은 제가 한턱 쏘죠 뭐."

재야의 넓은 가슴을 손바닥으로 툭툭 치고 웃는 비상의 모습에 재야는 정말 행복했다. 자신의 속마음을 안다면 비상이 저리 나오지는 않겠지만 그래도 비상이 힘들어하는 것은 정말 보기 싫은 재야였다. 이제는 덮치는 기술도 탁월해서 웬만해선 비상의 손을 피해 그녀를 안을 수 있을 정도였다. 물론, 그 상태가 되기까지 수없이 몸싸움을 했지만 말이다.

'아이라도 하나 만들까? 아니, 아직은 신혼인데.'

그런 저런 생각을 하는 사이 익숙한 포장마차가 눈에 보였다. 비상을 만나기 전에는 가본 적도 없는 곳이었지만 비상을 만난 뒤 그녀와 같이 포장마차나 작은 술집을 가는 것은 재야에게 은근한 재미였다. 거기다 그렇게 술을 마신 날은 비상이 평소보다 적극적으로 자신에게 안겨오는 바람에 그런 날이면 으레 새벽에 잠이 들기가 일쑤였다. 찢어지려는 입을 간신히 자제하며 서둘러 옷을 걸치고 나간 곳은 근처에 새로 생긴 포장마차였다. 비상은 의외로 이렇게 소박한 것을 좋아했다. 재야는 비상이 원한다면 얼마가 들던지 그 이상을 해줄 수도 있었지만 자신의 가장 소중한 연인은 이런 소박한 것에 마음을 두었다.

"아주머니, 여기 꼼장어하고 소주 한 병 주세요. 그리고 오뎅 국물도요."

우동 사발그릇에 꼬치 어묵 네 개를 꽂고 모락모락 김이 피어오르는 뿌연 국물을 떠 마시며 오물거리는 비상의 입술을 보는 것만으로도 재야는 항상 흥분했다.

소주잔에 술을 따르고 주거니 받거니 하기를 삼십여 분, 그들은 이미 두 병의 소주병을 비운 상태였다. 비상은 자신의 옆에서 비상이 술을 마실 때마다 안주를 집어 입에 넣어주는 재야를 보며 웃었다. 실상 비상은 모르지만 이렇게 나른한 상태에서는 거의 웃음을 달고 사는 비상이었다. 그래서 그런 비상을 보는 재야 역시 내내 행복하기만 했다. 그때 갑자기 약간의 소란이 일면서 서너 명의 남자들이 포장마차 안으로 들어섰다. 들어서자마자 플라스틱으로 되어 있는 의자를 발로 걷어차는 바람에 비상은 간만의 나른함에서 깨어났다. 재야 역시 지금의 상황에 종지부를 찍게 만든 자들이 상당히 마음에 안 든 듯 그들을 바라보는 표정이 심상치가 않았다.

"할멈, 장사를 하고 싶으면 돈을 내라고, 응? 봐주는 것도 한도가 있는 거야, 알았어?"

들어선 남자 중 한 명이 쇳소리를 긁어내는 목소리로 말을 하고는 바닥에 요란하게 침을 뱉었다. 비상은 지금의 상황과 예전 자신이 기억하고 있는 상황과 비슷하다는 것을 알고는 그들을 유심히 쳐다봤다.

　'이런, 그때 그 생양아치들이로구만.'

　비상의 분위기가 변한 것을 안 재야는 한 팔로 비상을 감쌌다. 재야의 생각으로는 아무래도 지금의 저런 상스러운 언어와 그들의 모습에 비상이 놀란 것이라고 단순하게 생각했다.

　"쯧, 하여간 응용할 줄 모르는 무식한 것들 같으니. 어째 토시 하나 빼먹지 않고 그렇게 말을 하냐고."

　"누구야?"

　옆의 머리를 짧게 깎은 남자가 말을 하는 비상을 쫙 노려보고는 이내 단추 구멍만한 눈을 더없이 크게 떴다.

　"너, 너……!"

　놀란 남자가 덩치에 맞지 않게 손으로 비상을 가리키며 말을 더듬자 비상은 한 손을 살래살래 흔들며 살짝 웃어주었다. 재야는 그 모습을 보고 그들과의 사이를 유추해 보려 했지만 도무지 공통점이 없는 그들을 보며 곤혹스러워했다.

　"이것도 인연인가 보다? 그래도 반갑네 뭐. 어째 너네들은 하나도 변한 게 없냐?"

　"이, 이, 이 찢어 죽여도 모자랄 계집애가!"

　한 남자의 말에 재야의 굵은 눈썹이 꿈틀하고 움직였다. 하지만 곧바로 들리는 비상의 말에 재야는 입이 딱 벌어지고 말았다.

　"병신, 그 욕 전에도 했다, 너. 혹시 이런 일하기 전에 니들 각본이라도 써가지고 외우는 거 아냐?"

비상의 말에 네 명의 남자는 얼굴을 찌푸리며 비상에게 크게 소리를 질렀다.

"전에는 우리가 방심해서 당했지만 지금은 어림도 없다고, 쌍! 당장 나와!"

남자의 말에 비상이 일어서려 하자 재야가 급히 그녀의 손을 잡고는 물어봤다.

"너, 저 건달들하고 어떻게 아는 사이야?"

"아, 그거요? 전에도 똑같은 상황이어서 제가 손 좀 봐준 적이 있었죠. 갱생해서 새 삶을 살 줄 알았는데 아닌가 봐요."

"아, 그때 나랑 처음 만난 날 싸웠던 그 깡패들?"

"하하, 뭐. 그렇게 되는 건가요?"

"안 나와?"

버럭 밖에서 소리 지르는 남자의 목소리에 비상이 전혀 긴장감 없는 모습으로 일어서자 재야가 인상을 굳혔다.

"나오지 마. 내가 해결할 테니까."

"어? 저놈들, 의외로 악질이거든요?"

"걱정 말고 내가 시키는 대로 해. 고비상, 너 내 말 안 듣고 밖으로 나왔다간 일주일 동안 침대에서 밤낮으로 괴롭혀 줄 테니까 알아서 해!"

재야의 말에 비상은 얼굴이 벌게지고 말았다.

"이씨, 그, 그런 얘기를 여기서 하면 어떡해요?"

"뭐가 어때서? 우린 부부라고. 그것도 신혼부부."

재야는 술잔의 술을 단번에 삼키고는 긴 다리를 이용해서 척척 걸어나갔다. 잠시 뒤, 요란한 타격 음이 들리고 익숙한 사이렌이 울렸다. 비상은 한숨을 쉬고는 포장마차 밖으로 나갔다. 거기에선 네 명의 건달들이 바닥에서 정신을 잃고 있었고 재야는 약간 숨소리만 거칠어졌을 뿐 아무렇지 않게 경찰들을 상대하고 있었다. 비상은 그 경관을 한번 휙 둘러보고는 이내 재야를 향해 엄지손가락을 치켜세웠다.

"올~ 가르친 보람을 느끼게 해줘서 고마워요!"

평범한 부부의 대화라고는 볼 수 없지만 그 둘의 모습은 무척이나 다정해 보였다.

"너도 좀 제발 그래 봐라."

재야의 속뜻을 이해한 비상이 장난스럽게 그를 쳐다보더니 귓가에 속삭였다.

"그럼 빨리 합의를 보죠. 오늘은 내가 안아줄게요, 그럼."

비상의 말에 눈을 빛낸 재야는 갑자기 어디론가 전화를 걸었다. 비상은 옆에 앉아 그저 경찰서 주변을 훑어보며 하릴없이 다리를 움직였다. 비상의 생각으로는 변호사라도 부르려나 싶어서 안심하고 있었는데 갑자기 벌컥 문이 열리면서 들어서는 비원의 모습에 경기를 일으켰다.

"헉, 오, 오빠?"

"고비상, 너!"

소리치던 비원의 시선이 비상을 쳐다보고는 이내 조서를 꾸미느라 경찰관 앞에 앉아 있는 재야에게로 향했다.

"대체 뭐야? 백재야, 넌 언제 연락 받고 온 거야?"

"엉? 그게 무슨 소리야, 오빠?"

"재야 녀석이 너 또 사고 쳤다고 경찰서로 얼른 오라고 해서."

"뭐라고?"

비원의 말에 황당한 표정을 짓던 비상이 재야를 노려보며 천천히 한자한자 힘주어 말했다.

"내가 아니라 재야 씨가 주범이라고."

비상의 말에 경악한 비원이 재야를 쳐다보자 재야는 한 손을 들어 비원을 향해 흔들었다. 예전, 저런 모습을 본 적이 있던 비상으로서는 재야의 저런 행동이 얼마나 상대방을 열받게 만드는지를 기억해 내곤 순간이지만 오빠를 불쌍하게 생각했다.

"젠장, 왜 너까지 주먹질이야!"

비원의 신경질적인 말에 재야가 느긋하게 입을 열었다.

"당연한 거 아니냐. 우린 부부거든."

웃으며 말하는 재야를 보면서 비상은 엄지손가락을 슥 치켜세웠다. 재야는 비상의 행동에 그만 배를 잡고 웃고 말았다. 아아, 그리고 보니, 요조숙녀로 만들겠다던 그의 꿈은 날아간 것인가? 오히려 재야의 변모된 모습에 비상은 고소를 금치 못했다.

작가 후기

저는 자주 사랑에 대한 환상을 꿈꾸곤 합니다. 정열적인 사랑도, 슬픈 사랑도, 행복한 사랑도 제 머릿속에선 바라고 원하는 만큼 이뤄지니까요. 그런 상상을 하는 동안은 마치 다른 사람의 인생을 엿보며 대리만족을 즐기곤 합니다. 제가 직접 겪어보지 못한 사랑을 간접적으로 그려보며 많은 상상의 나래를 펼친다는 것은 무척이나 자극적이기도 하지요.

『요조숙녀 프로젝트』의 여자주인공인 고비상은 제겐 일종의 돌파구 같은 존재였습니다. 현실에서 뿐만이 아니라, 상상에서조차 자신이라고 말하고 싶은 존재. 소극적이고 겁 많은 저와는 달리, 끊임없이 도전하는 다소 무모한 여자, 그렇지만 사랑스러운 존재였습니다. 그래서 일부로 주인공 이름을 '고비상' 이라고 지었습니다. 높게 날 수 있는 존재, 자유스러운 그런 여자를 꿈꾸면서 말입니다. 고비상은 완벽하고 잘난 여자가 절대 아닙니다. 오히려 그 반대로 실수도 많고, 머리도 그다지 좋지 않고, 말투나 행동 역시 다소 거친 편이죠. 하지만 그런 그녀에게는 어린 시절부터 그녀가 바라는 꿈이 있었습

니다. 그리고 그 꿈을 위해서 능력은 힘에 부치지만 최선을 다해 노력을 하죠. 뭐, 약간의 편법도 동원하고, 감정에 치우쳐 좌충우돌하지만 절대 밉상이 아닌 귀여운 여자라고 감히 말씀드리고 싶습니다.

글을 쓰는 내내 비상을 격려하며 저 역시 제 자신의 미래를 다시 한 번 생각해 보게 됐습니다. 그러다 보니, 자꾸만 욕심이 생기더군요. 허점투성이지만 사랑만큼은 정말 아무런 아픔 없이 잘 이루기를 말입니다. 그래서 만들어 낸 남자 주인공 '백재야'는 어떤 의미에서는 지극히 현실적인 존재로 지금의 현실을 가장 잘 나타내 주는 인물이기도 합니다. 합리적이고, 개인적인 존재, 어찌 보면 지금 우리가 살고 있는 현실이 아닐까 싶기도 하고요. 그런 재야가 비상을 보면서 자꾸만 흔들리게 되죠. 완벽을 요구하는 재야가 허점투성이인 비상에게 마음을 빼앗길 때 저는 쾌재를 부르짖었습니다. 현실에서 지극히 평범한 사람이 인정을 받을 수도 있을 거라는 기대치를 가지는 것처럼, 그렇게 응원하고, 기대하게 되더군요.

둘의 알콩달콩, 투닥거리는 모습을 그릴 때마다 전 행복했습니다. 더불어 이런 그 둘의 모습에 읽는 이들 역시 저와 같은 감정이길 바랐습니다. 『요조숙녀 프로젝트』 글을 쓰는 동안은 정말 즐거웠습니다. 제가 못하는 이것저것도 주인공에게 시켜보고. 쓰는 내내 상상만으로 행복했던 순간이었던 것 같

습니다. 이 행복감을 재야와 비상을 만나는 분들이 같이 공감할 수 있기를 바라는 제 욕심만큼 걱정이 커집니다.

몇 번의 경험이지만 매번 출간을 할 때마다 가슴이 졸입니다. 제가 만들어 낸 상상 속의 인물들이 보다 많은 사람들에게 공감 갈 수 있기를 바라는 마음과 이왕이면 예쁨을 받았으면 좋겠다는 욕심, 그리고 그럴 때마다 자꾸만 다시 되돌아보게 됩니다. 제가 정말 그들을 사랑하는지, 그들에게 얼마나 많은 애정을 느끼는지를 되짚게 됩니다. 그만큼 저에겐 더없이 소중한 녀석들이니까요.

부모가 아이를 돌보듯 이리저리 매만지고, 훑어보고, 지켜보고. 항상 초심으로 되돌아가듯 '후기'를 쓸 때마다 고민이 됩니다. 그리고 항상 같은 기도를 합니다. 이 글을 읽으시는 모든 분들이 비상과 재야의 사랑을 엿보면서 간접적으로나마 행복한 사랑을 꿈꾸기를 말입니다.

끝으로, 이 녀석들이 나오기까지 많은 노력을 해주신 청어람 관계자분들께 다시 한 번 감사하다는 말씀드립니다.

2007년 장마 뒤끝의 어느 날
—이진희 올림.

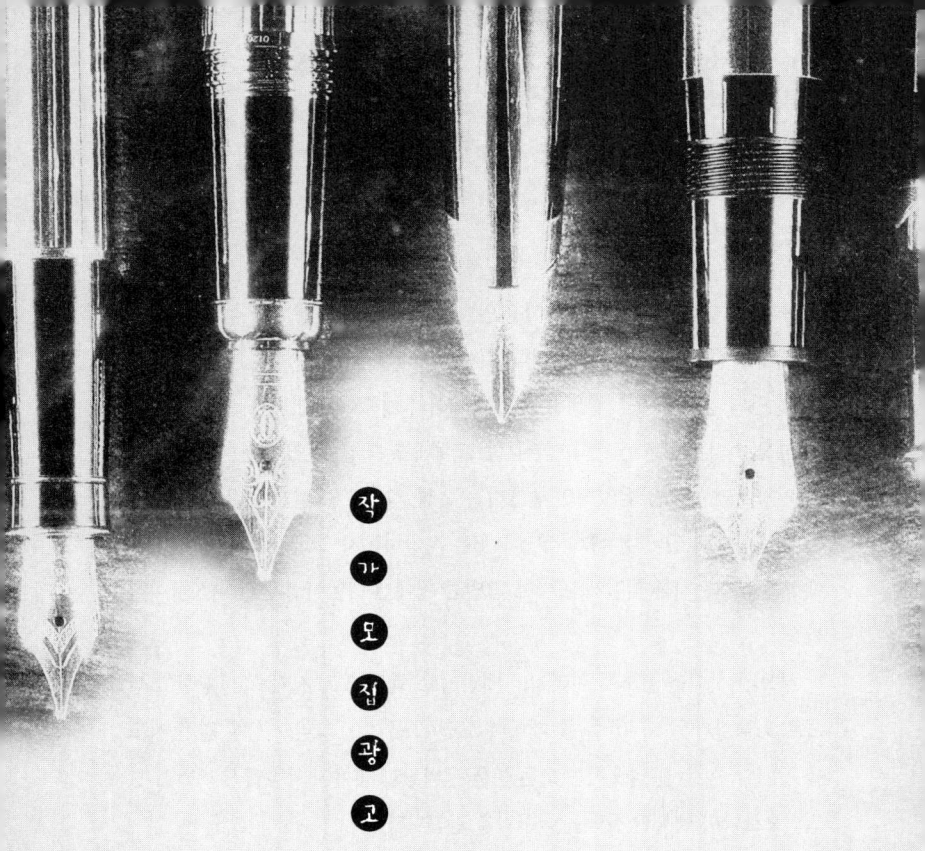

작
가
모
집
광
고

도서출판 청어람의 문은 항상 열려 있습니다.
실력있는 작가 분들의 많은 관심 부탁드립니다.

TEL:032-656-4452 · FAX:032-656-4453
http://www.chungeoram.com
http://chungeoram.egloos.com
e-mail:romance-eoram@hanmail.net